北纬，南纬

袁海厅 著

九州出版社
JIUZHOUPRESS

图书在版编目（CIP）数据

北纬，南纬 / 袁海厅著 . -- 北京 ：九州出版社，
2024. 6. -- ISBN 978-7-5225-3091-8

Ⅰ . I217.2

中国国家版本馆 CIP 数据核字第 2024Y06F42 号

北纬，南纬

作　　者	袁海厅　著
责任编辑	刘　嘉
出版发行	九州出版社
地　　址	北京市西城区阜外大街甲 35 号（100037）
发行电话	（010）68992190/3/5/6
网　　址	www.jiuzhoupress.com
印　　刷	成都市兴雅致印务有限责任公司
开　　本	880 毫米 ×1230 毫米　32 开
印　　张	16
字　　数	373 千字
版　　次	2025 年 1 月第 1 版
印　　次	2025 年 1 月第 1 次印刷
书　　号	ISBN 978-7-5225-3091-8
定　　价	98.00 元

作者简介

袁海厅，中英双语作家。一九八六年生于河南睢县，二〇一〇年毕业于河南工业大学外语学院英语专业，同年始任职于中国电建水电十一局。自二〇一一年一月起，先后被外派至尼泊尔、赞比亚、莱索托王国工作。

出版有《河之南·山之南》（四卷本）、英文长篇小说《幸运人酒吧》（*The Lucky Man Bar*），参编《踏海而立——水电十一局国际业务实施三十周年》。

谨以此书,
献给所有驻外工作者与中外友谊的使者。

前言

总是感叹时间过得快，而时间其实比我们认为的过得还要快。总是感觉昨天还在大学校园、尼泊尔和赞比亚，但那已经是十三年、九年和两年前的事情了。如今，我在莱索托王国，继续看着时间大步流星地往前走。

作为一名作家，或者更准确地说，一名业余作家，我上次出版中文独著和参编作品已经是十一年前和六年前的事情了，而出版英文书籍也已经过去了两年。我的笔似乎永远跟不上时间的节奏。

过去十三年，我辗转于中国、尼泊尔、赞比亚、南非和莱索托王国，见了许多的人，经历了许多事，思考了许多肤浅或深刻的人生道理，并通过文字和影像尽可能妥善地记录它们，或者说，在一定的时间段内尘封它们。没有这些文字和影像，这一段岁月将是残缺不全的。幸而，文字和影像永远可以赶上记忆的脚步。

自二〇一三年四月以来的十一年间，我创作了七十多篇中英文文章、五十多首诗歌和歌词、一部长篇小说、三部中篇小说，翻译了一部诗集和两篇短篇小说，拍摄了数千张照片和数百段视频，它们已经成为人生不可分割的一部分。这里说的"人生"，不仅是我个人的，也是许许多多其他人的。我总在人前说，我写作其实更多是为了保存一份集体记忆。在你不知不觉间，你已经进入了某个人的文字或镜头，从而多了一部分记忆，多了一部分生命，这或许也能给你带来一份感动吧。很喜欢歌曲《萍聚》里的那句歌词，"人的一生有许多回忆，只愿你的追忆有个我"。

站在这个时间节点，我觉得是时候分享这些文字和照片了，它们将集中、直观地反映过去十一年来我的驻外工作与生活、见闻与感想、风土与人情，以及个人、企业、国家在双边务实合作、人文交流与民间外交等更高层面的努力与行动。

上面提到一百多篇（首、部）原创或翻译作品，而这本集子主要选取了其中内容与海外，也就是我的驻外岁月直接相关的（包括二〇一一至二〇一二年一月之间创作的少量作品）。除了原创作品外，这本集子还收录了中外政府官员致辞、中外官方媒体报道、国外政府或非政府组织信函和海外学者书评等内容。

插图占据了这本集子的很大篇幅。今年二月底三月初，我花了十多天的时间，从一万多张照片中反复甄选，最后选定了三百余张作为本书插图。这些照片，很多都不是最新的，一是因为我个人比较怀旧，喜欢沉淀着时光的老照片；二是因为文章写于不同的时期，所配照片应与文章内容和创作时间相匹配，这样，你现在去看，才能感受到彼时、彼地的情形，也才能体会时间带来的变化。另外，绝大部分照片都不属于那种"高大上"的，尤其是风土人情方面的，通常都是以小视角摄取，而非上网就能看到的那种铺天盖地的、明信片似的"大图"。

所有的照片都是我本人或者身边的同事、朋友拍摄的。这些业余摄影作品可能在画质、技术、艺术性等方面多多少少存在瑕疵，但其优势在于真实可信，具有生活气息，能体现特定环境和时间段内特定人群的审美和观察事物的角度，以及普通人对生活的观察和热爱。我选用它们，也是为了给创作者们提供一个展示自我的窗口和平台。借此机会，请允许我向所有提供照片的同事和朋友表示由衷的感谢，是他们让这本书焕发出不一样的生命色彩。

同时，我想说明的一点是，由于所有文章均是独立成篇，因此，在结成集子之后，部分篇目相互之间存在局部信息重复的情况。在确保不破坏每篇文章完整性的原则下，我尽可能多地删减了重复的内容。如因此对你的阅读体验造成损害，敬请见谅。

在这本集子出版之前，我前前后后读了十几遍，润色、校核、勘误。每一次阅读，我都有不一样的体会。这些文字见证了我十一年来的成长和变化，也见证了许许多多人的成长和变化。我并不认为过去的已然过去，成了博物馆里的老古董。有句话说得好，"凡是过往，皆是序章"。当下和未来只是过往的延续，并使我们更好地认识当下和未来的自己。我们理应怀旧，理应对过往怀抱一份感恩之情。

今年是共建"一带一路"倡议提出十一周年，是中赞建交六十周年，也是中赞经贸年和文化旅游年，同时还是中莱复交三十周年和莱索托建国二百周年，明年则是中尼建交七十周年，这些无一不是重要的历史节点。今年秋天，中非合作论坛新一届会议将在中国举行。作为共建"一带一路"倡议的见证者、亲历者，我何其有幸，去聆听、去书写、去讲述这十一年来所发生的一个个看得见、摸得着的故事。可以说，这本书既是对上述历史节点的献礼之作，也是对所有驻外工作者的致敬之作。我希望它能激励更多驻外工作者进一步开阔国际视野，树立"人类命运共同体"意识，努力造福驻在国或驻在地区人民，争当中外友谊与民间外交的使者。

　　这篇"写在前面"的话，有些絮叨，大概算不上正经八百的前言。但不管怎么样，你已经动了这道"开胃小菜"，我希望你能再动一动食指，品尝一番后面陆续端上来的"菜肴"，权当漫长的旅行途中，在路边的小餐馆吃了一顿热乎乎的家常便饭。

二〇二四年三月九日

商丘睢县家中

CONTENTS 目录

**第二辑
赞比亚共和国**

第三辑
莱索托王国

第四辑
其他国家

第一辑

尼泊尔联邦民主共和国

THE FEDERAL DEMOCRATIC REPUBLIC OF NEPAL

又见珠峰

　　无论是从成都经由拉萨飞加德满都，还是从成都直接飞往；无论是从"寺庙之城"经由"日光城"飞"锦官城"，还是从"寺庙之城"直接飞往，我们的飞机总会在着陆加德满都前或从加德满都起飞后二十分钟左右，以那样的一个距离和高度绕行群峰拱卫的珠穆朗玛峰。

▲ 连绵起伏的喜马拉雅雪山（黄春利摄于二〇一二年四月二十日）

　　每当我伫立候机厅的落地窗前，远望一架飞机加速滑行，终于脱离地面，稳稳爬升的时候，我的心底便会涌起美妙莫名的感动。当它愈飞愈高，愈来愈小，变成鸟儿大小的时候，我的目光便准备着与它一起冲破云层。当我所乘坐的飞机疾驰、起飞、爬升，继而冲破云层消失不见的时候，我不知道是否也有某个人正目光追随，并在心底涌起美妙莫名的感动。

对于这只载我翱翔的"鲲鹏",我满怀感激与羡慕。

它就像一位导演,拍摄下一帧帧连续的镜头,从天府之国到青藏高原,从绿野田畴到连绵雪山,在影像的渐变中,引我们入胜。而当这部无声的影片行将结束之时,它则盛情万分地献出了剧情的高点。

当热情的乘务人员起初向我们指点珠峰位置的时候,我根据他的描述及手指的方向,却只看到了一团云雾,而珠峰隐在云雾之后,才露尖尖之角,平添了几分妩媚与神秘。随着飞机的飞行,那团云雾渐渐后移,而珠峰形似金字塔的身影则渐渐展露。在双流机场换登机牌的时候,我专门请工作人员安排了一个靠舷窗的座位,当然是为了便于赏景、拍照与录像。但是,当我坐到那个靠窗的座位朝外看时,才发现机翼竟占据了大半视线。由于直飞加德满都航班上的乘客较少,座位空余很多,我于是跑到第二排靠窗坐下,不时地拍照或录像。

当那位乘务人员友情提示可以看到珠峰身影的时候,我便又跑到走廊右侧同排中间的那个座位,举着相机,朝窗口深深欠着身子。十分感谢那位脖子上挂着念珠、长着一副黝黑脸膛的大叔给我让了位子,尽管他也一直在兴致盎然地举着手机照相。他叫次仁,来自四川阿坝藏族羌族自治州,家在拉萨,此行是前往加德满都的博大哈佛塔朝圣的。后来,一位拿着单反相机的姑娘走了过来,问我能否让她贴窗拍几张照片。我欣然应允。随后,那位乘务人员提议靠窗的乘客为不靠窗的提供一个方便,以便大家都能一睹珠峰的雄姿。姑娘离开之后,我坐回去接着录起像来,直至电量耗尽。

我想,飞机是幸福的,珠峰是幸福的,我们也是幸福的。

飞机就像一位情深的青年,远远地注视着身披雪绒、头戴雪

▲ 云海中的珠穆朗玛峰（罗荣进供图）

冠的恋人，就这样，一次又一次。虽然他们如同牛郎和织女，面前总是横亘着银河，但却能常常遥望彼此。或许，在珠峰的眼中，飞机就是一只小小的鸟儿，飞渡无际的云海，却从来不曾永远地离去。

当我拉近镜头，当珠峰的身影填满整个视野时，我想伸出手掌去触摸。我和她之间仿佛不再有百万年的阻隔。我爱她的愈古弥新，我爱她的遗世独立，我愿变作那一团掩其容颜的寒云。

这就是平流层——纤尘无染的明蓝的天宇，纤尘无染的亮白的云海，纤尘无染的灿烂的阳光——一切都像一个刚刚出生的婴儿。苍穹仿佛只有那么高，云海仿佛化作了无垠大地，阳光仿佛弥散着整个世界的微笑。人们说，青藏高原在天上。我在天外天，或俯瞰，或眺望白海之中的白色浮岛，不见苍鹰，不见鸣鸥，不见经幡，不见苦行僧，也不见暴风雪。

一条条冰川，一脉脉河流，一汪汪湖泊，一片片草场，一座座市镇，那是一幅幅绝美的画卷，在神的案头徐徐展开。当我闭上双眼时，我飞出了窗外，是一个飞天，是一只苍鹰，也是神通广大的孙行者。

"忽闻海上有仙山，山在虚无缥缈间。"这奇旷之景是李太白在梦里看到的。在我的梦里，我抓了一把珠峰的雪，冷彻心扉；在梦里，我躺在巨岩之上，等待神所豢养的秃鹰；在梦里，我一路跋涉着，一路翱翔着……

与珠峰短暂邂逅，这已经是第三次了，而每一次皆如初见。

朋友，如果你的双眼布了一层云翳，如果你的双眼疲倦万分，只想永远地闭上，那么，你就看一眼珠峰吧，她会擦亮你的心眼，会让你发现这世界原还有绝美的一隅。

▲　珠穆朗玛峰雄姿（摄于二〇一三年五月九日）

我们可以细数一番，在世界的名山之中，有哪一座曾吸引这么多的目光、这么多的脚步、这么多的心驰神往呢?! 那里是属于神鹰的，是属于豢养神鹰的神的，是属于在冰川之下安眠、与她共永久的攀登者和朝圣者的。那里，何时才属于你和我呢?

或许，她谁也不属于。

很多同事的QQ空间里都有很多张珠峰的航拍照片，我镜头里的珠峰跟他们的没有什么不同，跟专业摄影师的也没有什么不同。无论什么时候，什么地方，无论以怎样的视角去看，她都是那唯一的一座，任时光流逝。

看到我传的那张照片，大学学弟郑士雷说：“凌厉之气。”大学同班同学吴桂珍则说：“珠峰需要仰视。”我想，大概正是因为其无与伦比的凌厉之气，珠峰才得以使我们仰止吧。珠峰，在地上，更在天上，灿如杲日，皎似朗月。

因此，我想对你说，飞机是幸福的，珠峰是幸福的，我们也是幸福的。

二〇一三年五月十日至十三日

尼泊尔联邦民主共和国

第一笔稿酬

同事郑晓芬告诉我，她帮我领取了五千尼泊尔卢比的稿酬。这无疑是一条令我欣欣然的消息。

对于坚持写作七年、被冠以"文艺青年"的我来说，"稿酬"始终是一个既熟悉又陌生的字眼。如今，我终于以一杆秃笔结识了二三孔方兄。我觉得这是一件美好的事情，就像一朵含苞的花终于悄然绽放。它的美妙之处还在于，我在出版了四本书之后，才以一缕墨香换得一缕铜臭之气。现在看来，这个奇特的现象是那么耐人寻味。也因此，这笔迟到的稿酬要比卖书所得数千之资沉多了。

它使我想起了七年前我平生创作的第一首歌词——《源远流长》和第一篇小说——《帅帅的礼拜六下午》，使我想起了大学四年对文学之路的憧憬，也使我想起了石沉大海的几次投稿。对于之前几乎不曾发表过作品的我竟突然推出了四部专著，很多朋友都不禁咋舌。我并不汲汲于向某某杂志或报社投稿，只要自己喜欢、信得过自己的作品就足矣，只要知道自己为什么写作就足矣。

因此，这一笔小小的稿酬已然足够丰厚。即便以后再无此小利，我也不会有什么遗憾了。它帮助我收获了一个写作者通常需要收获的第一枚果实，而这枚果实，我知道，只是生长在我的苹果园外的一株苹果树上。

高兴之余，我对晓芬慷慨陈词："你从中抽出一千买东西吃吧！"如我所料，她讽我不够慷慨，说一千卢比买不了什么东西。是啊，一千卢比，甚至五千卢比能买到什么呢，连一把好的廓尔喀军刀都买不到。但是，如果这笔稿酬不是五千卢比，而是五百甚至一百卢比，我眼中的光彩也不会因此而黯淡。一百卢比，足够我买很多支笔或者一个精美的笔记簿，记录生活中的点点滴滴。

▲ 作者邀请郑晓芬在喇嘛巴嘎村的一家餐馆品尝"奇亚"（尼泊尔加奶姜味红茶），而茶钱正是作者的稿酬（郑晓芬摄于二〇一三年六月三十日）

前几天，我给上塔马克西水电站项目部投了一篇稿件，那是我在项目发电厂房所在地——贡嘎村完成的一篇随笔，就是那篇

《又见珠峰》。说实话，对于投去的文章，我从来不求稿酬几何，只求它们得以发表，从而呈现在更多人的眼前。这篇文章，我也已经发到了 QQ 空间，不少朋友都已读过。

我在上面提及了"二三心愿"，其中一个就是，明年或后年再出一本书，或者更准确地说是编一本书——搜集同事和朋友以出国旅行或者驻外工作和生活为题材创作的文学作品，结集出版，为他们提供一个展示自我的平台。当然，尽管这次不想再唱独角戏，我却依旧不会将笔搁置，因为这个世界有太多的可圈可点之处。

杜甫曾言，"著书岂为稻粱谋"。我虽不汲汲于谋取稻粱，但若有谁愿以稻粱相馈，我还是会笑纳的。毕竟，在旅途之中，我可以此稻粱缞我胃囊，何乐而不为呢！

二〇一三年五月二十二日

尼泊尔联邦民主共和国

漂泊的心

尼泊尔时间二十点一刻，我将个性签名改成了"明天，启程去新德里"。不久，表弟松与大学同学盛佩佩给出了同一个回复："旅游？"而曾为同事、现在法国留学的张威的回复则是："不是说像你们这种国企人员，印度不给签证吗？"

这三条回复令我哭笑不得。我在欺人，也在自欺。我自己当然不信，而他们却信以为真。对于表弟和佩佩的疑问，我没有给出答复，因为我不知道该如何答复。对于张威，我只是说道："这个嘛，威哥，咱们私下里说，呵呵。""呵呵"这个被我和许多人用滥的语气词，此刻似乎变成了一个大大的感叹号。我私下里跟张威说出了实情："我不去新德里，只是个幌子和自我安慰。对于一个想旅行而一时不得的人来说，只能发发神经啦，哈哈。"他说："如果能凑到一起，到时候可以一起去印度，也很想去看看。"

从"旅游？"这个简单得似乎是随口说出的疑问可以想见，大家有着某种共通点。对于我这样的一句话，回复似乎只能是这样的一个疑问。其实，这个疑问当然也可能出自我口。我一时糊涂了何为自由，何为非自由；也一时糊涂了不停行走与原地踏步的界限。

五月二十二日，我说："特想环游亚洲！"一个十六七岁的高中学妹回复道："学长，我想环游世界。"这句话，似乎也只能是

▲ 作者与来尼泊尔旅游的朋友在世界文化遗产——博大哈佛塔前合影留念（摄于二〇一一年七月二日）

唯一的回复。我又何尝不想环游世界呢？现在，"环游世界"似乎成了大家的口头禅，又似乎成了一个调侃。记得我上个月在母校睢县回族高级中学作主题为"感受文学脉动，领略作家风采"的文学报告时，一个学妹告诉我，她的理想是到很多国家去旅行，然后写一本书。对于这位想环游世界的学妹，我的回复是："我相信你的这个心愿一定会实现的。"

五月二十一日，我说："人生在世，了却二三心愿足矣。"我想，对于许多人而言，这句话说得出，却拈不起。我之所以发此感慨，是因为此次出版《河之南·山之南》给了我很多感触，并使我了然下一个心愿和下下个心愿。

五月十六日，我说："奈何一颗漂泊的心！"这句感慨，使我几番叹息。这颗漂泊的心装在多少年轻人的胸膛？有时，我们只想把这颗心掏出，为它解除肉身的桎梏，还它以自由。

当我接受睢县电视台采访的时候，我说："我信奉'读万卷书，行万里路'，而尼泊尔之行则标志着'行万里路'迈出了第一步。"

当这第一步迈出去后，我还会停步吗？且把自己交给双脚吧，任其带我奔走东西。

二〇一三年五月二十二日
尼泊尔联邦民主共和国

珠峰钻禧

——纪念人类首次登顶珠峰六十周年

公元一九五三年五月二十九日十一时三十分，北纬二十七度五十九分十七秒，东经八十六度三十三分三十一秒，新西兰养蜂人埃德蒙·玻西瓦尔·希拉里与尼泊尔向导丹增·诺尔盖创造了人类的历史。

知道珠穆朗玛峰，还是在初一学地理的时候。地理教材讲道，与中国相邻的南亚国家中，有三个小国，即不丹、锡金和尼泊尔，而世界最高峰珠穆朗玛峰（又译"埃弗勒斯特峰"，即"Everest"；尼泊尔人称"萨迦玛塔"，即"Sagarmatha"），就屹立在中尼边境上。而且，教材前面所配彩图中，有一张即是珠峰照片，名为"珠穆朗玛峰雄姿"。当时，我对此"世界之巅"根本没有什么概念，只是若有其事地将她的海拔——八千八百四十八点四三米——做了一个换算：这个高度比从我家到县城的距离还远，骑自行车，也需要很长的时间。

而知道首次登顶珠峰的人，则是在二〇一一年看美国《国家地理》二十世纪八十年代所摄纪录片《重返珠峰》的时候。片中两位主角就是前面提到的埃德蒙·希拉里和丹增·诺尔盖。这部纪录片我看了好几遍，每次都有不同的感触。二〇一三年五月二十九日，人类首次登顶珠峰六十周年纪念日，即"珠峰钻禧"，尼泊尔，尤其是首都加德满都，举办了形式多样的纪念活动，使许多不曾了解这一段历史的人，包括我，得以兴致盎然地翻开那一段段尘封的历史。

一九五三年，埃德蒙·希拉里随探险队来到珠峰脚下时，心里一片茫然。他发现登上珠峰远比自己想象的要艰难许多。正当希拉里和同伴进退两难时，一个小伙子赶着牦牛走了过来。希拉里眼前一亮，看到了一丝希望。他走过去，连说带比画，希望这个健壮的小伙子能做他们的向导。小伙子愉快地接受了他们的请求，穿上皮袄就跟着他们出发了。这个小伙子就是让世界知道夏尔巴人的丹增·诺尔盖。一九五三年五月二十九日，希拉里和丹增终于站在了地球最高峰——珠穆朗玛峰那长不过五米、宽不过一两米的峰顶上，一举改写了珠峰顶没有人类足迹的历史。

二〇〇三年，纪念人类首次成功登顶珠峰五十周年的活动，一下子让五月的喜马拉雅山变得喧闹起来。五十多支登山队分别从珠峰北坡和南坡向珠穆朗玛峰顶冲击。尽管登山队来自不同国家，但有一点是共同的，那就是队里都少不了夏尔巴人，中国登山队此次攀登珠峰就雇了十几名夏尔巴人。夏尔巴人不仅负责探路、开凿阶梯和铺设绳索，还要为登山者提供后勤保障。而当各国登山队员在峰顶激动地展开国旗时，夏尔巴人只是平静地站在一旁。对他们来说，登山就是在上班，是一种谋生的手段。

▲ 一九五三年五月二十八日，埃德蒙（前）与丹增接近海拔二万七千三百英尺（图片来源于Getty/ 视觉中国）

在看《重返珠峰》时，夏尔巴人给我带来

最多的就是感动。这种感动是简单的，但又是复杂的，不禁使我一次又一次思考是什么塑造了他们的肉体与灵魂。他们似乎只能生活在这一景色雄奇的地带，又似乎化成了山羊、苍鹰和草木，消弭了烟火的痕迹。我不曾造访他们的聚居地，也不了然他们现在是一个什么样的生活状态。或许，那里真如新闻报道所述，生活、生产方式发生了很大变化。但是，不管那里以后还会发生怎样的变化，我相信，有一点始终不会改变：他们是珠穆朗玛峰的儿女。

外国登山者第一次来到尼泊尔时，大都是被珠穆朗玛峰所吸引，想接近或者登上珠峰。无论他们的愿望是否实现，当他们踏上归途时，谈论最多的都是夏尔巴人。在纪念人类首次成功登顶珠峰五十周年之际，希拉里于五月二十九日前往尼泊尔。记者在新德里采访希拉里时，他动情地说，他不想参加任何纪念活动，只想与夏尔巴人团聚，畅叙友情。

"……只想与夏尔巴人团聚，畅叙友情……"这句简单的话语包含着无限的情谊，也印证了《重返珠峰》里的一帧帧团聚和闲话友情的温馨画面。我觉得，珠峰就是一座藏族人民所崇敬的"圣女峰"，福佑着山下的每一个生灵。她使一名养蜂人远渡重洋，来到佛国圣地，与一名放牧牦牛的夏尔巴人偶然相遇；她使他们形影不离，克服艰难险阻，一朝屹立为世人心目中的"珠穆朗玛峰"；她以纯洁的冰雪保护着一颗同样纯洁的心，并使这颗心满满地装着最自然而无私的爱。这份纯洁的友谊和爱，我想，是珠峰给予希拉里最大的恩赐，而这种恩赐，在希拉里宽大的手中，又一次次化作一间间校舍、一个个诊所、一株株树苗……

五月二十九日，尼泊尔珠峰地区，为庆祝人类首次登顶珠峰六十周年，尼泊尔在继续举办世界最高海拔的"丹增—希拉里珠峰马拉松赛"的同时，增加了一个总长度为六十公里的超级马拉松比赛。

十年前，为纪念诺尔盖和希拉里首次登上世界之巅五十周年，尼泊尔设立了这项以两人名字命名的珠峰马拉松比赛。该比赛全长四十二点一九五公里，起点设在海拔五千三百六十四米的珠峰大本营，终点为海拔三千七百二十米的锡扬博泽。

为期四天的"珠峰钻禧"活动于二十九日达到高潮。一众登山名将云集加德满都的老王宫，出席庆祝仪式。英国女王伊丽莎白二世则出席了英国皇家地理学会在伦敦举行的"钻禧庆典"活动，并接见了丹增·诺尔盖之子。

这天，尼泊尔首都加德满都皇宫博物馆前，庆祝人类登顶珠峰六十周年总结表彰颁奖大会隆重举行。登顶珠峰及其各项纪录保持者、首次登顶珠峰者的家属等汇聚一堂，享受应有的荣耀。此次庆典活动也邀请了两位"第一人"的家属参加。埃德蒙·希拉里的孙女爱米丽亚·希拉里在颁奖大会上代表家属发了言，并被尼泊尔宣布为此次"钻禧庆典"和尼泊尔旅游局的亲善大使。

二〇一三年度的珠峰登山季，攀登珠峰掀起了前所未有的高潮，有超过两千五百人来到位于尼泊尔境内的珠峰南坡出发营地。而在中国西藏，也有约一百五十人计划从北坡攀登。目前，已有很多纪录被打破：五月二十日，失去双臂的加拿大人高塔姆成为第一个成功登顶的未戴假肢截肢者；五月二十三日，日本登山家三浦雄一郎以八十岁高龄，刷新了最老登顶者的纪录；五月二十四日，尼泊尔人普尔巴·谢尔帕第二十一次登上珠峰之巅，追平登顶次数纪录。

作为亿万圆颅方趾中的一员，我的身体与心理似乎都太过孱弱。我从未想过有一天会屹立于珠峰之巅，放眼寰宇。对我而言，珠峰已不再那么的具象，但亦非全然的抽象。五月八日，当我在飞机上拍摄她的雄姿时，脑中始终不曾闪过要去征服她的念头，一是因为我无暇分神，二是因为，我想，就这样被她征服，已经足够。

诺尔盖在回忆当年登顶的情景时说："（站在顶峰）我看到了前所未有、今后也不会再看到的景象，这种感觉既美好又恐怖。当然，恐惧不是我当时唯一的感觉，我太热爱这座雪山了！对于我来说，峰顶上所见到的不仅是岩石和冰，所有的一切都是温暖的、富有生气的……"

"……所有的一切都是温暖的、富有生气的……"这句简单的话，足以使所有人感动。自世界之巅，这种温暖与生气向四面八方弥漫着，渐渐地充溢整个世界。我想，这是一个拥有一颗善与爱的心、拥有单纯而坚定的信仰的人才会吐露的言语。

诺尔盖曾说："我替父亲放牦牛时就经常想象，登上峰顶就如同登天一样。在那样高的地方，一定住着神灵。"

因此，珠峰选择了他；因此，他被永远铭记。

在我浏览网上的一篇篇报道、一幅幅照片、一段段介绍的时候，脑海中总会闪现《重返珠峰》里的一帧帧镜头。我觉得，希拉里和丹增并没有离开我们，只是变成了安度晚年的老人，隔窗眺望着雪山之影。纪录片一开始，展现在观众眼前的就是三十多年前加德满都喧闹的市井画面。从熙攘的人群中，白发苍苍的希拉里爵士步履蹒跚地朝我们走来，走向夏尔巴部落……

　　毫无疑问，不仅是珠峰，更是希拉里和丹增他们自己成就了自己英雄的身份，而他们的壮举无疑变成了另一座珠穆朗玛峰，并激励着无数的勇士前仆后继。我觉得，征服这颗蓝色星球表面的制高点，对尤里·阿列克谢耶维奇·加加林飞入太空及尼尔·奥尔登·阿姆斯特朗登陆月球有着某种预兆。当加加林和阿姆斯特朗从浩瀚太空中遥望苍茫的青藏高原和白雪皑皑的喜马拉雅山时，他们是否能辨识出哪一座是珠峰？他们的脑海中是否闪过了希拉里和丹增的名字呢？

　　而这种预兆也在七年和五十五年后的中国露出了端倪。

▲　一九六〇年，中国探险队首次攀登珠峰。图为中国珠峰登山队在珠峰北坡向主峰冲刺。远处的那座山峰即为珠峰（图片来源于陈宗烈／中国知名摄影家作品档案网／视觉中国）

直至一九六〇年，北坡还没有成功登顶的先例。一九六〇年，国家体委决定由中国人单独组队，从北坡挑战珠峰。在当时非常困难的情况下，中国登山队经过两个多月的奋战，最终王富洲、贡布（藏族）、屈银华三人于当年五月二十五日四时二十分成功登顶。

二〇〇八年，"更快、更高、更强"的奥林匹克精神，随着那一团永世不熄的圣火，从遥远的奥林匹斯山，万里传递，并在珠峰之巅映出一抹温暖的中国红。

中国人对珠峰的感情是骄傲、热爱与神往交织的，就像那首深情的歌——《珠穆朗玛》：

> 你高耸在人心中，你屹立在蓝天下，
> 你用爱的阳光抚育格桑花，
> 你把美的月光洒满喜马拉雅。
> 我多想弹起神奇的弦子，
> 向你倾诉着不老的情话。
> 我爱你珠穆朗玛，心中的珠穆朗玛！

在这世上，还有什么像珠峰的冰雪那般纯洁？是爱。因此，我想，我会和我的她在珠峰脚下拍下一张张照片，让圣洁的珠峰见证那份深厚的爱恋。但是，我又担心，那时的珠峰还会如我们想象和期待的那样吗？那时，我们是否会爱她爱得有些心痛、有些无奈？

六十年过去了，在经济杠杆的强力催动下，并得益于现代科技和勇敢的夏尔巴人的帮助，攀登珠峰正变得越来越简单，从过去象征着冒险的勇敢者游戏，迅速向平民百姓靠拢。每年来到尼泊尔境内攀登珠峰的人数大幅增加，仅一九九〇年到二〇一二年间，攀登珠峰的成功率就上升到百分之五十六。

然而，过度的商业化让珠峰人满为患、垃圾成堆，给当地脆弱的生态环境带来了明显的负面影响。登山者用完的氧气瓶、攀山设备、帐篷，甚至排泄物等，都成了污染珠峰生态环境的元凶。所幸的是，一批志愿者推行了一个名为"拯救珠峰"的环境保护计划，在当地村落设立十五个废物处理设施，过去三年内，清理了十吨垃圾。志愿者还与尼泊尔政府合作，计划要求登山者把携带的装备全数带回，否则罚款两千五百英镑。

一九九九年，一支美国探险队发现了一九二四年登顶时失踪的英国登山家乔治·马洛里的遗体，并拍下了遗体的照片。希拉里得知后，在公共场合大发雷霆，认为美国人的做法"令人讨厌，冷酷无情"。

二〇〇六年五月，英国登山者戴维·夏普被困珠峰山顶附近，数十名登山者从他身边经过，登顶后返回，但没有人施以援手，夏普最终缺氧身亡。年过八旬的希拉里获知此事后，大为震惊，称那些登山者的冷血让他"恐惧"。他说，如果能救活一条生命，他宁愿放弃"第一个登顶"的荣誉诱惑。"生命远比爬上山顶重要！"

"生命远比爬上山顶重要！"或许，面对这样的一幕幕，珠峰也会哭泣。只是，我们看不见她的泪珠，因为她的泪珠早已化成了冰雪。对于创造了人类历史的希拉里来说，这句话仿佛就是他站立在珠峰之巅，向着寰宇发出的一声喟叹。毫无疑问，是珠峰给了他这样一个高度！

今年四月二十七日，三名欧洲登山者在位于七千米高山的大本营上，与上百个夏尔巴人爆发了群殴，被称为"史上最高冲突"。这一事件拉开了珠峰首登六十周年新高潮的序幕。随后的一个月，有人死亡，有人破纪录，在我们这个星球最纯净的世界屋脊，商业登山让此处不复平静。

希拉里在去世前两年，曾说过这样一句话："攀登珠峰的味道已经变质。"现在，我们或许不得不扼腕叹息："这一方净土正在渐行渐远！"创造历史的那一刻，他们是否想到了此后的半个多世纪，这一座绝域神山会有着怎样的境遇？当一群又一群人满足了征服的欲望时，他们其中又有几个会坐下来，和夏尔巴人"畅叙友情"？当我们透过飞机的舷窗震撼于那群峰拱卫的"金字塔"时，又有谁看到了那历久弥新的冰雪正加速融化？是否有一天，我们再也辨识不出那就是珠穆朗玛？

命丧于距离顶峰五百米处的马洛里，生前留下一句名言流传至今："因为山在那里。"

因为有了珠穆朗玛峰，才有了这句名言，也才有了前仆后继的勇敢践行者。有的人成功了，有的人失败了，有的人被永远埋在了珠峰的冰雪之下。曾经，我认为珠峰遥不可及，与她隔着沙海、高原、大河。现在，我置身于喜马拉雅山中，隔窗听着印度洋暖湿气流受其阻挡而抬升、遇冷形成的雨的淅沥之声。我在尼泊尔，在珠峰之南，但却从未与她相对凝视。我相信，终有一天，我会向她迈开脚步，"因为山在那里"。

一九八八年，"雪山之虎"丹增·诺尔盖离开了我们。二十年后，埃德蒙·希拉里也离开了这个世界。我们都知道他们去了哪里。那个地方，"所有的一切都是温暖的、富有生气的"，而且"住着神灵"；那个地方，他们可以和一些可爱的人"畅叙友情"。

登顶当天傍晚，两人回撤至大本营。希拉里告诉队友们："我们打败了这狗娘养的！"当时的伦敦《泰晤士报》率先报道了这一人类壮举，全世界为之轰动。四天后，英国女王伊丽莎白二世登基。女王向希拉里授出自己登基后的第一个爵位。希拉里迄今仍是唯一一名英国本土外获女王封爵的非政治人士。功成名就后，希拉里也面临困扰。有人怀疑，真正首位登上珠峰的不是希拉里，而是他的向导丹增·诺尔盖。面对质疑，希拉里始终保持沉默，拒绝宣布自己就是"珠峰第一人"，只表示两人作为一个团队登顶。这种说法让怀疑者更觉希拉里有欺世盗名之嫌。希拉里只委婉表示，这是他对同伴的承诺。

直到一九九九年，希拉里才打破沉默，在《险峰岁月》一书中首次揭开谁先谁后的谜底。"我们挨得很近，丹增把绳子松了松，我继续向上开路。接下来，我攀上一块平坦的雪地，从那里放眼望去，只有天空，"希拉里写道，"丹增快步跟上来，我们惊奇地四处张望。当意识到登上了世界之巅后，我们被巨大的满足感包裹。"

看完这两段文字，我沉思良久。我想，即便希拉里不曾打破沉默，这个质疑和悬念也没有去深究的意义。一步之差又能如何？他们一起实现了心愿，并创造了人类的历史。这对于他们来说，对于我们来说，难道还不足够吗？这样一个承诺，是以珠峰的名义作出的，也是对这座神峰的无限敬畏。在她的面前，我们无须界定何为伟大、何为渺小，我们甚至不需要什么盖棺定论。

▲ 一九五三年五月三十日，埃德蒙（右）与丹增成功登顶珠峰后，在西部 Cwm 的四号营地喝茶庆祝（图片来源于 Getty/ 视觉中国）

这段历史，注定只能由他们两个人一起来创造。看着他们全副装备、形影不离的照片，我感觉他们就像一对亲兄弟或者生死之交。因为一个偶然的机缘，他们在珠峰脚下相遇，然后风雪无阻，简单而坚定。王静所写《静静的山》，我还没有拜读。有人说，它就是"你身边的梦想之书，带给你山的气息、攀登者的气质和勇敢者的心境，为你标注梦想与人生的路标"。我觉得，这句评判用来形容希拉里和丹增也是最恰切不过的，对如今的冒险家与登山者来说，也具有鲜明的导向意义。

"没有人比希拉里爵士对珠穆朗玛峰地区或对夏尔巴人帮助更多。"当地一间旅馆的主人巴桑·拉姆胡说，"这个地区的发展都要归功于这个传奇人物。"成功登上珠穆朗玛峰之后，他曾一百多次回到尼泊尔，并建立了喜马拉雅基金会。在喜马拉雅山附近建立了二十七所学校、两所医院和十二家诊所，还修建了一条机场跑道，以促进旅游业的发展。成千上万的夏尔巴人因此受益。

　　读罢上面这一段文字，我禁不住又看了一遍《重返珠峰》。这一次，我的内心莫名地泛起一股朝圣般的情愫。是希拉里领着我们走进了夏尔巴人的生活，让我们看到了珠峰之雪映照的夏尔巴人酱紫色的脸庞和木石垒砌的房舍。是朴实热情的夏尔巴人给他献上了洁白的哈达、醇厚的"家酿"、喷香的奶茶和诡秘的跳神表演，并让他欣然意识到，自己的双手，除了攀冰抓石，还可以建造漂亮结实的房子。而当他与丹增的双手紧紧相握时，一切都被定格……

　　一座山峰，一个甲子。对于前仆后继的征服者，我心怀钦佩；对于他们的成功登顶，我表示祝贺；对于永远倒在冰雪之中的勇士，我无限敬仰。我不是他们中的一员，我甚至不曾站在珠峰的脚下，献出我的一个仰视。这确乎是一个缺憾。因此，在我的双脚向着那里迈出之前，在这样一个特殊的日子，我想为她，为他们，也为我自己作一番打点。于是，我攥起了笔，以喜马拉雅之夜为墨，以珠穆朗玛峰的冰雪作纸，书写下一个个文字。而此刻，这一篇作文，我该与谁分享呢？珠峰，你能否告诉我？

二〇一三年五月三十一日至六月二日
尼泊尔联邦民主共和国

　　【注】本文图片与引文均来源于网络新闻。本书作者将引文中的阿拉伯数字转换成了汉字。

工地散记

五月九日，我结束休假，从国内回到尼泊尔。那天下午，由于从加德满都出发时已过四点，我和随行的同事赶到位于喇嘛巴嘎村的营地时已经十一点多。次日八点左右，我突然接到安排，须即刻搬到下游十三公里处位于贡嘎村的联营体办公室办公。该办公室设在水电六局发电厂房项目部。之所以有"联营体办公室"这样一个称呼，是因为上塔马克西水电站项目是由水电十一局与水电六局共同承建的一个联营体项目。

五月二十日，正当不知何时才能再回喇嘛巴嘎之时，我突然接到另一个安排：须于次日返回喇嘛巴嘎，加紧翻译标书。

自二十一日上午十点左右，到二十二日凌晨三点多，总工程师雷春华、副总工程师杜海民和我，除了中餐和晚餐时间，就一直在小会议室里鏖战。其实，二十一日开工时我们原本是四人组合，只是九点多的时候，郑晓芬回办公室翻译去了，早早脱离了四人组。凌晨三点多，我回宿舍休息。六点的闹铃响过之后，我依旧睡思昏沉，直到七点一刻，才强打精神爬起来，匆匆洗漱之后，往嘴里塞了两块饼干，就径直去了雷总办公室，直到那时我才得知，原来雷总和杜总整夜都没有合眼。

八点左右，收尾工作料理完毕。由于次日一早就要回贡嘎村，因此，尽管十分困乏，我却不想把白天剩下的这十来个小时全然耗费在床上，我想看一看我们的工地。九点多，我和技术部的张晓明一起步行前往营地上游两公里左右的大坝施工区。

沐浴着干净灿烂的阳光，放眼雄伟葱茏的山峰，经从一座座简陋低矮的干摆石农舍，举目那条雪白如练的"骑士之花"瀑布（作者取

▲ 大坝上游沐浴在晚霞中的雪山（葛闯和摄于二〇一三年十月二十九日）

的名字），呼吸着清新湿润的空气，看着那一张张黝黑质朴的脸庞，我觉得自己并未和这里久违，一切都还是那么熟悉！不过，虽然熟悉的感觉是亲切的、美好的，我此行却是要寻找一种陌生的、新鲜的、令人期待的感觉，而这种感觉，就在此段塔马克西河谷的那一端，就在不远处的两山夹峙之间。

我回国休假之时尚空旷一片的地方，如今耸起了钢筋密匝的混凝土构筑物，那是我们的沉沙池，而我们的大坝，似乎在一寸寸增高、一寸寸伸延。站在修筑于奔腾不息的塔马克西河河岸的铅丝笼围堰之上，我从不同的角度，为我们正在成长起来的大坝拍下一张张照片，而照片里，也总有一个个看起来瘦小却十分可爱、戴着黄色安全帽的尼泊尔工人。他们其中很多人的家，就在贡嘎村，就在美丽的喇嘛巴嘎村。

我向着塔马克西奔流而去的方向眺望，大块的绿、大块的白和大块的蓝，以及钢筋加工厂、材料库、员工营地的排排活动板房、绿树掩映中房舍错落的上喇嘛巴嘎村，还有那一座横跨塔马克西河、经幡辉闪的吊桥，组成一幅斑斓的油画扑入视野。

正当我在大坝现场办公室跟同事朱有田和一位外协队负责人交流工作的时候，尼泊尔监理工程师巴拉腊姆满面堆笑地走了过

▲ 作者同事留赠的便笺，留赠时间大约是二〇一三年（摄于二〇二四年一月十六日）

来。我起身相迎，他张开双臂给了我一个大大的拥抱。我们坐下来，谈笑风生了很长时间。其间，他说他从晓芬那里得知我出了一套四卷本的书，问我能否送他一套。我回国休假前夕，他特地拿来一串印度檀香念珠，说是送给我妈妈的礼物。我一直在想应该以怎样的礼物回赠，现在看来，确实没有什么比我自己写的书更合适的了。只是来时行李过多，因此就只带了两套，一套送给了自己的项目，一套送给了兄弟项目——库里卡尼Ⅲ水电站项目。于是，我抱歉地对他说，现在手头上没有，回头一定捎来一套送给他。

借此机会，请允许我向项目部提供的慷慨支持表示诚挚的感谢。书籍出版后，项目部不仅给予我奖励，还决定以项目部名义购买一部分，发放给项目员工，并赠送给相关兄弟单位，这使我能与更多的人分享这一缕墨香，同时也坚定和增加了我继续写下去的信心和动力。

从大坝工地回来，我们径直向营地下游的下喇嘛巴嘎村走去。看到那幢粉刷一新的业主和工程师办公楼，晓明不无自豪地说："你看，我盖的房子漂亮吧！"虽口上对他揶揄不断，但其实我能从心底里体会到他当时的感受。这样一座崭新的房子，以鲜明的姿态出落于人们的眼前，就像一个穿着花裙的孩子。而且，这孩子是幸福的，因为有很多的"爸爸"爱着她，而在这些"爸爸"中，又有多少还未真正的身为人父呢？

▲ 塔马克西河与喇嘛巴嘎村业主楼（摄于二〇一四年十月一日）

在这座地标式办公楼不远处的道路西侧，装点着三四幢崭新、别致、精巧、夺目的小别墅。那都是村民自家的房子，也是在我回国休假之前、在我们的项目开工之前从未出现过的几抹鲜亮的色彩。这个充满浓郁藏族风情的村落正在漂亮起来、时尚起来、热闹起来，点缀着清新依旧、葱茏依旧的塔马克西河谷。

来到那崭新漂亮的别墅前，我一眼便看到了那个会令人油然想起"身宽体胖"一词的熟悉的身影，她就是我们的尼泊尔员工达瓦·顿珠·纳加尔科蒂的妈妈。自业主楼南侧有一条上坡的路，路边最靠里的那幢十分气派的双层藏族风格楼房就是她家的另一处房产，既是商店，又是旅馆。这间新店里的货物可以说是当下村子里最丰富、最上档次的，且很多都是中国货，如花生、饼干、方便面、火腿肠，等等。我们一番挑选之后，买了一些吃的、喝的，然后返回营地。

来到技术部办公室，我和两位新面孔——雷涛和朱楠聊了一会儿。其间，我发现桌子上有一本薄薄的小书，书名是五个遒劲有力的毛笔字——"平凡的高度"。前几天，浏览水电十一局网站的时候，我在"企业文化"一栏看到一则新闻，说十一局编辑出版了一本故事集，大概就是眼前的这本。我翻了翻，里面收录的都是一些简短的故事，而且主人公里就有我认识的，例如现任库里卡尼Ⅲ水电站项目经理张喜林和十一局开展海外工程以来第一个在海外举办婚礼的陈策。而在我所认识的作者当中，则有葛闯和、段京萍与何志权。

这样一本小小的书，虽薄，却凝聚和展现了十一局半个多世纪以来平凡中见高度的水电人精气神，为平凡的水电人筑起了一座树碑立传的平台。其实，我也想筑起这样一座平台，那就是，将十一局海内外员工以海外背景为创作素材的文章结集出版，让更多的人透过他们的视角，了解异域风情、驻外工作和生活，并且知道，水电人并非只懂阳刚不懂温柔。我将十一局网站发表的散文中的两篇，即段京萍主任的《去非洲，看爸爸》和王正航的《行走委内瑞拉——图说委内瑞拉之巴里那斯》的链接发给了一些朋友。看完之后，他们都为水电人能写出这么优美的文章而惊讶不已。而我们水电子弟所要做的，我想，就是让更多的人惊艳于我们。

二〇一三年六月
尼泊尔联邦民主共和国

夜雨红茶

　　五月二十二日下午四点多，我问郑晓芬饭后愿否到村子里散散步，她欣然同意。我们出发时，已近七点，喇嘛巴嘎村已然灯光点点。营地上游那所高里·尚卡尔小学所在的宽阔草坪上，一群年轻的尼泊尔工人正在热情高涨地踢足球，给渐趋平静的喜马拉雅山之夜平添了几分喧闹。

　　风，轻轻拂面，凉润润、甜丝丝的，令人神清气爽。我们原打算再去拜访我此前所写散文《苞米香》中提到的那户人家，怎奈赶到时，那户人家却门窗紧闭，屋内虽亮着灯，却不见人影。于是，我建议到吊桥上走一走。

　　去吊桥的路上，由于光线昏暗，我们只得眯着眼、猫着腰，但她最后还是不慎踩到了一摊泥水。五分钟不到，我们就来到了塔马克西河的岸边，两个当地姑娘正站在桥台上说笑。到得桥台下面，我举头用尼泊尔语向她们问好。她们迟疑了片刻，继而用清脆的声音向我回敬。在这水深流急的塔马克西河上，那银铃般的笑声简直令人

▲　塔马克西河上挂满经幡的吊桥（葛闯和摄于二〇一三年十月十五日）

陶醉！上得桥台，我径直向桥面走去，而晓芬站在桥台之上，迟疑不敢举步。或许怕我再次写她胆子小，又或许是受我轻快脚步的鼓动，不久，她也迈开了步子，踏上了晃晃悠悠的桥面。

一条条褪色的经幡在风中猎猎抖动，塔马克西河水的轰鸣不绝于耳，使我心旷神怡、心旌摇荡。可惜天已入夜，不然，我一定叫她给我拍上十几张照片。待走到另一端，我们转身望去，只见灯火点点。在我们的正对面，距河岸七八十米处，是一座双层的干摆石小楼，二楼的门开着，屋内通明。我建议过去做客，她觉得是个好主意。半支烟不到的工夫，我们就来到了小楼下面。由于光线太暗，我根本看不清一楼有什么，不过有鸡的声音从那里传来，似乎还堆着一堆柴火，大概是鸡圈或者牛棚吧。

我们爬上陡峭的楼梯，来到门前，朝屋内瞥了一眼。女主人裹着被子，趴在床上看电视。看电视的还有坐在地铺上的男主人，以及坐在另一张床上的一个小男孩儿。而靠近女主人那张床床头处，还有两个年纪更小的孩子。看起来，这是一个五口之家。此情此景使我觉得，若就这样叫门，恐怕太冒昧。何况，门前可是放着几双鞋子呢，若我们要进得屋内，出于礼貌，大概还得先把鞋子脱掉。因此，我们决定离开。但是，我们刚转身走出两步，屋内就传来了男主人的叫声。虽然听不懂什么意思，但我们当即意识到，这次铁定要做一回客人了。男主人将肥胖的身子探出门，一边朝我们招呼，一边挥手。我们转身走过去，问他是否允许我们进屋，他随即连说带比画地邀请我们进去。当被问到我们是否得把鞋子脱掉时，他连说不用不用，并热情地将我们往屋里让。我们恭敬不如从命。

屋内陈设简单，无非两张床、一个地铺、一些锅碗瓢盆、一张类似于案板的桌子，而家电似乎只有头顶的那盏灯泡、屋角的那台破旧电视，以及一台还算现代却布满污渍的微波炉了。或许正是因为屋子过于逼仄，屋内才显得灯光炽炽，且比外面暖和许多。空气中弥漫着一股说不上来的浓重的味道，那种味道，在尼泊尔普通老百姓家里，通常都能闻到。

家里一共三个孩子，长子十三岁，长女七岁，小女才两岁。三个孩子都是典型的南亚娃娃模样，浅黑的肤色、大大的眼睛、长长的睫毛，而且都肉乎乎的，看起来格外漂亮、聪明、可爱，招人喜欢。女主人趴在床上，几乎一言不发，男主人虽然十分热情，但几乎不会讲英语，即便偶尔蹦出来一两个单词，发音却着实不标准。而三个孩子呢，大概是因为第一次近距离接触外国人，

▲　作者与兄妹二人合影留念（郑晓芬摄于二〇一三年五月二十三日）

显得有些认生和拘束，像妈妈一样，一声不吭。虽然语言交流困难重重，但对我们来说，这并不要紧，因为，能做一个客人，且有主人欢迎，足矣。

小男孩儿盘腿坐在床上，手里摆弄着一只皮球，目不转睛地看着电视。我很快就判断出来，电视里播放的是《功夫小子》。对于他这个年纪的男孩子来说，这种儿童题材的励志功夫电影，确乎极具吸引力。他虽然已经十三岁，但看起来却只有八九岁的样子，尽管他的身材并不瘦小。而且，他只会说一点点英语。对于一个尼泊尔孩子来说，这似乎有些不同寻常，因为尼泊尔的孩子从一入学，就接受英文教育，到五六年级时，通常就已经能流利地说英语了。不过，尼泊尔的整体教育水平不高，且教育资源

▲ 作者尼泊尔同事普斯卡·拉杰·乔希家的
孩子（普斯卡·拉杰·乔希供图）

分配具有明显的地域及阶层差异。像喇嘛巴嘎这样偏僻的山村，教育资源和质量可想而知。

自始至终，晓芬都在感叹老大和老二长得是那么的漂亮。我想，在他们漂亮灵秀的脸庞之下，一定蕴藏着一颗纯真的心。他们出生在这喜马拉雅山的一隅，在一条大河的岸边，看到的永远是蓝天、白云、绿树、青山和缤纷的花，听到的永远是滴答的雨脚、瀑流的轰响、山羊的咩叫和深沉的涛声。

"大山很美，住在大山里的人也一定很美。"我想，与其说是妈妈给了他们生命，倒不如说是这里的山和水孕育了他们，还有他们的灵魂。他们或许能从一两部外国电影中管窥山外的花花世界，但是，他们对山外的世界又有多少直观的感受呢？他们幼小的心灵里到底埋藏着哪些憧憬呢？我是希望这一代的孩子能够走出大山，寻到一种与山脊轮廓线不太一样的轨迹的。当然，我更希望他们能始终以山和水的姿态与气韵行走东西，且脚步愈远，离这山村却似乎愈近。

在这逼仄的房间里，没有书包、课本和文具，也没有花花绿绿的衣服，更没有各种各样的零食和玩具，最多的是挂在那唯一的一根搭衣绳上的色彩缤纷的围巾，一条条垂在妈妈床榻的上方，似乎组缀起了一个尼泊尔山村妇女人生的全部。而对于那位看起来五大三粗却十分憨厚老实的男主人，他或许比祖辈更加强烈地渴望摆脱那条既定的路线。但是，他似乎又无力摆脱某种因袭的桎梏。他一路走来，却发现自己只是一年比一年苍老下去、平静下去。毋庸置疑，他是家里的顶梁柱，无论当下，还是未来的十几或几十个年头。几只羊、一头牛、门前一片蓬勃的土豆田，这就是几百年不曾改变的口粮来源。

▲　作者与主人全家合影留念（郑晓芬摄于二〇一三年五月二十三日）

当他示意我们看他的脚时，我们吃惊地发现，他的一只脚竟然缠着绷带。我们随后得知，他是我们项目上的一名木匠，三个月之前砸伤了脚背，一直在家休养。他还给我们报出了他的工号，然后拿出了在查理科特市的医院拍的 X 光片。将片子举到灯下看时，我蓦然觉得那白森森的骨架有着某种悲剧性的意味，那种彻底的悲剧性的意味。他的受伤，对于这个家庭来说，或许是无奈，又或许只是一段平淡无奇的插曲。我只希望他能早日走回我们的工地，为项目的建设，也为他的家，添一块砖、加一块瓦。

由于语言交流上的障碍，关于他家的一些基本信息，我们都无从得知。但我们可以想见，他们的故事和其他千家万户的故事一样，无非流淌成了山间一条细弱的溪涧。

此次拜访，最快乐的时刻莫过于合影留念了。我和三个孩子照了一张又一张照片，也和他们一家五口来了几张"全家福"。当原本彼此陌生的面孔在镜头里被一次次定格时，一片片时光也随即沉淀下来。和他们近近地坐在一起，我有一种莫名的感动，我仿佛成了这个家庭的一员，成了拥有一个弟弟和两个妹妹的大哥哥。我希望三个小家伙都能健康快乐地成长，也希望他们此生

▲ 正在准备红茶的女主人（摄于二〇一三年五月二十三日）

的记忆不要只是这山、这水，也不要没有这山、这水、这村落。

男主人问我们想喝什么饮料，可乐还是"奇亚"。我们当然想喝红茶，这也是我们此行的目的之一。听到丈夫的吩咐，女主人下了床，围着一条棉布裙子，光着脚，走到案板前，忙活着给我们冲红茶，很快就冲好了。她将两满杯浓浓的红茶放在一只铝制的小碟子上，递到晓芬和我的面前。红茶很烫，杯口氤氲着浓郁的奶香。在我的记忆里，这奶香不知道已经是第几缕了。

八点左右，我们起身告辞，但刚跨出门槛，女主人突然喊了一声，接着便追到了门口，然后将一只手伸向了晓芬。原来，她手里握着的是一沓钱，而那钱是晓芬从床上站起来时从裤袋里滑脱出来的。这一幕着实让我们感动，并愈加使我们相信，"大山很美，住在大山里的人也一定很美"。外面，不时有雨丝飘落，溶溶的夜色，凉如泉水。我们眯眼、猫腰，下得陡峭的楼梯，但还未走出几步，女主人竟再一次追了过来，然后将那只亮着的手电伸向了我们。

回去的路上，我们脚步轻快，心情愉悦，仿佛回到了《苞米香》中那个同样有雨丝飘落的夜晚。远远望去，我们的管理营地灯火闪亮，在混凝土拌和站的水泥罐映衬下，宛如一艘豪华的游轮，使我不禁想起纪录片《话说长江》中出现的那艘"长江公主号"。宽阔的河谷，雄伟的山峰，此情此景，令我们恍然置身于雄奇的长江三峡。或许，这就是此尼泊尔"民族之荣光"项目被赞誉为"尼泊尔小三峡"的缘由之一吧。

虽然在喇嘛巴嘎村仅逗留了短短一天时间，我却真切地感受到了营地发生的巨大变化。无论是那一张张新鲜而朝气蓬勃的面孔，还是生活区增植的一株株缤纷花木；无论是每间宿舍都新安装的热水器和淋浴喷头，还是每一扇宿舍门门框上张贴的由葛副书记悬腕挥就的原创春联；无论是一块块英语和尼泊尔语双语对照的警示牌，还是武装警察把守的哨卡及路边那一家家崭新的饭馆：这一切都把一个充满着祥和与活力的项目区呈现在更多人的眼前。

二十七日，同事胡华强来贡嘎村的联营体办公室办事。事情办完后，他打算到村子里买些水果。我给他一千卢比，托他买一大包花生和两包瓜子带回去交给晓芬，然后由她在送还手电的时候，作为一份小小的礼物送给那三个孩子。晚上，晓芬说，她已经安排合同部的一个尼泊尔员工送去。至于那些照片，如果有机会，我会洗出几张送给他们作为纪念。对于连镜子都没有的他们来说，或许能从照片中发现，自己原来是那么漂亮、那么可爱，自己的微笑原来是那么羞涩、无邪和纯真。

二〇一三年六月
尼泊尔联邦民主共和国

喜马拉雅小夜曲

《河之南·山之南》出版之前，我即打算出版后向时任中国驻尼泊尔大使杨厚兰先生赠送一套。怎料，图书三月初面世之时，正是杨大使离任之际。现在，他是中国驻缅甸特命全权大使，而接任中国驻尼泊尔大使之职的则是吴春太先生。

在此，我暂且学尼泊尔政府及人民，对杨大使和吴大使表示欢送与欢迎！

想来，这似乎含着几分阴差阳错的味道。不过，这味道却值得细品。我自然十分期待能将这套书送到两位履新的大使手中。

本套书中，以尼泊尔为创作背景或在尼泊尔完成的篇章，从量上来说，约占半数，而这也是我之所以打算将其送给中国驻尼泊尔大使的原因之一。

我想，看了其中描述尼泊尔的文字，远在缅甸联邦的杨大使或许会被勾起一些美好的回忆；而尼泊尔的新客人、新朋友吴春太大使，大概会通过这样一位在尼泊尔工作两年的年轻人的笔触，感受到一丝浓

▲ 作者已出版的图书，作者曾用笔名阆羽郎（袁金华摄于二〇二二年五月十七日）

郁的尼泊尔风情。

　　昨晚，我第一次认真地浏览了中国驻尼泊尔大使馆的网站，透过一段段文字，了解到中尼之间源远流长的友邦关系，在经济、政治、文化、教育、旅游及民间等诸多领域的友好交流，以及两国继往开来、共同发展的美好愿景。中国和尼泊尔毗邻而居，绵亘的喜马拉雅山和高耸的珠穆朗玛峰见证并将永远象征着中尼友谊地久天长。

　　尼泊尔是我去到的第一方异国，我已然将她视作第二故乡。如果看过我的关于尼泊尔的文字，你大概不难猜出我对这方南亚国度所抱的情怀。她有雄奇壮美的山川、挖掘不尽的历史、层出不穷的故事、丰富多彩的风土人情。她像缤纷的花，迷人双眼；

▲　查理科特市某宾馆庭院内的路灯与远处喜马拉雅山脉若瓦岭山谷沿线的连绵雪山。右上端那座呈三角形的山峰应为群峰中的第一高峰——乔戈茹峰，海拔七千一百八十一米（摄于二〇一三年十二月二十五日）

像林中的泉，悦人双耳；像酸甜的果，开人胃囊；像氤氲的香，撩人肺腑；像无垠的稻，惹人轻抚。她是一方当你醒来时却感觉还在梦里的神秘而神奇的土地。

因此，她需要这样一双眼、这样一双耳、这样一张口、这样一只鼻、这样一双温存的手，你的和我的。因此，我注定来到这里，也注定重返这里。雨季已然如期而至。淅沥雨夜中，窗帘上赫然趴着一只硕大螳螂，半掌大小的蜘蛛乍然出现。推开屋门，雨丝扑面，眼前从稀疏住户窗口里透出的灯光，灼灼然若灿星五六点，嵌在大山映出的暗沉天幕上。那是几颗陨落的星辰，但我不会去捡拾，就这样看着，足矣！

二〇一三年六月一日

尼泊尔联邦民主共和国

尼国甲午

　　癸巳年，己未月，甲午日。我的生日。

　　在人们的印象里，喜马拉雅山的一切都是不会老的。在我的眼中，喜马拉雅山的一切都带着灵气。"大山很美，住在大山里

▲　查理科特市葱茏茂密的树木与远处喜马拉雅山脉若瓦岭山谷沿线连绵的雪山。近前的那座山峰为群峰中的第二高峰——珠穆次仁玛峰，海拔七千一百三十四米。"珠穆次仁玛"是信奉藏传佛教的夏尔巴人对其的称谓，印度教徒则称其为"高里·尚卡尔"。这座山峰在藏传佛教和印度教中均被视为"圣峰"。该峰右侧的那座山峰应为乔戈茹峰（摄于二〇一三年十二月二十五日）

的人也一定很美。"因此，我是幸运的，居住在这世间最雄伟的山脉里，修炼着一颗向美的心。

君试想，如果你是在喜马拉雅山里度过此每年一度重要的日子，亦即，有喜马拉雅山默默见证着你这样一个微小生灵每年一度重要的日子，那该是一件多么美好的事情啊！

在喜马拉雅山的眼中，个体生灵的生命周期或许可以忽略不计，而一个初生的婴儿或许就已经现出了衰老的迹象。但我不求像她一样拥有永久的青春，我只求能像她的其中任何一座山峰那样，伫立出伟岸的姿态。

二〇一一年，我在加德满都度过了二十五岁生日。去年，我在这山中度过了二十六岁生日。包括这两个生日在内的此前所有二十六个生日对我来说，都显得那么稀松平常，不仅因为我没有收到什么特殊的礼物或者举办一个再简单不过的派对，更因为我的生命缺少精彩，寸寸光阴似乎统统虚掷。因此，每到生日这天，我就感到隐隐的惭愧与失落。

而今年的这一天，我知道，我不会举办，且别人也不会为我举办什么派对，我也不会有其他特殊的庆祝方式，但是，它无疑会产生从未有过的特殊的含义。

对于《河之南·山之南》这一套四册的书，不知你是否听说或阅读过，不知你是怎样理解这样一个书名的。其实，"河之南"就是黄河之南的中原，而"山之南"就是喜马拉雅山南麓的尼泊尔。当然，这个名字并非我刻意为之。中原是我的故乡，而从感情上，尼泊尔无疑是我的第二故乡。我以故乡为背景、以故乡为名义写书、出书，是再天经地义不过的事情。因此，当我坐在喜马拉雅山一隅、贡嘎河或塔马克西河边的活动板房里闭目回想的时候，我心怀感恩与眷恋。我和她们的关系一时暧昧，是恋人，是母子，还是……

或许，我应该坐在黄河边，或者爬上一座山头，翻开一本书，给她们朗读一篇文章，关于她们的，抑或不是。在这样一个日子，河还是那河，山依旧这山，我也不会变成空气或神仙，但我的生命会因她们而永远地山环水绕。

▲ 作者在塔马克西河畔的怪石上（摄于二〇一二年三月十六日）

山上的灯火，稀疏闪烁，在淅沥的雨声里，恍如隔世。但那灯火是再真切不过的，灯火映照着的一张张黝黑的脸庞也是再真切不过的。我似乎能听到从那看不见的干摆石房屋中传出的话语声，很轻，断断续续。在这样的时刻，我惯于思考一些抽象而深刻的命题，诸如生与死、生命的意义，等等。在这样一个日子，我似乎明白了许多，又似乎越想越糊涂、越纠结。俯仰之间，举步与落脚之间，似乎都游离着某种蜉蝣一般的昆虫。半月前的那个夜晚，当我躺下时，我看到墙壁上有一个闪烁的光点。当它飞起来的时候，会放出更大的光亮，直晃眼。为了避雨，那只萤火虫飞进了宿舍。在那无边的黑暗里，它的闪烁的光亮似乎突然失去了意义。今晚，如果我面前放着一只蛋糕，蛋糕上插着一支蜡烛；如果在我将它点亮之前，一只萤火虫落在了烛端，久久停留，那么，我会吹走这一星闪烁的火焰吗？我想我会对着这只神的精灵，闭上眼睛，抱拳许下心愿。或许，当我睁开眼睛时，它已然消失不见，唯有冷冷的、雨声淅沥的夜。

从来没有哪一次生日，我会如此长长地回首，又如此遥遥地憧憬。在喜马拉雅山的眼里，这些回首和憧憬，以及我的已然发

▲ 作者在塔马克西河上的吊桥上（郑晓芬摄于二〇一二年八月十七日）

生和正在酝酿的历史，无非稗草、云烟。而变成一株稗草或者一片云烟，于我，却全然无以企及。

当然，除了这份特殊的礼物，我还收到了许许多多的朋友发来的生日祝福。收到身在六大洲的中外朋友们的祝福，我喜出望外。我平生第一次有这样的经历，因此这也是今年的生日具有特殊意义的缘由之一。

在这里，我将部分朋友的祝福分享出来，以表示对他们的感谢。

（一）薄时（北美洲，美国）："如果风停下脚步，那就没有落叶的飘逸；如果云停下脚步，那就没有了雨水的洒脱；如果你停下脚步，那就没有了大哥的叱咤风云。Happy birthday，愿你的脚步永远延伸。"

（二）韩强（亚洲，阿富汗）："عيد ميلاد سعيد（阿拉伯语，生日快乐）。最美好的生日祝福送给我的榜样袁海厅。希望能看到更多让我感到沁人心脾、为之一振的好作品，为更多人树立正能量的榜样！"

（三）张威（欧洲，法国）："Bon anniversaire!（法语，生日快乐）"

（四）罗霞（南美洲，哥伦比亚）："Feliz cumpleaños（西班牙语，生日快乐）上联：年年有今日；下联：岁岁有今朝；横批：不知今夕何夕。"

（五）艾什（Ash，大洋洲，澳大利亚，土耳其裔）："送给旅尼中国籍作家袁海厅的生日祝福：'Doğum Günün Kutlu Olsun!（土耳其语，生日快乐）May you enjoy to the fullest the joy of today. Wishing that your special day be a winner all the way!'"

（六）张稼祥："Handsome Boy, Feliz Aniversário ao meu Amigo! From chimoio, Mozambique of Africa.（帅哥，祝愿亲爱的朋友生日快乐！来自非洲莫桑比克西姆由的祝福。）"

不管他们是中国人抑或外国人，他们的祝福都是真挚而美好的。我觉得，世界确乎在变小，有着不同肤色、不同语言、不同文化背景的人们在相互融合，并因共通的人类情感，而渐渐地组合成一个世界大家庭。一个人，就是其所在民族的文化符号。譬如我，作为一个中国人，我在无形中传播着中国元素，也在无

▲　作者与同事和当地青年在加德满都国家植物园凉亭下避雨，并合影留念（摄于二〇一一年六月二十五日）

形中受着尼泊尔文化的感染。这种传与受是并行不悖的，既能增强自身的民族认同感，又能增强自身对世界公民的认同感。我们热爱自己的民族、自己的国家，当然也会对别的民族、别的国家怀抱一份类似于爱的感情。

因此，这来自六大洲的祝福，对我无疑是一种鼓舞，并给了我一个审视世界的出发点。说到这里，我想提一下今天晚上看的

一部电影——《加德满都，天空之镜》。

这部电影对我来说，也是一份莫大的生日礼物。我回国休假前夕，这部电影上映。在国内的那段时间，我多次上网搜寻，但每次搜到的都只是同一段两分来钟的预告片。我之所以特别期待这部影片，想必大家从电影名字上就能知道一二。直到几个月后的这天下午，我才从监理工程师那里偶然得到这部电影的 DVD 版。那一刻，我格外兴奋，恨不能立刻打开电脑播放。

从头到尾，这部电影都充满了熟悉的画面和声音，使我在加德满都的一年时光中的点点滴滴在眼前一幕幕浮现。因此，它更像是一种重温。女主角莱雅，因为不幸的童年经历在心中烙下印痕，长大后，从西班牙美丽的海滨小城巴塞罗那只身来到尼泊尔，开始了在尼泊尔的教学生涯。然而，这个陌生的国度似乎故意跟她过不去，一次又一次发难，使她几乎绝望和疯狂。为了能合法地长期逗留在尼泊尔，她请教了一位喇嘛。那位喇嘛对她面授机宜，那就是嫁给一个尼泊尔男人。她经过一番思想斗争，最后和来自偏远山村的次仁住在了一起。

但是，由于校方负责人的腐败，学生家长不仅将学费的提高归咎于莱雅，还迫使孩子放弃学业，去干体力活。其中一个女孩库希拉，被拐卖到了印度，被迫卖淫，但莱雅一直没有放弃寻找她的念头。迫于无奈，莱雅决定开办一所自己的学校，专门教那些最贫穷的孩子。这期间，她同样遭遇了

▲ 喇嘛巴嘎村高里·尚卡尔小学课间休息的学生（摄于二〇一四年十二月六日）

很多困难，以至于难以为继。在这个南亚国家，身单力薄的她，身边有两个精神支柱，一个是次仁，一个就是翻译莎米拉。

次仁来自偏远的山村，受教育程度不高，生性单纯善良，而且有些软弱，给莱雅提供的多半是精神支持。莎米拉和库希拉一样，是尼泊尔女性的典型代表，富有悲剧性。而除了悲剧性之外，莎米拉身上还体现着死死禁锢着她的重重矛盾。这重重矛盾，归根结底，还是这个封建、传统、落后、种姓制度森严和女性地位低下的社会造成的。她的善良、隐忍、痛苦，神似乎从未看到，尽管她是那么虔诚，如同一个卫道士。她因一直未育，遭受着婆家愈演愈烈的嫌弃和排斥，而等终于有了孩子时，医生却告诉她是个女孩儿。她再一次跌入无边的黑暗之中，坚决要打掉胎儿。最后，她选择了人流。但是，做人流的过程中，她遭受感染，生命垂危。某日，当没能挽留住次仁的莱雅在沙发上睡醒的时候，工作人员过来交给她一封信，是莎米拉的遗书，她妈妈送过来的。

当她忍着巨大的伤痛，默念那一行行整齐漂亮的文字的时候，尼泊尔的三亿三千万神祇是否也在聆听呢？整个尼泊尔是否也在聆听呢？她站在窗前，隔着泪光，看着被从印度解救回来、坐在草坪上的库希拉。库希拉正拍着手，和弟弟妹妹们唱一开始就回荡在观众耳畔的那首曲调活泼欢快的歌曲。

我想特别指出的一点是，这部电影的镜头抓住了加德满都和尼泊尔山区的典型特征，甚

▲ 作者的尼泊尔同事普斯卡·拉杰·乔希的家人。通常已婚尼泊尔女性才穿纱丽。根据衣着判断，图中左三那个女孩儿应该尚未成婚（普斯卡·拉杰·乔希供图）

至会令人产生震撼的感觉。无论是泰米尔破旧、狭窄、拥挤的街道，还是同样破旧、拥挤且肮脏的低等种姓棚户区；无论是香客如织、佛塔林立的印度教抑或佛教寺庙，还是鳞次栉比、色彩暗沉、年代久远的低矮楼宇；无论是垃圾层层、水流污浊、岸边棚户叠叠的巴格马蒂河，还是行人与各种车辆混杂、几乎不见章法的城市交通，都牵动着我的视觉神经。镜头中的一切都真实得近乎深刻。又一层面纱在我的眼前揭开了。

片中使我终于能放松呼吸的是这样一组镜头：莱雅和次仁先是乘公交车，行驶在弯弯曲曲的盘山路上。然后，一路徒步，跋涉在尼泊尔北部山地。在他们的脚下，是清澈的溪流一路潺潺，是碧绿的青草肆意蔓延；在他们的眼前，是高大雄伟、植被茂密的山峰，绿色山峰之外，则是遗世独立、白雪皑皑的雪山；在他们的头顶，是纤尘无染的通透的蓝天和雪一样洁白的云朵。就在这样的跋涉间隙，次仁对莱雅说了他爷爷说过的一句话"……天空之镜"。

天空之镜！

他们抬起头，便可在这面镜子中看到自己的一切，而这面镜子已经、正在和即将映射的，都化成了那触手可及的蔚蓝，不留一丝一毫的痕迹。在次仁的妹妹出嫁那天，莱雅用她自己的身体宣布，她已经爱上了他，并成了他真正的妻子。当她费尽千辛万苦办起的那所简陋的学校入不敷出、空空荡荡，又遭几个小伙子打砸的时候，她颓然地站在那一堆杂乱之中，不经意看到了那只盒子，盒子里装着库希拉的词汇笔记本。

次仁因为父亲重病，在回家之前，建议莱雅回西班牙筹集资金。莱雅回到巴塞罗那之后，情况却并非她想象的那样。她发现，她不再属于这个美丽、整洁、宁静、浪漫的海滨城市，而是属于万里之外那个让她经历过种种困难、迷惘、痛苦、无助的贫穷国度尼泊尔。她用筹集的资金，建起了一所十分漂亮的学校。学生们的学习和住宿条件与之前相比，简直是天壤之别。但是，就在这个时候，一直默默陪伴支持着她的次仁却要回到大山之中的家，且不知道何时才能回来。从莱雅当时的走投无路，到现在的柳暗花明，我们不难猜出，次仁在此期间到底扮演着一个什么样的角色，而且不难猜出，他注定有一天会离开莱雅。

缠绕在整个国家以及影片中那些生存、生活在其中的土著抑或外族人身上的悲剧意味，犹如附着在神龛之中灯盏上的酥油，似乎永远都不会蒸发。而电影最后响起的莎米拉不无积极乐观语调的遗言和草坪上库希拉和弟弟妹妹们唱歌的温馨画面，在整个剧情中，显得有

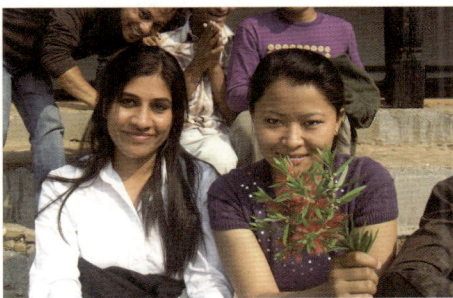

▲ 微笑的尼泊尔姑娘（切纳·央金·塔芒供图，摄于二〇〇七年一月二日）

些力不从心。在很多人看来，那大概只是一个美好的愿景和慰藉。走出加德满都的电影院，他们走进的依旧是那座缺少变化的城。

在《河之南·山之南》中，散文卷和诗歌卷中有大量关于加德满都和尼泊尔的内容，与这部电影的艺术语言形成了鲜明的照应。因此，我曾经十分期待这部电影，而如今看完之后，也产生了诸多感触。

在夹缝中生长的小草，生命力是最顽强的。莱雅无疑就是这样一株小草。我通过电影镜头，知道她经历了很多，付出了很多。但是，在现实中，又有多少人知道她的故事呢？面对次仁的疑问，她没有回答。或许，她根本不知道该如何回答。她就像一

个虔诚的宗教徒，只在心头守护着信仰，却很少为外人道。

这个世界上，有多少像莱雅一样的人，游走在信仰和现实之间，经历着坎坷和迷惘，却从未放弃呢？或许，我们与其说神是信仰，不如说信仰是神，赐予我们无穷的力量，战胜困难和苦痛。

我相信，这部影片会引起很多人的共鸣，当然包括我在内。在这样一个属于自己的神圣的日子，我可以十分坦然地和自己开诚布公：我想天南海北地去旅行，用镜头和笔，将世界的多姿多彩记录下来；我想到贫困地区，像莱雅一样，做一名老师，或者开办一所学校。

可是，我的那面"天空之镜"又在哪里呢？

来自六大洲的祝福和一部电影，使这一天变得意义非凡。我要继续用歌去赞美这世间的真善美，像莱雅和莎米拉；我也要像莱雅和莎米拉那样，始终坚守着信念；我还要行万里路，将世界装进行囊。

二〇一三年七月二十五日至二十八日
尼泊尔联邦民主共和国

抓住神的光辉

在奉行印度教的尼泊尔，神比人多，有三亿三千万；与之相应，和神相关的节日五花八门，可谓三天一小节，五天一大节；而在这纷纭的节日中，有一个十分独特，那就是祭拜印度教中创造发明之神比什沃卡玛的节日，尼泊尔人称"比什沃卡玛节"。

九月十七日早上，上班不久，项目上的一名尼泊尔电工托着一只铝制浅盘，走进了合同部办公室。他眉心涂着一团红白交叠的粉浆，这种用手指在自己或别人的额头上涂抹粉浆以示祝福的

▲ 宗教崇拜是尼泊尔人日常生活的重要组成部分。这张照片显示的是喇嘛巴嘎村的一位老奶奶正在为即将表演跳神的村民披戴哈达（拉鲁·塔芒摄于二〇一四年一月二十九日）

仪式，在尼语中称"蒂卡尔"。待他走近，我发现盘子中是一些苹果丁和切成段的带皮的香蕉，而在这些"沙拉"之上，还放着两只较小的盘子，里面分别是少许红色和黄色的粉浆。我当然知道他所为何事。关于这个节日，我几天前就听说了。一个尼泊尔同事告诉我，这天如果不祭拜比什沃卡玛，那么机械设备及其操作人员将会倒霉。

看到那名电工，正在一旁办公的尼泊尔合同经理巴拉·克利施那·尼劳拉（曾在长安大学留学，在中国度过了八年时光，中文说得很流利，且会写汉字）立即迎了上去，一边与其热情寒暄，一边将中指先后蘸入两个盘子，然后在眉心处，自下而上，就那么一划，完美地完成了"蒂卡尔"。接着，他在盘中放了十卢比，然后取出一段香蕉，剥掉皮，填到嘴里，津津有味地吃起来。我问巴拉，是不是一定要给那名电工钱。巴拉说，给不给以及给多少都不勉强，全看个人意愿。于是乎，早就跃跃欲试的我对那名电工说，我也想"蒂卡尔"。电工随即微笑着将盘子递了过来。我在盘中放上五十卢比，然后伸出中指，蘸完红色的粉，又蘸黄色的粉，继而在眉心画了一下。见我没有取水果吃，巴拉说，那是神赐予的，吃了会有好运气。于是乎，我取出一块苹果丁，填到嘴里，津津有味地嚼起来。

不久，我闻到了一股浓郁的香味儿，似乎是从门外飘来的。待走到门口，我发现旗台前面的那辆皮卡车被清洗一新，车头上还插着一支白烟袅袅的熏香。哦，

▲ 正在车头祭拜的尼泊尔司机迪帕克·杜拉尔
（摄于二〇一四年九月十七日）

这久违的熏香的味道！想当初，加德满都一年的时光，自始至终可都缭绕着这一缕香气。早起来到阳台，我总能看到那从家家户户弥散出来的烟气在晨光中氤氲着、浮动着。

下午，我要到位于下游贡嘎村的办公室办点事情。出发前，司机将车擦了又擦、洗了又洗，费了很大功夫。入得六局项目部大院，我看见高成玉经理的司机正在那辆前盖大开的黑色丰田越野车车头忙着进行祭拜的仪式，可谓一丝不苟。而在监理办公室，尼泊尔监理们都清一色做了"蒂卡尔"。看到我眉心的红、黄两色，其中几位惊讶之余，显得颇为热情和高兴。毕竟，本国之民通常都是欢迎外国朋友既能入其乡，又能随其俗的。随后，我又去了不远处的业主办公楼。刚入得大门，一股辛郁之香便扑鼻而来。只见，靠着大厅北墙放着一张桌子，桌子上铺着红布，放着一张镶在相框中的比什沃卡玛的画像，画像前摆着一些贡品，燃着几支熏香。另外，桌子靠着墙的两侧，还斜竖着两扇宽大碧绿的芭蕉叶，使大厅多了一丝盎然生气。办完事情，我再次来到那张桌子前，饶有兴致地打量着上面的物什。不久，一个尼泊尔小伙子走了过来，笑着问我要不要"蒂卡尔"。我指了指额头，示意他我已经"蒂卡尔"过了。"没关系"，他说。于是乎，他将黝黑的手伸进盘中，用三根手指拈了一些染成红色的米粒（当时粉浆已经用完），然后朝我的眉心摁了摁。接着，又将一条红色的质地粗糙的布条围在我的脖子上，然后打了一个结。那一刻，我觉得自己俨然是一个尼泊尔人。

当我回到六局项目部时，那名司机竟然还在有条不紊、一丝不苟地进行着祭拜的仪式。五六分钟之后，他将一只插着熏香的大红苹果固定在了发动机纵横交织的管线上面，宣告这看似简单却冗长的仪式接近尾声。

▲ 正在喇嘛庙内表演传统舞蹈的喇嘛巴嘎村村民（拉鲁·塔芒摄于二〇一四年一月二十九日）

回到办公室，我向一直苦于找不到撰文主题和素材的巴拉（他也是项目部的宣传员）提出了一条建议，说这个敬奉创造发明之神的节日，其实就有值得挖掘之处，例如机械设备的操作与安全生产之间的关系。闻此，他好奇地问了我很多问题，诸如这样的神在中国有没有一个专门的称谓。我告诉他，两千多年前的中国，有一个人叫鲁班的人，后来被封为木匠的祖师爷，发明了很多泽被后世的机械和工具。我还告诉他，中国水电就曾获得过以鲁班命名的中国建筑领域最高奖。参考我的介绍及网上关于鲁班的一些信息，他当晚就用中文写了一篇以《"铁匠神"崇拜与安全文明施工》为题的简短的文章，还插入了一张比什沃卡玛的神像。写完之后，他请我帮忙修改、润色。虽然文中有不少字词、句法、标点等方面的错误或欠妥之处，但是，对于一个尼泊尔人来说，那已经是难得的佳作了。

我认为，无论是监理方和业主方的尼泊尔员工，还是我们招募的尼泊尔工人，之所以都特别重视这个节日，原因就在于，他们有着很强的安全意识和爱护自己生命的意识。如此巨大的项目，每天都有大量的工人接触和操作各种各样的机械设备，都或多或少地面临着安全隐患。就以从贡嘎尾水区到喇嘛巴嘎渠首区这条十几公里长的盘山进场路来说，路况总体来说并不乐观：路面狭窄，凹凸不平，"S"弯一个连一个，而且一侧就是陡深的塔马克西河谷。在这段道路上行驶，司机必须集中注意力，谨慎驾驶车辆，稍不留神，就可能发生意外。

机械设备及其操作人员，是整个项目得以正常运转的基本保障。不管是监理、业主，还是作为承包商的我们，都希望他们能够安全施工、安全生产。这不仅可以确保生命、财产的安全，也是顺利推进项

▲　正在聚餐庆祝比什沃卡玛节的中尼员工（摄于二〇一四年九月十七日）

目建设的基础。在祭拜这位神明和庆祝这个节日的同时，我希望，也相信，尼泊尔工人会把这种对生命、财产的保护意识传递给中方工人。如果这种意识能像营养融入血液一样融入广大员工的脑髓，那么，整个项目的安全事故发生概率势必会被最小化。

当然，"安全操作"只是这位神明带给我们的现实教化意义之一。在将这个意义主动转化为安全生产与安全施工的基本要求与基本准则的同时，我们还要将目光投向其伟大性真正之所在。他之所以伟大、备受崇拜，主要还在于他是创造发明之神。因为充满智慧的创造与发明，我们才拥有了一个丰富多彩、日新月异的世界。无论是一线的施工人员，还是现场或机关的管理人员，都要有一种汲汲于创造和发明的创新意识，以改善施工方法和管

理方式，从而提高效率和产出。如果作为中国人，觉得这样一个印度教神明太过虚无缥缈的话，那么，站在我们面前的还有活生生的鲁班。从鲁班身上，我们不难体会到创造发明需要什么，以及会给社会带来怎样的福祉。

因此，在这样一个日子，我们所要做的，不是仰头观看比什沃卡玛那一缕缕灿烂的光辉，而是要伸手抓住其中的一缕，让其弥散于心间。这样，"神"或许就会看到我们，并赐予我们一个平安的生命和一个充满创造力的头脑。

二〇一三年九月二十三日
尼泊尔联邦民主共和国

《雪山下的杜鹃——布佩·谢尔昌诗歌选译》译序

十二月中旬，睢县县委宣传部文艺科科长王志杰联系到我，打算让我代表海外睢州儿女，拍摄一段向全县人民拜年的视频。圣诞节那天，我从项目上去了加德满都，并于次日在世界文化遗产——杜巴广场（又称"王宫广场"）进行了拍摄。在此，我谨向综合办公室那位亲自采来野菊花为我做成花环的尼泊尔姑娘尤尼西玛·卡尔基，以及参与拍摄的三位奥地利游客、七位尼泊尔特里布文大学学生和一位尼泊尔老太太表示衷心的感谢。

视频拍摄完毕，我在游客熙攘、店铺林立、迷宫一般的泰米尔街巷里散步、购物。不久，竟看到了一家房间进深很深的书店，内里一派琳琅满目。我观望片刻之后，举步走了进去。当时，我是唯一的顾客。我发现，里面不仅有大量关于尼泊尔的图文并茂的精装书籍，还有各种各样极具尼泊尔风情的有趣的纪念

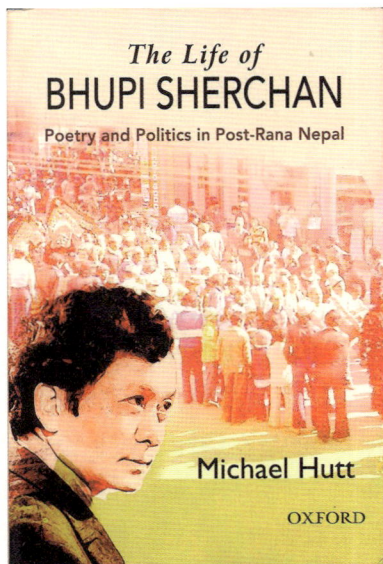

▲ 《布佩·谢尔昌的一生：后拉纳时代尼泊尔的诗歌与政治》书影

品。目光在游移中，蓦然定在了一处。那里摆放着一本书，封皮上赫然印着一个名字——Bhupi Sherchan。于是，我快步过去，将书捧到眼前。此书即为尼泊尔诗人布佩·谢尔昌（一九三五——一九八九）的传记。

虽然心态显老，复古情结浓厚，但在文学创作方面，我还是喜欢花样翻新的。因此，为有别于之前出版的书，我就想着如何为新书注入新的生命。如此，便尝试着创作了平生第一篇报告文学和平生第一、二部中篇小说，同时还尝试了文学作品的翻译。而对于初涉文学翻译的我来说，素材的选取自然是要格外谨慎的。

尽管网上可以搜罗到海量素材，但我首先想到的还是尼泊尔作家的作品，个中缘由，不言而喻。不过，这样的作品却一时难以寻到，不仅手头上没有，整个项目甚至都找不到一本当地出版的英文书籍或杂志。犯愁间，我蓦然想起了堆放于床头的那一沓当地英文版报纸——《新兴尼泊尔》《加德满都邮报》和《喜马拉雅时报》。这些报纸还是我托加德满都办事处的一位同事捎带过来的。我之所以有此想法，主要是因为身在大山之中，视野受到严重局限，山外的消息紧缺，对于脑袋如饕餮的我来说，自然难挨。

这些报纸通常都会刊载一些精选的社论、散文、随笔等，文笔优美，耐人寻味。于是，我一张一张地翻找开来，很快就翻到了《加德满都邮报》周末版的一篇短篇小说，名为《她，读写女郎》。正是在翻译这篇小说的时候，我初次见到了那个名字——布佩·谢尔昌，尼泊尔已故桂冠诗人。既然才华如此的作家都对他情有独钟，我想，他定是一位颇具建树的诗人，不禁萌生了拜读其作品的念头。这之后，那个名字始终萦绕脑际，但我一直未能得览其片语只言。因此，当我看到这本三十二开的精装书时，自然惊喜有加，简直有种"踏破铁鞋无觅处，得来全不费工夫"的感慨。我自觉此乃上苍垂顾，赐我机缘，遂我心愿。我始终相信，在这个神比人多、"离天堂最近"的高山之国，一切皆有可能！末了，我买了大约一万卢比的书，其中四本是尼泊尔摄影师拍摄的关于尼泊尔风土人情的大开本摄影集，每一张图片都精美绝伦。当然，这些书不仅资我以赏心悦目，深化对尼国的了解，而且待我归国，还可以拿

▲　布佩·谢尔昌肖像

给亲人朋友们欣赏，让他们知道世界还有这绝美的一隅在。

其实，那天在书店，我对封面稍作打量之后，便急匆匆往后翻览，看有无收录布佩的一些诗歌。如我期待，里面选录了他四部诗集中的诗歌，数量相当可观，且是英译版。回到项目驻地，次日早七点，我刚走进办公室，工位在我右手边的巴拉即抬起头来，并顺势举起了一本书，兴高采烈地问我从哪里得到的那本书。看到他手中攥着的是布佩的传记，不禁吃惊。他是怎么发现我放在桌子上的那本书的呢？难道是偶然瞥到的？我说，那本书是在泰米尔的一家书店里淘的。他当时一直眉开眼笑，神色熠熠。我随后才得知，原来，布佩曾娶有两房妻室，而第一任妻室所生长女竟是巴拉表哥的妻子。得知这一层故事，我心中又是暗喜。难道这又是上苍垂顾不成？我之所以有此感慨，是因为如果我欲将布佩的诗歌翻译成中文并正式发表，依照惯例，是要征得

其家人的同意的。我何曾想到，书刚到手，竟又得到一个可以联系到其家人的媒介。巴拉对布佩的家人了解不多，只是说那位表哥现在是尼泊尔民航飞行员，而那位表嫂两年前去了美国。他还说，待我读完，请借他一读。我自欣然答应。

看了二十多页之后，我对布佩的少年时光有了一个大体的了解，并从一个侧面对旧时代的尼泊尔有了一个感性的认识。随后，便尝试着翻译了其诗集《坐在转椅上的瞎子》中的《我的庭院》。大概是此诗遣词造句相对简单的缘故，翻译下来，我自觉还算比较应手，进而增强了继续翻译下去的信心和兴趣。其实，打一开始，我就内心忐忑，屡次自问是否捉得这把刀，毕竟我一则没有文学翻译经验，二则阅历和文学素养有限，三则对布佩本人及尼泊尔历史、文化、文学等皆缺乏深入全面的了解。倘我拿一篇译稿请朱生豪、穆旦、屠岸这些翻译老前辈过目，他们是否会忍俊不禁呢？虽如此，我自诩还是有几点得天独厚的优势的：一则从事翻译工作，二则身在尼泊尔，三则本身就进行诗歌的业余创作。

试笔阶段，译文势必瑕疵比比，这当然无可厚非，要不怎么能称作"试笔阶段"呢？文学翻译讲求信、达、雅。试笔阶段，我第一担忧的不是做不到"雅"，而是做不到"信"与"达"。没有哪位译者愿意曲解甚至歪曲原作的初衷；毕竟，忠实于原作并尽可能客观

▲ 布佩·谢尔昌肖像

地反映原作的精神是翻译工作的基本要义，否则就是不尊重作者，并会误导读者。既欲正式发表，我即须遵照这一职业道德要求，尽可能准确地捕捉并转换原作意思，给读者描画出一个客观真实的诗人形象。

翻译过程中，我确乎频频皱眉，很多时候，不是不理解某个词或某句话，就是无法在遣词造句（例如表达方式、句子成分的逻辑关系等）上进行恰如其分的安排，以至于有些诗歌多处保留原文，没有翻译。回头审读刚出炉的译稿，我觉得每篇都失于生硬，甚至费解，而非圆融一体、丰润饱满、不留痕迹。之后，我便借助查词软件和网络，查询那些比较生疏的表达，虽效果有限，但我已然知足。而有些尼泊尔独具且我不认识的音译词汇，例如人名、山名、地名、节日名，以及带有特殊内涵的词语等，我就咨询身边的尼泊尔员工或朋友，而他们往往都会给出一个令人满意的解答。尤其是巴拉，他汉语很好，且受教育程度也较高，对我来说，无疑是一本难得的"参考书"。而且，我还打算托办事处的尼泊尔同事加金德拉·沙阿或者巴拉，从布佩后人那里寻找布佩诗歌的尼语版。这样，巴拉和其他尼泊尔朋友想必就会对原作有一个更为准确的理解，从而可以更精准地作出诠释。

对一个作家而言，了解另一个陌生作家的最佳途径根本上还是研读其作品。通过选译布佩的近六十首诗歌，我得出了一个结论：诗人之魂是相通的。很多时候，我觉得其某些诗篇、某个诗节、某句诗行简直如同己出，颇为亲切。这种灵魂上的相

▲　布佩·谢尔昌与家人的合影

通，自可以留给我大量的想象、联想与思考空间，从而愈加使我趋近于对其作品的如实理解，并为翻译技巧上的处理提供一个落脚点。虽然那本传记，我只看了十分之一强，而这些诗歌却已然牵动我的笔尖，在眼前勾勒出一幅素描的肖像，形神俱备。不管是从艺术上观照，还是从思想上考究，布佩不愧为尼泊尔的桂冠诗人。如果将其与中国的一位诗人相提并论的话，那位诗人，我想大约应是"诗圣"杜甫吧。

布佩的灵魂根本上是痛苦的，如其他诸多诗人一样。他以母亲赐予的多愁善感的禀赋，观察、感受着周围的世界及自身与这方世界的关系。旧时代及旧时代的尼泊尔为他天才的诗人禀赋注入了某种使命性的力量和气息。他对爱情、亲情与友情，对个体与集体，对历史与政治，对命运与变革，对祖国与世界，对战争与和平，对人性与人格的观照与思考，构成了一张铺天巨网，像茧子一般，将其严严地裹缚。这种境地，是具有忧国忧民之魂的诗人通常都会遭遇到的境地——闪着光彩的悲剧意味。他已深陷其中，无法自拔，或者可以说，他本不想自拔。

悲情诗人的诗行是最深刻、最本真且最富有感染力的，因而最能令人动容与回味。他的笔触会告诉你，花儿其实更美，歌儿其实更悠扬，而泪水其实也更清澈。《我的生命曾像高山牧场》和《床头灯》是爱情的忠贞与坚守；《我的庭院》是信仰在水深火热中的动摇与沉沦；《我的祖国》和《祖国的历史于我似乎有些不对劲儿》是"一边脸颊，光彩熠熠，而另一边，泪珠闪闪"；《致胡志明的信》《或许》和《当夜晚降临》是一个具备悲悯之心的诗人噙着泪水遥望寰宇；《请相信：那个梦想定会实现》《决心》和《缅怀英烈》是不灭的希望，是英勇和信仰的丰碑；而《当一个诗人》则是一位愿担当、守良知、怀博爱、抱勇气的诗人对整个尼泊尔和对全世界作出的表率与郑重起誓……

　　文学翻译的终极乐趣莫过于通过语言的转换，使读者领悟到原作的艺术魅力与思想精神，并引起共鸣。对布佩部分诗歌的翻译，使我受益匪浅——既从翻译经验上来说，更从思想熏陶上而言。他使一些东西明晰起来，立体起来，深刻起来。他擎起一面如杜鹃花般鲜艳的旗帜，站立在珠峰之巅，虽因暴风雪和距离遥远而罕被人见，却夺目依旧。

　　翻译布佩的诗歌，是我感恩尼泊尔、介绍尼泊尔的一次努力，也是对这位已故桂冠诗人的致敬。很多人都说尼泊尔最为缺乏的就是变化。我想，布佩的那些诗行或许也是缺少变化的，在时光的流转之中。因此，无论你何时走入他的字里行间，时光就会静止，而你也会被镌刻其中。

　　由于本人水平有限，不当甚至错误之处在所难免，望大家不吝批评、指正。最后，谨向《布佩·谢尔昌的一生：后拉纳时代尼泊尔的诗歌与政治》的作者——伦敦东方与非洲学院语言文化专业南亚研究所尼泊尔与喜马拉雅研究教授迈克尔·赫特，并向对我提供宝贵参考意见的尼泊尔朋友表示衷心的感谢！

二〇一四年一月三十一日
尼泊尔联邦民主共和国

美酒飘香藏历年

　　二〇一四年三月二日是藏历木马新年。在尼泊尔，藏历新年又被称为"夏尔巴年"。夏尔巴是尼泊尔众多民族中的一个，主要分布于尼泊尔北部喜马拉雅山脉南麓地区。其祖先来自西藏，翻山越岭来到尼泊尔定居时，也将藏族文化带了过来，一代又一代，传袭至今。

▲　喇嘛庙内的白塔（摄于二〇一二年五月二十日）

　　三月四日下午三时许，和风习习，阳光明媚。应上塔马克西水电站项目渠首工程所在地喇嘛巴嘎村村民的邀请，我随同项目经理周庆国、项目党支部副书记葛闯和、项目常务副经理周远海、项目副经理兼总工程师雷春华、项目经理助理赵景飞、尼泊尔合同经理巴拉·克利施那·尼劳拉，驱车前往位于管理营地上游约五百米处的那座喇嘛庙，参加当地村民的新年庆祝活动。

　　在尼泊尔这样一个笃信宗教的国家，无论都市还是乡村，最宏伟气派的建筑当数寺庙，喇嘛巴嘎村自然也不例外。那座喇嘛庙不仅是祭祀中心，也是逢年过节村民们集会、庆祝的场所。现在，庙宇旧貌换新颜，整洁漂亮。项目部不仅安排设备，义务对寺庙庭院进行了平整，对附近的巨石进

▲ 向喇嘛庙捐赠仪式结束后，项目代表与村民代表合影留念（苗红亮摄于二〇一二年三月三十日）

行了爆破、清理，还义务提供了水泥等施工材料，使一座崭新的村委会在庭院的东侧矗立而起。新年前夕，项目部收到了来自查理科特市警察局、业主、驻喇嘛巴嘎村军警，当然还有喇嘛巴嘎村委会的感谢信，信中对我们为当地居民、机构、组织等提供的各种便利和帮助，以及为维护当地社会的和谐与稳定所作的贡献给予了高度赞赏。对我们来说，这既是一种荣誉，也是一种继续为当地百姓谋福祉的动力。

　　院子北侧，那座内里悬挂着巨型转经筒的殿堂前方，二十多个身着传统藏族服饰的大人孩子正紧挨着坐在铺于地上的毯子上面，有说有笑，好不热闹。见我们走来，纷纷微笑着朝我们招手。我们也以微笑和招手回敬，并道新年快乐。

　　在尼泊尔语"那玛斯得"（音译，"你好"的意思）和英语"新年快乐"的问候与祝福中，我们被几位满脸喜悦的村民代表迎入村委会。只见，靠着北墙、西墙和东墙，各放着一张长长的类似茶几的实木桌子，桌子后面则是一张长长的木椅，上面还铺着一整条垫子。面南坐在上位的是身着黄僧袍、红马甲的长老喇嘛佩玛·丹增·夏尔巴。他须发斑白、慈眉善目、面色清癯，虽

年逾古稀，却精神矍铄。靠着佩玛左右而坐的是身宽体胖、戴着藏式帽子的村长本巴·次仁·纳加尔科蒂和村干部昂加·夏尔巴，均笑容可掬。我与他们两位并不熟识，只偶尔碰个面。昂加整天笑嘻嘻的，身上从未断过酒味儿，有时会帮助工人或村民找我们协调一些事情。而村长呢，去年在业主办公楼下游不远的路边，新盖了一座气派的房子，经营着村里最大的商店。店里货品琳琅满目，大部分进自西藏樟木口岸。尽管由于关税的原因，价格偏高，但我们还是会时常光顾。另外，他的儿子达瓦·顿珠·纳加尔科蒂可算是我们的老员工了，二〇一一年即开始在项目上工作。你看，他现在就穿着银色流光、风格简约的藏袍，站在门口嘻嘻地笑呢！

在座的还有村里其他几位有头有脸、德高望重的人物。见我们进来，他们纷纷起身，伸出双手和我们的紧紧相握。我们要么以尼泊尔语"那玛斯得"，要么以藏语"扎西德勒"，要么以英语"新年快乐"向其问好，他们也以之回敬，稍显局促的房间里，顿时充满了欢声笑语。一番寒暄之后，大家一一落座，而我则有幸坐在了佩玛的身边。不料，我刚坐下，他就紧紧地抓住我的手，眉开眼笑，说着不知道是尼泊尔语还是藏语的话，弄得我一头雾水。不过，他这样一来，倒使我自在了不少。我虽不认识他，却即刻料定他是一位乐天、健谈的老人，和我想象中的老喇嘛的形象有很大的出入。

随后，现任项目工长和尼泊尔劳工代表的乔特尔·夏尔巴和几位老少妇女（其中就有他的妻子）陆续将银质高脚托盘放到了我们的面前，托盘中央的凹槽中安放着一只印着精美花纹的小瓷碗。待杯盘摆置妥当，他们便拎着那种烧开水用的长嘴大铝壶往碗中斟酒。当清澈的酒浆泻入洁白的碗中时，一股清香扑鼻而来。这种酒，当地称作"拉克西"，是尼泊尔居民的家酿，原料通常为小麦、大米、水果等，入口甘甜，不上头。我之前参加当地人举办的派对时，品尝过几次。待酒碗斟满、酒香四溢之时，盛放着尼泊尔料理的铝制浅底圆盘便被端到了眼前，内里放着色彩鲜明、气味浓郁的尼泊尔传统料理——咖喱羊肉、麦片、炸薯条等。另外，每张桌子上又放了一大盘掺杂着奶糖的油炸馃子，满满的，犹如一座小山。就这样，房间里很快便人头攒动、笑语喧哗了，充满着节日的气氛。

待我们尝过香甜的馃子，一位老妈妈给佩玛端来了一个铜质的大盘子，里面放着貌似炒面粉的东西。他用拇指和食指拈了一撮儿，在我的肩膀上点了一下，然后将剩下的塞进了我的嘴巴。我一尝，果真是炒面。随后，村长照此仪式，为其余的中国客人和巴拉祝福。祝福仪式完毕，佩玛端起托盘（按照当地习俗，大家是不能直接拿酒碗的），欠起身子，向我们敬酒。接着，村长、乔特尔等人也纷纷端起了酒杯。我们起身，跟他们一一碰杯，并道新年快乐。

这种场合，我很少参加，不知仪轨，因而比较谨慎，不敢轻言轻举，唯恐造次。其间，大家交流起来，语言无疑是第一障碍。还好，经常跟我们打交道的村长、乔特尔等人还是会说一些英文的。说话的当儿，村长更是英语、汉语、尼泊尔语交杂，足见他是一位见过世面的人。虽身为翻译，此时此地，我可是派不上多少用场，主翻是汉语通巴拉。佩

▲ 正在举杯祝酒的当地村民与项目代表（达瓦·顿珠·纳加尔科蒂摄于二〇一四年三月四日）

玛和村民代表对我们为喇嘛巴嘎村所做的善举表示感谢，而我们也对其长期以来给予的支持表示感谢。就在这互致谢意之中，一只只酒碗一再相碰，发出清脆悦耳的叮当声响。

不久，乔特尔抱来一堆闪着银光、印着花纹的哈达，分发给了几位妇女。这里，我想提一下在场主人们的穿戴。不管是男是女，他们皆身着藏式盛装。男人们头戴帽子，宽大的藏袍色彩丰富鲜明，花纹繁复；女人们头上戴着藏家银饰，腰间装点着镌刻精美花纹的银带，而那色彩明快、条纹清晰的"帮典"更是透着浓浓的藏族风情。再加上他们那一张张朴实的黝黑中透着酱紫色的脸庞，我们恍然置身于日喀则地区一场藏家节庆仪式的现场。现在，所缺的大概就是马奶酒和酥油茶了！顺便说一句，其中的一对母女，我注意了她们很长时间。我此前见过她们，不过是在照片上。二〇一一年五月十八日，时任尼泊尔总理贾纳·卡奈尔莅临项目奠基仪式，而在向他敬献哈达的迎宾人员中，就有那两张面孔。二〇一二年六月十一日，我再次见到了她们。当时，时任尼泊尔总理巴布拉姆·巴特拉伊博士莅临项目参观，她们作为迎宾人员，献上了洁白的哈达。

▲ 正在列队等候为参加项目奠基仪式的时任尼泊尔总理贾纳·卡奈尔敬献哈达的当地村民。敬献哈达是夏尔巴人迎接贵客最隆重的方式（达瓦·顿珠·纳加尔科蒂摄于二〇一一年五月十八日）

接下来，更为隆重的仪式上演了！微笑满面的妇女们，双手托着哈达，面朝我们，站成一排，用藏语唱起了祝酒歌，歌声淳朴而高亢，透着雪域高原的气息，使我们好似听到了佛堂之上的颂歌。虽然我们听不懂歌词的含义，但歌声本身已足以使我们相信，自己得到了多么尊贵的待遇。祝酒歌唱毕，她们走上前来，为我们献上了哈达。当哈达披上身时，一种神圣的情愫从心底泛起，那是一种更为直接和真实的心灵触动。在我们眼前的，是一张张洋溢着节日喜庆的酱紫色的脸庞，是一身身传统的藏族服饰。此时此刻，在喜马拉雅山的那一边，成千上万的藏族同胞是否也在与汉族兄弟姐妹欢聚一堂，共度佳节、共饮美酒呢？就在这一条条哈达的银色光辉中，我们举起酒杯，面对相机，定格了一帧永不褪色的回忆。

同他们在一起，我深切感受到了他们的热情与好客，纯真与质朴。那无疑是一种亲人般的情怀，自然而然地流露着。正如村长所言，他们夏尔巴人与我们中国人有着一张同样的脸，他们的祖先来自西藏，来自中国。血浓于水！不管再过多少个世纪，有一点始终不会改变：他们的身体里流淌着的依旧是雅鲁藏布江水化成的血液。

我每每看到他们，抑或想到他们，浮现于脑海的便是辽阔的雪域西藏。有时，甚至会浑然不觉他们身上贴着异国国籍的标签。我这样讲，并无他意，只是一种油然生发的感受，或可谓血脉相系与民族认同感而已。关于这座宁静、祥和、美丽的村落，我曾写过不少文字。而每一次走进它，我总会发现：哦，文字其实是不足以说明什么的。

前几天，那个阳光明媚的上午，我从营地后面的高里·尚卡尔小学，只身漫步到了村子里。那条羊肠小道，左侧是一堵两端连着巨大玛尼堆，由被岁月层层剥蚀、刻着藏语经文的石板摆成的经墙，右侧则是枯水季节淙淙流淌的塔马克西河。经过上游端的那座玛尼堆后，我举步走上了石块垒砌的桥台，来到了那座扯动着条条经幡的吊桥之上，沐着暖阳、迎着凉风，四向眺望，不

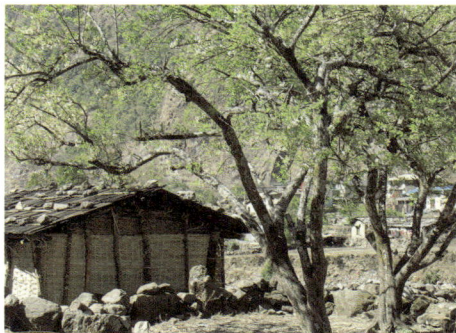

▲ 李子树掩映的农舍（摄于二〇一四年三月九日）

禁呼吸通透、心旷神怡。

吊桥以东的那座山脚下，绿树葱郁，两株李子树繁花满枝，点缀着错落有致的十几座干摆石农舍，一派如画的田园风光。而那条两岸夹木、卵石遍布的沟渠，现在尚不闻水流的淙响。但是，不久之后的雨季，当那条哈达似的瀑布垂挂于大山的颈项上时，渠中会再一次荡漾起粼粼的波光。沿着蜿蜒的石板台阶前行，你会看见正操着竹篾编筐的老妈妈、跟着妈妈觅食的毛茸茸的鸡仔、在妈妈身边嬉戏的小狗、棚子下悠然咀嚼干草的耕牛，还有角角落落里那一朵朵散布着春之消息且不知是家花还是野花的迎风摇摆的花儿。

怎料，正当我向一户人家走去时，那条黑母狗忽然朝我吠叫起来，而那只小狗崽举着脑袋，在它的前腿上磨蹭着，全然没注意到我的存在。吠了几声之后，黑狗朝我逼近了几步，然后停在那里，龇着牙，背毛直竖，一副凶悍模样。我颇为吃惊，因为这是我在尼泊尔两年半以来，第一次见到这么凶悍的狗。或许你不知道，很多外国游客说起或写到尼泊尔的狗时，最受欢迎用的词汇莫过于"慵懒"了。见那家伙毫不相让，我心里直发怵，它像是随时都会扑来。于是，"三十六计，走为上计"。经过那株李子树时，我伸手摘下一簇半是含苞、半是全开的花，别进了口袋。

尽管从桥上看，村子布局一览无余，但回来的途中，我却几度迷失方向，幸好有坐在石头上听歌的少年"指点迷津"。再走几步，突然会发现，有户人家正在安装金属质地、颇为洋气的大门。见到我，正在忙活的主人笑脸相迎，飞出一声热乎乎的"那玛斯得"。我双手合十，以"那玛斯得"回敬。随后，我特意取道，去了那座耀眼的白塔。阳刻着藏文的转经筒，一排五个。我顺时针慢走，将其一个个转动。有的

▲　正在赶牛耕地的当地村民（摄于二〇一四年三月九日）

人转经，是为了祈求富有、长寿；有的人是为了死后归入乐土；而有的人，则祈求村庄永远宁静祥和。转完经，我顺着一堆堆牛粪，走进了藏庙的大院……

　　后来，业主代表，监理工程师代表，驻喇嘛巴嘎村军队、武警的长官也走了进来，使现场的氛围更加热闹了；而村妇们照例为他们唱了一曲祝酒歌，然后献上了洁白的哈达。在这个酒香四溢的小小房间里，聚集着中国人和尼泊尔好几个民族的朋友，无论旧识、新知，无不欢声笑语。如果要我代表他们表达一下此时此刻的心情，那我一定会引述孔夫子的那句语录："有朋自远方来，不亦乐乎！"

　　每个人的托盘旁边都放着一只银色的做工精美的盖子。我后来得知，如果你将盖子盖在酒碗之上，那么就表示不想再喝了，而主人见此，也就不再给你斟酒。我拿起那只盖子，翻转着，仔细打量。村长随即拿起他的那只，跟我的放在一起，说："你看，它们的花纹是不一样的。你那个是藏族风格，我这个是尼泊尔风格。"待我一番比对，果真如此！他告诉我，十几天后，他要去

拉萨，还说了一些之前在拉萨时的趣事。他有一句话令我印象颇为深刻，那就是"我们没有钱，没有多少吃的，但很快乐"。是啊，他们之所以知足常乐，是因为心存信仰，不汲汲于山外的花花世界，而是守着大山，伴着神明，一生终老。

▲ 正在亲吻乔特尔·夏尔巴的佩玛·丹增·夏尔巴（达瓦·顿珠·纳加尔科蒂摄于二〇一四年三月四日）

再说说佩玛。他简直就是一个老顽童，时不时跟我说一大堆话，口齿伶俐，调皮劲儿十足。而且好几次紧抓我的手，先放在他的胸口，然后又放到我的胸口。我不知道他此举寓意。或许，他是想提醒我要心存神明吧。除此，他还三四次用宽大的手掌抱住我的脑袋，贴住他的脑袋，像爷爷跟孙子亲昵似的。他的酒量很大，时不时就摆手示意我们端起酒杯。我主动跟他碰了三四次，最后一次，他居然推了我的酒杯两下，害我吞了好几口。

美好的时光总是如过隙之白驹！酒过三巡，我们欲起身告辞。见我们要走，村长、昂加和乔特尔再三挽留。来到门外，我们以佛堂和远处的那条瀑布为背景，与佩玛、村长、昂加、乔特尔、几位村妇、业主代表、监理工程师代表、军队长官、武警长官等合影留念。接着，那位区域主席抱着一只系着红绸的鼓来到中庭。乔特尔说，他们即将踏鼓起舞，希望我们也能加入。鼓声响起时，二十几位男女村民手牵着手站成一排，唱起歌，跳起锅庄。我们观望片刻之后，终于按捺不住，加入了其中。我左手牵着巴拉，右手牵着警察长官，随着鼓点，前进、后退、顿脚，但老跟不上拍子。再看那些尼泊尔人，尤其夏尔巴人，舞步协调一致，富有节奏，不愧是能歌善舞的民族。随着鼓点的力度和密度愈来愈大，不断有人加入进来。很快，那个半圆弧便两端相连，形成了一个大圆圈，将击鼓者围在了中心。试想，如果是星光闪烁的夜晚，一堆篝火映得周围一片通明，那定是别有一番天地。

▲ 正在手牵手跳锅庄的项目代表与当地村民（达瓦·顿珠·纳加尔科蒂摄于二〇一四年三月四日）

▲ 庆祝派对结束后，项目代表与当地村民合影留念（达瓦·顿珠·纳加尔科蒂摄于二〇一四年三月四日）

夏尔巴人不时迅疾地发出"速——"的声音，音色本身就充满了浓郁的藏族风情。我一直满怀好奇地观察他们节奏顿挫的舞步，眼前切换着一组镜头：二〇一四年马年春节联欢晚会上那个名为《雪域欢歌》的歌舞节目。在那个节目里，舞者们也跳起了这样的舞步，也发出了"速——"的声音，而此刻，次仁央宗双手捧着的哈达就在我们的身上飘动着，那欢快的旋律就在我们的耳畔萦绕着。当密集的鼓点遽然画上休止符时，大家的呼哨声浪起，回荡在喇嘛庙的上空。

我们临走之时，佩玛和我们一一拥抱，力度之大，使我几乎透不过气来。我们向村民们招手告别。怎奈，"天下没有不散的筵席"！不过，佩玛在席间已然向我们发出了新的邀请："希望明年新年，你们还能来到这里！"

会的，明年的今天，我们一定会再次欢聚喇嘛庙，沐着酒香，畅叙友谊！

二〇一四年三月六日
尼泊尔联邦民主共和国

塔马克西河畔那飞驰的身影

　　五月三日，吃过晚餐，同往常一样，我只身散步到上喇嘛巴嘎村。经过营地围墙后方的那片简易足球场时，我驻足凝望。在暮色之中，在两侧大山的映衬之下，足球场显得比往常更加空旷而寂寥。就在前天和昨天，那里还是人影丛丛、喊声震天——上塔马克西水电站项目二〇一四年五一国际劳动节"中国电建杯"足球赛盛大举行。

▲　比赛开始前，裁判对参赛队伍宣读比赛规则（苗红亮摄于二〇一四年五月一日）

凝望片刻之后，我不禁怅然，尔后深吸一口凉凉的空气，转身，继续踱步。眼前，闪切着一帧帧紧张激烈的比赛画面；耳畔，回荡着观众们热情高亢的呼哨；我的脑袋里似乎有一片大海，翻腾着浪花——一坛子五谷，且留它好好酝酿酝酿吧……

不知不觉间，我已然置身于那段两边都是餐馆和商店的长约百米的"街道"。正当我向那家时常光顾的商店走去看有没有新到芒果时，左手边的一家餐馆突然传来一阵喧闹，一听就知道是我们的尼泊尔工人，一群小伙子们。好奇之余，我竖起了耳朵，似乎听到了……

哦，原来如此！

▲　作者正在喇嘛巴嘎村的一家餐馆为同事郑晓芬饯行。照片中显示的是村中餐馆普遍的布局（摄于二〇一三年八月七日）

站在米香和咖喱香浮动的门口，我探头朝里瞥去，只见五六名年轻的尼泊尔工人正围坐在一张餐桌边，聚精会神地观看一个伙伴用手机播放的视频，脸上无不洋溢着兴奋。而在那小小的明亮的手机屏幕上，正飞驰着一个个矫健的身着绿色或鲜红色球服的身影。或许，他们中有些只是在重温昨天的一幕幕精彩画面和一个个激动人心的时刻；而另外一些却由于某种原因，例如坚守岗位，而未能到场观看比赛，趁此机会弥补一下。可以说，那方小小的手机屏既是在重播，也是在直播。

正在我迟疑间，其中一个身材瘦小、约莫二十岁的工人注意到了我，然后微笑着用尼泊尔语向我招呼了一声"萨布"（音译，

"先生"之意），而紧接着，汉语"你好"便脱口而出。我随即以"那玛斯得"回敬，换来的则是其余"萨提"（音译，"朋友"之意）纷至沓来的问候。

待我入得房间，他们纷纷起身让座。当时，里面座无虚席，其余顾客清一色也都是我们的工人，一边喝茶或吃饭，一边聊天或欣赏电视里播放的印度电影。走到桌边时，我发现桌子上有几只铝制浅盘，皆空空如也，另有两罐已然开启的拉萨牌啤酒和三只同样空空如也的茶杯。想必，他们已然吃饱喝足。

"萨布，要喝点儿什么吗？"那个手持手机的工人站在一旁，热情地问道，一脸的喜气。

我思忖片刻，说道："来杯加奶的咖啡吧，少放点儿糖。"

闻此，他随即扯着嗓子招呼正在厨房忙活的老板。不料，老板说已经没有牛奶了。末了，我点了一杯红茶。等茶的当儿，我和他们一齐目不转睛地盯着手机屏。放到精彩之处，他们便会兴奋难抑，大声呼哨起来。虽然视频分辨率不太高，而且有些晃动，但镜头中的一切依旧清晰可辨——那座白塔，那片土豆田，那几间校舍，那简陋的牛棚，那跑来跑去的狗，一面面在风中猎猎招展的中国水电的旗帜，来自喇嘛巴嘎村的大人和孩子，来自警察局和炸药库的警察与大兵，来自业主和监理工程师的观众，当然还有那往来飞驰、身体矫健的运动健儿们。可惜的是，由于视频是他站在下游即我们中方员工这一边拍摄的，因此里面并未出现前来观看

▲ 足球队员与正在观看球赛的中尼员工和当地村民（苗红亮摄于二〇一四年五月一日）

精彩并为精彩而喝彩的中方员工的身影。

其实，除了被定格在镜头中的，还有许多许多。为了办好这场足球比赛，项目部在比赛开始前一周就安排了平地机平整场地，每天都在队员们训练之前安排洒水车降尘；而在比赛期间，不仅布置了多条长凳以便观众就座，还提供了矿泉水、委派了医生、安排了急救箱。另外，还制作了精美的志愿者胸卡，除了发给几名尼泊尔工人代表，还发给了包括几个孩子在内的若干村民代表，请他们维持现场秩序和提供必要的服务。你看，手机视频里，一个十来岁的小男孩儿向前伸着胳膊，正从一长排观众前面一溜烟儿走过，提醒观众不要靠边线太近，真是有模有样。你再看，一名球童正向那片土豆田飞奔而去，捡拾落在那里的足球。球赛有了这些活泼可爱的孩子们，无疑平添了不少的情趣。

但是，几位在座的视频观众想必对球员以外的人与物兴趣寥寥，他们只是将目光聚焦在绿茵场，聚焦在追球、传球的急速场面以及夺球、点球的紧张时刻。本次参赛队伍一共十支，其中，一支中国水电中方员工代表队；一支业主代表队，即尼泊尔上塔马克西水电有限公司代表队；一支监理工程师代表队，即挪威咨询-德国拉美尔国际联合咨询尼泊尔员工代表队；一支喇嘛巴嘎村村民代表队；其余六支则为中国水电尼泊尔工人代表队。几轮淘汰赛下来，一支中国水电尼泊尔工人代表队和监理工程师代表队脱颖而出，于五月二日下午展开冠军争夺战。毋庸置疑，这场角逐最具看点和悬念，因此也最令人期待。比赛过程中，现场观众的情绪空前高涨，呼哨声一浪高过一浪。有趣的是，几位年轻的尼泊尔工人观众紧挨在一起，不时用力摇晃装着石子的空矿泉水瓶子，并齐声高喊"Sinohydro hi hi, Tamakoshi bye bye！"［大意为"中国水电你好，塔马克西（业主单位简称）再见！"］可见，他们对中国水电代表队夺冠是抱定了信心的。昨天，在中方员工代表队和一支尼泊尔工人代表队进行比赛时，就是他们这几个活跃分子，不时地用中文齐声高喊"中国加油，中国加油"，喊得在场的我们内心暖乎乎的。

▲　正在比赛的足球队员（苗红亮摄于二〇一四年五月一日）

"中国水电你好，塔马克西再见！"这句充满戏谑和调侃的口号可以从侧面反映出这样一个事实：加油者已然将队员们，也将他们自己看成了中国水电的一分子。虽然中方员工无缘决赛，但我们二号下午还是早早地就来到了球

▲　项目中方员工与冠军队合影留念（苗红亮摄于二〇一四年五月二日）

场，因为从内心深处，我们也已然将他们视为中国水电的一员，他们的胜利就是我们的胜利，我们要为他们加油鼓劲，为他们送去他们应得的喝彩。当大汗淋漓的他们以二比一战胜监理工程师队的那一刻，我们也是难掩内心的兴奋和激动，为他们呐喊，为他们喝彩。看到队长苏巴斯被队员们高高抛起，看到他们振臂欢呼、抱作一团，我们油然觉得他们是一群最可爱的人。他们不仅通过顽强的意志和良好的团队精神为我们献上了一场精彩的比赛，而且使我们不禁思考他们的付出和胜利到底有着怎样的意义。

我们这支争夺冠军的队伍是一支混合队，队员来自测量科、修配厂、大坝工区等部门。其中绝大部分都是陌生面孔，尤其对我们这些长时间待在机关的管理人员而言。我指着那个身材壮硕的队员，问手机的主人他是不是叫苏巴斯，搞测量的。"是的。"他说，并说苏巴斯是这支队伍的队长，他们还是好朋友，云云。其实，我还是在观看比赛时，才从站在一旁的测量科陈海超那里得知他的名字。虽然很多人之前都不知道苏巴斯队长和其余队员的名字，但是他们优秀的表现使得大家在短短的时间内便将他们的面孔一张张铭记在心。比赛过程中，苏巴斯曾几次摔倒，但每次都会立刻爬起来继续奔跑，仿佛铁打的一般。

像苏巴斯这样的队员又何止几个和十几个！

有一个身材瘦小的守门员，我们机关人员都叫不上他的名字，也不知道他来自哪个工区。就是这个小伙子，为了不给对方射门的机会，一次又一次义无反顾地扑上前去，将球紧紧地抱住。其中一次，他被对方踢到脑袋，跌倒在地，双手抱头痛苦不已。但是很快，他就硬撑着站了起来，晃晃悠悠地走到球门前，坚定地站在那里，目光继续紧追飞来飞去的足球，准备着随时扑上去。而就在短短几分钟之后，他又被对方球员的脚顶住腹部，当即倒在了地上。可是，一番挣扎之后，他再一次站了起来，双腿像踩了棉花似的向球门走去，然后转身面朝正东方。就是这一位位像苏巴斯和这位守门员一样朴实的工人，就是这一位位充满活力的尼泊尔小伙子，通过点滴的行动，生动诠释着他们是一群多么可爱的人。

手机的主人指着那一个个飞驰的身影，逐一介绍起其余八名队员姓甚名谁、来自哪个工区，那样子，仿佛全项目的尼泊尔工人他都认识似的。说实话，他使我突然感到无比惭愧。渠首工区七百多名一线尼泊尔工人当中，我又认识几个呢？每一天，我都能看到那裹满泥巴的皮靴和在阳光下晃动的黄色安全帽。但是，他们无非就这样从我眼前一次次走过，无异于路人甲和路人乙。与他们走个照面时，我又何曾向他们送出一句简单的问候呢？当我准备提交给监理工程师的结算资料时，当我的电子表格里混凝土累计浇筑量不断攀升时，当我为大坝在短短一个月内就发生了显著变化而感叹不已时，我眼前是否映出了那一个个瘦小的背影呢？

这场足球比赛或许是一个契机，一个我可以近距离观察和感受这些可爱的人的契机。很多队员虽然身材瘦小，但体力、耐力和毅力却令人惊叹。他们生于斯，长于斯，遗传了喜马拉雅山的基因，诠释着生命的顽强。我觉得，这支队伍之所以能夺冠，原因有如下几点：一、他们从小就生活在大山之中，而且始终从事体力劳动，因此身体素质很棒。二、他们训练到位，也就是说不打无准备之仗。据说，比赛前一周，每天下班之后，他们都进行训练，即使人员由于工地轮班而凑不齐备。三、讲究团队精神，战术得当。这两点在比赛过程中体现得淋漓尽致。四、情绪高涨，怀着为荣誉、为胜利而战的坚定信念。从他们身上，我们中方队员学到了不少宝贵的东西。我想，我们之所以去年和今年两场比赛都未能进入决赛，并非仅仅因为我们常坐办公室、缺乏锻炼的缘故。

颁奖典礼结束之后，他们高举金灿灿的奖杯，挥舞着中国水电的旗帜，乘着皮卡车，冒着淅沥冷雨，从球场到大坝工地，再从大坝工地到百色工地，一路呼哨，仿佛要全世界都知道他们得了冠军似的。在我们吃饭的时候，他们又一拥而至项目部，伴着鼓声，大声欢呼。最后，队长苏巴斯代表队员们，将奖杯赠送给了我们，说他们是为我们而战，奖杯对他们来说不是最重要的。或许，正是苏巴斯的这句话道出了他们之所以能成为冠军队的真

▲ 队长苏巴斯（举奖杯者）带领队员乘车巡游庆祝（苗红亮摄于二〇一四年五月二日）

正原因。

当视频还未播完而手机电量已消耗殆尽之时，杯中的红茶依旧满满的。在一声声"晚安"的道别声中，他们走进了溶溶的夜色。电视里依旧播放着印度电影，而顾客早已寥寥无几。他们大概是回去休息或者上夜班去了吧。我端起茶杯，杯子已经由灼烫变成了温热。我抿上一口，一股香甜顿时裹满唇齿。

那首名为《萍聚》的歌曲中有这样一句歌词："人的一生有许多回忆，但愿你的追忆有个我。"我知道，无论何时何地，雄伟的喜马拉雅山和奔腾的塔马克西河曾经和将要给我留下的美好回忆都会追随我左右。而在这无数美好的回忆之中，当然也会有塔马克西河畔那一帧帧飞驰的身影。

二〇一四年五月五日至六日
尼泊尔联邦民主共和国

格桑杜鹃

二〇一三年十二月三十一日，一部名为《等风来》的电影在国内上映。对于不少观众来说，这部影片在很大程度上算是一部画面绝美的异域风光片。然而，我却无缘像国内观众一样坐在大银幕前，为那一帧帧绝美的画面感叹不已、神往不已；因为那个时候，我就在影片所描绘的这个神秘而美丽的国度，就在与中国隔着雄伟喜马拉雅山脉的南亚国家尼泊尔。

二〇一一年春节前夕，我满怀无限的憧憬与好奇，飞向了这片神往已久的土地。换登机牌时，我还特意请工作人员安排了一个靠着舷窗的座位，就是为了看一看喜马拉雅的山川与云海。当透过舷窗俯瞰加德满都谷地那鳞次栉

▲　远眺建筑鳞次栉比的加德满都谷地（罗荣进供图）

比、积木一般、稍显老旧的房子时，我不禁暗喜："我来对了地方！"

如同电影《等风来》中那一帧帧极具吸引力的镜头一样，浓浓的尼泊尔风情向我迎面扑来：红砖垒砌的朴素航站楼，卷头

发、黑皮肤、操着尼泊尔语的民众，航站楼外迥异于中国严寒北方的那犹如仲夏的景色，还有温暖湿润的空气、干净灿烂的阳光、蔚蓝的天空、洁白的云朵、蓊郁的树木、青葱的山峰。双眼所框住的宽广视野犹如一幅刚刚诞生的多彩的画卷。

从机场到加德满都办事处的近半个小时的车程中，我看到了车顶坐满乘客的老旧的花里胡哨的汽车，一辆辆锃光瓦亮的摩托，在车流中悠然踱步的黄牛和额头点着朱砂、穿着纱丽款款而行的尼泊尔妇女，如此等等，一切的一切全都一股脑地打入了我眨也不眨的眼睛。这就是尼泊尔，这就是加德满都留给我的最初的印象！我不禁吃惊：与中国仅一山之隔，为什么这里的风土人情看起来如此迥异呢？我不知道，这小小的国度还会给我带来哪些神秘与惊奇。我自然期待着能够发现更多关于这个国家的神奇与魅力。

▲　作者在加德满都杜巴广场古建筑门前（贺志攀摄于二〇一三年十二月二十四日）

出于工作上的安排，我没有直接去项目，而是在加德满都办事处待了一年的时光。这一年的时光对我来说，宝贵而难忘，奇妙的经历与美好的回忆简直数不胜数。"世界并不缺少美，只是缺少发现美的眼睛。"幸而，我大概算得上有这样一双眼睛，因为我还算得上一位业余作家，或者说，算得上一位喜欢写作的青年。

大学期间，我如饥似渴地读书，只想着能为长期以来贫瘠一片的大脑增加一些肥力。有一次，我看到了一本带有大量精美插图的旅游指南。就是这本书的其中一个章节，使我第一次领略到了尼泊尔这个南亚蕞尔小国的神秘与魅力。我想，如果有机会，一定要去亲身体验体验。

或许是上天垂顾，参加工作后，我竟被派到了这个国家。如前所述，当隔着飞机舷窗鸟瞰加德满都谷地的时候，我即确信，自己将不虚此行。现在看来，我在尼泊尔的收获着实丰厚。与国内相比，尼泊尔文化虽然迥异，但我还是很快就适应了，这可能要归功于当地缓慢的生活节奏吧。当然，尼泊尔的这种慢节奏与其历史文化、宗教信仰和地缘因素有着很大关联。其近邻不丹王国亦是如此。因此，虽然物质生活贫乏，而精神生活上的知足与安逸却足以使这两个喜马拉雅山麓的小国名列全球幸福指数最高国度前列。

要体验一个国家的风土人情，最好的方式莫过于将自身融入这个国家的自然、文化与生活之中。我喜欢和当地人交流，交流对象不限于合作伙伴、景区的游客、出租车司机，皆来者不拒。从形形色色的当地人身上，我点点滴滴汲取着尼泊尔文化的蜜糖与精华。正所谓"知道得越多，才知知道得越少"。当通过兜风、散步、观察与思考，乐此不疲于试图揭开尼泊尔神秘面纱的时候，我却总觉自己所知只是皮毛，而这

▲ 作者与同事在位于加德满都勒利德布尔区哈迪班的办事处草坪上。作者正在阅读当天的报纸（李慧珍摄于二〇一一年六月十二日）

条探秘之路似乎注定永远都只能走到冰山一角。除了上述这些渠道，我其实还有一条捷径可循，那就是办事处订购的《加德满都邮报》《喜马拉雅时报》《新兴尼泊尔报》等当地英文报纸。对我来说，读报不仅是提高英语水平的妙法，也是了解当地政治、经济、文化等诸多方面的捷径。值得一提的是，中国始终是尼泊尔媒体关注的对象，它们经常刊发有关中国的新闻报道。说实话，每次拿起报纸，还未翻阅之前，我就下意识地企盼能够看到有关祖国的文字。

从这些文字当中，我看到了中国驻尼泊尔大使参加两国政府间或非政府间的各类活动，看到了两国民间团体频繁进行友好交流，看到了中国赴尼旅游、在尼经商的人数大幅攀升，看到了中国企业在尼泊尔一次又一次中标当地的基础设施项目……事实上，自二十世纪八十年代末，水电十一局便打开了尼泊尔市场，先后完成了一个又一个水利水电项目，为促进当地社会经济发展发挥了积极作用。

我所在的上塔马克西水电站项目，为尼泊尔截至目前最大的水电站项目，被誉为"尼泊尔的小三峡"与"民族之荣光"项目。你也许不知道，这个项目的大坝坝址到中尼边境直线距离还不足八公里，而大坝就横跨于源自西藏雪山融水所汇成的塔马克西河上。如果说中尼友谊像珠穆朗玛峰一样愈古弥新的话，那么，我们是否可以说它也像这条连接两方国土的塔马克西河一般源远流长呢？

二〇一三年秋天，我已进驻距加德满都约两百公里的项目两年多。那天，我请办事处的同事捎来一大沓旧报纸。我之所以这样做，是因为项目坐落于偏远的喜马拉雅山区，消息闭塞，而我又想最大限度地开阔自己的视野。正是在阅读《加德满都邮报》周末版时，我被上面刊登的一篇英文短篇小说深深吸引，还未读完，便动了将其翻译成中文的念头。其实，尝试文学翻译始终是我深埋心底的一颗种子，而这颗种子或许只是在等待一个恰到好处的契机，然后破土而出。在翻译这篇小说的过程中，我发现里面提及了一位尼泊尔诗人的名字——布佩·谢尔昌。这个名字一下子便印入了我的脑海。

圣诞节前夕，睢县县委宣传部发来了一份邀请，请我代表睢县的海外人员拍摄一段新春拜年视频。为了做好这次视频拍摄工作，我打算给自己准备一串当地人在节日或其他隆重场合通常会戴的菊花花环。于是，我询问综合办公室那位名叫尤尼西玛·卡尔基的尼泊尔姑娘能否给我编一串，她当即答应了下来，下班后便和同在项目上工作的两个伙伴去村中采摘野菊花。次日早上刚上班，她便来到我的办公室，将一大串和两小串金灿灿、散发馥郁香味的花环，微笑着递到了我的眼前。当时，我觉得，那张笑脸就像那一朵朵金黄的菊花一样新鲜而美丽。平安夜那天，我去了加德满都。在游人如织的世界文化遗产——杜巴广场，我邀请

▲　作者与奥地利和尼泊尔游客在杜巴广场拍摄拜年视频（该图片为视频截图，贺志攀摄于二〇一三年十二月二十六日）

三位奥地利游客、七位尼泊尔特里布文大学的学生以及一位老太太，一起拍摄了那段四十来秒的拜年视频。

其实，尼泊尔人对中国人所表现出的这种朴实与友善不止一次地感动着我和身边其他许多中国人。你要是询问一个尼泊尔人对中国的看法或者对中尼友谊的看法，他或她通常都会给出这样一个朴素而颇具代表性的回答，那就是，中国很多时候都会无偿地帮助尼泊尔，而且他们的很多生活用品都是从中国进口的。或许，他们并不清楚中国是如何帮助尼泊尔的，也不清楚中国在哪些方面促进了尼泊尔的发展，但是在他们的意识里、印象里，中尼两国始终维持着兄弟般的亲情关系。这，或许就已经足够。

作为对质朴友善的尼泊尔人民的回馈，也出于维系这一国际友谊的典范，中国政府和人民在各个领域都一如既往地给予尼泊尔慷慨的支持与帮助。对于这些，曾在加德满都生活过一年的我感触颇深。当乘坐出租车路经尼泊尔国际会议中心的时候，我对那座简约而不失宏伟的大楼有一种似曾相识之感。仔细观察了一会儿，我发现它似乎有大唐建筑的风格。司机说，它就是由中国政府援建的。

二〇一一年初秋的一天，吃过晚餐，我和同事李晓晨到办事处对面的那座"小天使"学校散步，无意间碰到一位年轻的中国汉语老师。她叫杨璐，六月份自河北经贸大学毕业后便被派到加德满都大学孔子学院，在这所学校开设的教学点教授汉语。当被问到在尼泊尔当教师志愿者的感受时，杨老师仿佛有说不完的话题，说尼泊尔孩子有多么聪明好学，对她又如何像对大姐姐一样亲，等等。当然，她也说到了一些尚不适应的地方，例如吃不惯当地的咖喱饭，平时跟中国同学和朋友们的联系大幅减少。对于这些刚走出大学校园就来到异国他乡传播中国文化的中国青年来说，自然有苦也有甜，但更多的无疑还是甜蜜与快乐。其实，即便是苦，在他们离开之后，也都会变成回味不尽的幸福记忆。杨老师二〇一二年回国时，同学们都十分难过，有的画一幅画，有的亲自做一件手工艺品，有的买一个具有尼国特色的礼物赠送给她，并用乞求

▲　作者在办事处阳台上。背后是"小天使"学校与依稀可见的喜马拉雅雪山（陈辉摄于二〇一一年十一月二十三日）

的口吻，欢迎她再来尼泊尔，教他们学习汉语。或许，孩子们这些发自内心的挽留与惜别之情，就足以使所有教师志愿者不悔此行。

　　关于分散在尼泊尔多个地区的汉语教师志愿者，我从新闻报道上看到了许多令人动容的故事，而新闻报道之外，有一个就发生在我的身边。二〇一三年，由上塔马克西水电站项目调到库里卡尼Ⅲ水电站项目的财务人员徐滨和当地学校的一名汉语教师志愿者相识，并酝酿出了一段美好的姻缘。或许，如此美好的姻缘也会发生在中国青年和当地青年之间吧。让我们拭目以待。

　　在心底里，我也总是怀揣这样一个愿望，那就是做一回汉语教师志愿者，为传播中国文化、促进中尼文化交流献出自己的一份绵薄之力。现在，虽然还没有机会实现这个心愿，我却始终通过其他方式进行着促进中尼文化交流的尝试与努力，尽管这种尝试与努力可能微不足道。

　　也许是上天再一次垂顾，圣诞节拍摄完新春拜年视频之后，我在游客摩肩接踵、中国旅馆和饭店随处可见的泰米尔街巷里漫步、淘宝，最后走进了一家很大的书店。书店里陈列着各种各样的纪念品和一本本装帧精美的图书。在浏览图书的过程中，我惊

奇地发现有不少图书是关于中国尤其是中国西藏的，有的甚至是中文版本。后来，我无意中看到了《布佩·谢尔昌的一生：后拉纳时代尼泊尔的诗歌与政治》这本书，并决定回到项目后，即着手翻译其中的一两首诗歌。由于我本身就从事业余诗歌创作，又身为翻译，因此翻译起来比较得心应手，于是决定翻译下去。但是，在翻译过程中，许多涉及尼泊尔历史、文化、地域、人名的专有名词，我却常常因为不知道作何理解而皱起眉头。庆幸的是，身边就有一个活的参考书——巴拉·克利施那·尼劳拉。

巴拉可谓是一个地地道道的汉语通、中国通。他曾于一九九一年至一九九九年间在中国生活和学习。其中，一九九一年在北京学了一年的汉语，其余七年则一直在长安大学留学，进修道路工程学。二〇〇一年至二〇〇六年，在加德满都的一所工程学校任教，二〇〇六年始受聘于水电十一局，曾在阿曼首都马斯喀特污水处理项目从事商务工作。二〇一二年年初，又来到尼泊尔上塔马克西水电站项目从事商务工作至今。他操着一口流利的汉语，平时喜欢看中文电影和电视剧，而且时常用汉语写文章，有些文章还得以在水电十一局官网上发表。但是，自一九九九年离开中国之后，他再也没有回去过。我对他说，现在西安、北京和整个中国变化都很大，邀请他有机会一定回中国看一看，而他也始终期待着重回中国的那一天。事实上，像巴拉这样任职于水电十一局的尼泊尔人并不

▲ 作者与巴拉在进场路边的"迎客瀑"前合影留念。"迎客瀑"是作者取的名字（杜海民摄于二〇一二年七月六日）

在少数，且越来越多。例如，库里卡尼 III 水电站项目有一位中文名叫金康的尼泊尔员工，曾留学于河海大学，而另外一位中文名叫齐达华的尼泊尔索赔专家，已经跟随中国水电工作了很多个年头。

其实，除了像巴拉、金康、齐达华这些尼方汉语通之外，周围也有不少中方尼语通，现在上塔马克西水电站项目工作的李灵生师傅就是其中的佼佼者。李师傅之前在现已竣工的西克塔灌溉项目任职，当时由于工作勤勉务实，而被大家赞誉为"西克塔的老黄牛"。李师傅虽然当时就已年过半百，却仍有一股子学习的劲头，通过各种方式学习尼泊尔语。可以说，他尼泊尔语的流利和地道程度与巴拉汉语的流利与地道程度并无二致。二〇一二年七月，项目部开办了英尼双语培训班，英语老师由我担任，而尼泊尔语老师则由李师傅担任。由于很多尼泊尔工人的英文水平有限，项目部跟他们开会的时候，李师傅有时也会充当口译员。他为人热情谦和，只要力所能及的，不管是中国人还是尼泊尔人请他帮忙，他都毫不犹豫。二〇一三年退休之后，他被返聘到上塔马克西水电站项目，继续发挥余热。

为了更为准确地进行翻译，我特意托办事处的尼泊尔办事员加金德拉·沙阿帮忙买了一本布佩·谢尔昌的尼泊尔语版诗集。在我翻译的过程中，巴拉帮了不少忙，多次纠正了我的错误理解，甚至还指出了哈特教授在英译过程

▲ 尼泊尔传统节日"女人节"期间，查理科特市街头身着传统服饰——纱丽的当地妇女（罗荣进供图，摄于二〇一〇年九月十一日）

中存在的不妥之处。从巴拉的身上，我进一步认识到，搞文学翻译，除了翻译技巧之外，更多地是需要全面深刻地了解作者所在国家的历史、文化与风土人情。

虽然身处大山之中，消息闭塞，不见繁华，我却依旧以柔软的目光发现着许许多多值得赞美的人与事，并将其镌刻成一行行文字。就是在这方圆十几平方公里的范围之内，就在这且长且短的一年之中，我利用业余时间完成了一部书稿，名为《尼我相遇》（暂定名）。这部书稿，自认为，个人化削弱，更关注现实，而这所谓的"现实"，其实就是身边发生的点点滴滴美好的、令人感动的事。例如，我有一次和项目部综合办公室主任苗红亮一起坐车到村里的商店买东西。当我买完两瓶饮料提前回到车里时，司机看着苗主任的背影，说苗先生人很好。我问司机怎么一个好法。司机说，苗主任平时跟当地人讲话，都会使用敬语。闻此，我颇有同感。尽管苗主任掌握的尼泊尔语词汇并不多，却始终注意用敬语跟当地人交流，可见是专门作过一番研究的。就是因为有那么一群像苗主任一样的身着湛蓝工装的人们，曾经闭塞的喇嘛巴嘎村渐渐地发生着变化：一栋栋漂亮的小别墅建起来了，一家家饭馆和旅馆开起来了，一位位村民加入项目建设的队伍中来了。在一条条瀑布、一座座大山和蓝天白云的见证下，在

▲ 作者（右下角）漫步在游人如织的加德满都杜巴广场（贺志攀摄于二〇一三年十二月二十六日）

塔马克西河不息的涛声里，大坝在一寸寸加高，宛如一个巨人屹立于这片厚重的大地。

　　二〇一三年春天，我的《河之南·山之南》由河南文艺出版社出版发行，总共四卷，分别为散文卷、诗歌卷、短篇小说卷和长篇小说卷。其中，散文卷和诗歌卷有相当大一部分是在尼泊尔或以尼泊尔为背景完成的。我在短篇小说卷的序言中写道："我出生在大河之南的中原腹地，我工作在喜马拉雅之南释迦王子的故乡。这两个地方都是那么的古老，一个麦浪无垠，一个稻秧层层。这两方土地播下了多少麦粒、米粒，也就播下了多少故事。还有哪里比这两个地方更能称得上故事浩繁若满天星斗呢？"是啊，中原老家和尼泊尔就像安徒生爷爷，总有讲不完的故事。因此，我始终攥着笔，时刻准备着写下更多的故事。在布佩·谢尔昌诗歌选译的译序中，我写道："翻译布佩的诗歌，是我感恩尼泊尔、介绍尼泊尔的一次努力……"在尼泊尔工作和生活近三年的时光赐给了我太多宝贵的东西。我觉得，作为一名中国人，是有责任和义务为中尼友好献出自己的一份力量的。当谈及两国之间不断加深的友好交往时，我们很少能说出到底谁是这背后的功臣。我们不认识这些功臣，而洞悉一切的历史却会永远铭记他们。其实，这样的历史功臣或许就隐藏在熙熙攘攘的游客之中，

也许就是你和我。

《尼我相遇》中有一部名为《雪照在加德满都》的中篇小说，是基于我在尼泊尔的亲身经历与感悟创作的，集中描写了尼国的风土人情。二〇一一年五月十八日，我的同事陈策在加德满都举办了一场尼式风格的婚礼。根据这次婚礼，我在这部小说中虚构了一个情节：来自中国的男主人公与来自尼泊尔的女主人公最终有情人终成眷属，实现了实质上的中尼结合。这样一个情节源于我心底对尼泊尔的感恩与依恋，也是对中尼永世友好的一种美好隐喻。

事实上，中尼两国通婚由来已久，最经典的例子就是，唐朝时，尼泊尔尺尊公主嫁给了吐蕃赞普松赞干布。这一段千年历史佳话，如今仍被藏族同胞和尼泊尔人民续写着。二〇一四年四月二十二日，来自西藏日喀则地区聂拉木县樟木镇立新村的新郎尼玛多吉迎娶了尼泊尔新娘阿旺卓嘎。作为中国通往南亚次大陆尤其是尼泊尔的最大陆路关口，樟木口岸离中尼边界友谊桥仅十三公里，从友谊桥过境，向南不到九十公里，就可到达尼泊尔首都加德满都。一九六五年，中尼公路（三一八国道的一部分）修通之后，中尼两国经济往来日益频繁，过往的商旅和货物不断增加。随着两国交流与合作的领域持续扩大，樟木口岸势必会发挥日益重要的作用，而中尼友谊桥也势必会向两边逐渐延伸。

一道山脉，一座山峰，一座桥梁，连着两个文明古国。无论是在《河之南·山之南》的扉页，还是在《雪照在加德满都》中特意安排的那个情节之中，我都采用了那首歌颂中尼友谊、以青藏高原的格桑花和尼泊尔的国花杜鹃为表现意象的原创歌词——《格桑杜鹃》。在中尼建交迎来六十周年之际，谨以此歌，祝愿中尼友谊万古长青！

那一朵白云已经飘远，朋友你是否看见，
看见云中的一个笑脸，它会化成细雨洒落你的心间。
那一朵格桑花已经盛开，朋友你是否看见，
看见我怀中的红杜鹃，它会化成火焰温暖你的双眼。
亲爱的朋友，请你追随那溪流一路回环，
温柔的涛声会给你一片天空的蔚蓝，
那熟悉的苍鹰还在自由地盘旋。
亲爱的朋友，请你伸出沾满花香的手，
我们一起抚摸喜马拉雅圣洁无染的雪山，
雪山在月光下连绵遥望着繁星闪闪。

你从春天走向另一片阳光灿烂，是谁送你的格桑花环，
亲爱的朋友，我用杜鹃为你编织一只永不凋谢火红色的花
篮。

那一朵白云已经飘远，朋友你是否看见，
看见云中的一个笑脸，它会化成细雨洒落你的心间。
亲爱的朋友，请你伸出沾满花香的手，
我们一起抚摸喜马拉雅圣洁无染的雪山，
雪山在月光下连绵遥望着繁星闪闪，
雪山在星光下连绵遥望那月儿弯弯。

　　　　　　　　　　　二〇一四年五月十二日至十四日
　　　　　　　　　　　　尼泊尔联邦民主共和国

加都往事，雪山迷宫

二〇一一年一月十七日，农历腊月十四，我松开"老虎"的尾巴，抓住"兔子"的耳朵，只身飞到了加德满都，将浓浓的年味儿留在了喜马拉雅山的那一边。

当我走出由红砖砌筑的特里布文国际机场的一刹那，温暖的气息扑面而来，灿烂的阳光泛滥成灾。黝黑的脸庞、蓊郁的绿树、洁白的云朵、湛蓝的天空、鳞次栉比的稍显老旧的房屋，还有北方那一抹隐约的雪山之影，就像一只浓墨重彩的万花筒，将我严严实实地包裹。加德满都谷地这缕盎然的春意，犹如一句温婉的唐诗，在我脑际，从此萦绕不去。

虽无人对我双手合十，我却听到了那声友好的"那玛斯得"。

你好，加德满都！

前来接机的是一位中国同事和一名尼泊尔司机。司机名叫吉万·班达里，留着长长的辫子，操着一口不大流利的汉语。去往位于哈迪班的办事处

▲ 作者在办事处阳台楼梯上（陈辉摄于二〇一一年十二月二十八日）

的途中，车里始终播放着欢快的尼泊尔歌曲。我听不懂，却似乎又有几分会意。车窗外——飞驰的摩托、目中无人的黄牛、鲜艳飘逸的纱丽、戴着口罩的女交警、车顶坐满乘客的花里胡哨的破旧汽车、尾气味、粉尘味、熏香味、咖喱味、喧嚣声——一切的一切都混杂一处，并使我也混杂其中。

　　不少人说加德满都又脏又乱又差。但是，这又何尝不是加德满都成为加德满都之所在呢？她就像一件刚出土的古董，虽铜锈斑驳，却是考古学家的最爱。缺乏规划、基础设施落后，我想，同这片谷地得以原汁原味地保存下历史风貌，是互为因果的。在这座由佛教徒、印度教徒、蒙古人种、印欧人种，由寺庙、神龛、弯狭街巷、各类车辆、古老王宫、陈旧民居、现代化建筑等杂糅而成的超大的迷宫里，你会恍惚不知历史与现代的界限，就像季风雨季，晴天和雨天，有时其实就在一步之间。

　　为保护文化遗产，许多国家采取了各种各样的措施。遗憾的是，这些保护措施却往往导致文化遗产变得不伦不类，或者说被附加的现代元素吞噬了原汁原味。这里则不然，尽管加德满都谷

▲　加德满都泰米尔区的街道（王军强摄于二〇一一年七月二十二日）

地既是世界文化遗产，又是联合国教科文组织确定的亚洲重点保护的十八座古城之一。或许尼泊尔政府也想采取所谓先进有效的保护措施，但由于财力、技术不支等客观原因，对许多著名的历史遗迹，始终未进行任何干预。让文化遗产"自生自灭"，似乎就是尼泊尔政府所秉持的姿态。

另外，在尼泊尔，几乎所有的文化遗产都对公众开放，而且当地人参观，一概不收门票。加德满都被誉为"寺庙之城"。神比人多，寺庙比民居多，是其真实写照。到寺庙祭拜是加德满都居民日常生活不可或缺的一部分。诸如斯瓦扬布寺、博大哈佛塔、帕苏帕提纳神庙等著名的世界文化遗产，依旧像历史上那样，对所有前来朝拜的信徒敞开大门。换言

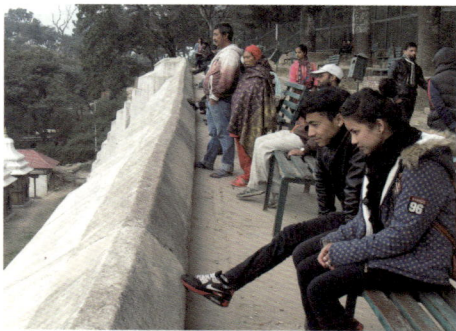

▲ 正在加德满都帕苏帕提纳神庙内休憩与观景的游客（摄于二〇一五年一月二十六日）

之，这些宗教古迹仍然延续着原来的功用，而非变成了展览品，仅供观赏。这大概是尼泊尔是个宗教国度使然吧。

不仅仅是各处世界文化遗产如此，加德满都谷地的方方面面似乎都缺乏人为尤其是政府的干预。虽然政府的这种"不作为"会造成诸多麻烦和不便，而且在许多外国人眼中，甚至不可理解，但我们却不能否认这样一个事实：尼泊尔是全球幸福指数最高的国家之一。毋庸置疑，这种幸福是植根于宗教信仰的。由于宗教信仰，他们心有寄托，容易满足，随遇而安，与世无争，安分守己，不向往外面的花花世界，也不会累死累活地去打拼。这种性格，与其说是懒惰和不求上进，毋宁说是在酥油灯的烛焰上

摇曳的 DNA 链条。

　　来之前，我原以为尼泊尔王国尚在；来之后，却得知尼泊尔君主制已在二〇〇八年成为历史。对我来说，"王国"是一个象征性的意象，缠绕着令人发思古之幽情的浪漫情调。得知王国不再，我难免一时怅然。然而不久，便转作了释然。毕竟，雪山依旧，"寺庙之城"还是那座"寺庙之城"，乌鸦也没有迁徙到谷地之外。因此，何不抛却纷繁的预设，在

▲　加德满都街头唱歌的艺人（摄于二〇一五年一月二十六日）

这谷中且行且思，且读且作，浑然不知东西，浑然不知时光的长短呢？

　　在诗歌集《雨中菩提》的序言中，我写道：

　　有一个地方，你只想独自漫步或一路徜徉，那里就是喜马拉雅南麓的"寺庙之城"；有一个地方，你只会用诗或诗性的语言去描画，那里就是这方遥远宁静的山谷。

　　古老的加德满都，本身就像一位"苍山负雪"的诗翁，手持一枝火红的杜鹃花，在自己的一隅国度里，漫步着、徜徉着。

　　当我还未从云端，从雪山盆景的上空飞临这片神奇、神秘而美丽的土地，我的心头便涌起一股强烈的感召。这确乎是一种缘定、一个约定。

　　……

　　我的脑海闪过一个奇怪的命题："这片土地多了一个我在，

是否它还是它；我置身于这片土地，是否我依然是我？"

老诗翁，若我解不出，或解读有误，您能否给我开释，用您手中火红的杜鹃花？

......

不是所有的城市都有加德满都这般的造化，在喜马拉雅山的臂弯里，出落成一只姹紫嫣红的大花篮；也不是所有的人都有我这般的宿命，躺在百花编织的襁褓里，酣睡了三百六十五天，苏醒后，发现自己变成了米诺陶洛斯。

▲ 帕苏帕提纳神庙内的壁画（摄于二〇一五年一月二十六日）

二〇一四年八月二十一日晚

尼泊尔联邦民主共和国

国庆登高西米冈

从上塔马克西水电站项目位于喇嘛巴嘎村的管理营地出发，沿公共进场道路，溯塔马克西河而下，二十五分钟不到，即会来到一处叫"切特切特"的地方。这个地方在外国徒步客眼中，坐拥两大胜景：其一是周遭几十平方公里范围内第一大瀑布，我谓之"迎客瀑"；其二就是位于迎客瀑稍稍上游处的那座山头，当地人谓之"西米冈"。迎客瀑的壮观形貌自不必说，尤其是在降水充沛的雨季。而西米冈呢，说实话，其外形既不奇特，海拔也不高，两千一百米左右，可以说是附近最低的山头了。但是，就是塔马克西河谷中这座看似平凡无奇的山头，却是我们诸多中方员工心中的一个结。每每顺着回环往复的盘山路下坡、上坡，我们总是隔着车窗看着那里，

▲ 迎客瀑（切纳·央金·塔芒摄于二〇〇九年六月六日）

寻思着："什么时候可以爬一爬西米冈呢？"

随着二〇一四年雨季的渐渐离去，这个结终于被巧妙地打开了。说"巧妙"，是因为今年的十月一日既是新中国成立六十五周年国庆，又是尼泊尔最大的传统节日——德赛节首日；而次日又是九九重阳佳节，即所谓的"老人节"或"登高节"。三个节日凑在一起，我们又身处喜马拉雅山之中，应景之举自然是登高望远喽。如此，在国庆文娱活动策划上，西米冈登高就被提上了日程。得知这一消息，大家皆一副摩拳擦掌、跃跃欲试的样子。另外，由于德赛节期间，大量尼泊尔工人返家休假，现场生产任务相对减少，部分中方员工因而得以抽出些许时间，参加文娱活动。报名消息公布当天下午，即有二十多人报名。晚饭时，又有数人报名。最后，报名人数多达三十二人。其中，二十七人仅攀登西米冈，而另外五人则从西米冈继续前行，向喜马拉雅山深处若瓦岭山谷中海拔四千五百米的 Lake Tsho Rolpa，即"冰湖"跋涉，往返预计四至五天的时间。

十月一日上午七点左右，二十四名队员在营地集合，点名无误后，乘坐四辆汽车，向切特切特进发。在斜对迎客瀑的那个"S"弯处，我们下公路，穿过几所简陋的房屋，便看到了一块朝北的箭头形指示牌，上面唯有三个英文单词：Way to Simigaun（前往西米冈）。从指示牌处下得一段石阶，向西行走片刻，便来到了那

▲ 横跨塔马克西河的吊桥（摄于二〇一四年十月一日）

座吊桥的桥台。立于台上，身后是那条贴千仞崖壁飞流直下的迎客瀑，眼前是横跨塔马克西河的吊桥，桥下是白浪滔滔、泛着矿石绿的奔腾河水，耳畔则是河水的轰鸣之声。塔马克西河一路高歌，向着孙科西河、恒河与印度洋奔流而去。

二十三名队员先行登山，我则站在对岸的桥台，等候从下游不远处的调压井工区赶来的三名队员。由于司机返家过节，调压井工区一时没有司机，我就派了刚才送我们过来的一辆汽车去接他们。几分钟之后，三个人的身影便出现在了对岸的桥头。接着，我殿后，拾级攀登起来。大家欢声笑语，鱼贯前行，不时驻足拍摄照片、欣赏风景，脸上无不洋溢着喜悦。值得一提的是，在这支登山队伍中，不仅有一对情侣（项目财务主管黄欢及其在办事处工作的女友肖红婷）、一对年轻的夫妻（张玉磊及其前来探亲的妻子关婷婷），还有一对父女（某外协队负责人张省敏及其新分大学毕业生女儿张雅峥）。其实，我们还有一名特殊的队员，它就是那条叫作"欧姆"的小狗。欧姆体型不大，毛色黑白相间，性情温驯，喜欢在切特奇特地区跑来跑去，现已身怀六甲。之前，我们有两个队员经常在此处的进场公路上进行道路的维护及测量工作，很快就与它熟识了起来。这次，它一定是看到了那两位老朋友，所以就跟了过来。它的一路相随，可是为我们增添了不少乐趣。登山或休息的间隙，一些队员会逗逗它或摸摸它，偶尔还会与它分享一些干粮。

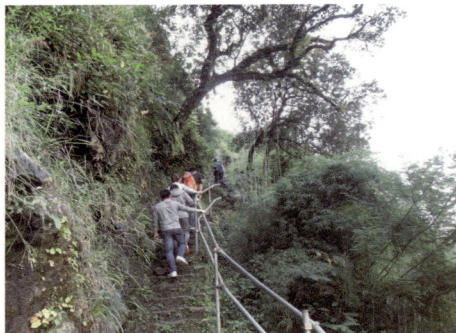

▲ 拾级而上的登高队队员（摄于二〇一四年十月一日）

西米冈的石阶小径算不上难走，宽一米余，时陡时缓，盘山而上，可谓移步易景，曲径通幽。道路两边，植被繁茂，鸟语啁啾，泉声淙淙，时而绿荫匝地，时而阳光泛滥。除了一些常见的植物，如竹子、蕨类等，还有诸多我们叫不上名字的奇花异草，或以枝叶取胜，或以花蕊引人。枝叶抚颊，花香沾衣，令人心旷神怡。然，花虽易得，我们却不会煮鹤焚琴采下一朵，充其量就是嗅她们一嗅，或同她们照一张合影。

一路走来，我对一个现象感触良深，那就是，西米冈虽是景区，却看不到任何商业化的迹象。这里的石阶没有那么规整，也不见任何诸如砂浆等的填缝料。它们只是当地村民将石头砸碎，稍事打磨，然后再一块块砌筑而成。而且，除了起初的一小段，路边没有护栏、没有垃圾箱、没有公共厕所，亦鲜见各种指示牌。换言之，人为因素在这里少得出奇。众所周知，在许多国家，诸多自然保护区日渐商业化，使所谓的保护区变得不伦不类。我认为，西米冈之所以未被大肆开发，原因有如下几点：一、关于保护区，当地政府出台有硬性的保护条例及细则。二、当地居民安于农耕、笃信宗教、知足常乐，不汲汲于索取大自然。三、此地偏远落后，基础设施建设所需物资不济。四、游客数量有限，对旅游基础服务设施要求不高。其实，个中原因是什么根本无关紧要，紧要的是，在这样一个时代，我们还能置身于一处幽静之地，享受一番世外桃源的惬意。

从进场道路远远望去，西米冈浑身披挂的茂林之中点缀着错落的民居，绝巅之上则是一座美丽的喇嘛庙。此刻，我们已全然投入它的怀抱，去作一番细微的观察了。山上人烟确乎稀少，我们有时跋涉二十几分钟，才能经过几户人家。而且，那些房屋都很简陋，一般用木头和石头筑成。房前屋后掩映着叶面生有蜡质层的亚热带树木，以及芭蕉、甘蔗、菊花等草本植物，而瓜菜的

藤蔓更是一簇簇、一片
片，充满无限的生机。
院子里通常设有用竹篾
编成的棚圈，豢养着牛
羊等家畜，以及以鸡为
主的家禽，而日常用水
则一律是从自流井汩汩
流出的山泉。因地制宜
修建的简易自流井在这
个"高山之国"十分常
见，尤其是在偏远的山区。

▲　当地村民家的屋舍（摄于二〇一四年十月
一日）

　　虽是德赛节的第一天，山上却丝毫感受不到过节的气氛，甚
至失于冷清。大部分人家都门窗紧闭，人去楼空一般。偶尔可见
村妇在自流井边浣洗衣服，或有一两个孩子站在门口，好奇地打
量着我们这群外来客。毫无疑问，我们的欢声笑语一时打破了这
里古寺般的宁静。据我观察，留在家里的一般都是老人、妇女和
儿童，也就是我们所谓的"留守人员"。换言之，那些年轻力壮
的大概都在外面谋营生
吧。想必，其中就有人
在我们的项目上打工。
在生于斯、长于斯、老
于斯的他们看来，我们
这些外国游客本身，或
许就是山外的花花世界。
当我们双手合十，微笑
着问候他们"那玛斯得"
时，他们便会几分矜持

▲　当地村民与他的孩子（摄于二〇一四年十月
一日）

地以同样的方式回敬。你一定会说，他们的笑容是黝黑的，他们的目光是单纯的，并使我们相信，哦，"大山很美，住在大山里的人也一定很美"。

我们一路上偶尔看到的白塔、飘动的五彩经幡和刻着藏文经咒的玛尼堆，以及位于目的地处的那座气派的喇嘛庙，无不向我们生动地证明着西米冈笼罩在藏传佛教的气息之中。是啊，你看他们的面庞，是藏族人的五官；你看村妇的服饰，是卓玛所穿的"帮典"；你看北方的雪山，是耸立在西藏的峻峦。很久以前，他们的祖先从喜马拉雅山的那一边，一路跋涉，来到南麓的尼泊尔，并定居下来，繁衍生息。这大概也是德赛节期间此地却依旧冷清的原因：德赛节是植根于印度教而非佛教的一个节日。

受纬度和海拔影响，西米冈虽算得上四季如春，却不适于水稻生长。眼下，平坦地带，铺展着一张巨大的黄绿色"毯子"，那是麦穗沉甸甸的青稞田。我们穿行其中，迎着清新的暖风，大口大口地呼吸着，心底通透至极。此时此地，巍峨的山脉、灿烂的阳光、洁白的云朵、葱郁的树木、宁静的农舍、农夫的身影、盘旋的雄鹰、奔腾的河流，一切的一切都将我们重重地包裹，使我们不知身在何方。

▲ 正在穿过青稞田的登高队队员（摄于二〇一四年十月一日）

由于很少参加户外活动，尤其是登山和长距离徒步，加之身体素质因人而异，因此，在登山过程中，有些队员不久便被远远地落下了。作为组织者，我不能只顾着埋头往前赶，而是要不时地停下来，等一等后面的队员。其实，我的身体素质并不算好，登个几分钟，就气喘吁吁了。今年七月份，我在焦作云台山景区游了两天时间，其间，还从望母台一口气登上了茱萸峰顶，但当时并未感觉到体力不支，可能是因为回国休假后一直在旅行的缘故吧。返回尼泊尔这两个月以来，我整日枯坐办公室，偶尔出去散散步，身体便渐归怠惰的状态。

本次活动旨在使大家在确保人身安全的前提下放松身心，愉快地度过国庆节，因此，我从未催促，哪怕是鼓励落伍的队员铆劲儿往前赶。毕竟，如果大家都像角逐奥运金牌那样拼命去冲，不仅会体力不支，而且也存在安全隐患。无论如何，安全永远都是第一位的。头天下午，我采纳几位队员的建议，将本次登山的性质，由"比赛"改为了"活动"，并将评奖办法由"竞争"改为了"抽签"。当然，对于那些身体素质较好或自认为身体素质较好，又或者一心想拿第一的队员来说，这一决定恐难以受用。

虽然五人组的冰湖远征队登山开始时间晚于我们半个小时左右，但打前锋的王高波经理却突然超到了我和其他十几位队员的前面，令我们惊奇之余，又自愧弗如。王经理已过不惑之年，身心却年轻依旧，登起山来，可谓老当益壮、当仁不让。你瞧，他背着一只小小的行囊，不紧不慢地踏着石阶，一点看不出气喘。而且，他还一直跟我们谈笑风生呢，简直就是安步当车。不过，远征队其余四位八〇后队员尚杳杳不知身在何处。看到小狗欧姆，王经理从高处

▲　冰湖远征队队员与向导（左二）（苗红亮摄于二〇一四年十月一日）

大声地对我说："这条狗也得写写！"说实话，若无他这句点拨，这篇文章里恐怕横竖都找不到狗的影子了。

事后，我特地查看了每位队员的护照，统计结果如下：在这支由三十二人组成的登山队伍之中，六〇后一人，七〇后四人，八五后十四人，九〇后八人，其中最小的黄凯一九九五年出生，另外四人则出生于一九八〇至一九八五年之间。他们有的是项目领导，有的是机关员工，有的是一线工人；有的已经娶妻，有的已经生子，有的还是单身；有的来自河南，有的来自安徽，有的来自江西。但，不管年龄几何，不管家在何方，在这举国同庆的欢喜日子，我们这支登山队伍，相聚西米冈山麓，一步一步地向上攀登，不管是快是慢，最终都一个不落地登上了山顶，然后一齐站在金碧辉煌的喇嘛庙大殿前方，面对着北方——祖国母亲的方向——通过镜头，将一帧美好的回忆定格。

一千多年前，十七岁的王维在重阳节这天，登上云台山的茱萸峰，遥望东方，写下了那首《九月九日忆山东兄弟》："独在异乡为异客，每逢佳节倍思亲。遥知兄弟登高处，遍插茱萸少一人。"遗憾的是，这里不生茱萸，亦无红叶聊寄乡思。但是，在那近在咫尺的北方，在连绵的青山背后，耸立着巍峨的雪山，熠熠白雪照耀着西藏大地，擦亮了我们的眼睛，并源源不断地融为奔腾不息的塔马克西河那碧绿而甘甜的河水。

我们放眼南望，扑入视野的是大山雄壮的胸膛和横贯于那胸膛之上的一条长长的"之"字形"疤痕"，那是我们的公共进场道路，我们的生命线。而在东端那座山头的胸膛之上，也烙着一条"之"字形"疤痕"，那是在建的上压力钢管支洞连接路。其实，与其说那是"疤痕"，还不如说是"战壕"。一边是雨季时常塌方的悬崖峭壁，一边是陡深的塔马克西河谷。但，这又何足惧？我们载着物资和人员的车辆还不是照样往来穿梭于这两道战壕，如驶康庄大道？

在征服西米冈的喜悦之中，有的忙着给彼此照相，有的则带着辘辘饥肠，去了北边几十米开外的那两家家庭旅馆，打算大快朵颐一番。北面那家旅馆的门外，矗立着一座古老的白塔，白塔西侧的路边，则矗立着一块大尺寸的彩色告示牌，全英文，主要是向经过此地的徒步旅行者提供一些实用的指导信息。从这块告示牌出发往前跋涉，就可以抵达冰湖和珠峰大本营了。

来到旅馆，大家一边休息，一边讨论吃

▲ 写有"高里·尚卡尔保护区欢迎您"字样与游览须知的指示牌（摄于二〇一四年十月一日）

什么饭。在我的建议之下，新分来的大学毕业生叶李根和丁崇尝试了尼泊尔主食"达尔巴特"，即咖喱饭，以及香甜的姜味红茶。我点了一杯加奶的咖啡，一杯下去，别提有多解乏。再看南面那家旅馆正门前面的那片草坪，张省敏、张雅峥、张晓明、杜云龙、孙学强和陈海超盘腿坐在免费提供的地毯上面，玩起了扑克牌，好不惬意。喝完咖啡，我时而招呼队员们的吃饭事宜，时而带着相机，四处转悠，拍拍照片。后来，不经意间发现，北面那家二楼的栏杆下面张挂着一张招贴画，印着十来个人的头像，头像下面写着各自的辉煌登山史。他们有的来自欧洲，有的来自中国和尼泊尔，而其中一个尼泊尔人曾十二次问鼎珠峰，令我钦佩不已。相比他们征服的珠峰，我们脚下的西米冈根本不能称之为山。然而，不管怎么样，它确是几十平方公里范围内的一座地标，也是许多徒步客——譬如这支冰湖远征队——去往冰湖或珠

▲ 贴满旅行社广告的餐馆外墙（摄于二〇一四年十月一日）

峰大本营的必经之地。

由于起初有四位队员耽误了一段时间，五人冰湖远征队在旅馆稍事休息，王经理便催促着继续开拔了，尽管他们雇的那名当地向导兼背夫建议在旅馆住一宿，次日再出发。于是乎，大家一边相送，一边叮嘱，宛若亲人要远离家乡一般。远征队员兼办公室主任苗红亮临行前再一次撺掇我同去，说我这个作家不去的话，实在是个遗憾。我又何尝不想去呢？但身为本次活动的组织者，我必须确保大家安全地返回营地。去冰湖，且待下次吧。

令我万万没有想到的是，他们刚出发，小狗欧姆竟然也跟了过去，一点儿没有回头的意思。或许，它并不知道此去何方、道路多长。很多人没有发现它跟去，而发现了的，譬如我，也没有张口叫它回来。这样也好，它十分机灵，路上可以提供警戒，还可以给他们增添一些乐趣。看着他们渐行渐远、终于消失的背影，我们只有在心底默默地祝福，祝福他们顺利抵达并平安返回。

十一点半左右，吃饱喝足的二十七名队员在喇嘛庙集合，开始抽

▲ 前往冰湖途中的小狗欧姆（王军强摄于二〇一四年十月四日）

奖。当然，我这个组织者并不参与。我从一副扑克牌中抽出二十六张，大王一张，代表一等奖；"A"两张，代表二等奖；"2"三张，代表三等奖。我洗好牌，刚刚伸出手去，一直虎视眈眈的队员们便一阵哄抢。对于本次活动的评奖，前面也提到，抽签竞奖的方式是临时决定的。而且，由于考虑不周，我未事先向所有的队员们作出解释。结果，几位实际上首先登顶的队员有些抱怨。话说回来，他们其实是不会放在心上的。毕竟，

▲　在草坪上打扑克牌的登高队队员（摄于二〇一四年十月一日）

集体爬一次山，机会实属难得，大家高兴才是题中之义。

　　临下山，我们对丢弃在喇嘛庙庭院中的垃圾进行了清理。出发不久，遇见了两位欧美徒步客。他们看起来年逾花甲，貌似是夫妻，双双微笑着和我们一一问好，一副慈爱友善的样子。年纪最小的队员黄凯跟他们作了简短的交流，得知他们来自法国，是要去往冰湖的。随着旱季的到来，会有越来越多的外国徒步客慕名来到拥有全球最佳徒步旅行线路的尼泊尔。我们"近水楼台先得月"，体验了一番短途徒步。叶李根后来告诉我，当时张玉磊的妻子关婷婷想跟他们合一张影，却不会用英语表达这一请求，最后还是由他用英文表达了出来。我对他说，不要怕说错或发音不标准，要充分利用身在国外的机会，多加锻炼，不然，一旦回到国内，再想找这样的语言环境，就没那么容易了。

　　最后一批下山的队员在切特切特候车的间隙，我指着前面几米开外的那条上山小路，向他们讲述了二〇一二年在清理上面那

▲ 登高队队员在喇嘛庙前合影留念（苗红亮摄于二〇一四年十月一日）

次大塌方的四十多天时间内，当地工人如何凭借一双肩膀，沿着曲折、湿滑、狭窄、陡峭的石阶，上上下下，将一筐筐蔬菜、一桶桶柴油背到几百米高、塌方体前方的进场路上的。我曾两度上下那条小路，至今回想起来，仍心有余悸。如果没有当地人开辟的这条小路和跋涉在这条小路上的当地工人，我们的营地无疑会变成一座孤岛。其实，与其说我是在对他们讲述，倒不如说是在对自己讲述这一段难忘的经历。不管集体还是个人，总会遇到大大小小的困难，而解决困难的途径有时候难免有风险。若没有更好的选择，那我们就需要毅然决然地放手一试，就像我们的这条"生命线"因大塌方而长期中断之时，为了保证生活、生产物资的供给，必须有人铤而走险，爬过那难于上青天的"蜀道"。

当汽车载着我们安全返回营地，二〇一四年西米冈国庆登山活动宣告圆满结束。通过本次活动，大家不仅锻炼了身体、放松了心情、增强了毅力、增进了感情、强化了集体意识，还得以亲身体会当地的自然与文化，陶冶了情操，因此，收获还是不小的。更重要的是，从始至终，大家无一人受伤，只是我和远征队员王军强被蚂蟥吞了大量的鲜血而已。当然，这只是小小的插曲，不足挂齿。

二〇一四年十月二日
尼泊尔联邦民主共和国

附：二〇一四年西米冈国庆登高队及冰湖远征队队员名单

一、西米冈登高队队员名单

高元博、黄显垚、李松蔚、叶李根、张雅峥、陈海超、孙学强、张省敏、陈顺坡、张富强、袁海厅、黄大鹏、张晓明、杜云龙、关婷婷、李白沙、武向军、李向东、谢宝成、张玉磊、周双衡、李冬阳、肖红婷、黄欢、黄凯、丁崇、朱楠、欧姆

二、冰湖远征队队员名单

王高波、王军强、苗红亮、曹庆天、李继乐、尼泊尔向导、欧姆

王高波、王军强、李继乐、尼泊尔向导和小狗欧姆于十月四日下午，苗红亮和曹庆天于十月五日傍晚平安凯旋，与大家分享了一路所遇的诸多精彩。

一次难忘的会面

——拜访中国驻尼泊尔大使馆文化处主任张冰

加德满都时间二十七日下午六点一刻左右，大家一边吃饭，一边收看央视综合频道现场直播的二〇一四年度"感动中国十大人物"颁奖典礼。听闻获奖者之一的朱敏才老先生曾任中国驻尼泊尔大使馆经济商务参赞处参赞时，大家起了不小的骚动。是啊，身在尼国的我们自然有些吃惊，而吃惊之余，我想，更多的则是亲切吧。对于我来说，这短短几分钟的讲述，似乎有着某种特殊的意味。

曾经的外交官，后来的乡村教师，朱老先生不忘年轻时的心愿，终于花甲之年，携老伴儿辗转来到贵州的贫困山区，走上了三尺讲台，传道、授业、解惑，直至被送进医院抢救。我虽对朱老了解不多，但颁奖典礼简单勾勒出的他的人生轨迹却足以使我动容。通过他观照自身，我发现，我们两个其实有些许相似之处：我大学所修专业也是英文，也曾梦想当一名人民教师，也曾试图到贫困地区支

▲ 作者正在上塔马克西水电站项目部组织举办的英语尼语培训班上教授英语（何志权摄于二〇一二年七月十三日）

教；来到尼泊尔之后，也始终想为中尼友好献出自己的一份绵薄之力。

二〇一三年初春，《河之南·山之南》得以出版。当时，我便想走进朱老曾经工作过的中国驻尼泊尔大使馆，亲自向刚刚离任的杨厚兰大使和刚刚履新的吴春太大使分别赠送一套。不想，一晃两年过去，这个心愿却迟迟没有实现。而今年恰逢中尼建交六十周年，亦是该书出版两周年，在此时节实现这个心愿，我想，大概最应景不过了。

三月的加德满都谷地，阳光灿烂，春意盎然。十日下午三点左右，我同尼泊尔中资企业协会副秘书长王高波驱车前往大使馆。不料，就在汽车即将抵达使馆的时候，前方道路却被全副武装的警察戒严了。我们随后得知，戒严行动主要是针对"藏独"分子的。我不禁想起去年的三月十一日，数名反华分子在使馆周围高举"藏独"旗帜，高喊"藏独"口号，最后被当地警方逮捕的事件。今年中国两会期间，尼泊尔警方出动警力进行戒严，从一个侧面体现了尼泊尔政府信守决不允许反华势力在尼泊尔兴风

▲　远眺宁静祥和的加德满都谷地（陈辉摄于二〇二二年二月）

作浪的承诺，着实令人敬佩和欣慰。

　　警察拦下了汽车，不准我们通过。听闻我们要去中国大使馆，他们要求出示护照。不巧的是，我们两个都未携带。一番解释无果，我们只能绕道。起初，我们并不清楚为何警察会对某些车辆放行，却非得拦下我们。后来，我们恍然大悟：那些汽车里面的都不是中国人。绕行到距使馆大门几十米开外时，前方道路同样被武警戒严，武警数量不下二十名，正对着使馆大门的路上还停着一辆警车。得知我们要去中国大使馆，警察很快便予放行。与刚才相比，这次顺利得简直令人难以置信。车泊在使馆大门外后，我们下来，四围观望了一番，感觉气氛有些许紧张。接着，王副秘书长给使馆打了个电话，请求进入。不久，侧门开启，前来接应的叶女士走过来，跟我们一阵寒暄，说可以把车开到使馆里面去。使馆大院，遍植草木、郁郁葱葱、优美宁静，十分符合我想象中的情形。很快，汽车在一幢雄伟的大楼前停了下来。下得车来，我抬头看那幢建筑，一片夺目的色彩赫然映入眼帘，是中华人民共和国的国徽。看到国徽的那一刻，我既感到激动，又觉得亲切和踏实。这还是我来尼的四年时间内，第一次看到祖国的国徽。

　　就在我盯着国徽看的时候，玻璃门开启，走出来三四个尼泊尔人，其中一位面色黝黑、身材敦实、戴着尼泊尔传统帽子的中年男人向叶女士招手问好，用的竟然是标准的中文。叶女士介绍说，他就是阿尼哥协会的会长本塔姆·什雷斯塔博士。阿尼哥协会成立于一九八一年，由尼泊尔历届赴华留学生组成。他们学成回国后，大多就职于尼泊尔政府部门以及医院、学校，很多都成了行业精英，对尼泊尔国家建设和发展、对中尼友好交流，发挥了重要作用，作出了重大贡献。

　　该协会是以尼泊尔历史上一位成就卓著的艺术家阿尼哥的

名字命名的。阿尼哥生于一二四四年，卒于一三〇六年，原为尼泊尔尼瓦尔族的一名工匠，于一二六五年率领一支由八十名志趣相投的艺术家组成的队伍，来到忽必烈统治下的中国元朝宫廷，一二七三年起担任皇家工匠主管。他是一位杰出的建筑师，北京妙应寺（又名"白塔寺"）内那座著名的白塔即是其代表作品。一九六一年，时任尼泊尔国王马亨德拉首访中国时，与中国政府签订协议，修筑一条自西藏樟木口岸通往加德满都的陆路贸易生命线，以此纪念为中尼文化交流作出贡献的使者阿尼哥。阿尼哥，就像圣洁的珠穆朗玛峰一般，已经成为中尼友谊的象征，鼓舞着无数的中尼人士，致力于中尼友好的延续与发展。

▲　北京妙应寺内红墙与玉兰花掩映的阿尼哥雕像（陈欣欣摄于二〇二四年三月二十三日）

▲　北京妙应寺内白塔（陈欣欣摄于二〇二四年三月二十三日）

　　本塔姆博士离开之后，叶女士给张冰主任打了一个电话，说我们就在楼下。很快，一位挺拔清瘦、戴着眼镜的男士打开玻璃门走了出来，看着虽年逾花甲，却精神矍铄。我的第一反应就是，他想必就是张主任了。见他出来，我们便迎了上去。叶女士将我和王副秘书长向他分别作过介绍之后，他和我们一一握了手。说实话，他的手劲颇大。接着，他寒暄着将我们引到一楼的会客厅，并亲自拿来三瓶矿泉水放在桌子上。如此，他给我的第一印象就是气度儒雅、热情好客、平易近人，而这种印象使我放松了许多。

宾主落座之后，我向他说明了来意，然后将一套书递给了他。他接过去，大致看了看，啧啧称赞了不得，搞得我面红耳赤。王副秘书长指着封面左上角的书名，向他解释说，"河之南"是指我的家乡河南，"山之南"则是指喜马拉雅山南麓的尼泊尔。我接着补充道，四卷本里面，散文卷与诗歌卷有大量的内容都是以尼泊尔为背景写成的，而这，也是将书赠给大使馆的原因之一。听后，他十分高兴，并问我是否还在坚持写作。我说是的，而且除了坚持写作之外，还试着翻译了尼泊尔已故诗人布佩·谢尔昌的六十首英译版诗歌，聊作对中尼建交六十周年的微薄献礼。说到对尼泊尔文学作品的翻译，他道出了很多感慨，例如，尼泊尔文学在打开中国大门时面临着很大困境。我颇有同感地说道，中国对尼泊尔文学的译介工作几乎还是一片空白。他随即指出，造成这种局面的原因之一是文学

▲　作者与王高波副秘书长正在和张冰主任（中）交谈（叶女士摄于二〇一五年三月十日）

译介工作通常很难取得立竿见影的效果，需要费很大的功夫和心血，对于尼泊尔这样的小国家和尼泊尔语这样的小语种所造就的文学更是如此。

我说，一直以来，我都认为尼泊尔是一片文学创作的热土，是文学可以始终滥觞的地方。张主任强调，尼泊尔人其实是十分尊敬作家的，还特地举了一个例子：尼泊尔某机构举办了一场开幕式，却邀请了一位与活动内容毫不相干的作家致辞。我说，尼泊尔对于作家的尊敬，与其厚重的历史文化积淀不无关系。文学作为文化的一个重要组成部分，在教化方面发挥着不可估量的作用，而尼泊尔这个宗教信仰历来殷盛的国度，更是为文学的生成与发展提供了一片纯洁的灵魂家园。毋庸置疑，古今的尼泊尔与中国均取得了丰厚的文学成果，而将独具特色的尼泊尔文学与中国文学译介给两国的广大读者，任重道远，势必需要两国政府和民间以两国世代友好为助推，齐心协力，创造崭新的局面。

在谈到尼泊尔的风土人情时，张主任可谓如数家珍，对文化现象的剖析，也都十分中肯。他尤其对尼泊尔语言的处境表示了担忧。指出，尼泊尔有一百三十多个民族，语言十分庞杂。很多民族人口稀少，例如北部边疆地区的木斯塘，只有一千多人，而语言的承袭却仅靠口耳相传，面临着被边缘化甚至灭绝的危险。另外，从尼泊尔全国来看，小学到大学的教材，绝大多数都是英文版的，母语遭受着严重的排挤。产生这种现象的很大一个原因是，尼泊尔国家贫穷，就业机会少，很多尼泊尔人都努力学习英语，争取去国外学习或工作，过上体面的生活。据悉，尼泊尔人口仅约两千七百万，而其中六七百万都在国外工作。母语地位的削弱及人口流失的加剧，势必会对尼泊尔的传统文化，尤其是宗教信仰，产生愈加明显的影响。

当王副秘书长说我家乃书香之家，姐姐是中国科学院的博士

▲ 抱着孩子的当地妇女（达瓦·顿珠·纳加尔科蒂摄于二〇一一年五月十八日）

时，我告诉张主任，我父母其实都是地地道道的农民，父亲初中毕业，母亲根本就没读过书。没有读书，是母亲一生最大的遗憾之一，她不希望自己的儿女重蹈她的覆辙。因此，始终支持我们姐弟俩求学。过度的操劳，使她的头发过早地变白了。我们能一路走到现在，从精神上来说，她无疑是最大的后盾。我们相继考上大学之后，她心中的两块大石头也落了下来，于是就开始硬着头皮学习识字，从小学一年级的语文教材啃起。几年之后，就已经能十分顺畅地读我出版的这四本书了。听完这些，张主任不无感慨地说，她是一个有远见的母亲，并指出，对于孩子的成长，母亲通常都扮演着第一老师的角色，因为一般来说，父亲会长时间在外打拼，很难经常性地与孩子相处，对孩子进行言传身教。作为员工，尤其是海外员工与家人聚少离多的水电工程局的一分子，我对此感同身受。

关于母亲对孩子的重要性，他还举了一个例子。甘肃省推行了一个项目，叫"母亲水窖"，旨在解决吃水难的问题。这些水窖都是由社会捐款所建，很不容易。穷困人家的孩子每天喝水窖里的水，潜意识里会把"水窖"和"母亲"联系起来，慢慢地就学会了感恩。在喝着如乳汁般甘甜的清水的时候，他们便会铭记那一位位从未见过的挖井人。或许，对于巩固与发展中尼友谊来说，所亟须的就是这一位位"挖井人"了。其实，身在海外的我们已然充当了"挖井人"的角色。我们远离家乡，来到尼泊尔，并将这里当成了第二故乡，为家人"挖井"，也在为尼泊尔"挖井"。我想，善良的尼泊尔人民是不会忘记我们这一群身着湛蓝工装的中国朋友的。而我们要做的，应该就是为他们寻找更多的泉源吧。

关于文学创作，张主任建议我多参加一些文学协会或组织，便于与其他作家进行交流，借鉴他们的写作技巧，化为己用。对此，我表示赞同。文学协会或组织是一个平台，利于传播并使作家们接触到国内外的一些新思想、新观点、新理念，从而开

▲ 时任中国电建国际尼泊尔国别副代表田野（右）向中国驻尼泊尔大使馆转交作者英文长篇小说《幸运人酒吧》（杨振华供图，摄于二〇二二年八月八日）

阔思路、扩大视野、提升水平。听到我说自己目前视野褊狭、阅历浅薄、水平有限，需要学习的东西还有很多时，张主任鼓励道，前面的路还很长，只要坚持下去、努力下去，就会不断地取得新的进步。

"酒逢知己千杯少。"与张主任虽是初次见面，我却觉得我们已然成了推心置腹的故友。他是一位长辈，也是一位老师，使我如沐春风，领会到了很多宝贵的东西。但是，美好的时光总是如白驹过隙，而且张主任工作繁忙，我不想过多地打搅他。起身告辞时，我问能否与他在外面合一张影。他欣然应允。我们走出大厅，并肩站在了门前的平台上。当王副秘书长举起相机时，一旁的叶女士还特意提醒他把头顶那枚鲜艳的国徽照进去。照完相，我们又聊了几句。最后一次握手的时候，张主任嘱咐说，以后保

▲ 作者与张冰主任在国徽前合影留念（王高波摄于二〇一五年三月十日）

持联系。

汽车驶出使馆大门的那一刻，院内的宁静被隔在了身后，外面依旧是持枪警戒的警察。我不禁有一丝失落、一丝怅然，国徽鲜艳的色彩在眼前挥之不去。我一时想不清楚，为什么外面不能和里面一样宁静祥和。难道只是一墙之隔的缘故吗？真心地希望，不管何时再来这里，我将再不会看到那些迷彩服和枪支；也希望再来时，还是这样一个阳光灿烂、春意盎然的初春三月。

大使馆，再见！

二〇一五年三月十二日
尼泊尔联邦民主共和国

花与犬

　　我们的地球家园之所以缤纷多彩、充满生气，正是因为有包括我们人类在内的自然万物的装点。

　　透过人造卫星的眼睛，我们可以看到一颗蔚蓝色的星球。在这颗蔚蓝色星球最大面积的陆域，有一片耀眼夺目的雪白，那是连绵的喜马拉雅山脉。在喜马拉雅山脉的南缘，有一方近似矩形的狭小国土，那是"高山之国"和"唯一百花盛开的国度"——尼泊尔。在尼泊尔的东北角，有一个行政区，叫"多拉卡专区"。在多拉卡专区的东北角，有一条河，叫"塔马克西河"。塔马克西河是一条国际性河流，源出中国西藏。在她流入尼泊尔大约七公里的地方，有一处宽阔平坦的河谷，谷中坐落着一座充满藏族风情的村庄，叫"喇嘛巴嘎村"。喇嘛巴嘎村被塔马克西河一分为二，一半在上游，叫"上喇嘛巴嘎村"，一半在下游，叫"下喇嘛巴嘎村"。上喇嘛巴嘎村的上游是一片繁忙的施工现场，那是上塔马克西水电站项目渠首工程所在地。上喇嘛巴嘎村与下喇嘛巴嘎村之间，则是一片由几排整齐的活动板房构成的围着高墙的长方形院落，那就是渠首工程的中方管理营地了。如果说自然万物装点着地球的话，那么微观一点来说，喜马拉雅雪山装点着亚洲大陆，珠穆朗玛峰装点着尼泊尔，巍峨的青山装点着多拉卡专区，五彩的经幡装点着喇嘛巴嘎村，而鲜艳的花草则装点着我们的营地。

"大山很美，住在大山里的人也一定很美。"喇嘛巴嘎村的村民之美，是一种朴实之美、友善之美，也是一种原生态之美。远道而来的我们，自然也被周遭的美感染着、熏化着。青青的山，两侧列队；蔚蓝的天，弥散着干净的阳光，飘浮着洁白的云朵；还有宁静的村落、牧牛的村妇、玩耍的孩童、慵懒的土狗、常绿的树木、错落的农舍、青葱的田地、潺潺的河流、如练的瀑布、伟岸的雪山，以及长长的吊桥、优美的白塔和修葺一新的喇嘛庙……构成了一幅多彩而生动的画卷。

▲　正在收割青稞的喇嘛巴嘎村妇女（摄于二〇一四年十二月六日）

我们这一群身着湛蓝工装的外乡人，就在这里工作，就在这里生活，和当地的人们朝夕相处。对我们来说，这里既熟悉，又陌生。熟悉，是因为我们已然将这里当成了自己的第二故乡；陌生，是因为我们还缺乏对这里的深刻了解，尤其是文化上的、民俗上的和信仰上的。我们始终怀抱着一个希冀，同时也是一个信念，那就是，这里的人们能够且定会像我们看待他们一样，将我们视为一群美丽的人。为了实现这样一个希冀和这样一个信念，我们尝试着、努力着，期待用我们忙碌的身影和杰出的作品，将这方美丽的土地装点得更加漂亮。

虽然营地被高高的墙包围着，我们却始终没有将美丽的大自然关在墙外，而是通过把墙外的花草移植到墙内的方式，把大自然迎进了我们的家门。渐渐地，花草越来越多；渐渐地，营地越来越美，也越来越充满大自然的气息。你看，有些宿舍和办公室门前，摆放着一盆或者若干盆花草。那些盆子大小不一、材质不一，大多是废旧的容器，自然没有专门的花盆那么典雅。但是，你若细瞧，便会发现，它们在花草的映衬下，竟是那么悦目、那么应景。而植于其中的花草，不是牡丹，不是海棠，也不是别的什么奇芳异卉，可能就是一簇野兰花、一株野菊花和一棵叫不上名字的亚热带常绿阔叶植物，有的春季开花，有的秋季开花，而有的永远都只以叶子示人。但是，就是这些算不上奇花异草的花草，每当远远地看到它们时，我们便顿觉心旷神怡；而每当从它们身旁经过时，我们便会不自觉多看一眼，甚至驻足，饶有兴致地赏玩一番。

值此秋冬之交，一株株野菊花烂漫吐蕊，在温暖的阳光下，染出一片片金黄，散发出无限的生机。枯坐办公室，长时间面对电脑，自然会眼也累，脑也累。此时，你只须朝窗外投去一瞥，便可见那一株株花草所呈现出来的大自然的蓬勃光景。如此，只消片刻，眼也明亮，心也通透，接着便可轻松地继续投入工作中去了。如若感到腰酸背痛，困乏倦怠，或者思维迟滞，你还可以走到外面，伸伸懒腰，呼吸呼吸新鲜空气，看一看大山和蓝天，晒晒裹着香味的阳光，或者在花圃与花圃之间踱一踱步子，那么

很快，身心即会恢复到
和大自然一样和谐的节
奏与状态，工作效率自
然也会随之提高。

　　到访的客人，无论
是当地的政府官员、欧
洲的监理工程师，还是
喇嘛巴嘎村的村民，无
不交口称赞我们的营地
漂亮、办公环境好。是

▲ 营地围网周边盛开的各色花朵（摄于
二〇一三年九月三十日）

啊，我们的营地很漂亮，而为了这份漂亮得以永驻，我们每个人
都在下意识地做着园丁兼保洁员的工作：不乱丢垃圾，不随地吐
痰，偶尔栽种一些新花，不时地将室内的花草搬出来晒晒太阳，
适时地给花草浇水。今年雨季结束之际，我们甚至还自己动手，
操着廓尔喀军刀修剪疯长的草坪。如此这般，我们呵护着它们，
而它们则源源不断地将自己最美的一面回赠给我们。

　　不仅办公区，生活区亦是如此。生活区的中心是水泥地面的
篮球场，篮球场周围是规划齐整的草坪，草坪上则四下里生长着
一株株野菊花，如今已是繁花满枝，灿烂无比。每天，我们一出
宿舍，或者一出餐厅，扑入视野的就是这些美的使者了。虽然平
日里大家因为司空见惯而对其视若无睹，而一旦这些精灵一夜之
间消失不见，徒留空空的操场与草坪，我们一定会诧异，会迷
惑，继而则会怅然若失，并幡然醒悟，有它们和没有它们实在大
相径庭。

　　其实，装点我们的工作与生活的，不唯这些自身不会移动的
赏心悦目的花草，还有一个会四下里移动的大块头。说起这个大
块头，它的来头还真不小，可谓名门望族出身。你看，它身材雄

大威武，四肢粗壮有力，尤其是背部，清一色的黑毛。实话实说吧，这个大块头就是闻名遐迩的德国牧羊犬，我们给它取了一个小名，叫"虎子"。

说虎子来头不小，其实还有另外一层原因。它的童年和少年是在我们在尼泊尔承建且已完工的西克塔灌溉工程项目部度过的。据说，它还是一只小狗崽的时候，西克塔项目部的几个女孩儿特别宠它，天

▲ 作者与虎子（摄于二〇一二年八月九日）

天把它抱在怀里，还老是喂它饼干啊、牛奶啊、肉啊等等好吃好喝的。这样一来，在为它日后长成魁梧雄壮的身躯奠定坚实营养基础的同时，却渐渐消磨掉了其本应具有的粗犷的雄性气质，使其最终出落成了在怡红院长大的贾宝玉，性格尤其温顺，甚至胆小如鼠。所以，大家都笑话它不像个爷们儿，倒像个娘们儿。不过，这样也好，大家都不怕它，偶尔还会动手动脚地逗逗它。另外，它对谁似乎都不见外。吃过晚餐，大家三五成群地外出散步的时候，它有时会主动地跟在后面或跑在前面，平添了不少乐趣。

你或许不知道，它还是一条享有特权的狗呢。尽管附近的狗有数十条，而它却是唯一一条可以自由出入并居住在项目部的狗。换句话说，它也是项目部大家庭里的一员，是合法的居民。毋庸讳言，它还是一条养尊处优的狗，凭借每天富含油水的剩饭剩菜，吃饱喝足不在话下。吃饱喝足的它，真心是无忧无虑、自由自在，想躺在草坪上晒太阳，就躺在那儿晒太阳；想出去找伙

伴们玩耍，就出去找它们玩耍。毫不夸张地说，每间办公室和每间卧室的门外，都留有它卧躺过的痕迹。这个小时，它在技术部的门口卧着，下个小时，可能就转移到我们合同部了，而到了下午，可能就是安全科了。

像对待那些花草一样，我们对待虎子，似乎也都抱着一种熟视无睹的态度。但是，这种熟视无睹，其实只是一种假象。两三天不见它，我们或许并不会察觉有什么不对劲。但如果一周、半个月都不见它，那我们就真的会有所察觉了。而如果自从某天，它再没有出现于我们的视野，那么我们定会怅怅然很长时间。

虎子是一条有故事的狗。它虽然不会张口向我们讲述它自己的故事，但曾经与它相处过的人，都在乐此不疲地代为讲述，譬如我。它见证了西克塔灌溉项目的竣工，在上塔马克西水电站项目开工之后，又伴着那一群熟悉的面孔，来到了这里，并渐渐记住了更多原本陌生的面孔。是的，它平平淡淡地存在着，但是它的存在，给许多的人们带来了许多的乐趣，而这种乐趣，是我们无论如何都无法复制的。

写到这里，我不禁想起前几天在浏览中国作家网时看到的一篇短小的书评，题为《电建人的人文情怀》，作者孙进。文中有如是评论：

读完贺恭展示丰富人生体验的《子敬诗书言文集》（诗词卷），我感受到电建企业文化的独特与别致，通过诗集中的诗词、联句，我也进一步领略了电建人的古意新声。

这些年，热衷写古代诗词已经蔚然成风。无论是企业员工、老干部，还是大学生，都乐此不疲，这是当代"传统文化热"的一个缩影。而贺恭的古体诗创作，也体现了一位电建人毕生奋斗、"为水电呐喊"的丰富情感。

……

不论是写诗填词，还是撰写长联，作者都展示了电建人的跋涉足迹、乐观情怀、豪迈诗心，如同诗集的序言所说，作者"将几代人的'电力梦'抒写得淋漓尽致"，"是浓郁的现代精神灌注的古体新诗"。是的，如何写出古体诗的"当代感"，尤其是"行业感"，无疑是这本诗集给我们的宝贵启示……

长期以来，在很多外界人眼中，水电员工都是三句话不离本行，只懂阳刚，不懂温柔。其实不然。为什么这么说呢？一是因为，我们水电员工也有最柔软的地方，那里泵着血，也泵着丰富的情感；二是因为，水电的企业文化

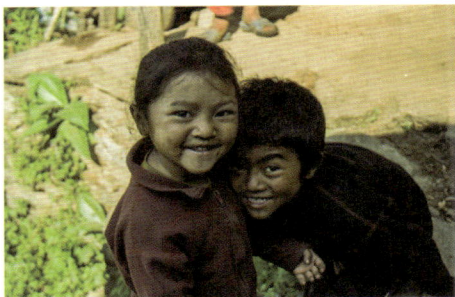

▲ 兄妹俩。不少员工心思细腻，善于捕捉生活中最平凡却最生动的画面（王军强摄于二〇一四年十月一日）

建设为广大员工提供了一个施展才华的广阔平台。依托这个平台，我们通过美丽的文字和图片，向朋友们生动地诠释着水电人其实是一群可爱的人，是一群活生生的人，懂阳刚，更懂温柔。

据我所知，许多人，甚至不少水电员工都简单地认为，所谓水电企业文化，无非一个可有可无的点缀而已，就像案头的塑料花和门前的石狮子。其实不然。从宏观的方面来讲，是因为我们的社会主义制度以人为本，充分尊重人的才能，并为才能的发挥创造各种条件，进而为社会主义的大发展提供源源不断的智力支持。从微观的方面来讲，是因为长期从事相对枯燥工作的水电员工，对精神文化消费有着更切实的需求。一天的忙碌之后，我们

自然要适当地休闲，要不时地充电，而休闲和充电的便捷渠道之一，就是企业文化。对于企业文化的各种实体组织，如文学协会、摄影协会、书法协会等，我们既可以参与其中，又可以作为欣赏者，依托这些组织对别人的作品品评一二。换言之，我们既是企业文化的生产者，又是企业文化的消费者。企业文化是社会主义文化的重要组成部分，促进企业文化的繁荣，也就是为社会主义文化的繁荣添砖加瓦。案头的塑料花固然不会散发出芳香，却可以放松你紧绷的视神经；门前的石狮子固然不会发出吼声，却可以使你看到它时，内心顿生威严之感。企业文化亦如此，更多的是"随风潜入夜，润物细无声"。

是的，"随风潜入夜，润物细无声"，这就是企业文化，这就是我们的水电企业文化，使我们栉风沐雨，使我们心有归属。

行将结篇，我心底油然萌生了一个愿望，不知道其他同事是否也有这样一个愿望，那就是，等到这个项目完工时，虎子会跟着我们其中的一些人转战到下一个项目，而那个项目，也会有这样一个营地，被各种各样的花草装点得五彩缤纷、赏心悦目。

二〇一四年十一月八日
尼泊尔联邦民主共和国

路，就在脚下

北纬二十七度五十四分三十七秒，东经八十六度十二分二十三秒。

如果用手机上的"全球定位系统"软件对这个坐标做一下定位，大家就会发现，它镶嵌在喜马拉雅山脉之中，而且几乎就在中国西藏自治区的边境线上。其实，这个小小的点，是一座具有浓郁藏族风情的村庄，叫"喇嘛巴嘎村"。它横卧在一条宽阔的河谷之中，河的名字叫"塔马克西河"，源出西藏境内的雪山融水。喇嘛巴嘎村到中尼边境线出奇的近，直线距离不足八公里。换言之，你站在村中向北眺望，就可以看到云朵飘在西藏的天空。

几年前，这里既闭塞又落后，甚至连条通往外界的公路都没有。现在，这里已经开通了直达首都加德满都的大巴车。而且，还陆续出现了不少的小洋楼、小商店、小饭馆，村民们的穿戴也越来越时尚了。你或许会问："这些变化是怎么发生的呢？"其实，这些变化，是与一群远方而来的人们接踵而至的。你或许会接着问："那这些远方而来的人们又是何方神圣呢？"其实，他们并不是什么"神圣"，无非像你我一样，黄色的皮肤，说着中国话，普普通通。真要说他们与大家有什么不同的话，那大概就是，他们远离了祖国，每天都穿戴着湛蓝色的工装和劳动防护用品罢了。说到这里，想必大家的脑海里已然浮现出一个鲜明的工人形象来。没错，他们的确是一群普普通通的工人，一群普普通通的水电建设者。很荣幸，我也是他们中的一员，和他们一起在喜马拉雅的怀抱里，分担辛苦，分享欢乐。

▲　中方员工与当地村民在项目奠基仪式上合影留念（达瓦·顿珠·纳加尔科蒂摄于二〇一一年五月十八日）

　　二〇一五年的羊年春晚，是我在尼泊尔所看的第三次春晚，而对于一些工友们来说，甚至已经是第十几次了。今年的春晚，有几个节目，我感到十分亲切，例如那首歌唱南水北调中线工程顺利通水的《人间天河》，还有反映古丝绸之路的歌曲《丝路》和舞蹈《丝绸霓裳》。欣赏印度舞的时候，我不禁想起了自己所处的国家尼泊尔。为什么呢？不仅因为尼印两国地域上接界，而且因为它们同属于一个文化圈，在宗教、艺术、习俗等方面有诸多的相通之处。接着，我又想起了同样与尼泊尔接界的我的祖国——中国。中国，尤其是西藏自治区，在宗教、艺术、习俗等方面，与尼泊尔也有着诸多的相通之处。尽管中间横亘着世界上最雄伟的喜马拉雅山，从古至今，这道天险却从未阻断过中尼两国人民的友好往来，中尼友谊之花反而越开越烂漫，而且香气四溢。自六十年前正式建立外交关系，两国始终坚持和平共处五项原则，已然并将继续成为大国与小国之间求同存异、和睦共处、互惠互利的典范。

▲ 作者在喇嘛巴嘎村塞迪德维社区办公室拱门前。门上插着尼泊尔与中国两国国旗。办公室外墙上张挂的条幅显示，该建筑由尼泊尔－中国喜马拉雅友好协会捐建，二〇一二年三月二日举行落成典礼（摄于二〇一二年三月十六日）

　　说到这里，我想简单提一下尼泊尔的首都加德满都。加德满都有一个区，叫"泰米尔"，曾经是市中心，店铺林立，被誉为"尼泊尔的小香港"，是外国游客不可错过的地方。二〇一一年年初来到尼泊尔时，我便惊讶于那里的中国味道竟然如此浓郁，而

▲ 正在参加尼泊尔德赛节与中国国庆节庆祝派对的中尼员工合影留念（苗红亮摄于二〇一三年十月六日）

四年之后再去，我就简直不敢相信自己的眼睛了。中国人开的饭店、旅馆、商店以及独具特色的中国符号比比皆是，令人应接不暇。我置身其中，不禁感慨："这里果真变成唐人街了！"其实，不仅不敢相信自己的眼睛，我甚至连自己的耳朵都不敢相信了。为什么呢？因为行走在摩肩接踵的人群里，我总会听到中国话，既有中国游客发出的，也有街边的尼泊尔商店老板在招揽中国顾客时喊出的，譬如，"走过路过，千万不要错过"，十分有意思。当然，商业的繁荣是离不开商品生产与贸易交往的支撑的。如果你现在去尼泊尔，就会发现，各色中国商品随处可见，占据了当地很大的市场比重。而随着两国陆路和航空贸易的持续扩大，以及中国一如既往地增加对尼投资与援助，相信两国在经济、政治及人文交流领域，会继往开来，开创更为鼓舞人心的互利局面。身为中国水电驻外建设者中的一员，我有幸在中尼两国紧抓历史机遇、巩固发展成果的时候来到这里。我们水电工人的个人力量虽然微薄，但这些微薄的力量一旦汇聚起来，却足以使雄伟的大坝巍然耸立在塔马克西河谷中，为尼泊尔的千家万户源源不断地送去光明。因此，除了"水电工人"，我们还有另外一个称呼，那就是"光明的使者"。

尼泊尔驻华大使马赫什·库马尔·马斯基在接受新华网采访时提道："尼泊尔和中国都有着非常丰富的文化历史传承，彼此相互影响。佛祖释迦牟尼诞生于尼泊尔，佛教文化通过古代的丝绸之路传入中国。"是啊，作为中尼文化交流的早期开拓者与使者，高僧法显和玄奘曾沿着那条丝绸之路，来到尼泊尔，回国后，均始终致力于佛教文化的传播与发扬。后来，那条道路被漫漫风沙尘封了千年。千载以前，春蚕吐丝，将长安和罗马两个文明的中心紧紧相连；千载以后，那春蚕从沉眠中苏醒，贪婪地咀嚼着鲜嫩的桑叶。大漠驼影，瀚海胡笳，曾是它唯一不变的梦境，而这梦境如今正被拓印到新时代的亚欧大陆。这一幅瑰丽宏伟的蓝图，需要千千万万支笔去描画，而画笔就紧紧地攥在你我每一个人的手里。记得习近平总书记访问美国时，曾用"敢问路在何方，路在脚下"这句歌词形容中美关系，而"新丝绸之路经济带"又何尝不会在我们的脚下重筑与伸延开来呢？我们虽然有了飞机，有了火车，但是，这条道路的长度，我想，难道不更需要我们像古代的商旅驼队一样，用每一个脚印去丈量吗？目前，中尼两国正在就将青藏铁路延伸到尼泊尔境内一事进行磋商。真心希望在不久的将来，我能从加德满都坐上火车去拉萨。

二〇一五年四月十六日
尼泊尔联邦民主共和国

愿你好好的

——记"四二五"尼泊尔大地震

当我在驻地尼泊尔军队少校塔帕的引导下向直升机跑去的时候，内心五味杂陈：作为一名深陷灾区近两周的灾民，我终于等到了安全撤离的这一刻；作为一名在尼生活了近四年的工作者，此一别，不知何时才能再踏上尼国的大地；作为一名将尼泊尔视为第二故乡的外侨，我蓦然觉得自己不是在撤离，而是在逃跑，留下千千万万的人们继续担惊受怕……

螺旋桨呼呼地旋转着，停机坪上吹刮而起的沙粒，扑打着那些站在附近、眼巴巴观望着飞机的人们，其中有我们的尼泊尔工人，有挖冬虫夏草的外乡居民，也有好几位中方员工。昨天，我和几位同事及十几名外协队工友在位于项目二标段营地某印度承包商营地的停机坪苦等了五六个小时，午饭都没有吃。为了打发时间，我们其中几个后来来到当地军队和武警在项目二标段营地的临时驻扎点，和士兵、警察们聊

▲ 正在协助中方员工乘坐直升机撤离的驻地尼泊尔军队少校塔帕（穿迷彩服者）（摄于二〇一五年五月十二日）

起天来。不承想，最后好不容易等来两架飞机，却仅限于运送士兵。天公不作美！午后两点多，下起了小雨，不久又起了雷暴，飞机飞来的概率更为渺茫。如此，我们几个继续等了约莫半个小时，便讪讪地折回了临时营地，打算次日再碰碰运气，而外协队的工友和当地灾民们依然在远处等候着。

就在撤离喇嘛巴嘎村的前一天，我无意中在背包里瞥见了那张印着达拉哈拉塔（又名"毕姆森塔"）照片的景区门票，不禁悲从中来，记忆随即回转到了一月二十八日。那天，我实现了四年来的一个愿望，就是终于爬上了达拉哈拉塔——加德满都谷地的这座地标式建筑。环绕景区的是一圈白色哥特式栅栏，在花草的掩映下，高雅而洋气。入口对面是一片休闲区，饮食店集中，绿树葱茏。人们坐在露天的桌子边，一边喝饮料，一边说笑，十分惬意。参观的游客当中，有的一看便知是一家子或者情侣，天伦之乐、浪漫之意，好不令人艳羡。不少游客或坐或站在塔台的台阶上面，叫同伴给自己和白塔留下一张合影。而我，只是拍了几张它的单身照，没有与之合影。螺旋形上升的阶梯狭窄逼仄，每每遇到从上面下来的游客，彼此都会侧身借路。未消多久，我便爬上了塔顶，站在那里，一阵气喘。顶层供奉着一尊小小的神像，由于长期接受信徒涂抹香膏，已变得油腻与花哨。塔顶的观景平台上，游客熙攘，都忙着从不同角

▲　加德满都达拉哈拉塔（摄于二〇一五年一月二十六日）

度远眺加谷（加德满都谷地简称），按动快门。我自然眺望了很长时间，陶醉于加谷三百六十度奔走眼底：鳞次栉比的房屋、车水马龙的街衢、逶迤的喜马拉雅山脊，使我浑然不觉这原是一个宗教国家的首都，倒像是一座十足的世俗之都。视线向南，越过那条宽阔的大道，是一片绿茵场，几个全副球服的人正在进行着棒球比赛……

等回过神来，我将门票向旁边的巴拉递了过去。他捏在手里，看了片刻，然后抬起头，哭笑不得地说："你看，还是因为地震！"是啊，还是因为地震！或许那些已过耄耋之年的加谷市民依然记得发生在一九三四年的那次大地震以及震后白塔所化的那堆狼藉废墟。白塔倒塌不久，时任尼泊尔首相即在原址上进行了重修。但是，令人万万没有想到的是，八十一年后，它竟再次因为一场大地震而变成一堆瓦砾。不知道那些见证过白塔遭遇两次劫难的老人如今是一种怎样的心情。在他们的心底，是否会间或传来轰然倒塌的声音呢？地震发生当天，喇嘛巴嘎的信号几乎完全中断。有些同事不停地刷新网络，好容易才刷出一些关于地震的消息。其中一条说，加德满都的一座地标式白塔在地震中倒塌，砸死数百人。听到这条消息，我的心略噔一下。虽未见到图片，也一时不知道塔的名字，但我隐约感觉到，那应该就是达拉哈拉塔。没有与它合影，固然是个遗憾，但我万万没有想到，这个遗憾竟无以弥补。提起这座白塔，我其实还有几分后怕。两位同学计划来尼泊尔旅游，走陆路，途经拉萨。地震发生时，她们已经赶到西藏，因为地震，最终未能抵达尼泊尔。做旅游攻略时，她们曾叫我从中参谋，而在我给她们推荐的旅游景点中，就有这座九层的白塔。

就在达拉哈拉塔倒塌前几秒钟的加德满都时间十一时五十七分，我正在营地的喷泉池边跟巴拉说话，后来就听见总工程师雷春华在办公室喊了一声"地震啦"。他话音未落，我即感觉到脚下剧烈摇晃起来。我和巴拉一时间站不稳当，赶紧死死地抓住彼此的胳膊。很快，大家都从办公室里跑了出来。接着，西边的大山罅里啪啦直响，石头崩落，白烟四起。见此，大家赶紧朝东边会议室后面的那道小门狂奔。但是，那道门上着锁，钥匙在保安的手里。于是，几个同事直接翻身上墙，其余的则躲在会议室的后面，躲避落石。门打开之后，大家向外面的河滩跑去。其间，余震频发，不时有石头从山上坠落。上游，大坝所在的隘口，白里透黄的烟尘弥漫，犹如一大团浓雾；西边山体上则散布着白色驳痕，那是石头滚落时砸出的"伤疤"。一个多小时后，待情况稍许稳定，我们匆匆返回餐厅吃饭。院子里，尤其是靠近西侧山体的那一边，随处可见大大小小的石头。篮球场上有一块尖利的岩石，一米多长，周围散布着很多碎屑。大餐厅的地板上也有几块石头，而东边小餐厅靠近门的墙壁更是被落石砸掉了一大块。东边离山较远的那排房子亦未能幸免，招待室及邻近的那间宿舍的门窗皆被落石击中。此情此景，是我们每一个人都未曾想象过的。

匆匆吃过饭，大家便撤离营地，返回河滩。之后，余震还是不断发生。不久，合同部的那名尼泊尔员工背着一位妇女走了过来，帮她坐在一块石头上，很多人都围了过去。那名妇女表情痛苦，右脚踝肿胀严重，大抵是被落石给砸伤的。鉴于情况的严峻性，项目部决定全体中方员工当天晚上住在下游的百色渣场，然后从长计议。从河滩赶到渣场后，大家即着手用架子管、塑料布搭建帐篷。渠首区的大小车辆也都集结于此，供大家休息使用。此时，喇嘛巴嘎村已全然变成了一座孤岛，道路中断、供电中断、信号中断，营地的粮食库存唯有大米、面粉和少许的蔬菜。不巧的是，地震发生时，运菜车正行驶在自加德满都至喇嘛

▲ 正在临时营地为同事理发的项目员工闫继业
（苗红亮摄于二〇一五年四月二十八日）

巴嘎的路上，因为突如其来的地震，而未能赶到，滞留在了外面。起初，大家都是分批回主营地吃饭。后来，为确保人身安全，大部分炊具都搬到了临时营地，另起炉灶。这里，我想提一下我们的厨师张恒军。自地震发生后，甚至在另起炉灶之后，他每天都还要回到主营地，给大家准备早中晚三餐，因为有些不易或不宜转移的炊具和食材依旧在那里放着。后来，项目部指定了几位工友，同张师傅一起辗转于主营地和临时营地之间，做饭、送饭，很不容易。这，大家自然都看在了眼里，记在了心里。如果说我们在这次地震中收获了什么感动的话，他们无疑做出了最生动的诠释。感谢他们！

据说，在尼泊尔，虫草采集每三年一个周期，即每三年为一个大年，而今年恰逢大年，且地震发生时，正值虫草采集的旺季，采集者络绎不绝地涌入喇嘛巴嘎村。他们背着干粮、帐篷等，一步步爬到海拔三千多米的山上，冒着生命危险，只为多采集一枚可以给他们带来丰厚回报的"亚洽贡巴"（尼泊尔语音译，"冬虫夏草"的意思）。地震发生后，他们又陆续从山上下来，守在停机坪附近，盼着能早日搭上飞机。由于航班和载客量有限，有的人不得不苦等上两天、三天，甚至更长。其实，盼着救星过来的又岂止他们？开始的几天，每每听到远处山谷中传来直升机的声音，大家都跑出帐篷，仰头张望。飞机从头顶飞过时，则挥动双臂，大声呐喊。说实话，地震发生后，大家情绪的起伏显而易见，我们年轻一些的尤甚。例如，我们起初一直认为，作为特殊群体的外籍人员，我们本应得到更多的关注与救助。但事实上，我们却既未得到及时撤离，又未得到任何物资尤其是食物上的支援。而且，即便一周之后开始撤离，但撤离人员每次却不得不以"加塞"的方式，先挤上印度空军的救援直升机飞到查理科特市，然后再以"加塞"的方式，从查理科特市挤上直升机飞往加德满都，而有些人第一次根本就没能挤上去。

　　回国之后的这段时间，随着紧绷的神经渐渐放松，我也开始心平气和地回头考虑一些问题。我想，我们当时之所以未能紧急撤离，应该是因为那里没有中方员工伤亡，因为我们驻扎在一个相对安全的地方，也因为我们尚有能维持一段时间的粮草。换句话说，那些有限的救援力量及物资应该送到更需要它们的地方和人们那里去。以此类推，印度军方的飞机之所以紧着当地人撤离，大抵也是因为相比于我们，那些当地的工人和采挖虫草的人们更为弱势，且他们中的很多人，家里都受了灾。是啊，我们虽住得简陋，但还算安全；虽吃得简单，但还不至于挨饿；虽家在远方，家人却安然无恙。而那些挖虫草的尼泊尔人呢？他们冒着生命危险深入喜马拉雅群山，无非为了多挣一些贴补家用的卢比。他们那简陋的房屋可能已然坍塌，某位亲人可能已离他们而去，而他们却尚不知晓。为能早日回家，他们中的有些人毅然决然地背起沉重的行李，翻越了一道又一道塌方体。有的比较幸运，最终安然回到了家；而有的，却被埋在了冰冷的土石之下。那些选择等待救援的，也好不到哪里去。一顶小帐篷、一个石头垒起的小灶台、一些最简单不过的食物，便构成了他们赖以过活的全部家当。由于道路中断，喇嘛巴嘎滞留了大量外来人员，且救援物资迟迟未到，村中的商店，除了一些酒水和用具，食物早已被抢购一空。我们的一日三餐，也很简单，无非面条、馒头和

▲ 远眺已经完全中断的进场路的外地工人与虫草采集者（苗红亮摄于二〇一五年四月二十七日）

米饭，以及一些豆类、豆皮、腐竹、洋葱、大蒜、土豆等，几乎没有青菜。平时，我们总抱怨伙食不好，而地震之后，一小撮豆皮和一个馒头却足以使我们吃得满嘴生香。我们真切地体会到了，艰难时期每一粒粮食都是如此宝贵；也真切地理解了"浪费就是犯罪"这句告诫其实并非小题大做、耸人听闻。

闲来无事，我时常坐在外面，向下游那个不怎么起眼的山头眺望，那里就是我们去年国庆节所攀登的西米冈。相机的镜头告诉我，那座金碧辉煌的喇嘛庙天顶已全然坍塌。不知道尼泊尔还有多少座庙宇遭此厄运；不知道当我再到加德满都、巴德岗和帕坦的杜巴广场时，还能否见到那一尊尊熟悉的神明的雕像。据说，地震导致加德满都谷地整体南移了近三米，而西藏樟木镇则沉降了近十厘米。这是多么巨大的破坏力啊！勤劳智慧的尼泊尔人民几千年创造的灿烂文明，只因大地一次区区几十秒钟的晃动而沦为了废墟，实在令人扼腕。许多人都在说尼泊尔的伤亡人数还在攀升，许多人都在透露着不一样的数字，许多人都在猜想加德满都变成了什么样子。我不想，也不敢去想，我只愿祈祷它依旧是那座我所熟悉的城市。有人说，加德满都最缺乏的就是变化。此句论断，我之前一直视为讽刺，但是现在，我宁可相信它就是真理。

震后的第九天，信号好了不少。我给妈妈打了一个电话。这是我地震之后第二次给她打电话。妈妈说，她最近每天都看《新闻联播》，目的当然是了解关于尼泊尔大地震的消息。小姨得知尼泊尔发生大地震之后，给我妈打去了电话，询问我的情况。她记起我的那本散文集《苍山负雪》和诗集《雨中菩提》中经常提到加德满都，于是就寻思我还在加都（加德满都简称）。其实，像其他同事一样，一位位亲人的牵挂与问候，只是我在地震之后所获温暖中的很小一部分。震后的次日早晨，我趁回营地吃饭的机会，匆匆上线，不料竟有数十位朋友留言，他们有在国内的，有在非洲的，也有在欧洲的。虽然时间紧迫，我还是一一回复，报上平安的同时，更对他们的关心表示了诚挚的感谢。四月二十七日，朱奕霏老师给我发了一封电子邮件，口吻急切地询问我是否安好，并要求我迅速回复。可惜的是，这封邮件，我五月七日飞抵成都的那天晚上才看到。而尤其令我感动的是，就在五月七日这天，东莞星扬社会服务工作社的金乐主任给我发来一封问好的电子邮件。我真的没有想到，两年不曾联系，他却仍旧记得我。两年前，我通过一位在该社任职的高中同学，与他取得联系，请其助我实现向西北五所高中赠送图书的心愿。说实话，感动于朱老师和金主任的邮件之余，我不禁惭愧：平时，我何曾向他们发去一封邮件，送上一句简单问候呢？

直升机将我们载到位于下游十几公里的贡嘎村业主营地不久，项目部联系的大巴即从查理科特市开了过来。随后，我们便直奔加德满都。大约二百公里的路程可谓有惊无险。所谓"惊"，是指司机、汽车和盘山路三因素共同带来的一次次惊险，例如急刹车、汽车大幅度侧歪等。尼泊尔长途公共汽车的陈旧度、危险性早已名声在外，汽车坠崖事故时有发生，我们平时是不大乘坐当地的公共汽车的。在这段七个多小时的旅程中，我们第一次大范围地观察地震对尼泊尔造成的影响。路边很多简陋的房子或棚

▲ 作者与同事乘坐大巴车从贡嘎村前往加德满都（摄于二〇一五年五月二日）

屋都成了一片废墟；局部道路发生了裂缝和沉陷，偶尔可见一两块巨石当道；而有些山体，滑坡和塌方十分严重。庆幸的是，我们一路驶去，还算畅行无阻。汽车行驶到加德满都市郊时，我惊奇且惊喜地发现，沿途的房屋绝少倒塌。除了偶尔一两顶搭起的帐篷，以及打着救援标识的物资运输车辆，几乎看不到发生过地震的迹象，人们的生活亦一如往昔，悠闲自得。后来，我蓦然想起那座矗立在山头的湿婆神巨型铜像来，并隔窗张望寻找，却怎么都找不到。这时，旁边的张雅峥指着窗外，对我说道："喏，那不是吗？你看！"我侧身望去，果真看到了那尊手持三叉戟、俯瞰加德满都山谷的湿婆神像，当即舒了一口气：神像不倒，加谷即在！

置身加德满都市区，我简直不敢相信自己的眼睛：街衢依旧车水马龙，房屋依旧鳞次栉比，根本不像发生过大地震。或许，这只是断章取义，又或者是一厢情愿所导致的错觉。据悉，加德满都的灾情还是很严重的，尤其是一些古老的建筑，例如杜巴广场的庙宇等，毁坏惨重，损失巨大。驶过新街对面那片阅兵场的栅栏围墙时，我发现，出现在那里的不再是身着迷彩服、接受检阅的尼泊尔士兵们，不再是惬意地打着棒球的"小资"们，也不再有手拉着手、谈情说爱的恋人们；而是一行行、一列列排布开去的帐篷，且每一顶帐篷上都张贴着鲜艳的五星红旗。来到"唐人街"——泰米尔，我更是放下了心。虽然这里是加都的老城区，房屋年代久远，抗震能力有限，但事实上，我却始终没有发现倒塌的房子，哪怕一座。眼前，鳞次栉比的商店都还在营业，狭窄的街巷里游人如织，热闹一如往常。不过，刚走进我们要入住的那家中国酒店的大厅，我即发现了一丝端倪：一堵墙剥落了一大块，仿佛一道伤疤，在时刻提醒着人们地震对这座城市所造成的破坏。次日早晨，正是在这家酒店，我遇见了几位身着红黄相间制服的中国人，他们在广东的一家慈善机构工作，是专程来尼泊尔赈灾的。是啊，世界上，总有这么一群人，哪里有灾难，就去哪里；世界上，也总有这么一群人，会将所有的人当成亲人，会帮助无家可归的人感受到一份家的温暖。

次日上午十点左右，我们乘坐包车，由泰米尔去了特里布文国际机场。那天，机场的旅客并不是很多，跟平常似乎没有什么区别。但是，就在前几天，这个只有一条跑道的机场，不知道飞了多少趟前往中国的航班，不知道有多少中国人从这里踏上了回家的路。他们是幸运的，没有在地震中伤亡；他们是幸运的，有人送来了一双翅膀。其实，我们也是幸运的，有惊无险地经历了这场地震。进入到候机厅，还未坐下，我忽然听到有人在喊"小袁"，转头一看，竟是水电六局上塔马克西水电站项目部的吴晓明副经理和王伟副总工，与他们同行的还有另外三十多名员工。我们检完票，赶到另外一座候机厅时，很多人正站在落地窗前，观看停泊在外面的美国和印度军机，有的人还

▲　项目代表葛闯和（右一）向尼泊尔军方代表移交由项目捐赠的抗震救灾物资（周枫岚摄于二○一五年十月二十一日）

不停地拍照。那两架飞机都是在这次地震中执行救援任务的。令人痛心的是，几天后，我看到一条消息，称美军一架飞机在执行救援任务时坠毁，八名人员罹难，包括六名美国海军陆战队员和两名尼泊尔士兵。"逝者已去，生者坚强。"愿他们一路走好！

身在尼泊尔时，我曾汲汲于获取关于尼泊尔大地震的哪怕一星半点的新闻。可是，一朝踏足祖国，我却犹豫起来，不愿去搜索那些已成"过去时"的事实或最新发布的铺天盖地的文字和图片。我知道，那无非是被刷新了无数次的伤亡数字，是一片片废墟，是一帧帧救援的画面，是一个个感人肺腑的故事。或许，我只是不想看到曾与自己相处了四年的"唯一百花盛开的国度"如今竟满目疮痍。回国的次日晚上，我打开旅馆的电视，不断切换着频道。切换到西藏卫视时，正在播出一个关于西藏抗震救灾的专题节目。直到这时，我才知道，发生在尼泊尔博卡拉的地震竟然对喜马拉雅山那一边的西藏造成了如此严重的破坏。后来，电视台又播了一段音乐电视，叫《愿你好好的》，由边巴多吉及其他几位藏族歌手共同演唱，是专为此次西藏抗震救灾创作的，歌词朴实真挚，触动人心：

> 转过雪山的时候，愿雪莲好好的，
> 靠近草原的时候，愿羊群好好的，
> 蹚过小河的时候，愿鱼儿好好的，
> 路上见你的时候，愿你好好的，
> 仰望天空的时候，愿云朵好好的，
> 匍匐大地的时候，愿泥土好好的，
> 挂起经幡的时候，愿风儿好好的，
> 和你分开的时候，愿你好好的。
> ……

震后好几天，我才通过断断续续的信号，联系上几位尼泊尔朋友——穆娜、苏茉娜、艾米特、阿迪什和央金。当听到嘟嘟的电话铃声时，我会不由得松一口气；但只有听到他们的声音时，心里的那块石头才会落下。他们及前四个的家人皆安然无恙，只是央金家里的情况不容乐观。地震前一周，二弟得了哮喘，需要服药六个月，而地震发生后，大弟旧病复发，需要住院治疗。央金认为，这都是地震引起的。除了两个弟弟的医药费，日常开销，如房租和学费，也是一笔不小的开支。更令他心急如焚的是，他迟迟没有父母的消息，仅知道老家的房子开了裂。令人欣慰的是，五月十八日，他又给我发来一封邮件，说十四日，也就是地震发生整整二十天之后，终于联系上了父母，双双安好。毋庸置疑，在尼泊尔数百万的家庭之中，比央金家悲惨的有很多很多。对于这些家庭来说，地震不久即会过去，但地震带来的伤痛可能一辈子都无法抹去。众所周知，尼泊尔是一个宗教国家。我一直在思考一个问题，那就是，尼泊尔人信仰宗教的初衷是什么。后来，我发现了一个现象，即宗教的普及程度在欠发达国家和地区普遍较高。我认为，物质条件的贫乏往往会驱使人们借助于精神上的满足感受幸福，而宗教显然是获取精神满足的一个行之有效的渠道。其实，善男信女们礼拜神明，许下的愿望都再简单不过：儿女健康成长，父母健康长寿，事业取得成功，诸如此类。一言以蔽之，愿他人好好的，愿自己好好的。尼泊尔，在此，我想对你说一声：愿你好好的！

记得那天晚上，几个人围坐在临时营地的篝火边聊天，一位工友不无感慨地透露，他一共去了三个国家，不想竟遭遇了三次灾难，一次是印度洋海啸，一次是利比亚战争，另外一次就是尼泊尔大地震。"三次劫难都逃过去了，你真是福大命大啊！"我调

▲　正在临时营地为大家演唱歌曲的项目员工
（苗红亮摄于二〇一五年四月二十九日）

侃地回应道。闻此，他只是笑了笑，没有作声。如今，这位工友已安然回到了中国，茶余饭后，可能还会向亲朋好友津津乐道那些惊心动魄的经历。经此一劫，他会不会相信这是一种宿命，进而犹豫要不要再去另外一个国家呢？说不定，他会；也说不定，他还会重返尼泊尔。如今，我们还有五名中方员工留守在喇嘛巴嘎村，看管场子。随着雨季的到来，那里或将发生更多、更严重的塌方及其他险情。愿他们多保重，愿他们好好的！

　　此刻，我坐在开往拉萨的列车上，凝视着窗外，那首歌的旋律始终萦绕在耳边。雪山，雪莲；草原，羊群；天空，云朵；大地，泥土；经幡，风儿。这是一幅多么美好的画面啊，美好得使人不敢相信、不忍碰触。目光追随着高高盘旋的神鹰，我给它提了一个问题："你是谁，我又是谁？"但是，它自顾自地飞着，丝毫没有注意到我。我进而怀疑，它是否听到了我的疑问。我闭上眼睛，听着列车与铁轨发出的有节奏的声响，思考了片刻，然后告诉自己："或许，你从来不是你，我也从来不是我，我们无非一朵雪莲、一片羊群、一抹云朵、一把泥土和一阵风儿。"

"五一二"汶川大地震纪念日

草拟于成都至西安的列车

二〇一五年五月二十五日

修改于兰州至拉萨的列车

附录一：随笔

丘比特之箭

昨天下午返回办事处途中，像大多数时候一样，我们遇上了堵车，而且特别的堵。那个时候将近四点，正是加德满都下班高峰。

我们前面是一辆花车，后挡风玻璃中间是一大幅用红色花朵（似乎是杜鹃）拼成的心形图案，心上斜插着一支丘比特之箭。心的两边分别是用同样的花朵拼成的大写字母 S 和 J。我们的尼泊尔司机吉万·班达里说，那两个字母分别是新郎新娘名字的第一个字母。车的左前窗插着一束长长的甘蔗叶，想必是寓意生活幸福甜蜜吧。我问司机，中国迎娶新娘一般是在早上，这里怎么是下午呢，要是交通不作美，新娘子赶到时恐怕已是傍晚了。司机摊开两只手比画着，用有点儿生硬的汉语解释说，时间早晚是根据男女双方的生辰来定的，因此婚礼也有在晚上举行的。

▲　加德满都街头的一辆花车（肖红婷摄于二〇一四年三月三日）

这也难怪，在有着如此强烈宗教信仰的国家，今生的姻缘怎能与前世割裂开呢？

就这样，我们的车如影随形，寸步不离地跟着那辆喜庆的花车，走走停停。我感觉有点儿不自在，不知道我们是不是半路杀出的程咬金，好不识趣地把后面的花车们挡在了车流中游。那敢情倒像是我们成了送亲者中的一分子，多多少少沾了点儿喜气儿。

后来，车流叠筑的堡垒终于出现了些微松动，我们趁机从花车边擦过。这时，我才匆匆瞥到车里坐着一对西式装扮的儿童，十分漂亮。在很多国家，一份甜美的婚姻都是少不了孩子的装点的，谁让他们是纯真和希望的化身呢？中国自然也有这个讲究。遗憾的是，我始终无缘一睹新郎新娘的风采，小两口儿的车子一直跟在后面。

我一直在默默地祝福他们，祝福他们会像那个简洁的图案一样，永远都拥抱同一颗鲜花点缀着的心。

二〇一一年二月二十一日
尼泊尔联邦民主共和国

【注】本文原文为英文，中文由作者自译。

一条谷，一首诗

自从二○一一年一月十六日抵达加德满都之后，我写了一些诗歌，很多都是关于加德满都谷地的。

现在，我不知道如何确切地表达我对这些诗歌的感受。我曾经想象尼泊尔和加德满都会是一个什么样的地方。凭借从书籍和新闻报道中对这个南亚国家的一些了解，我猜想它一定是一个非常美丽而神秘的王国。然而，在我到达这里不久后，有人告诉我尼泊尔王国已经成为历史——末代国王的政权在二○○八年被推翻。说实话，闻此，我有点失望。

大学毕业后，我从未想过有一天会出国，更不用说去这样一个与我们祖国共享边界和珠穆朗玛峰的国家了。后来，我试图说服自己这也许就是命中注定。

尽管这个地方，加德满都谷地，贫穷、落后、肮脏和缺乏秩序，她却值得我真诚地爱她和尊敬她。在我看来，所有这些缺陷只是为了告诉我们为什么她是她自己，而不同于其他任何国家的首都。

▲　加德满都的佛塔（罗荣进供图）

每当我想起爬过的山，从山顶看到的山谷全景，男女老少都喜欢在里面洗澡、洗头发的这条蜿蜒的巴格马蒂河，以及散落在半山腰或山脚的村庄时，一种杂糅着爱、温暖和自由的情愫便会油然地在我心头弥漫开来。

几乎每一天，我都被感动着。当我晚上躺在床上看着窗外，回忆和想象的时候，当我行走在狭窄而嘈杂的街道上，观察和思考的时候，一些强烈而复杂的感情有时会被强烈地激起，以至于我无能为力，只能寻找一个发泄的出口。正常情况下，这种感觉最终会以文字和线条或类似节奏的形式展现。

加德满都，更像是一首独一无二的诗歌，有着独特的韵律和自己的意象，但我更愿意把她写成一本诗集。这本诗集被上帝放在一座山顶上，我需要做的就是爬啊爬，总有一天会把它握在手中。

所有的诗，无论是已经诞生的还是即将诞生的，都是加德满都，在我的眼中、心中和梦中蔓延。不管别人怎么想，它都是一朵永远盛开的杜鹃花。

或许，那些诗行会告诉我答案。

二〇一一年六月八日
尼泊尔联邦民主共和国

【注】本文原文为英文，中文由作者自译。

加都一年

今天，正好是我在加德满都度过十二个月的日子。时间过得真快！回首这段岁月，我感激地发现自己已经拥有了无尽的美好经历，其中异国情调和人际关系无疑是第一位的。

说到异国情调，我向你保证尼泊尔是一个非常值得一游的地方。当你得知越来越多的外国游客涌入尼泊尔时，你自然就会明白我这样称赞她的原因。蓝毗尼是释迦牟尼的诞生地，宗教元素在这个与中国西藏南部接壤的多山小国随处可见。参观博卡拉和蓝毗尼一直是我的梦想，这两个地方分别以自然景观和宗教文化而闻名。我似乎已经参观了加德满都山谷内所有的旅游胜地，如博大哈佛塔、杜巴广场、泰米尔、国家植物园等，但这样的经历实际上远远不足以使我对加德满都的文化、历史以及数百万居民形成深刻而真实的印象。

对我来说，人际关系一度是一个十分尴尬的话题，因为我一直不知道如何妥善处理

▲　世界文化遗产——博大哈佛塔（罗荣进供图）

这样的关系。当然，人际关系涉及许多与你有或多或少关系的人群，如家人、朋友、亲戚、商业伙伴、同事等。他们都是我们生活和工作的一部分。没有他们，我们将很难前行。与他们保持良好的关系可以帮助我们获得慰藉、克服挫折、享受成功，并拥抱一个多彩的世界。

▲ 作者与同事在加德满都国家植物园凉亭下避雨，并合影留念（摄于二〇一一年六月二十五日）

我没有家人、亲戚或太多朋友陪在我的身边，所以有时会感到孤独或无助。幸运的是，尼泊尔已经并将继续给我带来如此多的新伙伴，他们使我对这个世界充满了期待。

现在，我们正在尼泊尔修建一座大型水电站，有数百名中国工人一起工作，就像一支大团队、一个大家庭一样。我们都致力于按时或提前完成该项目，这样尼泊尔就可以享受更多用她自己的河流所发的电。该项目的监理工程师大多来自欧洲，而业主方的成员则纯粹是当地人。我们是商业伙伴，密切合作，共克时艰。

在过去的十二个月里，我对加德满都的了解、我的工作经历以及我对发展人际关系的认识都在以一种渐进和有益的方式增长。为此，请允许我真诚地感谢中国水电、我的同事、我们的商业伙伴和美丽的尼泊尔。

二〇一二年一月十七日

尼泊尔联邦民主共和国

【注】本文原文为英文，中文由作者自译。

燃烧的杜鹃花

　　有好几次有人问我为什么会来尼泊尔。"只是因为，"我回答说，"这是命中注定的。"我找不到更好的理由或解释，在你看来，这可能只是一个借口。不管你怎么说，我已经来了。这才是最重要的。

▲　作者同事与手持尼泊尔国花——杜鹃花的当地儿童合影留念（侯波供图，摄于二〇一五年三月十三日）

这个南亚小国在任何意义上都是值得我感谢的，不仅因为三年前我第一次来到她身边时她拥抱了我，还因为她满足了一个外国青年寻求新奇和精神家园的心理，她用温暖的夜晚、鲜花、甜美的水果、雄伟的山脉、宁静的村庄和喧闹的城镇来帮助我读懂自己的内心。她把自己的自然、人民、文化和历史制成了一本书，每一页都印有我想要的插图、故事和格言。她对一个年轻人是多么慷慨和慈爱啊！她用温柔的眼神和灵魂祝福我踏上旅程，走向一个美妙的世界。如果说我对她还有什么期望的话，那一定是一朵永远盛开的杜鹃花。

二〇一三年六月十四日
尼泊尔联邦民主共和国

【注】本文原文为英文，中文由作者自译。

尼国季风雨

眼下，喜马拉雅山南麓的尼泊尔正处于雨季。

如果你在字典中查找"季风雨季"这个英文单词，你会发现这个词实际上是专门为每年夏天在印度洋上生成的一种气象现象而创造的，因为它主要影响印度、斯里兰卡等南亚国家。谈到南亚次大陆气候，有些人更喜欢用"季风雨季"而不是"雨季"，我也是。

二〇一四年国际儿童节那天，我从中国西北省份甘肃省省会兰州市开始了假期旅行。我之所以直接飞往兰州而不是我的家乡河南省，不仅因为我的母亲和姐姐在那里，还因为我担心自己无法一下子适应华中地区炎热的天气。由于海拔较高且黄河流经市区，兰州凉爽宜人，很像我在尼泊尔驻扎的项目营地。

在那里逗留和观光了大约十天之后，我开始了我一生中第一次真正的火车旅行。坦率地说，以前我只坐过一次火车。这次旅行让我终于知道了这种车到底是怎么回事。如果你问我感觉如何，我无法给你一个明确的答案，因为这种感觉是复杂的。无论如何，我都要真诚地感谢它给我带来了一段最美妙的旅行。

甘肃、青海、宁夏、内蒙古、江西和河南，总共六个省和自治区，八个城市，大约二十个著名景点和近五千公里的路程，给了我一个绝佳的机会去探索、发现和感受祖国在自然、文化和习俗方面的巨大多样性，使我能以一种更真实和生动的方式来了解她。俗话说，"耳听为虚，眼见为实"。旅行不仅是开阔眼界的一种方式，也是消除对一个地方的偏见并更好地了解你内心的一种方式。因此，尽管旅行费钱、费力、费时，但从任何意义上来说都是值得的。

▲ 喇嘛巴嘎村一处用藏文刻着经文的玛尼堆。雨季期间，玛尼堆缝隙里长满了野草与蕨类植物（摄于二〇一二年七月十五日）

在中国西北三省和自治区的长时间和长途旅行不会像你想象的那样令人疲惫不堪，因为几乎整个夏天它们都有着宜人的温度，既不热，也不冷，只是温暖或凉爽。不过，江西和河南完全不是这样，那里太热了，人们甚至没有胃口吃东西。对我来说，回到尼泊尔自然是逃离高温魔爪的最佳选择。

七月二十八日，我从郑州经成都飞往加德满都。加德满都位于山谷之中，海拔约一千四百米，最热的时候也比郑州和成都凉爽得多。那天下午从加德满都出发去多拉卡专区后不久，我们完全被冰冷的雨水拥抱着。尼泊尔雨季的雨就像一个在那里等了我们两个月的老朋友。一看到它，我们便高兴地知道二〇一四年夏天马上就要过去了。

朋友们，你们还在等什么呢？你们难道不知道尼泊尔和我正期待着你来加入我们，在喜马拉雅山南部的季风雨季聆听雨声吗？

二〇一四年八月二日
尼泊尔联邦民主共和国

【注】本文原文为英文，中文由作者自译。

又逢德赛

时间过得真快！又到了一年一度的德赛节！

二〇一一年，也就是我来到尼泊尔的第一年，我在加德满都办事处和一些同事一起度过了德赛节。我们当时是如何庆祝的我已经记不太清了，但可以肯定的是，那是一段非常放松和快乐的时光。好像是节日的第二天，我们开车去了加德满都郊外的山谷，参观了一尊位于半山腰上的巨型佛像。

▲　作者的尼泊尔同事普斯卡·拉杰·乔希正在接受妹妹的"蒂卡尔"（普斯卡·拉杰·乔希供图）

每年，这个节日都会见证尼泊尔季风雨季的结束和最佳旅游季节的开始，而这个旅游季几乎持续整个旱季，即从十月到次年六月。十月，越来越多的外国游客，尤其是来自欧洲的游客，前来体验他们在世界其他地方永远无法体验到的最美妙的徒步旅行。坦率地说，我非常羡慕和渴望这样的旅行，因为这是一种充满发现、乐趣、惊喜的旅行。我是多么幸运能在这个国家工作和停留这么长时间啊，使我有那么多的机会观察、思考和了解她的内心世界。慢慢地，但确定无疑地，我正在被喜马拉雅山脚下这片土地上盛行的某种神秘力量所改变。

从任何意义上来说，她都值得我真诚的感谢。在这样一个吉祥的时刻，愿她永远平安快乐！

二〇一四年十月四日
尼泊尔联邦民主共和国

【注】本文原文为英文，中文由作者自译。

附录二：特别记录

中国同事的尼国婚礼

二〇一一年五月二十八日，我的同事陈策在加德满都喜马拉雅酒店举行了一场尼式婚礼。

自从陈策的未婚妻抵达加德满都后，他俩的婚礼就一直是我们关注和期待的，也是我们茶余饭后的谈资。她的到来和他们即将举行的婚礼为加德满都办事处的所有人员营造了一种非常温暖舒适的氛围。

特别是在婚礼前两天和婚礼当天，来自上塔马克西水电站项目的所有代表以及兄弟单位库里卡尼Ⅲ水电站项目的几位同事就一直张罗着用从西藏樟木口岸采购的彩色丝带、心形气球、大小不一的红灯笼和精致的剪纸等装饰品，装饰我们的办公楼，特别是新婚夫妇的婚房，这在我们内心深处激起了一种强烈的情愫，使我们不禁觉得是在准备庆祝一个隆重的传统节日。

众所周知，在许多重要和盛大的场合，以及几乎整个春节期间，燃放鞭炮是必不可少的。没有响亮的爆裂声和鞭炮的火花，人们似乎无法酣畅淋漓地感受喜庆的氛围。可以说，作为一种文化符号，鞭炮和舞龙、舞狮一样，是一个普遍流行的中国元素，可以加强全世界所有中国人的文化认同感。

但颇为遗憾的是，鞭炮在尼泊尔根本不像在中国那样受欢迎。虽然今年春节我们一直想着放鞭炮，但由于担心会引来当地警察，就一直憋着没有放。而这一次，我们无须担心这个问题，于是买了两挂鞭炮庆祝。

那天下午，我们站在办公楼大门外，翘首盼望这对夫妇从婚庆店开着装饰一新的婚车回来。但很长时间过去了，仍然迟迟不见他们回来的迹象。于是，我们去了一楼的客厅，坐在沙发上，听着歌曲，吃着零食，侃着大山。

下午四点半左右，盛装打扮的新郎新娘终于回来了，我们的热情即刻被点燃。厨师贾东涛迫不及待地把鞭炮环绕汽车一周放在地上，接着便用打火机点燃了引线。鞭炮声噼里啪啦，震耳欲聋，我们不得不用手捂住耳朵，而呛人的硝烟几乎把装饰好的汽车团团包围。

▲ 新郎抱着新娘向婚房奔去（宁顺才摄于二〇一一年五月二十八日）

我们雇佣的一名尼泊尔摄影师正贴近喧闹的人群拍摄着。下车后，新郎在我们的提醒下拥抱了新娘。尽管身子有点虚，他还是双手搂住她的腰和双腿，抱着她一路小跑地向楼上的婚房奔去。几秒钟，他便冲进了婚房，把新娘放在床上，然后站在那里大口喘着气。

我们都为他鼓掌欢呼——他是一个随和、勤奋、精力充沛的人。我们的欢呼和掌声表明，他可以照顾好他的妻子，也理应得到这么漂亮的女孩儿的芳心。

不久，我们准备妥婚礼需要的东西，开了四辆车，跟着婚车前往我们的当地伙伴普拉宾·拉杰·班达里先生的办公楼，从那里，我们将步行前往喜马拉雅酒店。当我们快到普拉宾位于道路左侧的办公楼时，耳畔传来了长笛和其他乐器的演奏声。

透过车窗，我看到一群尼泊尔青年男女乐手正站在那栋办公楼前。他们身着传统民族服饰，在灿烂的阳光下显得光彩照人。当婚车在数百米外的一个十字路口转弯，然后慢慢驶到楼前时，我们突然听到响亮的鼓声和其他打击乐器的声音。

我们望向马路，看到了另一支管弦乐队，后面紧跟着一辆婚车。那一刻，我们惊讶得不得了。这真是喜庆的一天！一群亲戚朋友都穿着节日盛装紧跟在那辆婚车后面。从另一边经过我们的队伍时，他们

▲　尼泊尔传统乐队带领婚车与送亲队伍行走在加德满都的街道上（宁顺才摄于二〇一一年五月二十八日）

开始快乐而充满活力地跳起舞来。但是，我们中没有谁能跳得过对方队伍中的任何一个人。不过，我们是外国人，所以即使不能像当地人一样跳舞，我们照样会吸引许多行人的目光。

那天是礼拜六。路上的车辆和行人没有往常那么多，所以我们没有遇到堵车。我们，包括我们的几个尼泊尔同事和朋友，跟着在道路左侧缓慢行驶的婚车，悠闲地迈着步子，一路有说有笑。凉爽的微风、清新的空气、蓝天、白云和远处蜿蜒的群山，使每一个人都感到心旷神怡。当我们走近喜马拉雅酒店对面的那个十字路口时，几名身着迷彩服的武装士兵带着甜蜜而热情的微笑迎接车里的新郎和新娘。我们散步、聊天、开玩笑，水电十一局专家宁顺才拿着相机不停地给我们拍照。

我们中的一些人很快就开始抱怨距离有点远，尽管在我看来并非如此。一到达酒店所在马路的对面，我们就立刻变得放松和兴奋起来。管弦乐队领着我们向酒店的大门口走去，任悠扬的乐曲在马路上回荡。

▲ 新郎新娘与同事合影留念（宁顺才摄于二〇一一年五月二十八日）

新婚夫妇下车后，我们大约三十人，在酒店门口的台阶上站成几排。摄影师为我们拍了一张合影，把每个人的甜蜜笑容永远定格。接着，我们上到二楼大厅，即将在那里见证一场地地道道的尼式婚礼。那是一个辉煌而宽敞的大厅，摆放着两排大圆桌，厅内光线柔和而舒适，温馨而浪漫。

管弦乐队在大厅东端的南墙边坐下后，开始演奏乐曲。我不知道绝大多数乐器的名字。听着独特的节奏，我只是觉得有点奇怪，但又有几分清新和圣洁的感觉。

不久，大厅变得喧闹起来。客人们三五成群地走进来，互相问候、交谈和微笑。侍者端着一个托盘，上面放着几杯软饮料和几杯干红、干白葡萄酒。他们围着桌子走来走去，为客人们提供喜欢的饮料。当然，跟中国酒店或提供中餐的酒店相比，外国酒店提供小吃的方式往往有很大不同。那么，我眼前的又是什么呢？炸鱼、热炸肉丸、炸薯片——这就是那天晚上所有的小吃。说实话，我们对它们几乎提不起来什么胃口，可能是因为它们不是我们喜欢的口味吧。

当管弦乐队停止演奏时，我们知道婚礼就要开始了。

在场的所有人都把目光转向大厅的西端，那里有一个平台，上面放着一张装饰精致的金色长椅。平台正前方有一张毯子，一名当地司仪盘坐在那里，新娘和他的未婚夫以同样的方式坐在司仪对面的垫子上。这个仪式复杂而费力，严肃而又有点

▲　当地司仪为新郎新娘举行祈福仪式（宁顺才摄于二〇一一年五月二十八日）

神秘，花了相当长的时间。由于是尼式婚礼，这对新人显然没有那么得心应手，而作为当地人和我们的合作伙伴，普拉宾先生无疑更熟悉这样一套流程。他不时地指点这对甜蜜的夫妇如何去做。作为观众和见证者，我们当然会在每一个精彩的时刻送出我们的掌声和欢呼，例如当司仪把花环、草环戴在他们的脖子上时，以及当新郎把戒指戴在新娘的手指上时。当司仪背诵经文时，我相信包括我在内的很多人也在为他们祝福和祈祷。

仪式结束后，他们被客人撺掇着走上台亲吻对方。新娘有点害羞和紧张，只是静静地站在那里，脸颊绯红，还是新郎主动转向她的脸，给了她一个象征性的快吻，随后是我们的欢呼和掌声。一个吻当然远远不够。我们欢呼、鼓掌，鼓励他再次吻她。他又快速吻了一下，我们不禁感到失望和不满。我不确定他吻了新娘多少次。每一次，他们的嘴唇都是快速地、蜻蜓点水般地接触一下，最长的也不会持续哪怕一秒钟。

在这段有趣的插曲告一段落后，这对新人走到金色长凳前，紧挨着坐下。他们宛如国王和王后，俯视着他们的臣民。不过，说实话，身着一袭红色纱丽的新娘更像是一位优雅可敬的女神，护佑着整个世界。

两位年轻女士李晓晨和汪巧，加延德拉先生和他的妻子、儿

▲ 并肩端坐的新郎新娘注视着大厅里的客人（宁顺才摄于二〇一一年五月二十八日）

子，刘明和他的朋友，以及贾东涛师傅和我共聚一席。我们聊天、开玩笑，享受着体贴的服务员不停提供的可乐、雪碧、啤酒、干红和干白葡萄酒，还有果汁。

一些人举着酒杯，走来走去，互相祝酒。我邀请身边的两位女士为客人和我们的朋友敬酒。当我们到达最后一张桌子时，我的杯子里只剩下一点酒了。我们手举酒杯，互道干杯，喝下了象征友谊和甜蜜爱情的琥珀色葡萄酒。我们——陌生人、朋友、伴侣、同事——无不感受到婚礼大厅里充满了快乐、祈愿和祝福。

欢快热烈的舞曲开始了。人们互相邀请去舞池尽情欢乐。也许是有点醉了的缘故，我感到十分兴奋。但实际上，宾客中的许多人比我还要兴奋。我诚挚地向坐在旁边的两位女士伸出手，但她们拒绝了，说她们不会跳。施延凌——库里卡尼Ⅲ水电站项目的医务人员——是一位五十多岁、热情开朗的阿姨，和我们的几个当地合作伙伴一起走向舞池。见此，我急忙走上去，紧紧地跟着他们。我既没有学过跳舞，也没有良好的节奏感。对我来说，不能像用笔杆子那样用肢体语言来表达我的感情，一直是一个遗憾。最近这些天，我正在全心全意地学习三首歌曲，分别是中文、英文和日文的，部分原因是每次被要求唱歌时，我都只能尴尬地拒绝。

我自己的经历使我相信，尼泊尔人生来能歌善舞。他们唱得、跳得真是太棒了！我每次欣赏他们唱歌或跳舞时，都会想到新疆的维吾尔族等中国少数民族。我只是忍不住从心底里羡慕他们，猜测他们是否受到了上天的偏爱，上天不仅赐予了他们美丽的自然景观，还赋予了他们伟大的舞蹈和歌唱能力。

在不算大的舞池里，每个人都尽情地旋转、鼓掌、挥舞手臂，和谐而热情地共舞。当新娘和她的丈夫手牵着手出现在舞池中时，人们自发地欢呼起来。我们这些疯狂的舞者拉着旁边人的手，围成一个圆圈跳着，而这个圆圈的中心无疑就是当晚的两位

▲　上塔马克西水电站项目集体婚礼庆典仪式合影（苗红亮摄于二〇一三年十月十二日）

主角。

我们跳啊跳，笑啊笑，丝毫没有意识到时间的流逝。整个大厅就是欢乐的海洋，我们似乎正在享受一场永远不会结束的狂欢。

我拍手跺脚，感觉血液快速流遍全身。当我回到座位上时，我只能坐在那里喘气。不久，这对面带微笑的夫妇走过来，一起坐在我的桌子旁。我再次为他们完美的婚礼和一生甜蜜的爱情干杯。

晚上十一点左右，我们回到了位于哈迪班的办事处。另一挂红色爆竹被燃放时，巨大的爆裂声让附近熟睡的狗不停地吠叫。当时，一架飞机打着耀眼的探照灯碰巧从我们头顶上飞过。这对新人两天后将飞往泰国度蜜月，我提前祝他们旅途愉快。

众所周知，我们中国水电的员工，尤其是那些在海外工作的员工，每年只能匀出非常有限的时间回国度假，与家人、朋友和亲戚团聚。这场婚礼在我们两个在建项目所在国举行，对我们所有人来说都意义非凡。我们要感谢这位支持我们海外员工的新娘，她没有任何抱怨。有了妻子和家人的理解，成千上万的丈夫、孩子和父母将安心在国外工作，因为亲人的爱和支持总能减轻甚至消弭我们的疲惫、乡愁、孤独、挫折和忧伤。

二〇一一年五月二十九日至三十一日
尼泊尔联邦民主共和国

【注】本文原文为英文，中文由作者自译。

附录三：诗歌

风　语

请闭上你的眼睛，
有一缕风在向你飞渡，
带去了太平洋的涛声和海鸥的呢喃。

▲　喜马拉雅山脉若瓦岭山谷中用藏文刻着经文的玛尼堆与海拔六千六百八十六米的楚布色峰山脊（王军强摄于二〇一四年十月三日）

它会告诉你我的一个心愿，
我的窗前，一朵含苞的蔷薇花。
这是一本书，三百页白纸装订成册，
书的名字叫作《天涯故园》，我取的。

"天涯"与"故园"，在你想来，
是并列的关系，还是偏与正的关系呢？
抑或，它们本就是一个词汇，
而我也不想将它们无端拆分。

你是否已然感到了那温凉的轻抚？
你的鬓发在阳光里，闪啊闪。
它的话语是否有些支吾或疲弱，
是不是这样的一个意思：
"我们的异域风情将会铺展开来"？

二〇一三年六月九日
尼泊尔联邦民主共和国

那河，那山

在如蟒的塔马克西河谷里奔腾着的，
是西藏的雪，是尼国的云，
还是水电子弟额上闪烁的汗珠？

我们总爱把一条河比作母亲，

▲　奔腾的塔马克西河、山峰与吊桥（摄于二〇一四年十二月六日）

说那河水就是母亲的乳汁，那么的甘甜；
我们总爱把一座山比作父亲，
说那山峰就是父亲的脊梁，那么的伟岸。

这一条河啊，从这座山的脚下流过，
把山的崔嵬的身影与蓊郁的绿带走了，
却又始终在山的脚下倒映着，有白云几朵。
这一座山啊，永远坚定地伫立在那里，
肩头有灿烂阳光，有乱云飞渡，
脚下，响着那波涛的奏鸣，不舍昼夜。

孩子，牧羊的孩子，
站在岸边，站在大山的对面，
看着那条垂挂的灵动的如练的瀑布。
那是一条哈达，不是吗？
影子在印度洋的波涛里摇啊摇……

有时，我们想成为那个孩子，
或者学他站在岸边，站在山的对岸，
因为某种思念，而悄然闭上了眼睛。
当我们闭上眼睛时，那不舍昼夜的奏鸣愈加可闻了，
就在眼睛里，蜿蜒成如蟒的塔马克西河谷，
凉凉的河水，从某一个石罅，溢出……

二〇一三年六月二十二日
尼泊尔联邦民主共和国

最可爱的人

宽阔平坦的塔马克西河谷，
青山，瀑布，农舍，喇嘛庙，
黄牛，山羊，野花，土豆秧，
无论白天抑或夜晚，
都是那么的宁静与祥和。

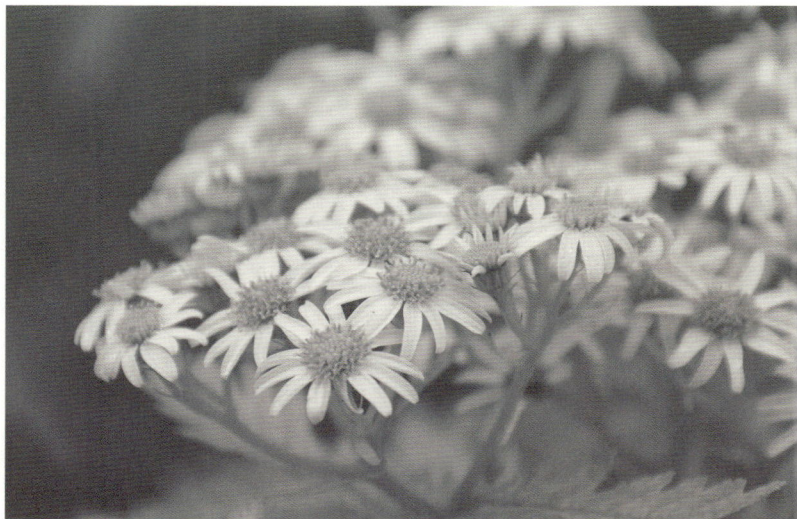

▲　喜马拉雅山脉若瓦岭山谷中盛开的野菊花。作者谨以此花向逝者寄托哀思（王军强摄于二〇一四年十月二日前往冰湖的途中）

可是，就在这样一个本应宁静祥和的夜晚，
一个鲜活的年轻的生命，
因为几个同样鲜活而年轻的生命，
倒在了血泊中，
再也看不到青山和瀑布，黄牛和山羊，
再也听不到伙伴的笑声，吃不到盘中的咖喱饭，
再也看不到父母、妻儿的脸庞，甚至他们的泪光。

这一片宽阔平坦的河谷，
在阳光里，在星光里，
一个伟岸的巨人正在慢慢地站起。
构成他的血肉与骨骼的
是戴着黄色与蓝色安全帽的工人的汗水，
而这汗水将会永远地少却一滴。

第二天，微凉的早晨，
阳光洁净，雪山分明，
几百名尼泊尔工人，
聚集在高里·尚卡尔小学的草地上，
为他哀悼；
而在项目部的旗台前，
我们也在垂首默哀，愿他一路走好。

一天的工资，几百卢比，
这是所有尼泊尔工人
自发从汗湿的口袋中掏出的。
再次看到那黝黑的脸庞和双手，

身着湛蓝工装的我们，
不禁自话："他们是一群最可爱的人！"

是的，他们是一群最可爱的人，
而在最可爱的人的行列里，
也有"光明的使者"中国水电的工人。
在异国他乡，
当地的工友，是朋友，也是亲人。
我们不会使他们遗忘，
我们有一双手，随时可以伸向他们。

塔马克西的河水依旧淙淙地流淌，
那个伟岸的巨人还在一寸寸站起。
当他在阳光和星光里挺拔地伫立，
他一定还记得，
曾有一滴泪落向脚下的大地！

二〇一三年九月二十四日
尼泊尔联邦民主共和国

　　【注】二〇一三年九月二十一日晚，项目上一名尼泊尔司机被另外五名尼泊尔工人殴打致死。次日早晨，几百名尼泊尔工人自发为受害司机举行了追悼仪式，部分中方员工在项目部进行了默哀。后来，大坝工区所有尼泊尔工人决定为受害司机家属捐献八个小时的工资，项目部机关普通员工每人捐献一百元人民币。

小小的气旋

——记十月十四日喜马拉雅山雪崩

一个小小的气旋，
或许就是大自然
颊上的一个笑靥。
或许，它想要青藏高原
也听见它的笑声，
于是，从天竺之东，
一路琤琤，一路玎玲。
但是，笑声被拦住了去路，
于是，那笑声变成了咆哮，

▲ 喜马拉雅山脉若瓦岭山谷沿线海拔六千六百八十六米的楚布色峰（王军强摄于二〇一四年十月三日）

扶摇直上，直冲霄汉；
于是，在喜马拉雅山里
生活和劳作的我们发现，
远去的雨季在回光返照；
于是，我们看到了新闻，
铺天盖地的新闻。
新闻就是木斯塘的寒风，
就是玛囊的暴雪，
新闻就是隆隆的雪崩，
埋葬了他们，
也埋葬了我们。

高耸的安纳普尔纳雪山，
看着直升机蜻蜓般飞来飞去，
看着人的身影蚂蚁般跑来跑去。
但是，圣洁的女神，
你是否在看着你终身披挂的雪裘下面
那血肉凝成的岩砾?

现在，多拉卡，
秋高气爽，菊花吐蕊；
现在，木斯塘和玛囊，
阳光灿烂，牦牛吃草。
我们又要禁不住地相信太阳，
相信再没有十四日的滂沱。

二〇一三年十月
尼泊尔联邦民主共和国

仲冬的尼泊尔

仲冬的尼泊尔，阳光灿烂，
天如蓝墨一般，几欲从山顶流泻。
仲冬的尼泊尔，草木青绿，
挂着中国北方的初秋之色。

在这高耸的喜马拉雅山里，
走吧，去塔马克西河边散散步，

▲　正在徒步前往冰湖途中的冰湖远征队队员与小狗欧姆（王军强摄于二〇一四年十月三日）

看看冷澈的透着矿石之绿的河水，
再看看上游掩映于一隅的雪山头。
信手捡一颗石子，信手掷去，
想着某天，它会再次随波搁浅岸边。

金色的阳光，一束束，一片片，
伟岸的大山，相背明暗。
宁静的村落，白塔耀眼，经幡辉闪，
经幡辉闪的吊桥之上，
似乎有人坐在那里写生，
使你我和难以捕捉的猴影变成点景之笔。

金发的背包客，
用镜头框住一帧帧回忆，
抑或镜头之外，才是我们的水电子弟
和头顶黄色安全帽的尼泊尔工人。
没关系，
山依旧在那里，河依旧在那里，
看着我们的身影，听着我们的笑声。

二十抑或一百年之后，
阳光依旧，天蓝依旧，
一位白发的老人或许会告诉孙子，
这里曾有一个热闹的营地。

二〇一三年十二月七日
尼泊尔联邦民主共和国

加德满都，加德满都

听吧，雨珠叩响了风铃，
嗅吧，熏香在牵行人的衣襟，
尝吧，舌尖残留着红茶的甘浓，
伸出手，叫手掌涂满阳光的七彩，

▲ 位于勒利德布尔区哈迪班办事处隔壁的餐馆。该餐馆与办事处均位于一座树木茂
密的土山山脚（摄于二〇一三年五月九日）

深吸一口芬芳的空气，
慢慢睁开眼睛吧，
把自己带回世界，
把世界框进视野。

短暂季风雨后，一弯彩虹，
为大写意的喜马拉雅雪山加冕。
鸟儿划过翅影，
追逐人们所看不见的昆虫。
一只乌鸦，聒噪着，
用强壮的黑色羽翼挑衅，
掠过我的头发，
打乱我的思绪，
又似乎要使我醍醐灌顶。
伟大的辩论家，继续飞吧，
我的目光不会追你到底。
还有盘旋的苍鹰，
也在这重重的图画里，
永远寻觅着，犹如神的奴仆，
从一重飞入另一重。

听吧，摩托车嘟嘟的马达，
嗅吧，浮浮的粉尘和油烟，
尝吧，落在陶盆中的三角梅花朵，
伸出手，叫手掌在阳光下纹路交错，
深吸一口杂糅的空气，
慢慢闭上眼睛吧，

把自己带离世界，
把世界埋入视野。

哦，加德满都，
你是何物？
你又在何处？
你在时光的河流中
是否留下了永不上泛的沙？

有人说，你是一座王国；
有人说，你是寺庙之城；
有人说，你是春之城；
有人说，你是浪漫之都，
是东方的小瑞士；
有人说，你在喜马拉雅山的脚下；
有人说，他们来了就不曾离去。

每个人对你的评断，
我都相信，
但我更相信酥油灯那摇曳的火焰，
我更相信那裹满金色菊花的湿婆神像，
我更相信那花里胡哨的破旧汽车，
我更相信那在电线上如履平地的猴子，
我更相信某个街角某株孤独的菩提树……
我相信所有的这些，
我却无力相信自己。
我来了，我走了，

每一次偶然的邂逅，
似乎都是一种永诀。

加德满都，
我张口叫你第一声时，
你还是一个穿着校服的姑娘；
加德满都，
我在心底叫你第二声时，
你已然一袭鲜红的纱丽……

二〇一四年五月十八日
尼泊尔联邦民主共和国

阿育王

一支忧伤的笛子，
还在吹奏着，
尽管唇，
已然离开了它的身体，

▲ 阿育王在萨尔纳特所立石柱柱头上的石
狮子（图片来源于 Getty/ 视觉中国）

呵，阿育王——

一支忧伤的笛子，
还在倾诉着，
尽管耳，
已然灌满了风的声响，
呵，阿育王——

它该是什么调子呢？
黑色的，白色的？
抑或，黑白兼具？
或许，它什么都不是，
只是一段斑驳。

人们都说，
你是"无忧"的王，
也是"护法"的王，
亦是别的什么王。
呵，阿育王，
或许，你本不是王。

它确凿是忧伤的，
并使我也感染了忧伤，
甚至流下泪水，
并忍泪决绝，去自戕。

曾经多少次，

在我的梦里，
那真实得逼人的
另一个世俗的世界，
或某个世俗的角落，
笼罩着圣光。

两千多年以后，
我将和现在的你一样古老。
现在，我想犯下滔天杀戮，
如你的前半生；
然后拿佛祖的悲悯去救赎，
如你的后半生。
而一番思忖，我说不上来：
似乎，我已犯了这罪，
似乎，我将无以救赎，
尽管，
我可以栽下一株菩提树。

呵，阿育王，
你那狮头的石柱，
依旧巍然耸立着，
在尼泊尔，
在这天竺彼时的藩属。

呵，阿育王，
你那炯邃的双眸，
是否在唇离开笛身，

在耳灌满风响之时，
蓦然看见，
每一只孔，
都开出了一朵莲花？
呵，阿育王——

二〇一四年十一月二十八日
尼泊尔联邦民主共和国

一把小茴香

久居闹市，
人们总想来到郊外，
走一走，看一看，
掸掉一些灰尘，
染上一些花香。

两个中年村妇，
结伴前后，裙裾曳地，
从田里走来，
走到水渠边，
俯下身子，
伸出黝黑粗糙的手。

呵，那一把小茴香，
带着根须，
根须裹着泥土的颗粒。
此时，
诗人在干什么？
歌者在干什么？
我们学坡上的羊羔，

"咩——咩——"地应和。

呵，那一把小茴香，
离开了大地，
渠水一片欢悦，
我听到了耳鬓厮磨……

二〇一四年十月十九日
尼泊尔联邦民主共和国

【注】二〇一一年某日，作者与同事在加德满都郊游时遇见两名村妇在水渠中漂洗刚刚采挖的小茴香，遂作此诗以记之。

上　塔

上穷碧落唯此山，塔寺百年摇神幡。
马啸风驰白羊跃，克难攻坚若等闲。
西望群峰波涛连，施工浩气薄云天。
工地灯火照河汉，忙兮念兮人未眠。

二〇一五年二月十二日
尼泊尔联邦民主共和国

【注】本诗为藏头诗。

▲　蓄水后的大坝。水库中的水泛着浓重的矿石色（葛闯和摄于二〇一四年十二月十九日）

山中喜雨

午后小憩未觉，
忽听得雷声隆隆，
自北方处，
不知是西藏，
还是尼国的上空。

我蓦地一阵错愕：
这想必不是雷，
而是我们在爆破。

疑惑间，
隆隆之声复作，
且听得工友攀谈。
自其话语音韵，
可知其面北，
且时而仰面。

窗头愈暗，
窗外愈喧，
大家竞收衣被。

不时，
雨脚踩下，
滴滴答答。

我蓦地又起了错愕：
难不成雨季既来？
然转念一忖，
不禁失笑：
雨季尚有三月余，
印度洋还未酝酿。

于是，
我终究相信，
这确乎春雷，
乃汉历立春

▲　雨季云雾缭绕、草木葱茏的大山。山上的那条路是项目渠首工区进场路（摄于
二〇一二年七月十五日）

在尼国的宣告。

春雷，春雨，
春的气息萌动四围，
让这四季如春的地方，
也俨然刚刚走过
千里冰封的冬季。

这，幸而是一场春雨，
来之匆忙，去之匆忙。
滂沱之雨，还请逗留大洋，
逗留至既往初降的时刻。
阔别九个月的你应该想到，
我们的道路，我们的大坝，
还在热火朝天地施工。

我们的工人还在抢抓
晴朗天气的一分一秒。

这里，幸而来了春雨，
匆忙之间，
却荡涤了累积的埃尘，
使空气更清新，
使雪山更洁白，
使身处异国他乡的人儿，
闻到了一丝故土的气息。

哦，春雨啊，
我的喜马拉雅！

二〇一五年二月十四日
尼泊尔联邦民主共和国

附录四：新闻报道

中国电建水电十一局员工：以文学感恩这片美丽的土地

文 ｜ 白波

去年五月，中企员工袁海厅根据自己十多年驻外经历创作的全英文长篇小说《幸运人酒吧》由赞比亚大学出版社正式出版发行。

《幸运人酒吧》以尼泊尔和赞比亚为创作背景，内容涉及中尼、中非民间友谊与交流融合，以及中国人眼中的尼泊尔和非洲风土人情、历史文化。"这本书融入了我在尼泊尔和赞比亚工作生活十多年的所见、所闻、所思、所感。"袁海厅说。

袁海厅是河南商丘人，现在是中国电建水电十一局非洲分局人力资源部副经理，在莱索托波利哈利输水隧洞建设项目参与项目管理工作。二〇一一年一月，他毕业没多久就被派到尼泊尔，参与当时刚开工的尼泊尔最大水电站——上塔马克西水电站建设。文学和阅读是袁海厅最大的爱好，在这片陌生而新奇的土地上，他的创作热情被极大地激发了出来。两年多的时间里，袁海厅已经出版了四部作品，大部分都以在尼泊尔的亲身经历和见闻为素材。

在尼泊尔十四点七万平方公里的国土上，有八座海拔八千米以上的山峰，众多的高山和河流使尼泊尔具备了总储量八千多万千瓦的丰富水电资源。但是，由于基建能力薄弱，尼泊尔一直无法建设大型水利项目，造成巨大的电力缺口。上塔马克西水电站总装机四十五点六万千瓦，在去年三月正式投产前，尼泊尔的电力主要依靠进口。

"对外国作家和旅行者来说，尼泊尔是采风、旅行极佳的目的地。"袁海厅说。尼泊尔不但有瑰丽壮美的自然景观和温润宜人的气候，作为释迦牟尼的诞生地，这里也有着丰富厚重的历史

▲ 作者担任向导的尼泊尔朋友切纳·央金·塔芒（左二）与其带领的中国徒步客（左一、左三）在安纳普尔纳徒步大环线上海拔五千四百一十六米的陀龙垭口合影留念（央金供图，摄于二○二三年十一月九日）

文化和淳朴善良的人民，这些在工作之余时刻感染着他。

或许还因为尼泊尔是自己外派工作的第一个国家，在尼泊尔的四年多时间里，袁海厅自始至终对周围的环境保持着旺盛的热情和好奇心，交到了很多尼泊尔朋友，积累了许多日后进行文学创作的鲜活素材。

生活在喜马拉雅山脚下的夏尔巴人以高山向导而闻名。有一位叫央金的夏尔巴人，袁海厅至今还与他保持着联系。央金本来在加德满都的旅行社当导游，袁海厅在游玩时与他认识，两人很快成了朋友，经常相互走动，一起聊天、听音乐。袁海厅在几篇散文中都写到了自己与央金的交往。二〇一五年五月袁海厅离开尼泊尔之后，央金还在上塔马克西水电站项目工作了一段时间。

告别尼泊尔已经八年多了，但在袁海厅的文学创作特别是他所写的几十篇散文之中，尼泊尔的故事仍然占据着很大的篇幅。他透露，在尼期间他尝试翻译了尼泊尔知名诗人谢尔昌的约六十首诗，诗集命名为《雪山下的杜鹃》。袁海厅在给这部诗集的译序中写道，翻译谢尔昌的诗歌，是自己感恩尼泊尔、介绍尼泊尔的一次努力。

上塔马克西水电站投产后，又一座由中国电建水电十一局承建、装机容量十四点六万千瓦的塔纳湖水电站项目也在尼泊尔博克拉地区如火如荼地建设。预计二〇二六年十月完工后，塔纳湖水电站将进一步提升尼泊尔全境发电设备总容量，缓解尼西部山区和著名旅游城市博克拉电力供应紧张问题。

【注】本文原载于二〇二三年十月十五日《北京日报》。本书作者将原文中的阿拉伯数字转换成了汉字。

今日关注

一带一路 造福世界

北京日报 4
2023年10月15日 星期日

中尼跨喜马拉雅立体互联互通网络逐渐成型

互为伙伴互为机遇中发展繁荣

本报记者 吴娜

10月8日，尼泊尔"丝路之友"俱乐部举办的"一带一路"戏十年——深化贸易、投资、互联互通和学术交流研讨会。尼泊尔总理普拉昌达出席并在致辞中表示，"一带一路"倡议是伟大的倡议，十年来为全球经济增长和各国人民生活水平提升发挥了巨大作用，"一带一路"为尼带来全新发展机遇，对尼至关重要。

第三届"一带一路"国际合作高峰论坛召开在即。上个月，普拉昌达访华时与中国领导人就推动在尼实施"一带一路"项目达成诸多共识。普拉昌达表示，尼政府将主动施策，为推动"一带一路"在尼实施制定行动方案和时间表，为尼中高质量共建"一带一路"营造有利氛围。

"尼泊尔把中国的发展视为自身机遇"

中尼高质量推进"一带一路"建设

■ 加强政策沟通，发挥中尼外交磋商、贸易畅通工作组等机制作用

■ 推进设施联通，加强口岸、公路、铁路、航空、通信、电网等联接，构建多维度现实"联通网"

■ 保障贸易畅通，支持双方开展好博览会、洽谈会等集聚平台，便利特色产品输出

■ 促进资金融通，今年双方正式启用跨境支付在尼服务，为中国游客、两国商户提供缴税支付便利

■ 深化民心相通，恢复并开通更多两国直航航线，推动双方各层级人员往来和交流互鉴

图为中企援建运营的尼泊尔上马相迪A水电站大坝，该水电站投入翼运营以来，极大缓解了尼泊尔电力紧缺局面。 新华社发

中国驻尼泊尔大使陈松：

为尼泊尔发展插上腾飞的翅膀

本报记者 白波

"不同大小国家间平等相待、合作双赢的典范"

"中国帮助我们培养了人才，这是发展的根本"

中国电建水电十一局员工袁海厅：

幸福之路

以文学感恩这片美丽的土地

本报记者 白波

袁海厅（右）与尼泊尔同事合影。

观 天下

第二辑

赞比亚共和国
THE REPUBLIC OF ZAMBIA

关于猴面包树的猜想

"猴面包树"，显然是一个合成词，由两个名词组合而成，且具有偏正性质，即第一个名词"猴"修饰第二个名词"面包树"。其实，若仔细看，你会发现这个合成词里面还嵌套着另外一个合成词，即"面包树"。它同样由两个名词——"面包"和"树"构成，而且也具有偏正性质。倘从整体上分析，我们不难得知，这一称呼的中心词无疑落在最后一字，即"树"的上面。

"猴—面包—树"。

被冠以这么奇怪的名字，那它到底是一种什么样奇怪的树呢？遗憾的是，我最初看到的只是它的名号，而非它的图片。当时，我只能绞尽脑汁地猜想它的样子：形状或质地大抵像面包，猴子应该特别喜欢在上面攀缘。终于有一天，我看见了它的图片，发现它臃肿的身体确实有点儿像面包，但伟岸、少枝的树干对猴子来说似乎无甚趣味。

后来，我来到了非洲大陆，那些个文字和图片一下子变成了活生生的大树，孤标傲世地矗立在远方和眼前，块头之大，令我惊讶。一方水土，一方造物。世界上所有大型陆生动物似乎都集中在非洲了。而游走在猴面包树视线里的"小蚂蚁"——非洲人也是一样，身材魁伟。

赞比西河支流凯富埃河的河谷中，猴面包树的影子随处可见。无论在平地，还是在山腰，它们总能挣脱群树的环拥，一副睥睨天下的雄姿。从远处观望，通体犹如一只巨型深海腔肠动物或是一根下粗上细的胡萝卜。三月的一天，强烈的好奇心驱使我最终走向了那株耸立于哨卡一侧、宛若瞭望塔的猴面包树，作一番零距离接触。只见，树皮呈灰白色，特别厚实，犹如皮革，游走着纹路，散发着光泽。摸上去很硬，很结实，与我想象中的"面包"大相径庭。往上，树干不断收束变细，部分是因为其过高所导致的视觉差。二三十米的树干，自根部起，绝大部分毫无枝杈，只在末梢捧出一顶云团似的树冠。靠近根部分布着数个大小不一、形状各异的孔洞，裸露着长满苔藓的木质部。在这些相互贯通的孔洞之间，几只甲壳虫和一条蜥蜴自由而警觉地来往穿梭着，时隐时现。得以寄居在如此固若金汤的要塞里，它们真是幸运至极。

　　在与视线齐平的树干上，或刻或用黄漆画着一些涂鸦，譬如

▲　下凯富峡水电站项目凯富埃河畔的一株猴面包树（摄于二〇一六年九月十三日）

单词 God 和一副咧嘴大笑的夸张面孔。这些涂鸦皆拜求职者所赐。自头顶往上三四米的范围之内，则散布着一块块碗口大小的创痕，犹如月面的陨石坑。通常，形容一棵树很粗，我们惯于用"抱"这一土单位。但是，当我站在猴面包树脚下的时候，"抱"这个字瞬息溃散净尽，我忽然变成了一个婴儿。"抱"既然用不了，那就改用"走"吧。不承想，常速绕着树干走一圈，耗时足足七八秒。

孰为树中之王？猴面包树是也！

▲ 营地生活区的一株树龄不长的猴面包树（摄于二〇一六年九月十三日）

周围的灌木和乔木，都是寄生在土壤里，而猴面包树给人的感觉则是，它是直接从地球内部钻出来的，不是靠种子萌生，而是由某种类似岩浆的东西喷薄形成，是大地真正的一部分。面对这样的庞然大物，我心底所涌动着的，除了敬畏、赞叹，当然也少不了想入非非。纵使抛开那些个关乎进化论的问题，它臃肿的身体中依然隐藏着数不清的谜团。要解开这些谜团，怎一个绞尽脑汁了得。我只能天真一点地想，最好的办法大概就是变成它自身了。可是，这现实吗？别纠结了，还是回到现实世界里来吧。

折回营地的路上，我却又禁不住想入非非起来。纵观历史，很多体型庞大者在"物竞天择，适者生存"的法则下，并非总占优势，有时还会在天灾人祸面前首当其冲，恐龙即是最典型的代表。自然界，狂风暴雨频仍，间有天火焚爇，猴面包树能安然度过千万年，以至今日，实属奇迹。我们的祖先曾在它的枝叶间攀缘，后来学会了直立行走，放下了对于它的天然依恋。如今，作为圆颅方趾的一员，我有缘与此伟丈夫并立，幸甚至哉！

关于此树，我专门上网作了一番调查。据悉，环球总计八类猴面包树，七类独见于马达加斯加这座脱离于非洲大陆、宛若扁舟一叶的孤岛之上。我至今在想，猴面包树是否起源于马达加斯加呢？马达加斯加曾经是否与非洲大陆结为一体呢？猴面包树，无疑是植物界，乃至生物界的老寿星，寿命可达五千年，足以折射出它们的生存之道。它们很顽强，也很聪明，"外强中干"的树干疏松多孔，犹如海绵，在雨季时代替根系，存储大量的雨水。旱季一到，便迅速脱光叶子，以减少水分蒸发。靠着这种智慧和本领，它们得以在干热的沙漠中尽情地舒展枝叶，绽放花朵，生生不息。不仅如此，它们还挽救了无数人的生命。口渴难耐之际，沙漠旅人最渴盼见到的就是一株猴面包树了，因为他只需在树干上剜出一个口子，甘甜的泉水便会汩汩涌出。

我们规划营地时，特地将施工范围之内的那几株猴面包树保留了下来，一是出于环境保护方面的考虑，二是想因地制宜，将其作为景观树。雨季结束不久，叶子便脱落净尽，唯余光秃秃的枝干。这个时候，它们更像是"倒栽树"了：树冠奇形怪状，犹如蔓延的根系。关于"倒栽树"这一喙称的由来，民间流传着一段美丽的传说：天神索拉将其花园中的一棵树连根拔起，扔出了天堂门外。没想到，它头朝下着陆后，竟然活了下来，变成了"倒栽树"的招牌形象。这使我不禁联想起"阿喀琉斯之踵"。据说，阿喀琉斯刚一出生，其生母——美仙女忒提斯便抓住他的脚踝，将其倒提着浸入冥河，以炼成"金钟罩"。遗憾的是，阿喀琉斯被捏住的脚后跟却不慎露在了水外。从此，除了脚后跟，他身体的其他部位皆刀枪不入。在特洛伊战争中，太阳神阿波罗一箭射中他的脚后跟，使其魂归西天。若照此附会，猴面包树的树

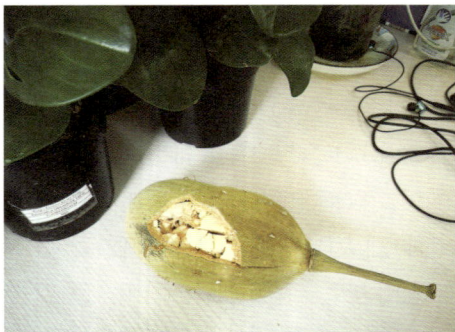

▲ 从营地那株猴面包树上掉落的成熟猴面包果及其露出的白色果肉（摄于二〇二〇年八月三十日）

冠或许也有某种软肋亦未可知。

猴面包树声名远播，猴面包果也毫不逊色。然而，来到赞比亚之后的很长一段时间，我却未能一睹它的庐山真面。那天去树下作探究时，我在地上发现了一些散落的猴面包果残骸，既不美观，也无法勾起食欲。前几天，一位同事出差回来，在路边买了一些分赠。乍一看，它们形似椭圆形的面包，毛茸茸的。打开来，里面纠缠着类似蛛网或橘络的组织，包裹着白垩色的块状果实。我取出一块，捏在指间，很轻，很粉，像是泡沫。放在嘴里一抿，入口即化，奇酸，微甜，酷似牦牛酸奶。三颗不到，牙齿即倒。网上说，刚长熟的猴面包果全然不是这个样子，而是甘甜多汁的，引得猴子纷纷爬上树梢，大快朵颐。而这，正是"猴面包树"这个名号的由来之一。

凉凉的秋夜，隔窗望，猴面包树的剪影静映着猎户星座。

我且边走边想，且待下个雨季，尝它甜蜜滋味。

二〇一六年五月十三日
赞比亚共和国

一切关乎变化

　　世界上唯一不变的就是变化本身。无论是整个世界的进程，还是人类个体的生命，每一秒都充满了变化。

　　自出生以来，我一直在成长、衰老，经历着身体和心理上的各种变化。同时，在我看来，自然和社会环境、家人和朋友，甚至街上那些陌生的行人都在组成一幅幅不断变化的画面，或者更确切地说，一部电影。当我闭上眼时，这些画面变得更加清晰和真实。

　　在大学主修英语时，我既没有想到有一天我会加入中国领先的国有水电建设公司——中国水电，也没有想到我会被派往公司在南亚国家尼泊尔建设的一个水电站项目担任翻译。我在那里工作了四年多，直到二〇一五年四月二十五日发生那场摧毁和改变了数万人生活的里氏八点一级灾难性地震。

　　十二天后，我回到了中国。大约六个月后，我返回尼

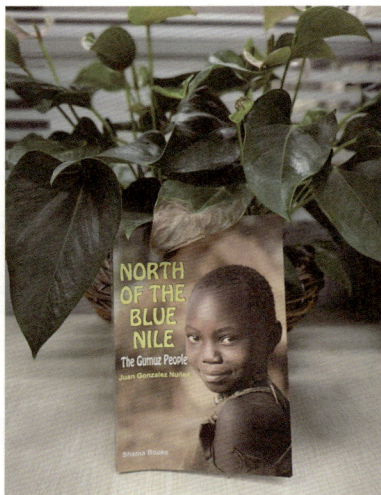

▲　作者在埃塞俄比亚首都亚的斯亚贝巴博莱国际机场购买的介绍非洲的图书（摄于二〇一八年十二月七日）

泊尔，在加德满都仅仅待了十三天。当听到必须马上准备去赞比亚时，我百感交集。赞比亚？赞比亚在哪里？我从未想过有一天我会去非洲！

出发之前，我对非洲的所有了解都是从教科书和纪录片中得到的，而我对赞比亚的所有了解只是维多利亚瀑布、铜矿、高温、各种传染病和广阔草原的模糊图片，这些草原是长颈鹿和狮子等许多非洲特有动物的家园。我很不情愿，但我别无选择，该走了。

二〇一五年十一月七日，从北京寒冷的冬天到卢萨卡炎热的夏天，经过十五个多小时的飞行，我终于降落在非洲大陆。那一刻翻开了我人生崭新的一页。

在赞比亚，我一直在下凯富峡水电站项目工作，这是非洲东南部最大的水电站。在我的职业生涯中，我第一次被分配到人力资源管理部门，而我对这项工作一无所知。对我来说，它甚至比非洲和赞比亚还要陌生。展望未来，我不知道自己是否能够做好。

正如中国谚语所说，"千里之行，始于足下"。毫无疑问，第一步总是最难迈出去的。作为水电站首批外派员工之一，我从零开始了新的职业生涯，就像水电站从零开始其伟大历程一样。在过去的两年里，我们一起风雨同舟，见证了我们两个的变化。渐渐地，我喜欢上了人力资源管理工作，因为

▲ 作者与五一国际劳动节受到表彰的下凯富峡水电站项目优秀当地员工合影留念（摄于二〇二一年五月一日）

正如项目每位赞比亚员工的工牌上所显示的那样，我们的员工是我们最大的资源。我非常自豪地说，到目前为止，我已经为来自赞比亚各地的三千五百多名求职者提供了就业机会。在外籍员工和当地员工共同不懈努力下，水电站工程开展顺利，进度良好。我可以向你保证，如果你问那些老员工他们入职后印象最深的是什么，你会得到一个相同的答案，那就是发生了巨大的变化！毫无疑问，说到巨大变化，我们的员工最有发言权，因为他们是水电站的直接参与者和见证者。

在水电站工作期间，他们有一份稳定的工作和收入来源。此外，由于有机会提高技能，他们主动努力工作，并从中国工长和同事那里学习更多知识。最终，他们的职位和薪酬都会得到提升，这对他们和他们的家庭都有好处。随着经济困难的纾解，他们中的一些人盖了新房子，送孩子去了私立学校，甚至买了一辆属于自己的汽车。

坦率地说，我和他们之间有一段时间是存在隔阂的，但渐渐地，建立起了对彼此的信任。现在，我是他们所有人的公众朋友。我随时准备倾听他们的任何抱怨，并尽力解决他们的问题。当他们陷入困境来向我借钱时，我会伸出援手；当有人去世时，我会参加他的葬礼；当有人建议我在中国工长对他进行充分培训后将他从普通工人提升为塔式起重机操作手时，我为他感到骄傲；当我听到一名女员工与一名男员工结婚时，我真诚地祝愿他们有一个美好的未来。

多亏了我们的员工，我得以对非洲人民有了更深的了解。对我来说，这片大陆和居住在这里的这群人最初是遥不可及的，但现在我完全置身其中。我的眼睛、耳朵和内心告诉我，他们热情、天真、友好、礼貌、真诚，他们有我无法抗拒或视而不见的独特的文化习俗。

HUMAN RESOURCE MANAGER ★ MR. YUAN

BY Luckson Singando

Done By Luckson Singando

▲ 下凯富峡水电站项目当地员工拉克森·辛甘杜为笔者所绘肖像（摄于二〇一九年二月二十七日）

我不仅对不同国家的各种文化感兴趣，还喜欢把一切以文字的形式保存起来。自二〇一七年九月八日参加赞比亚大学孔子学院举办的第一届中资企业就业博览会以来，我一直在收集大学毕业生和普通员工的口头或书面故事。这些真实的私人故事让我有机会直观地了解非洲和赞比亚，也让我更加渴望书写非洲和她的人民。到目前为止，四十多名赞比亚本科毕业生加入我们的行列，其中十六人曾留学中国、俄罗斯、阿尔及利亚和纳米比亚。年轻、精力充沛、积极、富有创新精神、头脑灵活、自信和上进心强的他们正不遗余力地在下凯富峡创造最好的生活。我还记得二〇一七年十月四日，赞比亚总统埃德加·查格瓦·伦古阁下出席了我们中国水电培训学院的官方开学典礼。他与毕业于中国江苏大学的土木工程讲师卡丢勒·约瑟夫·恩贡加进行了亲切交谈。约瑟夫后来告诉我，他永远不会忘记那个时刻，那个时刻证明了他的工作的重要性，并鼓励他不要放弃自己的梦想。

这就是我们的世界，这就是我们的生活。我们正在改变我们周围的人，反过来也被他们改变着。随着下凯富峡水电站已经和将要发生的无数大大小小的变化，数百万赞比亚人的生活将变得越来越好。就像太阳从地平线上升起是一个辉煌的时刻一样，更多黑暗的地区将被凯富埃河流经的喧闹而平静的山谷所产生的电力照亮。让我们拥抱初升的太阳！上帝保佑下凯富峡！上帝保佑赞比亚！

二〇一八年三月十八日

赞比亚共和国

【注】本文原载于二〇一八年六月十八日赞比亚《新视野报》与二〇一八年六月二十日《赞比亚时报》（标题《中国水电改变着人们的生活》为报社编者所拟）。

▲　原文刊登于《赞比亚时报》

FEATURES Monday June 18, 2018

It's All about Change

The only thing that never ever changes on earth is change itself. Every single passing second of both course of the world as a whole or life of a person as an individual is full of changes.

Since birth, I have been growing, aging and going through various changes both physically and psychologically. Meanwhile, natural and social environment, family and friends, and even those strange passengers on the streets are all contributing to forming a ceaselessly changing picture, or a motion picture to be more exact, right in my eyes. When I close eyes, it feels like such a picture becomes much clearer and more authentic.

While at university as an English major, I neither thought that one day I would join Sinohydro Corporation Ltd., a leading state-run hydropower construction company in China, nor thought that I would be sent as a translator and interpreter to a hydropower station we were building in Nepal, a South Asian country, where I worked more than four years until 25th April 2015 when that disastrous earthquake measuring 8.1 Richter magnitude shattered and changed life of tens of thousands of people.

Twelve days later, I returned to China. After six months or so, I was sent back to Nepal and stayed in Kathmandu for merely thirteen days. On hearing that I had to get ready to leave for Zambia shortly, I had mixed feelings. Zambia? Where is Zambia? I never thought I would go to Africa someday.

Yuan Haiting

Before my departure, all I knew about Africa was learnt from textbooks and documentaries while all I knew about Zambia was nothing but fuzzy pictures of Victoria Falls, copper mines, high temperature, various infectious diseases, and vast grasslands which are home to plenty of animals unique to Africa such as giraffes and lions. I was reluctant. But I had no choice. It was time to go.

7th November 2015, following fifteen hours flight from chilly winter in Beijing to hot summer in Lusaka, I landed on African Continent finally. That very moment turned a brand new page in the book of my life.

I have been working on Kafue Gorge Lower Hydropower Station, the largest hydropower station in Southeastern Africa. For the first time in my career, I was assigned with human resources management about which I had no any idea at all. To me, it was even stranger than Africa and Zambia. Looking forward, I didn't know if I would be able to manage it or not.

As a Chinese proverb goes, a journey of a thousand miles begins with single step. Undoubtedly, the first step is always the most difficult to take. As one of the pioneer expatriate staff on the power station, I started my new career from zero just like the power station started its great course from scratch. In the past two years, we have gone through thick and thin together and witnessed constant changes to both of us. Gradually I came to be fond of human resources management because as indicated on the badge card of each of our Zambian employees, our people are our greatest resource. I'm pretty proud to say that up to date employment opportunities have been given right by me to more than 3,500 job seekers from across Zambia. With unremitting joint efforts of both expatriate and local workers, the power station has been developing smoothly and steadily with a considerably high rate of progress. I can assure you that if you ask those veteran employees what impresses them most since their engagement here, you'll get a same answer, i.e. great changes have taken place. Without a shadow of doubt, when it comes to great changes, our employees in whose hands the power station is being forged have the most say because they are the direct participants and witnesses.

While working on the power station, they have a secured job and a stable income source. Furthermore, having been given a chance to promote life skills, they take initiative to work hard and learn more knowledge from Chinese supervisors and fellow employees. Eventually, they get promoted both in position and payment, which could really benefit them and their families. With relieved financial constraints, some of them build a new house, send children to private schools, or even buy a car of their own.

Frankly speaking, there existed a gap between them and me for a while back, but it was gradually filled with trust to each other. Now I'm a public friend to all of them. I'm always ready to listen to any complaints from them and try my best to solve their problems. When they get stranded and come to me for some money, I give them a hand; when one of them passes away, I attend his funeral; when I am advised to promote somebody from general worker to tower crane operator after he is adequately trained by his Chinese supervisor, I'm proud of him; when I hear one female employee gets married with a fellow male employee, I sincerely wish them a prosperous future.

Thanks to our employees, I come to have a better command of African people. For me, this continent and this group of people inhabiting it were out of reaching initially. But now I have been in the midst of them entirely. My eyes, my ears and my heart tell me that they are enthusiastic, innocent, friendly, polite, and pious, and that they have a living culture unique to themselves which is unable for me to resist or ignore.

I'm a man that not only takes interest in various cultures of different countries, but also likes put everything aside in text. Since 8th September 2017 when I attended the first job expo held by Confucius Institute in UNZA, I have been collecting verbal or written stories from university graduates as well as our common employees. Those true private stories provide me a chance to comprehend Africa and Zambia in an intuitive way, and make me much more eager to write about Africa and her people. So far, more than forty Zambian graduates with a bachelor degree have joined us, sixteen of whom studied in China, Russia, Algeria and Namibia. Young, energetic, active, innovate, resourceful, confident and self-motivated, they are sparing no effort to live their life at its best right here at Kafue Gorge Lower. I still remember 4th October 2017 when His Excellency Mr. Edgar Chagwa Lungu, the President of Zambia, attended official opening ceremony of our Training Institute. He had a cordial talk to Mr. Kateule Joseph Ngonga, the civil works lecturer who graduated from Jiangsu University, China. Joseph told me later that he would never forget that moment which demonstrated importance of his job and encouraged him not to give up his dreams.

This is our world, this is our life. We are changing the people around us, and being changed by them in return. With countless minor and major changes that have been and are being made on Kafue Gorge Lower Hydropower Station, life of millions of Zambians will be changed and changed for better. Rising from horizon like the sun is that glorious moment when more dark areas are lighted by the power generated from this noisy and peaceful valley through which Kafue River flows. Let's hold the rising sun in our arms! God bless Kafue Gorge Lower! God bless Zambia!

UoA poised to inject missing ingredient in making Vision 2030 a reality

UoA_by Christine Mushibwe, Vice Chancellor

Davis Mulenga

"The missing ingredient in making Vision 2030 a reality is investment in a new set of skills for both private and public sector workers." That statement by Christine Mushibwe, Vice Chancellor of the University of Africa (UoA), ignites the fundamental question of how to go about to build a critical mass of new skills.

The Vision 2030, said to be Zambia's ever written long-term socioeconomic plan, sets out aspirations of the nation to attain middle-income status by 2030. It articulates national and sectorial goals of reaching that end. The Seventh National Development Plan (7NDP), unveiled in 2017, and running through to 2021, sets the ball into motion by focusing on diversification and sustainable growth and elimination of poverty and hunger coupled by improving human capital and creating a conducive governance environment.

The fact that education, at all levels, can be a powerful tool in promoting sustainable development has long been recognised by nations. Matter of fact, the United Nations (UN) declared 2005 – 14 as the decade of Education for Sustainable Development, with the objective of integrating the principles and practices of sustainable development into all aspects of education and learning, and appointed UNESCO as the lead implementing agency.

Within the context of the role of education in promoting sustainable development, it is important to underscore the vital role higher education as the last mile before skills reach the industry. This explains the growing demand for higher education as the industry demands new

"By implication the higher education system must be oriented towards producing, job-specific, flexible technical and vocational skills. For instance, the huge push on the part of government to shift economic growth away from mining to higher-value-added agricultural industrialisation demands a whole new set of skills in both the private and public sectors," says Dr Mushibwe.

The inherent question is how can this be achieved without major disruptions to the business of public and private entities? The question becomes even more challenging when one considers the cost implication.

Let's us illustrate the challenge by considering how much it would cost in hard dollars and lost man-hours to up-grade the skills of public service workers. Undoubtedly, the cost would be huge and unsustainable, and inevitably undercut the objective of raising productivity, a fundamental step to sustained socioeconomic growth.

A landmark partnership between UoA and Zambia Union of Government and Allied Workers (ZUGAW) provides the impetus critically needed to build new skills needed to push forward the 2030 agenda.

Of greater significance is that the partnership removed major constraints such as lack of finance that keeps civil servants from bridging the relevant skill gap. In addition, it ensures minimal disruption as targeted groups are upskilled without minimal disruption to their work.

"Under this partnership, we will give 75% bursaries to GRZ workers, and other

vide 25% bursaries to non-members of ZUGAW," says Dr Mushibwe.

"By taking this unique path, we are confident of creating a snowball energy of building and maintaining momentum towards 2030 at minimal cost while opening vast and flexible access to a large underserved segment of our population," she adds.

It is important to note that while higher education played a vital in national development and uplifting the lives of people, there are still a great number of people not able to access due to the significant barriers, including lack of money.

Further, the long-distance learning model opened vast access to higher education for a hitherto underserved segment.

Once a poor and unwelcome stepchild within the higher education sector, distance learning is increasingly making it easier to access education, especially for vulnerable groups that constituted women in the majority.

Nowhere is this boon more evident than in the fact that the majority of graduates at the university were women. Of note women made up more than 60% at this year's landmark 5th graduation ceremony of the university.

While acknowledging that legislative and other advocacy measures had played a huge role in empowering women, it is only through education that they would really be empowered as it gives them access to opportunities and resources.

Faced with barriers that included family commitments, lack of partner support and living in isolated areas, long-distance education was proving to be a boon for

who are heavily constrained not only by lack of money but other factors, doubly can now learn at their own time and place," says Dr Mushibwe.

She says that as more women are empowered through acquisition of new skills, there would be a positive ripple effect on the focus for diversified growth through agriculture where they form the bulk of small-scale farmers.

It is undisputed that in rural Zambia, the percentage of women who depend on

production. However, women still disadvantaged economically. As such attaining higher education would overturn the negative equation.

Equally important, UoA is investing heavily in technology to impact women and other learners in isolated places.

"Technology can improve performance only when it is used to achieve specific education goals. That is what is inspiring us to apply digital tools in the mix of our learning approaches."

▲ 原文刊登于赞比亚《新视野报》

再见，安德鲁

上个月，有一个赞比亚青年来找工作。听了他的自我介绍后，我不得不承认他在同龄人中占不了上风。首先，他无法让我相信他有某种特殊技能。从他手里能得到的只有身份证复印件、银行账号和体检报告，均与他的职业素养无关。此外，在过去十年左右的时间里，他所有的工作经历都是做调味品小贩。

简而言之，我们并不需要他！

他二十一岁，相当年轻，至少比我年轻。他看起来精力充沛、聪明、有礼貌，还有在年轻人中间常见的些许羞涩。坐在我对面时，他只是保持着沉默和微笑，习惯性地避免看着我的眼睛，直到被我问到。他反应迅速，英语口语流利得令人印象深刻，

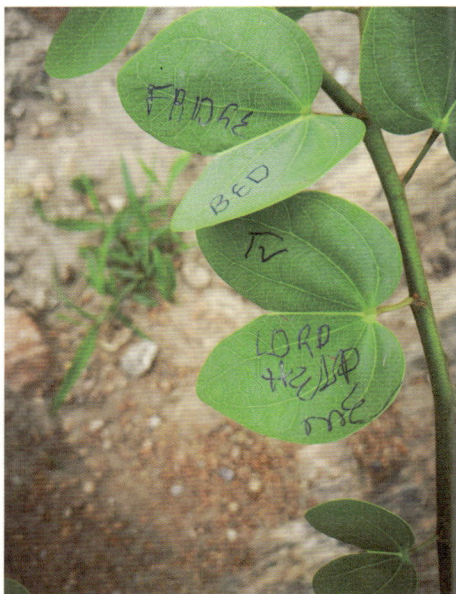

▲ 当地求职者写在下凯富峡水电站项目办公区树叶上的"冰箱""床""电视""上帝帮帮我"等词句（摄于二○一九年十二月十三日）

这让我想起了赞比亚曾经是英国的殖民地。有那么一刻，他使我产生了一种错觉，以为坐在那里的不是他，而是我。无论来自哪里或属于哪个种族，人和人之间肯定会有一些共通点的，其中之一就是耽于回首那逝去的金色的青春。不可否认，我的青春犹如寒风中的玫瑰，枯萎了。

他渴望得到一份工作。我就知道。每个来我办公室的人都渴望得到一份工作。遗憾的是，不是每个人都有机会。一直都是这样。我知道赞比亚发生了什么。

自从我担任人力资源主管以来，我一直在强迫自己学会如何让自己的内心变得足够强大，以拒绝求职者的乞求。有人说："生活很强硬，但我们更强硬。"坦白地说，生活不仅强硬，而且无聊。每个招聘日，我不得不面对大量求职者和他们的简历以及那热切的面孔。我和他们每个人之间的对话似乎都是一种重复使用的重置或预定内容。

有什么新主意吗？当然有。我写故事。那么，为什么不做一个故事聆听者呢？

"下午好，伙计！"

"下午好，老板！"（"老板"是赞比亚人对他人的敬称，类似于"先生"）

"你叫什么名字？"

"安德鲁。"

"请坐。"

"谢谢老板。"

"安德鲁，你是从哪里来的？"

"凯富埃镇。"

"凯富埃镇？很近，不是吗？"

"是啊，不远。"

"你是怎么过来的？"

"坐公交车。"

……

"安德鲁，你知道我为什么来非洲吗？"

"不，我不知道。"

"这不仅是为了工作，也是为了别的什么。事实上，了解你们的文化更重要。了解异国文化的方式有很多，比如我们现在正在进行的对话。为了进一步了解你的国家，我想请你帮我一个小忙。"

"什么忙？"

"很简单。你只需要给我讲个故事。但是，这个故事必须是关于你的真实的。"

闻此，他有些困惑和紧张。他需要一些时间来整理自己的思路。他一定认为我是个疯狂的中国人。

几秒钟后，他开始了。

"我出生在凯富埃镇。两岁左右的时候，我和家人去了西北省。"

"你还记得你是怎么去的吗？"

"通过铁路。"

"是坦赞铁路吗？"

"是的。"

"然后呢？"

"我们到那儿不久，我妈妈就失踪了。"

"你妈妈失踪了！怎么会？"

"我不知道。她就这么消失了。"

"你试过寻找她吗？"

"是的，我试了，但没找到。"

"你哭了吗？"

"是的。我当时非常难过。"

"不好意思。"

"没事的。"

"一定有什么原因。"

"当然。但是，当时我还太小，不明白发生了什么。"

"你爸爸怎么样？我是说，你爸爸是个什么样的人？"

"我爸爸脾气不好，而且是个酒鬼。"

"我觉得这才是重点。"

"可能吧。"

"从那以后，你就一直没有停止过寻找她，是吗？"

"是的，从来没有。我很想她。"

"生活必须继续下去。没有妈妈你是怎么过的？"

"两年后我有了继母。"

"她怎么样？"

"她很好。"

"她爱你吗？"

"是的。但一年后她也消失了。"

"真的吗？太糟糕了。怎么会这样？"

"这可能也是我爸爸的原因。"

▲ 到卢萨卡省凯富埃镇下凯富峡水电站项目招聘中心求职的当地青年（摄于二〇一九年七月六日）

遗憾的是，我无法记住他故事的所有细节。请允许我这样叙述：

他的继母失踪后不久，他的父亲也突然失踪了。后来，他的祖父母去世了，留下他和他的妹妹吃着他们不应该吃的苦。为了生存，他选择了辍学，回到凯富埃镇，开始了当调味品小贩的生涯。在镇上待了几年后，他去了南方省的西亚翁加地区，他的一个朋友住在那里。这期间，他继续做着他的调味品生意。他在那里待了大约四年，随后去卢萨卡谋生。显然，他从未停止努力变得更好。但是，没有他人的帮助，一个十几岁的孩子怎么可能独立完成学业呢？

"你能活到现在简直就是个奇迹！"

上面这句话正是我当时告诉他的。自他出生以来的"强硬"生活使他变得比生活更加强硬。

"你的银行账户里有多少存款？"

起初，他支支吾吾，不肯回答。我坚持要他回答。

"大约一万克瓦查（赞比亚货币名称）。"

"没那么糟，是吗？你用它做什么？"

"我想上大学。"

"大学？太好了！"

"你打算学什么专业？"

"医学。"

"你想当医生？"

"是的。"

"很好。你知道，有很多赞比亚学生在中国大学学习医学。"

"我永远没有机会去中国。"

"一切皆有可能。"

"是的。"

▲ 在卢萨卡省凯富埃镇公路边的甘蔗摊旁啃食甘蔗的赞比亚青年（摄于二〇一八年六月十九日）

"坦率地说，你还有很长的路要走。一方面，一万克瓦查远远不够。另一方面，你已经很长时间没上学了。你必须比现在坐在教室里的其他人花更多的时间准备大学入学考试。"

"您说得对。这并不容易，但我相信我能做到。"

"太好了！你还在卖调味品吗？"

"是的，但几乎赚不到钱。"

"所以这一定是你找我们的原因，也就是说，你想从我们这里找到一份更赚钱的工作。"

"当然。我想为我上大学存更多的钱。"

"如果我不给你机会呢？"

"没事，我会坦然面对的。"

"你是个意志坚强的小伙子。你永远不会放弃你正在争取的东西。这对我们每个人来说都是最重要的。我的办公室随时向你开放。"

该下班了。

"这是我的电话号码。"

我在一张纸条上写下我的电话号码，然后递给了他。第二天，我开始后悔没有索要他的电话号码，因为我突然想到可以根据他的经历写一篇小说。

我委托我们几个来自凯富埃镇的工人打听他，但打听了几天都没打听到，因为我只知道他叫什么，不知道他姓什么。他们推测他已经去了别的地方。

不管怎么样，我都希望他能在不久的将来打电话给我或再次出现在我的办公室，告诉我关于他的故事的更多细节。说不定那时，我们也有了适合他的岗位。

愿他有一个美好的未来！

二〇一六年六月二十四日

赞比亚共和国

【注】本文原文为英文，中文由作者自译。

野性非洲：传奇的诞生

教练："踢的什么玩意儿?!"
球王："……"
教练："再来几个！"

这是一部电影里的三句对白。它是一部传记式励志电影。它的名字叫《传奇的诞生》。

整部电影，我记忆最为深刻的，唯此三句对白。它们似乎简单而不经意，只是日常生活中的一个冷幽默，细思，却令人拍案叫绝。

三句对白之间营造的氛围极具张力。否定式的质疑，诧异中的语塞，一百八十度的大转弯，紧密相连，片刻之间，跌宕起伏。尤其当刚刚踢了一记好球的少年贝利冷不丁被教练泼冷水而无言以对时，那令人揪心的沉默，或者那个省略号，悄然变成了一道分水岭、一个转折点、一片过渡带，横亘在教练的"前言"和"后语"当中，犹如一座贫民窟横亘在大西洋和基督山巅的基督圣像之间……

这段沉默及其前后的两句台词构成了整部电影的全部。它们本身就是贝利前半生的写照，至少从他开始踢球到为巴西队赢得第六届世界杯这段时间是这样的。

他曾是贫民窟的小擦鞋匠。他酷爱踢足球。十岁时和伙伴们组建了一支属于他们自己的"街道足球俱乐部"。十一岁时被星探——前国脚瓦尔德马尔·德布里托发现。十六岁时加入桑托斯队，十七岁时加入巴西国家队，不到十八岁时为巴西赢得世界杯冠军。后来又带领巴西队赢得第

▲　下凯富峡水电站足球队正在与上凯富峡水电站足球队开展友谊赛（摄于二〇一九年八月五日）

七和第九届世界杯冠军，并为巴西永久保留雷米特杯。而他本人则成为迄今为止唯一一位三夺世界杯冠军的球员。

在这传奇华丽诞生的背后，也就是在那道"分水岭"的另一端，却是充满了他整个年少时期的苦涩海水形成的"大西洋"，涌动着贫穷、歧视、嘲笑、恐惧、迷惘、怀疑，以及别人的和自我的否定。他不止一次地想过放弃，让自己从此沉入"大西洋"底。

在桑托斯队，他被迫放弃自己从小最喜欢、最擅长却被所有人都说成是导致巴西队输掉第五届世界杯的罪魁祸首的一种传统踢法，而改练所有人都看好的欧式踢法。可是，他怎么练都练不好。最后，他拎起皮箱，悄悄地去了车站。在车站，几乎每天都偷偷观察他练球的德布里托突然出现，异常平静地给他讲了一个故事。

十六世纪，葡萄牙人把非洲黑奴贩卖到了美洲大陆，部分黑奴逃进了原始热带雨林。有些人自创了一种搏击术，以对抗葡萄牙殖民者。后来，这种搏击术被全面禁止。他们就将其运用到了足球运动中，逐渐形成了上述传统踢法。

　　讲完故事，德布里托离开了车站，而贝利又拎着皮箱回到了球队。后来，忍受着严重腿伤，他用这种传统踢法一举夺冠，名扬全球。

　　聆听这个故事时，我心里直泛酸。直到这时，我才意识到，贝利原本长着黑色的皮肤，祖先原本来自大西洋彼岸的非洲大陆。他是巴西队中年纪最小的一个，他也是所有队员里唯一一个长着非洲土著肤色和五官的球员。

▲　在南方省奇坎卡塔地区政府组织举办的赞比亚独立日友谊赛上，下凯富峡水电站项目足球队（蓝队）正在与另外一支足球队比赛（摄于二〇一九年十月六日）

　　"贝利、贝利……"当所有人都狂热地高呼这个放着强光的英雄的名字时，又有多少人知道这个名字只是别人当初给他取的一个侮辱性绰号——讨厌鬼，而全然不知他那个可爱的昵称——迪科，甚至他的大名——埃德森·阿兰特斯·多·纳西门托。

　　这个故事、这个绰号，使我的思绪变得飘忽不定。我想起了我在非洲度过的时光，我想起了一张张黝黑的脸庞，我想起了孩子们光着脚在泥土地上追赶破布包成的足球时的撒欢场面。我想到了一个词语——天性，我想到了"传奇的诞生"就是"天性的释放"，或者再简单一点地说，就是"释放"。而此时，一个还很陌生的名字就像射门的足球一样，射向了我的脑际。

　　他和贝利一样，有一个葡萄牙语昵称，但不是迪科，而是若昂。

　　他是一个中国人，本名叫尚金格，长期旅居在一个非洲国家。这个国家与巴西隔海相望，和巴西一样，曾为葡萄牙的殖民地。它，就是被称为"非洲的巴西"的安哥拉。安哥拉位于"铜矿之国"赞比亚的西部，与赞比亚接壤。你瞧，世界可真是奇妙！两个相邻的国家，一个说葡语，一个说英语，真不知是后来分道扬镳了，还是从来就没有在过同一个屋檐下。

尚金格这个名字，还是我最近在一则新闻里看到的，新闻的标题是"首本中文图书在安哥拉出版发行"。看完新闻，我惊奇地发现，我们俩竟是那么相似：大学主修外语，长期在国外工作，喜欢异域文学翻译，痴迷于异域文学创作。

八月十七日，他翻译的新书发布会在安哥拉内图大学孔子学院举行。他在发布会上介绍了自己从事翻译事业、译介安哥拉葡语图书的情况。七年来，他总共翻译了十二部中长篇小说，关于非洲葡语国家的原创小说《行走在一张蓝色的白纸上》业已在中国出版发行。

我抱着强烈的好奇心，在网上搜索关于他的更多的信息。信息虽然不多，却足以使我对他肃然起敬。他就像贝利，坚守着自己的天性，释放着自己的天性，并从这种坚守和释放中，诠释着生命的意义。尽管可以从事世俗意义上更有前途、更有油水的工作，而最终，他却选择做一块砖，稳稳地填补空白——中国和非洲葡语国家文化交流中尚存的空白。

从他的身上，我看到了自己的影子。当初选择学习外语，选择出国，选择翻译，选择文学创作，确乎不是为了翻译而翻译，也不是为了创作而创作。一切的一切都源于对文学的爱，对语言的爱，对文化的爱。这种爱，是无论如何都无法被磨灭的天性。

相对于贝利，我和尚金格是幸运的。和平的时代，和平的国家，自由的空间，使我们多了一种选择，少了一个桎梏。

在尼泊尔工作期间，我不断书写着关于这座"高山之国"的文字，也偶尔翻译那里的人们所书写的文字——短篇小说和诗歌。惭愧的是，短篇小说，我仅翻译了两篇，而诗歌，也只有区区六十首。欣慰的是，关于它的原创文字，数量还算可观，且部分已经出版。如今，那部中篇小说和为数不多的译作依旧尘封在电脑中，不知几时才能得见天光。

三年前，我来到了陌生的非洲大陆，来到了陌生的赞比亚。我愕然发现，之前的种种猜测和臆想，百分之九十九是失真和可笑的，而那仅有的百分之一正确的，几乎全都是从中学地理教材和纪录片中了解到的"常识"，而就算是常识，也已经变得笼统和模糊。那时，意念里的非洲只是一张印有稀树草原和土著居民的泛黄的招贴画，不立体，不真切。对于很多中国人来说，这当然是一种普遍存在的现象。

▲ 作者英文长篇小说《幸运人酒吧》某角色原型人物。她是主人公之一埃尔维斯·穆塔勒原型人物埃文斯·穆伦杜的姐姐，具有赞比亚与希腊血统（埃文斯·穆伦度供图）

大学期间，我酷爱读书，有时在图书馆一待就是一天，从开馆到闭馆，连饭都顾不上吃。我就像一只杂食性动物，书单上什么书都有，自然、历史、文学、社会、艺术等等，来者不拒。但印象里，关于非洲的图书少得可怜，关于非洲的文学作品似乎没有，而中国人或非洲人写的关于非洲的文学作品更不曾看到。满书架都是西方作家和少量拉美作家写的绝少涉及非洲的书，以至于非洲这张本应色彩缤纷的画纸却只有几道黑色线条。因此，当得知要跟这块大陆作零距离接触时，我即决定，此行一定带上一支画笔，画出一个不一样的非洲来。

攥笔于手，我感受着遥远的野性的气息，它自由无碍地流动着，裹挟着鬣狗和斑马的甜蜜味道。它无时无刻不在从每一个毛孔中释放着自己，释放着我。它释放出来的能量让一切都葬身于萌动的无休止的震颤之中。

一个人。两个人。三个人。五六千人络绎不绝地来到我的办公室，接受我的面试。他们的样子，他们说话的方式，他们的故事，在我的眼睛里描绘着一张复杂的三维图谱，交织着哭声与笑声，迷惘与梦想，死亡与新生……

一个埃文斯。两个埃文斯。三个埃文斯。黑色的皮肤。棕色的皮肤。司机。工程师。他们从无限广阔的空间里，在如过江之鲫的人流中，以一千七百万分之一的概率，站在了一个中国人的面前，住进了一个由"青铜"铸造的"巷子"，和彼此，和我，成了左邻右舍。巷子之外，赞比亚在缩小，非洲在缩小，以至于一无所有，以至于寄居其间的巷子也变成了透明的空气。

但是，他们是真实的血肉的存在，就像挂满了芒果的芒果树。果子落到地上，迅速腐烂，却拥有了整个大地或者被整个大地所拥有了。这是大自然中的自然，也是人之作为自然一分子的自然。埃文斯和芒果，芒果和大地，大地

▲ 作者英文长篇小说《幸运人酒吧》三位角色原型人物。他们是主人公之一埃尔维斯·穆塔勒原型人物埃文斯·穆伦度的家人（埃文斯·穆伦度供图）

和贝利，贝利和若昂，若昂和我，隔着空间，隔着时间，却因为某种机缘，成为一个不可分割的有机体。

战争。饥馑。贫穷。病痛。罪恶。这所有的界定都在它们自己的倒影里跪求上帝。或许，面对数不尽的跪求，上帝也会释放自我吧。但问题是，上帝与我，有关，又似乎无关。

现在，我和这块大陆发生着千丝万缕的联系，而他们却依然说，我注定是一个匆匆过客。我自己也说不清楚，自己从这里获得了什么，又留下了什么。不管怎么样，它已经逃离了教科书和纪录片，或者，我也走进了教科书和纪录片，只不过不在版心内，不在镜头中罢了。

一个人。两个人。三个人。更多人络绎不绝地来到我的办公室，接受我的面试。一个埃文斯。两个埃文斯。三个埃文斯。埃文斯找到了真爱。埃文斯倒在了血泊之中。

维多利亚瀑布依旧震耳欲聋，腾起烟雾，画出彩虹。乞力马扎罗雪山，白发苍苍，看着象群从脚下缓缓走过。

"我们在巴黎时住在哪儿？"此刻，海明威盯着一条快速奔跑的蜥蜴，对身边帆布椅上的女人问道。

二〇一八年九月十九日
郑州

【注】末句摘自厄内斯特·海明威所著《乞力马扎罗的雪》。

非洲警察故事

提笔写这篇文章，说不上有什么特别的动机。写它，或许因为我跟他们接触得最多，或许因为曾经发生的一些事情触动了神经，或许因为从来没有人写过他们，又或许只是因为这个时间点让我蓦然想到要写写他们。

在大多数人眼中，他们是一群离群索居、有些神秘、令人产生几分畏惧的人，这也是我对他们的最初印象。一顶橄榄绿贝雷帽或绿底条纹鸭舌帽，一身绿底条纹制服，一双黑色皮

▲　赞比亚准军事部队派驻下凯富峡水电站项目的警员凯尔文·哈曼波（该警员供图）

靴，一杆拎在胸前的 AK-47 自动步枪，是他们的标配。你可能认为他们是士兵。这么认为，对，也不对。他们是赞比亚警察准军事部队，听起来是不是既像兵，又像警？其实，从根本上来说，他们不属于国防部的军队系统，而是属于内政部的警察系统，是名副其实的警察，或可称"军警"。

写到这里，请允许我宕开一笔，简单介绍一下这个番号的来历，以便您更为清楚地了解这支武装力量的性质。

一九六四年十月二十四日，北罗得西亚宣布摆脱英国殖民统治独立，成立赞比亚共和国。一九六七年五月四日，赞比亚准军事营开始招募第一批新兵。一九六七年十二月七日，完成训练的新兵立即组建了第一个准军事连，后来该连发展成为赞比亚警察历史上第一个准军事营。最初的准军事营新兵是从机动部队、正规警察和地方军报名者中仔细挑选出来的。这些新兵在铜带省恩多拉布瓦纳·姆库布瓦接受了英国教官高强度的专业训练，而恩多拉也就成了准军事营总部基地最初所在地。

由于其在打击来自南罗得西亚（津巴布韦）、实行种族隔离的南非、纳米比亚、安哥拉、扎伊尔（刚果民主共和国）和莫桑比克边界安全威胁方面的中心地位，二十世纪七十年代初，准军事营总部基地迁往卢萨卡以南十八公里的里拉伊，主要在边境提供前线防御。后来，得益于取得独立和进行的成功政治对话，诸多周边国家政治上趋于稳定，准军事营警力开始从边境实施战术撤退，以确保桥梁安全，并打击内部叛乱和可能发生的造反为主要任务。

一九七四年，准军事营招募了首批二十名女兵，她们被选入由男性主导的连队，并立即被部署到镇压二十世纪七十年代亚当森·穆沙拉叛乱的战斗行动中。准军事营的忠诚度从其打击一九八〇年十月十七日和一九九〇年六月八日两次未遂军事政变行动中可见一斑。一九九一年之后，准军事营面临解散的威胁。一九九五年赞比亚实施警务改革之后，它得以保全番号，并承担旨在加强和维持多元民主的多项使命。

准军事营已转变成为一支警察部队，由警务副处长指挥，由作战部、人力资源开发部和人力资源管理部等部门组成。

从它的历史沿革不难看出，它具有悠久的传统，在赞比亚独立后的不同时期发挥了独特的作用，而这也是我们当初选择它，而非私人保安公司，给我们提供安保服务的主要原因。

二〇一五年十一月初，作为下凯富峡水电站项目首批进点人员之一，我从国内来到赞比亚。当时，项目还没有正式开工，主营地也没有建好，我和一部分同事租住在上凯富峡水电站运营村纳玛伦度中学旁边的旅馆里。十二月中旬，中国水电赞比亚有限公司和准军事部队总部签订安保协议，有偿请他们向赞比亚境内有需要的地方派驻武装警察，提供安保服务。由于下凯富峡项目前期尚不具备他们提出的派驻条件，尤其是住宿条件，警察迟迟没有进场。直到次年四月份，主营地投入使用，各项生活设施陆续就位时，项目才迎来了第一批警察。

从那时起，驻地警察开始成为项目团队的一部分。不过，中赞员工普遍对他们缺乏认同感，认为他们就是过来维护治安的"编外"人员，而非项目员工中的一员。直到现在，这种看法都没有发生大的变化。我所在的部门负责

▲ 总督察格里高利·穆伦加（左一）与部分警员正在项目主门岗周边执勤

跟他们及其总部直接对接，自然也就与他们接触得最多。但是，在最初的大约两年里，我本人跟他们接触得相对较少，主要是因为负责安保事宜的是另外一位同事。那段时间，我对他们的总体印象就是他们在场内各岗点之间以及场内和场外之间轮岗比较频繁，来来去去，犹如匆匆过客。粗略一算，迄今被派驻到这里的警察累计不下一百人次。当然，这是准军事部队警察执勤和派驻

方式的特征之一，他们属于流动式的。

后来，由于工作调整，我开始全面负责安保事宜，跟他们及其总部的接触也就多了起来。在很长一段时间内，这项工作都是一块烫手的山芋。为什么这样讲呢？下凯富峡水电站项目投资规模近一百亿元，工程浩大，点多面广，高峰期，中赞员工近五千人；警察数量最多时近五十人，他们分布在近二十个岗点，近的，步行两分钟即到，远的，开车也要二十多分钟，其中有一部分还是没有固定岗点的巡逻警。一方面，我要监督他们，确保他们认真执勤，杜绝无故缺勤、迟到早退或玩忽职守；另一方面，他们属于国家暴力机关，有自己的一套工作机制，并不愿意我过多干预、监督，或者对他们指手画脚。因此，对像我这样的外人或平民，他们自然而然地保持距离，更不用说听从我的安排或回应我的一些他们认为具有刺探性或冒犯性的问题了。所以，在那段时间，我们很难适应彼此的工作方式，误解、矛盾和抵触时常发生，甚至大动肝火，吵得面红耳赤，不欢而散。

这种局面的产生，主要原因在于我。我当时的想法和绝大部分中方员工一样，那就是：我们花钱把他们雇佣过来，他们理应服从我们的任何安排，而且不管在什么情况下，都要努力保护我们，把我们的利益放在第一位。这样认为固然没有错，而且他们必然是会把保护场内生命和财产安全放在第一位的。可是，在处理纠纷问题时，他们却不这样想。他们并不关心是谁把钱放进了他们的口袋，只是一根筋地以秉公执法者自居，颇有铁面无私、六亲不认的侠气与仗义。事实上，在中方员工和当地员工发生纠纷时，他们通常有偏袒当地员工之嫌，即便过错在当地员工。而若过错在中方员工，他们可能会变得异常激动，甚至摆出一副要把肇事者立即铐将起来送到局子里的架势。当然，这并不排除部分警察对中国人抱有偏见。说来，这也是再正常不过的事情，毕竟我们是在人家的地盘上，牵涉的又是他们自己同胞的利益，他们怎么可能做到百分之百不偏不倚呢？曾经不止一次，他们恳请我放过肇事的当地员工。他们的这种处事方式，有时确实会令我大为光火。

所谓"清官难断家务事"。这处群山环抱、聚集着数千人的项目宛如一个超级大家庭，而我夹在中方和当地员工之间，时不时就要断断这恼人的"家务事"，处理不好，三面不是人：在当地员工眼里，我偏袒中方员工；在中方员工眼里，我偏袒当地员工；在警察眼里，我有私心，不能做到一视同仁。于是，有些同胞不理解、有怨言，个中委屈和苦水我只能往自己肚子里咽。他们不知道，处理这种事情，不是简单粗暴就能解决的，而要考虑到方方面面；他们大概也不知道，或者是知道却宁可选择不相信，我处理此类事件的原则始终不变，那就是，无论发生什么事情，必须保护同胞不受伤害，尤其是身体上的伤害。我可以遵照法律程序，陪他们去警察局、去法庭，但在此期间，一定会保证他不被拘留或殴打，不管采取何种方式或手段，因为这是我的底线。如果是同胞的错，我会努力在事态扩大之前，尽快将矛盾扼杀在萌芽状态。实在闹起来了，就做当地员工、驻地警察或地方警察局的思想工作；该叫肇事

▲　作者与赞比亚准军事部队总部高级长官乔·萨康巴在项目部合影留念（摄于二〇二一年七月二十三日）

同胞向当地员工道歉的，就让他道歉；该教育甚至处罚的，就按照规章制度进行教育和处罚。如果是当地员工惹了事，也是同样的处理思路。大家相聚在此，纠纷和矛盾在所难免。我们的根本目标就是大事化小，小事化了，在双方自愿原则的基础上友好解决。

起初，部分中方员工同在其工作区域内执勤警察的关系比较紧张，时不时向我告警察的状，例如，需要警察处理问题时却找不见人影，晚上不巡逻光睡觉，对自己不友好甚至实施威胁，等等；而警察对某些中方员工也是抱怨一大堆。双方之间简直就是针尖对麦芒，彼此看不顺眼。其实，这种局面之所以产生，主要是缺乏对彼此应有的尊重和耐心，再加之语言、文化习俗、思维习惯和工作方式大不相同。但是，如果双方学会换位思考，低调、谦卑一些，大部分矛盾就能迎刃而解，甚至压根儿就不会产生。令人欣慰的是，经过动之以情、晓之以理的劝导，双方基本上都会由原来的剑拔弩张变成握手言欢。

赞比亚警察系统采用的是英式警衔制。派驻到现场的警察，警衔由高到低依次为总督察、督察、警长和警员，其中总督察一名，督察和警长若干，警员占绝大多数。所谓"擒贼先擒王"，要管理好这么大的警察队伍，还得从他们的老大着手，因此我接触最多的是总督察，督察次之。前期在跟这些警官共事的过程中，摩擦时有发生。后来，我就试着从自己身上查找原因，并决定改变与他们的对接方式，主要就是努力做到换位思考，把自己尽量放低，以同事和朋友的口吻跟他们说话，而且话题不限于工作，方式也不限于开会。事实上，大部分的交流都是通过闲聊的方式进行的，其间还夹杂着胡侃和玩笑。地点可以在 WhatsApp 对话框里，可以在他们的执勤岗点，可以在共同巡逻的汽车上，也可以在节庆烧烤派对和工地的观景平台上。久而久之，曾经的戒备、猜忌和隔阂慢慢被信任所取代，彼此变成了推心置腹的朋友，这以后再发生什么矛盾，双方也就不会像之前那么耿耿于怀，而是相逢一笑泯恩仇了。这种和谐、融洽、信任关系的建立，对于双方朝着共同目标齐步迈进无疑起

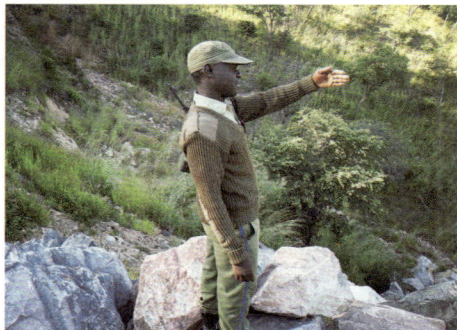

▲　正在执勤的警员（摄于二〇二〇年三月二十四日）

到了润滑剂的作用。事实证明，成效十分显著。

　　对于警衔最低的警员们，我也是尽量做到不摆架子、不装腔作势、不颐指气使，最大限度地让他们看到我是真心诚意尊重他们的人格、职业和话语权的。渐渐地，他们也都欣然接纳了我，甚至成了朋友。他们有什么合理的诉求，只要是有利于实现共同目标的，我都通过个人、相关部门甚至借助项目部的力量满足他们；他们有什么私人请求，例如问我借钱，或者请我帮助其亲朋安排工作岗位，我也都力所能及地帮助他们。对于他们提出的一些忠告——例如，项目部要多教育中方员工尊重当地文化习俗和法律法规；我前往岗点检查工作时，最好带上一名警察陪同，因为他们见到陌生车辆和陌生人贸然出现，可能会采取非常措施，包括射击，尤其是在晚上视线不好分辨不清来者身份的时候——我都当即答应会一一采纳。当然，对于玩忽职守、有不良嗜好、态度恶劣的警察，在提醒无果后，我会向总督察甚至其总部反映；对于屡教不改的，我会毅然建议将其撤换掉。

　　几年来，我们对这支队伍的整体表现还是比较认可的，这也是我们不曾更换安保队伍的主要原因。说白了，让他们过来，我

们并不指望他们能把本职工作做到极致，像当初接受军事训练时那样纪律严明、铁血豪情，只是希望他们在确保现场安全总体可控的基础上有所提升，关键时刻能顶上去，全力保护项目人员和财产安全。事实证明，他们在关键时刻是能够顶上去的。

二〇一六年圣诞节和二〇一七年元旦之间，一小撮当地员工因为其不合理诉求未得到项目部积极回应，蓄意煽动、组织其他当地员工发动罢工，项目部坚决不予妥协，双方陷入僵局，形势一度十分紧张。我们恳请准军事部队总部增派警力，控制局面。总部迅速作出评估，并立即决定增援防暴警察和防暴武器。那天，罢工分子和全副武装的警察形成对峙之势，并向警察用身体筑成的警戒线集体移动。在距离警察数米远时，部分罢工分子开始起哄，向警察发出"呜——呜——"等奇怪的声音，以示挑衅。警察向人群投掷数枚催泪瓦斯，后有罢工分子将催泪瓦斯捡起，向警方这边掷回，警方随即朝天射击。听到枪声，罢工分子四下逃窜，作猢狲散。

罢工在武力镇压下迅速得到平息，但社会舆论却溅起了浪花，社交媒体对于此事一时间炒得沸沸扬扬，负责此次武装镇压的相关警官遭到总部严厉斥责。说实话，在第一枚催泪瓦斯被扔出去之前，警方已经给予罢工分子最大限度的忍耐，但罢工分子不为所动，以为警察不会动用武力。在双方对峙、剑拔弩张的那一刻，在防暴警察遭受挑衅和侮辱的那一刻，警察还有什么理由不为保全自身职业尊严而给罢工分子一点儿颜色看看呢？需要说明的是，自始至终，我们从未授权甚至暗示警察采取何种形式的行动，一切行动均为警察自身审时度势后作出的决定。在警察眼里，罢工已然演变为社会骚乱，他们必须依法遏制。

这次行动，使驻地警察及其总部承受了来自当地员工和社会上的诸多误解、指责与诟病，但同时也彰显了其应有的威慑力、执法力，部分中方员工因此改变了对他们既有的成见和看法。我能察觉到，他们一直在试图向我们释放一些能够证明其自身秉公执法、有所作为的积极信号。

"天有不测风云。"二〇二〇年一月，国内暴发新冠疫情。三月十八日，赞比亚境内报告首例确诊病例。三月二十二日，项目部会同业主，作出全封闭式管理的决定，并立即实施。转眼，十五个月过去了。在这十五个月里，很多当地员工选择了离开，也有很多选择了留守。而这种管理方式，在我们和警察之间同样切出了一条鸿沟。为了减少人员出入，尤其是人员进场，我们建议准军事部队总部尽量减少在岗警察与外部警察轮岗的频次；如有警察实在有事请假离场或场外警察被派驻进场，返岗警察和新派驻警察必须按照隔离和核酸检测标准程序进行隔离和检测。准军事部队总部对现场情况和我们的建议表示理解，答应适当延长警察在场执勤时间。与此同时，我们同意向留守警察发放和当地员工统一标准的留守津贴以及面粉、食用油等生活物资，这在一定程度上稳定了警察队伍，他们中的绝大部分都选择了逾期执勤。

全封闭式管理实施后，不稳定因素增加，现场安保升级工作被提上了日程。相应地，场内四十余名警察的纪律性、组织性、团队性和精气神，都需要随之整顿和提升，只有这样，他们才能更好地应对更大挑战。去年五月份，我们恳请准军事部队总部派遣一名铁腕警官担此重任，对其总体要求是，既能管得住、管得好，又能进行各项常规教育和培训。很快，一位名叫格里高利·穆伦加的警官接下了"军令状"。头顶橄榄绿贝雷帽，身穿绿底条纹制服，腰围橄榄绿皮带，脚踏黑皮靴，皮带上别着麻醉枪和手铐，皮靴里插着黑鞘军刀，手里攥着一个黑色记事簿（偶尔还有防暴头盔），这些构成了这个身材高大、目光炯炯的赞比

▲ 总督察格里高利·穆伦加（前排左一）与来自中国和其他国家的警察合影留念（格里高利·穆伦加供图，摄于二〇一〇年十月九日）

亚"大兵"的标准装扮。他拥有赞比亚开放大学学士学位，曾担任联合国驻南苏丹特派团群控技能教官，总督察警衔。雷厉风行，性格耿介，精力旺盛，思路清晰，纪律严明，口才出众，刚柔兼济，善于做思想工作，喜欢加班加点，惯于身体力行地查岗、巡岗、训话，是他给我留下的主要印象。虽然看起来不苟言笑，他其实是一个十分随和的人，我经常跟他开玩笑，甚至是恶俗的玩笑。他对自己所从事的职业充满敬畏与自豪，那天还不无炫耀地和我分享了二〇一〇至二〇一二年他在特派团当教官时的照片，有几张还是和来自中国以及其他不同国家的警察的合影。

我们希望看到的，自然是他能给现场治安和警察队伍带来向好的变化，他提出的一些合理要求，我们也都尽量满足。他解除隔离没几天，我们专门和他及他手下的督察、警长和警员代表召开安保会议，就全封闭式管理期间对安保工作的具体要求进行交底。在日常工作中，他也经常主动和我碰面或电话联系，还不定时地召集一众警察开展全方位培训。另外，他和所有警察建立了WhatsApp 聊天群，每天一大早会把当天或近期场内外治安情况以及工作重点大段大段地发给他们，并抄送给我。渐渐地，我注意到了一些细节上的变化，例如，有些警察开始早早起床跑操锻炼体魄了，有些警察的霸道劲儿、娇气劲儿、懒散劲儿在慢慢减退，而执勤率、执行力则在慢慢提高。

他可圈可点的表现，无疑让我吃了一颗定心丸。但是，安保方面不出大的疏漏并不能让我放下那颗悬着的心。为什么呢？你可能无法想象我们去年的工作有多么艰难，经历了多少辗转难眠、惶恐不安和惊心动魄。也正是在那段

▲　作者与警察代表正在召开疫情期间安保交底会议（张晓君摄于二○二○年六月十六日）

时间，身边发生了太多细小却令人动容的故事。例如，我们的赞比亚人力资源经理卡泰泰·卡泰泰的小女儿去年四月份出生，但他从来没有回家看上一眼。去年九月的一天，他的家人托我们外出司机给他捎来一张女儿的照片，他就把照片夹在办公室隔断桌屏风上面，每天看上几眼。而已经几个月没有回家的格里高利·穆伦加则不无挖苦地对我说，他老婆特别"恨"我，甚至不让他在她面前提我的名字，因为她认为是我不让他回家。当然，恨谈不上，多半是不理解，发发牢骚而已，情有可原。前几天，他孩子过来看他。这还是几个月来，父子俩第一次见面，而且仅在主门岗处匆匆一见，没有拥抱，没有亲吻，只有孩子在几米开外叫的一声爸爸。

在全世界共同面对的艰难时刻，任何微小的感动都会自然而然地增生、扩大。有一名叫塞比索·西法亚的年轻警员，他是当时四十余名警察中再普通不过的一个。去年五月的一天，当接到一条疯狗闯入项目，随时可能伤人的通知后，我立即带他驱车前往发现疯狗的地方。当时，那条瘦骨嶙峋、涎流不止的疯狗正沿着路边慢跑。他下车，子弹上膛，朝狗射了一枪，未射中。狗

▲　正在执勤的督察钱达·恩科莱（中）与警员塞比索·西法亚（左）（摄于二〇二〇年四月二十三日）

继续跑，他则在路另一边跟跑。不久，狗转身向他跑来，他开枪，未射中，狗一下子扑了上来。他后退躲闪时，不慎绊倒在地，枪掉在一边，而狗还在猛扑。他当即用双手使劲扼住扑咬的狗的脖子，将其徒手制服，手险些被咬伤。

短短一刻，简直可以用"惊心动魄"来形容。当时，我的心提到了嗓子眼儿，我真以为那条狗会撕咬他的手或胳膊，那可是一条红了眼的疯狗啊！那一刻，他显得孤单而脆弱，警服上裹满了泥土。虽然他的枪法有待商榷，英勇气概却毋庸置疑。给他安排打完狂犬疫苗，我在医务室门外跟他说了一声"谢谢"，送他到值班室后，又向他说了一声"谢谢"。时间已经过去一年多，现在回想起那一幕，鼻子还是直发酸。这种义无反顾，体现了一名警察的职业精神和英雄气质，也体现了大家团结一致共克时艰的坚定意志和温暖情怀。

实施全封闭式管理的头六个月中，我冷不丁地问过不止一名警员同一个问题，那就是，如果我遇到了危险，他们是否会保护我。这个问题对他们来说颇为突兀，简直就是多此一问。我也知道那是明知故问，可还是像患了强迫症似的忍不住去问。听到他们毫不犹豫地说不用担心，一定会全力保护任何一个需要他们保护的人时，我心里油然感到温暖和踏实。而我之所以这样问，大概是因为在那短暂却又漫长的半年时间里，我自己经历了太多艰难复杂的事情，承受了难以言说的精神压力，因而变得神经紧张、脆弱，时常觉得无助，缺乏安全感，脾气也变得阴晴不定。这种精神状态早已变成了疫情之下的新常态，直到现在。

去年八月底的一天，格里高利因为一段不愉快的插曲，连同我这个所谓的他们的直接管理人员，遭受了一些身边人的微词。次日，他打电话给我，对前一天的行为表示歉意，说自己当时确实失于冲动、鲁莽和情绪化，还说他就此专门向总部作了报告，深感不安和歉疚。他请求我给他一个向那个被他惹得不高兴的中方员工正式道歉的机会。我说，歉意我会代为转达，正式道歉就不必了。当时那个情况，不是谁对谁错的问题，每个人都有自己迫不得已去履行的职责。考虑再三，我决定不予追究，只是严正地提醒他以后一定要注意。

他是我们特别恳请准军事部队总部精挑细选的一名警官，理应是不会乱来的。他上任以来，警察队伍的整体作风和纪律意识发生明显改观，在关键时刻，敢于冲锋陷阵，保护人员和财产安全；而且，他也较为妥善地处理了数起紧急事件。如果说他有什么问题的话，那大概就是太讲原则，有时一根筋，不管面对的是哪个国家、哪种身份的人。他有时会跟我死杠，争得面红耳赤，怒发冲冠。他手下的很多警察都不喜欢他，就是因为他太严厉、太苛刻了。这种作风，可能跟他在联合国驻南苏丹特派团当教官的经历有关。起初，我对他的这种处事方式也很难接受，但跟他熟识之后，就逐渐释然了。作为国家暴力机关的正规编制人员，他们有自己的行事准则。他们保持相对独立和中立，也有利于我们这些外籍人员树立遵守当地法律法规的意识，而不是认为掏了钱雇了警察过来，就可以想做什么就做什么。

看问题，总要一分为二，如果一个人罪不当诛，那就给他一线生的希望。我当时跟身边的一位同事说，就事论事，我是不会把他赶走的，只要我还在职。说实话，赶他走，易如反掌，向他总部去个电话，他很快就卷铺盖走人了。不过，一码事是一码事。如果他或其他任何警察犯下任何原则性错误，谁也帮不了他们，他们只能自求多福。

身在异国他乡，保护同胞安全，保护国家、企业和个人荣誉，永远是我们的职责和底线。但是，风俗习惯、思维方式和文化上的碰撞时有发生，让我们陷入两难境地。这个时候，就需要权衡，拿出最能解决问题的方案。有时候，问题的解决可能需要我们去隐忍、去牺牲。面对不同国家、不同文化背景的人，真正做到包容和求同存异不是轻而易举的事，而要真正融入当地社会的肌理更是难上加难，任重而道远。

铁打的营盘流水的兵。元旦那天，格里高利带领其他十余名警察离开了项目，估计以后也不会再来。至于他为什么离开，原因有多种，这里不再赘述。他们离开当天下午，一位名叫查尔斯·祖鲁的新任总督察和另外十余名警察被派驻到项目。他们首先按要求进行了隔离。走出隔离区前一刻，几个警员枪指碧空，开了两枪，庆祝"重获自由"。两个多月后，查尔斯因故被调离，接任他的叫迪马斯·琼戈。去年，尤其是去年下半年以来，驻地警察整体数量呈下降趋势，目前只有不到二十个在场。警察减少，一方面是因为项目接近尾声，对警察数量的要求降低；另一方面是因为临近总统大选，准军事部队总部需要抽调部分警力，部署到各地维护竞选活动期间的治安。

六月三十日晚，厂房首台机组成功并网发电，我有幸参与了隆重喜庆的并网发电仪式。看到一号机组顶端那盏红色指示灯亮起的那一刻，我内心五味杂陈。参加完仪式返回办公室时，已经晚上十一点多了。我打开电脑，即兴敲出以下几段话。

当中外员工在减少，当武装警察在减少，当机械设备在减少，当大部分地方变得不再那么热闹，心里难免有些失落和感慨，但更多的则是踏实和安然，因为人的减少，不正说明任务完成得差不多了吗？你看，道路畅通了，运营村起来了，大坝蓄水了，引水洞通通水了，发电机组运转起来了，等到项目最终完工，它将变得美轮美奂！一路走来，它经历了那么多的风雨，风雨洗礼后的角角落落怎能不焕发出更多的生机？

没有离开，何来留下？那些像吉卜赛人一样辗转在各个国家、各个地区和各个营盘之间的中外水电员工又将开赴新的战场，但他们潜意识里一定知道，无论自己身在何处，他们曾为之挥洒汗水，偶尔还会畅聊人生和梦想的地方，将以一座丰碑和堡垒的雄姿，永远矗立在凯富埃河畔，盘踞在群山之间，造福一代又一代千千万万他们不曾认识，将来也不会谋面的陌生的人们。

他们所留下了的，已然向他们致敬！

当我在本月初例行更新警察花名册，发现警察数量已经达到历史最低值时，心里莫名怅然。他们这样一群身穿警服的人，都是一些钢铁直男，哪有那么多愁善感？他们对这个地方恐怕没有丝毫依恋，有的只是一段记忆而已。他们已经习惯于四处辗转，而这里无非就是他们行伍生涯里数十个驿站中的一个。

他们离开后，我基本上就没再主动联系过他们，他们中的几个警员偶尔还会给我发来问候短信，让我想起和他们相处的时光。那些曾"到此一游"的警察们，有的已经离开人世，有的获得晋升，更多的则是根据指派，继续在各个地方之间流动执勤。听说，格里高利目前在警校担任教练，查尔斯则投入到他所钟爱的足球教练事业中。不管怎样，我都祝他们平安、健康、好运。

现在，曾横亘于我们和警察之间的猜忌、隔阂、误会和矛盾基本上销声匿迹了，我们和准军事部队总部在长期的合作、磨合

▲ 赞比亚准军事部队最高指挥官约贝·卢哈纳赠送给作者的圣诞贺卡（摄于二〇二一年七月十二日）

中，关系变得更加紧密和融洽。尤其是新冠疫情暴发以来，我们适时向其捐赠防疫物资和其他物资，并与其形成了天然的联防联控联动机制。去年圣诞节，我还特地到总部拜访了指挥官约贝·卢哈纳和其他联系较多的警官。记得二〇一九年，我邀请时任指挥官、现为卢阿普拉省警察厅厅长的奇里杰·尼兰达来项目参观，直到现在，我都和他保持着联系。这样一群身穿制服的警官，始终友善而和气，对于我们提出的诉求、反映的问题，均会认真处理，及时回应，使我们倍感踏实和放心。

当前正处于非常时期，现场安保工作不能有丝毫懈怠。尽管警察不多了，但我相信，只要我们彼此信任、彼此依赖、共同努力，就一定能够克服任何困难和挑战！

二〇二一年七月
赞比亚共和国

但愿幸运伴你左右

——写在《幸运人酒吧》新书发布会之后

红、黄、绿被称为"泛非洲色彩"，是许多非洲国家国旗上的标配色彩。其中的黄，不仅代表着阳光照耀下的温暖、光明与灿烂，也代表着非洲人民民族性格中透着的热烈与奔放，以及他们对欢愉、快乐、丰收与希望的向往，还

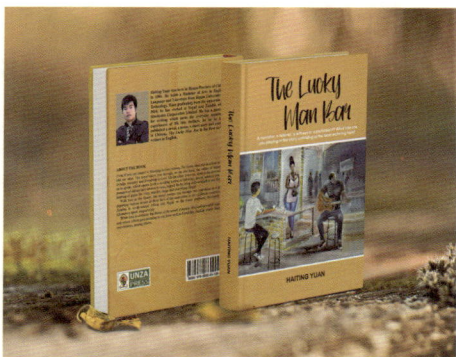

▲ 赞比亚青年画家杰西·卢宾达为《幸运人酒吧》设计的封面（杰西·卢宾达供图）

代表着非洲大陆极为丰富的金属矿产资源，赞比亚更是以盛产黄铜著称于世，被誉为"铜矿之国"；在尼泊尔，黄色也是当地人最喜欢的色彩之一，花店里层层叠叠的菊花花环看起来金灿灿的，很多妇女的纱丽也都是明亮的黄色，她们走在人群里，特别的招眼；而在中国，人们对黄色更是打骨子里喜欢，那是黄河的黄，黄土地的黄，也是黄皮肤的黄。于是，这个色彩，也在我的英文小说《幸运人酒吧》的封面上弥漫开来，成了底色，使整本书都看起来明亮而温暖。

置书于案头，手指在平整挺阔的封面上轻轻划过，指尖透着

一丝这个季节的凉，而阵阵暖意却悄然传导到心底。对于一个作者来说，一部书的出版，往往标志着一段旅程或苦行的结束。它从此脱离作者的身心，拥有了属于自己的独立的生命。赐予它生命的作者会十分识趣地不再试图支配它，最多就是隔着几尺的距离，静静地凝视它、欣赏它，不去翻开，更不会一页一页地阅读。那种感觉是熟悉还是陌生？是咫尺还是千里？恐怕任谁都说不清道不明，哪怕是作者。而凝视、欣赏到最后，作者大概会不由自主地深吸一口气，向后倚在靠背上，然后闭上双眼……

说到底，由生活、工作、感悟所构成的人生，就是一个不断被编辑、修改、润色的过程，就像眼前这本独自苦旅了数载的三百三十四页的书。此时此刻，我莫名产生一种特别奇妙的感觉，那就是，我仿佛一时恍惚，竟分不清自己是在书里，还是在这座车水马龙的城市里。或许，我和书只是彼此的分身，以某种方式成全、确认了彼此。管它呢！重要的是，我们都实实在在地存在着、活着。

记得那天，七十多岁的特约老编辑罗伯特·马科拉先生在即时聊天中说："我们就是在创造历史，我有幸成为这历史的一部分，让我们拭目以待吧！"不久，他又在一封电子邮件的最后一段写道："祝你有愉快的一天。和你一起工作是一件非常愉快的事情。至少可以说，我已经成为这部小说的一个组成部分。在过去的几个月里，我每次经过凯富埃镇时，脑海里闪现的第一个问题就是幸运人酒吧在哪里，我要去看看！我想在里面喝点儿朗姆酒！我希望有一天能邂逅小说中美丽的人物——埃琳娜、黛西、菲利普、杜克、爱德华、奥古斯丁，当然还有永远在场的尔喀·卢！这很疯狂，不是吗？这真是一个美丽的故事！"

故事是否美丽，作者并没有发言权，发言权全在读者那里。前两天，有个津巴布韦读者，读了前几页，和我分享了他的阅读感受。

到目前为止，这是一本好书。它已经让我产生了好几种情绪。我曾悲伤过、害怕过，也曾笑过。与此同时，心头一直存着一种悬念。我总是告诉我的妻子，一部好电影可以使你感受到所有的情绪，甚至是那些你无法描述的情绪。到目前为止，我感觉这是一部好"电影"。

"枪的数量并不重要，重要的是子弹的数量，信不信由你"，这是一句巧妙的讽喻，这是迄今为止最好的一句话。

哈哈，这很有趣，这句话是在你意想不到的地方冒出来的，就像你正要离开一个忧伤的场景时，突然间竟转入了一个戏谑当中。这本书操弄了各种情绪，让它变得不可预测。

他还没有读完第二章。他说他不想那么快读完。对于他的心情，我再理解不过了。这就像我当时在创作和出版过程中产生的矛盾心理一样：既想又不想快点写完，既想又不想早日出版……但最终，还是写完了，还是出版了，它于是变成了覆水，再无收回的余地。

六月九日，对我来说，是一个特别值得纪念的日子，甚至比把这本小说写完，比把它出版更值得纪念。它从卡布隆加区双棕榈大街边这片我所生活和工作的宅院走进了赞比亚最大的连锁书店"图书世界"位于卢萨卡的两家门店。这是它的使命。在当地出版的书在当地的书店上架，是自然而然的事情，也是必须走出去的一步。书店就像一个社区，每一种书就像一个人，他们来自世界各地。因此，这里理应有我们的一席之地。而就在这一天，六月九日，这本看起来温暖明亮的书，正式地走进书店，和其他国家作家的作品并列站立在了同一个书架上，默默等待着某一位

▲ 正在翻阅《幸运人酒吧》的"图书世界"书店工作人员（摄于二〇二二年六月九日）

读者的目光从它身上掠过。希望以后有更多同胞的书能走进国外的书店，走进国外读者的阅读书单。

时间倒回至五月十七日，那时我还在赞比亚以南的莱索托王国出差，准备次日飞返赞比亚。当天晚上，马塞卢的旅馆房间里，空调吹着暖风，我坐在床上，盯着手机屏幕，在备忘录里小鸡啄食似的敲起字来，等敲完落款日期的最后一个阿拉伯数字，瞥瞥屏幕右上角，已然凌晨了。等我两天后把它复制到电脑文档里时，竟然发现有足足五页之多。这就是我在二十六日新书发布会上的演讲稿初稿。有人说它太长了，但我思来想去，决定不作任何删减。我在正式演讲时，还专门调侃地说："五年的创作值得拥有这样一篇超长的演讲。"很多观众都发出了会心的笑声。

发布会后不到一周，剩余的书已基本上被预订完。它们有的将留在赞比亚，有的将陆续前往津巴布韦、几内亚、肯尼亚、德国、美国、尼泊尔等十四五个国家，找到它们自己的知心人。我自然希望，拥有它们的人都能像它们的名字一样，成为一个有幸运相伴左右的人。

二〇二二年六月
赞比亚共和国

约翰内斯堡的暖冬

六月二十七日，赞比亚最大连锁书店品牌之一的"图书世界"营销部门给下凯富峡水电站项目融媒体部主管格莱迪丝·尼兰达发来信息，通知我们再给他们送一批书过去，六月九日上架的第一批书已经售罄。格莱迪丝第一时间把这条消息转发给了我，当时我正在南非约翰内斯堡出差。看到这条消息，我是又高兴，又无奈。高兴，是因为图书销量还可以；无奈，是因为手头库存所剩无几，而书店这次的订货

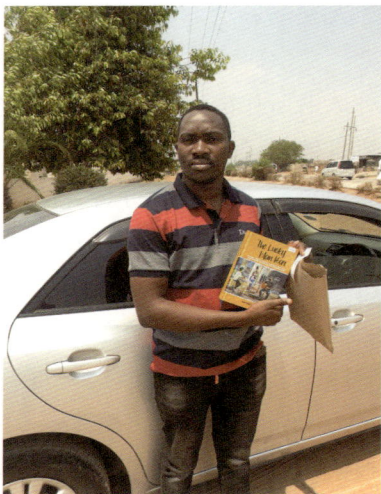

▲ 从"图书世界"书店买走最后一本《幸运人酒吧》的当地读者（该书店工作人员供图）

量是第一批的三倍多，我无论如何是拿不出来的。考虑再三，我决定硬凑一点儿交差。这恐怕也是最后一批进入书店的首印本了。

六月二十五日，嗅觉灵敏的《赞比亚每日邮报》记者凯尔文·卡钦圭在该报刊登报道，标题就是《〈幸运人酒吧〉售罄》，配图则是那幅熟悉的立体效果书影。那天上午，有个同事在翻看

当天的报纸时读到了这篇报道，她随即拍照发给了我。看到标题，我真是吃了一惊，我从来没有想到图书售罄这件事会被当成新闻见诸报端。但仔细想想，这也在情理之中，它从一个侧面反映出这本书对于当地人来讲或许有着特殊的意义，毕竟中国人出版关于赞比亚的书并不多见，何况是在当地出版，而且还是长篇小说体裁，更稀罕的是，它是全英文的。

我更没有想到的是，记者不知道怎么搜到并援引了赞比亚大学人文与社会科学学院艺术、语言与文学研究系系主任、剧作家、文学评论家奇拉·奇拉拉博士六月初在其个人"脸书"页面对该书所作的评介："……我尚未来得及仔细品味这部小说，但随机翻阅了几页之后，我发现他的英语水平很好。"我是在赞比亚国家艺术委员会分管文学与表演艺术的副主任姆薇切·奇坤古女士的引荐下结识奇拉博士的，和他第一次联系是在六月二日。六月六日，我携拙作，前往赞比亚大学拜访了他。关于这次会面，报纸援引了他在"脸书"上的原话："袁海厅来赞比亚大学探访了我，他是一位目前在赞比亚工作的中国作家。他给我带了一本他新近出版的长篇小说的签名本，书名是《幸运人酒吧》。根据他的说法，这可能是第一部由中国人根据在非洲的经历创作的英文长篇小说，我对此表示认同。"

六月十九日深夜，我给他发了一条信息："《幸运人酒吧》已无库存。它将陆续在非洲、亚洲、欧洲、北美洲和南美洲的十五个国家找到自己的读者。"他次日回复说："太棒了！事实上，我在我的'脸书'页面上发布关于这本书的动态时，一些人表达了想要拜读一番的兴致。"当天早些时候，也就是下午四点多，舒马礼品店的老板兰吉兹亚·舒马先生（他负责提供并布置《幸运人酒吧》新书发布会现场的鲜花、装点签名售书桌等美化工作）在逛书店时给我发来一张照片，显示有一本《幸运人酒吧》被放到了一个特别展位，旁边的那本书是二〇二一年诺贝尔文学奖获得者、坦桑尼亚裔作家阿卜杜勒拉扎克·古尔纳的代表作《天堂》。我当时真是感到受宠若惊，并伴有不安与惶恐。我没有想到书店会这么高看这本书。说实话，我一直以来的期望并不高，只要它能上架就行，至于被放到书店的什么位置，我自知没有干预的权利；即便有，也不会使用这项权利，一切顺其自然就好。

▲ "图书世界"书店将《幸运人酒吧》与《天堂》并列放在特别展位（兰吉兹亚·舒马摄）

我把报纸照片发给了奇拉博士，他看后非常高兴，回复说："哇哦，真是太好了！顺便问一句，你什么时候有时间，我想见你一面，有几个问题想跟你讨论一下。"我估计，他这是要着手为本书撰写书评或论文做准备了。我说我正在国外出差，回去后一定拜访他。

对于一个作家来说，书就是自己的孩子，早晚会离开家，独自闯天涯，而做父母的，除了牵挂，除了期盼他健康、平安、顺遂，能对他施加的影响会越来越少。而且，父母总是认为孩子走得越远越好，因为只有这样才会有出息。对于我来说，《幸运人酒吧》虽然明面儿上还是个刚刚呱呱坠地的婴儿，但其实他在此之前已经成长了五年多，甚至可以说，他已然成长了三十多年，拥有了我所有的人生积淀。他是那么不羁，等不及学会走路，就要努力奔跑。他竟然做到了，一路漂洋过海，跑去了那么多地方，并在不经意间找到了一方可以永久栖身的新的家园。六月

▲ 作者在赞比亚国家档案馆大楼前
（摄于二〇二二年六月二十一日）

二十一日，赞比亚国家档案馆正式致函通知，将永久收藏两册，一册作为文献，不对外公开；一册对外公开，供人查阅或作为展品择机展出。

就像五月二十六日赞比亚青年、体育与艺术部艺术司长埃丝特·恩甘比女士在新书发布会上代表因故缺席发布会的常务秘书长康格瓦·奇莱谢宣布《幸运人酒吧》正式发行，随后的六月九日该书在当地书店正式上架销售一样，六月二十一日也是一个特别值得纪念的日子，因为这一天告诉人们，该书不仅是第一部由中国人创作的关于非洲的英文长篇小说，第一部由中国人在非洲本土出版的原创外语类长篇小说，还是第一部由中国人创作出版并走进赞比亚国家档案馆的图书。它已然化作历史长河里一朵微小洁白的浪花，跳跃着，闪耀着晶亮的光彩。它的生命是完满的，尽管文学是一门充满了缺憾的艺术。

过去两个多月，是值得回首细数的一段时光。四月二十三日，"世界读书日"那天，《赞比亚每日邮报》刊登题为《推介新作家袁——中国作家深入探究赞比亚社会、文化与政治生活》的书评；五月二十三日，赞比亚国家广播公司（赞比亚国家电视台）进行了专访，并于当天在其官网刊登题为《中国作家书写关于赞比亚的书》的新闻报道；五月二十四日，《赞比亚时报》刊登题为《中国作家书写关于赞比亚与尼泊尔的记忆》的专访报道；五月二十六日，当地电视台及其电台播出新书发布会的新闻报道；五月二十八日，《赞比亚每日邮报》的《一周图片精选》栏目刊登我向埃斯特·恩甘比司长移交赠送给赞比亚青年、体育与艺术部图书的图片新闻；六月一日，我应邀到该部做客，并受到部长凯尔文·恩坎杜和常务秘书长康格瓦·奇莱谢的亲切接见；六月七日，新华社记者对我进行了专访，将择时发布专访视频和文字报道；六月二十七日，《赞比亚每日邮报》刊登关于小说售罄的新闻报道……

除了这一个个值得细数和铭记的日子，还有一位位因书增进友谊的旧友，也有一位位因书结缘的新知，他们或是工人、员工，或是医生、警察，或是作家、记者，或是歌手、导演，或是学者、官员；或在德国、中国，或在肯尼亚、尼泊尔；或用它消遣、放松，或拿它搞研究、做学问，或将它以礼赠予他人……而这一切的一切，正是文学的力量之所在，也正是每一位作家的力量源泉之所在。

七月，正值南半球的冬季，位于非洲最南端的南非寒意袭人。在卧室里敲下这篇文章时，我是裹着厚厚的羽绒服的。电脑屏幕上不断出现的文字就像柔软的羽绒一般，温暖着我的双眼，而这温暖又传导到敲击键盘的指尖和整个的身体，于是，整个房间，整个约翰内斯堡，整个南非，整个南半球也一起温暖了起来。

二〇二二年七月三日
南非共和国

我与电影

十月二十日，也就是电影《巴纳·钱达》红毯首映礼举办前两天的晚上，我在该片剧组五十余人 WhatsApp 工作群里不无遗憾地写了一段话："你们应该还记得我七月份曾说电影上映的时候，要和大家一起吃蓝莓果、喝蓝莓汁、品蓝莓酒、吃蓝莓蛋糕、开蓝莓派对的事情吧？现在来看，这不大可能了。蓝莓在赞比亚，而我在莱索托；你们在卢萨卡，而我在马塞卢。"

七月十三日晚餐，单位照例给我们每个员工发放了各色水果，其中就有一盒新鲜的蓝莓。打开盖子的那一刻，我竟蓦然想起了王家卫执导的电影《蓝莓之夜》（我其实并没有看过这部电影）。于是，我拍了张照片，发到了工作群里。那个时候，剧组还在紧锣密鼓地进行拍摄前的各项准备工作。

▲ 作者的赞比亚同事参加《巴纳·钱达》首映礼，并合影留念（卡布韦·穆伦加供图，摄于二〇二二年十月二十二日）

十月二十二日晚上七点半，首映礼在卢萨卡某影院隆重举行。作为联合制片人，我因为工作原因无法参加，不能不说是个遗憾。不过，我安排了公司两名赞比亚员工，即融媒体部主管格莱迪丝·尼兰达和曾在上海外国语大学攻读硕士学位的公共关系官卡布韦·穆伦加，作为"特使"前去捧场。另外几名当地员工听说后，也决定参加，算是对我和这部电影的支持吧。十九日，导演科斯马斯·恩甘德韦向格莱迪丝和卡布韦分别赠送了一张贵宾席电影票。二十日，我委托卡布韦将一笔钱转交给科斯马斯，初衷有二：一是响应科斯马斯的恳求，给卡布韦和格莱迪丝各买一件印有电影宣传海报的文化衫。二是用以支持剧组举行庆功派对。除此之外，我所能做的就是和剧组一起宣传影片，并预祝首映礼圆满成功。

十八日，我把长约一分半钟的终极预告片分享给了许多赞比亚和莱索托朋友，一些莱索托朋友在吃惊和赞赏之余，希望我也能做一部关于莱索托的电影，有的还积极地引荐做视频、音乐的当地艺术家。对我来说，这份希望更像是对我在莱索托此前、当下和未来一段时光的勉励和鞭策。是啊，既然来了，不给这个国度留点儿什么，岂能说得过去？

关于和影视发生直接关联，现在想来，我依旧觉得不可思议。去年十一月份以前，我确实想过自己有朝一日说不定会当上电影导演、编剧或者演员，但那只是幻想而已，从未想过自己能和电影产生真正的联系。拥有和电影的这份缘分，虽说是意料之外，其实也在情理之中。个中缘由，想必诸君可以从我接下来要讲的故事中觉察些许端倪。

六月九日上午，赞比亚国家艺术委员会分管文学与表演艺术的副主任姆薇切·奇坤古给我打电话，说赞比亚著名乐队"薇兹与心之声"将应邀参加于十八日开幕的第二十五届桑给巴尔国际电影节，并在电影节期间代表赞比亚艺术家登台演出，但是这个乐队有十名成员，机票费用是一笔不小的开支，乐队和艺术委都在四处找赞助，希望有个人或组织帮助他们解决燃眉之急。

我稍加思索，即答应以个人名义提供一定金额的资助。我之所以这么快答应，主要有以下几方面的考虑：首先，艺术委官员亲自向我提出恳求，说明她对我十分信任。其次，该乐队受邀参加电影节，是带着展示、宣传赞比亚的使命去的，意义将远远超过表演本身，而这也恰恰证明为什么主管部门领导如此急于寻找赞助。第三，在五月二十六日举行的英文长篇小说《幸运人酒吧》新书发布会上，我正式宣布，投放市场的所有书的销售款将全部用于资助需要帮助的优秀赞比亚青年艺术家和艺术团体追求艺术梦想、经营艺术项目。既然作出了承诺，我就必须信守承诺。

▲ 当地画家的绘画作品（摄于二〇二二年六月九日）

当天下午，我主动联系乐队经纪人菲丝·姆霍尼女士，表示愿意资助他们，并问她什么时候把资助金交给她。她说她现在就可以过来取。我们约定在艺术委办公室见面。挂断电话，我立即准备好足额现金，前往艺术委。当时，艺术委主要官员都在外面办事，陈旧的办公楼里冷冷清清，而且那天阴天，四周冷飕飕的。我一边等待菲丝，一边在会议室外的走廊里来回踱步，不时驻足欣赏片刻张挂在墙上的当地艺术家的绘画作品。

菲丝赶到后，我们就乐队的行程、演出安排等事宜进行了简短交谈。随后，我把钱款交到了她的手里，她十分感激，连声道谢。接着，我从背包中掏出两册签名本《幸运人酒吧》，委托她转交给电影节主席。临走，我建议和她在总统肖像前照一张合影，艺术委主任秘书热情地帮我们照了几张。回到驻地，我给姆薇切留言告知赠书一事。次日，她回复说一定会安排乐队把书转交到位。

▲ 作者与"薇兹与心之声"乐队经纪人菲丝·姆霍尼女士在赞比亚国家艺术委员会合影留念（摄于二〇二二年六月九日）

几天后，赞比亚青年电影导演保罗·沙维尔·威洛联系到我，说他找到姆薇切，希望艺术委能帮他即将开拍的电影《灼心》筹措一笔启动资金，姆薇切跟他说中国水电有个中国人或许可以帮上忙。他后来跟我说，他当即就猜到了她说的中国人是何人。她当时并不知道我们两个其实早在半年多以前就认识了。

去年十一月二十三日，我在浏览"脸书"网页时，偶然看到一位赞比亚电影导演宣传自己电影的帖子，而那个导演正是保罗，电影的名字则叫《玛丽亚·克里斯图：布姆巴的故事》。这部电影于当年六月份获得法国戛纳国际电影节最佳独立电影长故事片导演奖、最佳独立电影长故事片奖和最佳非洲电影奖三项大奖，为电影产业相对滞后的赞比亚甚至整个非洲大陆赢得了国际声誉，也让多个国际电影节向他抛来了橄榄枝。

我随即通过搜索引擎搜索保罗的相关信息，并观看了他此前执导的几部电影短片，对这位半路出家、执着于电影导演梦想的青年不禁肃然起敬。我给保罗发了一条信息，说想和他交朋友，没想到他很快就回复了。说实话，之所以想和他交朋友，直

▲ 作者与应邀参观下凯富峡水电站项目并洽谈合作的导演保罗·沙维尔·威洛（左二）、演员迪克森·蒙巴和项目融媒体部主管格莱迪丝·尼兰达女士在大坝观景平台合影留念（李金平摄于二〇二一年十二月八日）

接原因还是想以电影的方式给项目拍一部与众不同的宣传片，另外就是我幻想着小说《幸运人酒吧》出版后，保罗说不定会有兴趣把整部书或其中的某些情节改编成电影。于是，我向他发出了参观项目的邀请。十二月八日，他和他的御用演员之一的迪克森·蒙巴参观了项目，对这一巨大工程留下深刻印象，并表示会考虑把此地作为备选取景地。

几天后，我们拟定了一个选题，打算以项目部某赞比亚高级女雇员的故事为蓝本，拍摄一部时长三四十分钟的影片。遗憾的是，由于各种原因，这部短片被搁置了下来，直到现在。不过，这次参观、交流，以及这个"遗憾"，他始终念念不忘，并渐渐萌生了拍摄另一部电影的念头。经过几个月的酝酿，他写出了剧本，并着手进行拍摄前的各项准备工作。这部电影正是《灼心》。

电影开拍前，我们时不时地就电影主题、剧本创作、剧组组建、拍摄场地、拍摄日程和制作周期、上映时间等进行交流。他在凯富埃镇选定了一栋多层老旧公寓，作为主要的外景拍摄地。他给我发了一张照片，我说我见过那栋公寓，确实适合拍电影。还有一处备选外景拍摄地，那就是下凯富峡水电站。他选择下凯富峡，其实是在我预料之中的，除了上面提到的原因，还有一个原因是男主角之一的身份设定是个建筑工人。虽然没有向他求证，但我敢肯定地说，这种设定是他下凯之行以后自然而然酝酿出来的。

　　他把我拉进了剧组工作群。群里通常会分享一些日程安排、工作视频、剧照、分镜头手绘草图等信息，而保罗永远是发号施令的那个大老板。六月十二日，我问他能否带着剧本来卢萨卡，具体聊一聊这部电影，他说没问题。我们约定十四日下午见面。那天下午，他和制片经理如约而至。我们聊了两个多小时。其间，我浏览了一下打印好的剧本。剧本三十多页，有很多对话，充满了居家过日子的烟火气。在这里，我简单介绍一下电影的主题与剧情梗概。

　　影片对遭遇逆境时所展现出的爱、牺牲精神与社会压力进行了深层次探索。影片围绕男女主人公伊丽莎白和伊纳保的"心"，也就是他们的女儿展开。女儿患有重病，病痛剥夺了她童年玩耍的乐趣。伊丽莎白被女儿的病痛所折磨，再加上由于经济拮据而无法给女儿看病，她最后陷入了绝望。为了给女儿看病，伊纳保不知疲倦地干活挣钱，体现了一位父亲坚定不移的奉献精神。

　　影片深入探讨了家庭关系的复杂性。伊丽莎白的姐姐嘲笑伊丽莎白嫁给了伊纳保——一个收入不高的矿工。这种家庭成员的支持和漠视之间形成的反差加剧了角色的挣扎。伊丽莎白的内心冲突，以及她感觉到父亲因为她嫁错了人而诅咒她的心理，突出体现了社会期许和家庭评判在一个人生命中所占据的分量。妹妹提出的安乐死进一步加剧了伊丽莎白所面临的道德困境。悲剧的是，随着伊纳保去世，伊丽莎白陷入了与抑郁症和最终精神崩溃的痛苦斗争之中。

　　影片深刻讲述了父母为了孩子能承受多大的屈辱，隐忍到什么地步，以及可以在困境中坚持多久。通过引人入胜的叙事和富有感染力的表演，影片使人们长久地回味，并反思爱的本质、牺牲精神与人类处境。

关于剧本本身，我没有提出什么具体意见或建议，只是提醒他不要添加跟剧情或电影艺术本身无关的杂七杂八的东西。另外，我提出了几个话题，并和他分享了一些想法。

关于项目拍摄场地使用许可，我建议他尽快联系业主单位，并向他提供了相关联系人电话。他原本以为只需要征得我们承包单位的许可就行了。赞比亚的观影文化和阅读文化差不多，受众很少。全国影院数量估计还是个位数。农业人口又占全国人口大多数，有的农村人一辈子没进过电影院，连露天电影都没看过。这就导致影视产业发展缺乏市场和动力，很多电影导演为了维持生存，纷纷转向了制作电视系列剧，因为电视受众数量明显大得多。而保罗，似乎并不愿意自降身价，而是毅然决然地选择继续坚守大银幕，大概是骨子里的清高或对电影艺术的挚爱使然吧。

关于如何扩大受众，我跟他说中国有很多电影大篷车，无非一个放映员、一块大银幕、一台放映机，经常到偏远乡村进行流动放映，让老百姓不用大老远进城就能看电影，还省了大把的路费、精力和时间，因此很受老百姓欢迎。而且，一些电影导演或影视公司，尤其是独立电影人制作的小成本电影，也会以类似的方式，组织到各个大学露天放映。他还从来没有听过竟然有这样的电影放映方式，不禁连连称赞，并说会考虑一试。

▲ 正在《灼心》片场阅读《幸运人酒吧》的女演员（《灼心》剧组供图）

关于在项目上的实

景拍摄，我说被设定为工长的男主角从来没有在下凯富峡，甚至别的工地上干过活，缺乏相应的生活经验，演在项目上工作和生活的戏份势必会拿捏不到位，因此最好安排他在项目上体验几天生活。他说他也想到了，会安排去做。他问我在项目上拍摄时，我能否全程陪同。我说："何乐而不为呢？"

我问他这部电影有没有插曲或主题曲，他说有。闻此，我向他介绍了我们人力资源部曾在中国留学的当地员工姆卢卡·穆沙拉。姆卢卡特别喜欢唱歌，也很有音乐天赋，经常在俱乐部里献唱，还录制过几首单曲。我和保罗聊天时，他就坐在两三米开外的办公桌前。后来，我发现他其实一直在饶有兴致地偷听。于是，我把他叫过来介绍给了保罗，并让他坐在保罗身边，加入我们的聊天。他和保罗聊得很投机，很快就互留了电话。保罗听了他的一首歌曲，不由啧啧称赞。几天后，保罗告诉我他已经决定让姆卢卡演唱其中的一首插曲。

关于摄影器材，保罗说他买了一部摄像机，而不是像以前，都是租用别人的。听他这样说，我很高兴，因为这至少说明他的事业确实有了起色。我问他哪里来的钱，他说他把"玛利亚"那部电影以数十万的价格卖给了平台。不过，这笔钱很快就花完了，因为花钱的地方太多了，比如偿还贷款等，更何况那是一年前的事情了，这期间，他没有拍出，更没有卖出任何新电影，捉襟见肘可想而知。因此，他对这部即将开机的《灼心》寄予厚望——方方面面的厚望。

万事俱备，只欠东风。对于保罗来说，这东风就是启动资金。我

▲ 《灼心》剧照（《灼心》剧组供图）

答应提供一部分资金支持，而且是无偿的，但是有一个条件，那就是他需要拿出一定比例的电影票房收入资助其他需要帮助的当地艺术家，我后来对科斯马斯开出的也是这样一个条件。当保罗告知姆薇切我愿意提供资助的消息后，姆薇切随即给我留言，向我对艺术委及当地艺术家们的支持表示感谢，并说"力所能及就行，不要有任何压力"。

说实话，我每次伸出援手，都会感到另外一种压力，认为自己本来可以更慷慨一些、做得更多一些，尽管自知力量有限。这大概是很多人共有的烦恼吧，那就是你提供的帮助越多，帮助的人越多，却发现那些帮助可能只是杯水车薪，还有更多的人需要帮助。为了缓解这种压力，我往往会说服自己，在起初的基础上，再多拿一分钱，再多帮一个人，就够了。

我一直跟保罗保持着联系，也一直关注着他的动态。他是一个对电影艺术有直觉、有想法、有追求、充满了热情甚至激情的人。对于他来说，虽然与"诗和远方"相比，"眼前的苟且"更多一些，但这"眼前的苟且"恰恰就是使他保持清醒、保持思辨、保持热情的源泉之所在，其本身就是生活，就是艺术。我觉得他还有着艺术家的良知和真诚。他不是一位迎合市场的导演，但这并不能阻挡，或者说正是因为如此，他才成为赞比亚荣获国内外电影奖项最多、受到最多国际电影节青睐的电影人。因此，虽然我不会把提供支持挂在嘴边，但是在适当的时机，我会毫不犹豫地向他和像他一样的人伸出援手。我只是在等待，等待这个时机的到来。我这样做，当然也有自私的一面，那就是我想通过他们实现我自己的艺术理想。

那天和菲丝见完面，从艺术委返回驻地的路上，我给保罗留言说，刚刚资助了一个乐队。这多少有点存心刺激他的意思，也是向他释放一个信号：如果需要我的帮助，现在可以正式提出来了。他说："哇哦，真是太棒了！"然后话锋一转，对我一顿埋汰："你看，当我找你的时候，你却不闻不问。"

过去一年多，他参加了非洲和其他地区的不少电影节，凭借《玛丽亚·克里斯图：布姆巴的故事》多次获奖，

▲ 保罗与来自赞比亚和其他国家的嘉宾在《灼心》首映礼上合影留念（《灼心》剧组供图，摄于二〇二四年三月二日）

该片也得以频频展映。今年年初，他参加了埃及的一个电影节（费尽周折才凑够了差旅费），而这次电影节之行，也促使他动了拍摄目前这部《灼心》的念头，而不是此前设想的那部主打情绪的公路电影。我问他为什么不参加第二十五届桑给巴尔国际电影节，他说他阮囊羞涩，欲去不得，但《玛丽亚·克里斯图：布姆巴的故事》会代表他参加，并获得展映的机会。顺便说一下，这部电影在阿联酋航空和其他一些航空公司飞机上也能欣赏到。本月在加拿大举办的一个国际电影节也已经给他发出了邀请函，但是因为没有及时拿到签证，也因为忙于拍摄《灼心》，他再一次爽约。

从萌生念头到目前基本杀青，《灼心》走过了九个多月的漫漫旅程，脚印一路深深浅浅。预计三十天左右的拍摄周期由于各种原因一次又一次被拉长。但不管怎样，在保罗的坚持下，在剧组的共同努力下，它已然向终点线冲刺。保罗说，他追求电影的品质，相信慢工出细活；不管遇到多大的困难，他都不会半途而废。而这，也使我感到欣慰和踏实，因为它至少可以说明，我的参与是值得的，我的帮助不会付诸东流。

▲ 保罗与科斯马斯等嘉宾在《灼心》首映礼上合影留念（《灼心》剧组供图，摄于二〇二四年三月二日）

科斯马斯执导的《巴纳·钱达》的拍摄和制作周期远远短于《灼心》，于是有人认为前者是粗枝大叶的速成品，其实不然。我认为电影的质量和拍摄周期、制作周期的长短不存在根本关系。我个人还是要对《巴纳·钱达》送去热烈的掌声的。导演乃电视喜剧演员出身，拍电影，而且还是一部八十分钟左右的长故事片，实属平生头一遭，无疑是对自己的一次勇敢突破；电影主题一反他一直以来的喜剧风格，自然也是一次勇敢的突破；而且，剧本前前后后改了十几稿，在拍摄的过程中，他还在就是否修改结局和其他剧组成员进行热烈讨论。所有的这些，都值得我钦佩和学习。虽然情节不复杂，阵容也不豪华，技法上也不完全成熟，但对于一个新人导演，对于一部处女作来说，这并不重要；重要的是，他坚定地迈出了他想要迈出的那一步，而不是在舒适区里原地打转。

这就是目前为止，我作为一个参与者，而非观众，和电影产生的若干交集。当然，这只是刚刚开始。六月七日，新华社记者就《幸运人酒吧》的出版对我进行了专访。采访的最后，他问我还有没有什么想说的。我说："我有一个小小的心愿，那就是有一天《幸运人酒吧》能被改编成电影，让更多的人在电影院里感受这部小说。"

现在，我觉得，电影不单是眼前那块巨大的银幕，还是银幕以外的整个世界和生活。它变得不再遥远、陌生、神秘，也不再只是一个概念或者一种艺术形式，而是无处不在的舞台，我们每一个人既在台前，也在幕后，既是导演、编剧和演员，也是一个再普通不过的观众。

行文至此，我想借此机会，真心地祝愿《巴纳·钱达》在利文斯顿和恩多拉的展演活动顺利举行，也真心地希望《灼心》早日和观众见面。（注：以上内容作于二〇二二年十一月。）

二〇二四年三月二日，《灼心》红毯首映礼在卢萨卡如期举行，来自赞比亚及其他国家的电影人齐聚一堂，可谓星光熠熠。遗憾的是，我身在中国，无法见证这一具有重要意义的时刻。不过，同《巴纳·钱达》举办首映礼时一样，我派了代表过去。

三日，保罗在摄制组群里发了一个链接和密码，使群里的每一个人都可以浏览和下载数百张高清照片。我从头浏览到尾，还下载了好几十张。里面，我看到了一些熟悉的面孔，其中就有科斯马斯，他是带着妻子和女儿一起来参加的。他在签名墙上签完字，跟保罗照了一张合影。看到这张合影里的这两张面孔，我不禁觉得这一切都是最好的缘分和安排。是惺惺相惜？是相互捧场？我也说不清楚，就是觉得很温馨。

另外，我看到一张一男一女在签名墙前的合影，那位男士就是赞比亚－中国友好协会（赞中友协）秘书长弗雷德里克·姆泰萨博士，而那位女士则是他的妻子。他前几天跟我说，他会跟妻子一起参加。莅临现场的还有赞比亚国家艺术委员会副主任姆薇切·奇坤古女士、赞比亚大学人文与社会科学学院艺术、语言与文学研究系系主任奇拉·奇拉拉博士及夫人、《赞比亚时报》记者多萝西·奇西女士等。作为联合制片人，我给他们免费提供了电影票，他们参加首映礼本身，就是对影片和我本人的支持。

照片里的保罗，西装革履，容光焕发，神采奕奕，无疑是当

▲ 弗雷德里克·姆泰萨博士及夫人在《灼心》首映礼上合影留念（《灼心》剧组供图，摄于二〇二四年三月二日）

晚镁光灯下的主角。将近两年时间没见，我感觉他似乎苍老了一些。隔着镜头，人们永远看不到镜头背后、镁光灯之外，他所经历的种种困难和挫折、苟且和狼狈。这部电影就像他的孩子一般，健健康康也好，有先天性疾病也罢，他都不可能让它流产或胎死腹中。走过漫长的两年，他走上了星光熠熠的红毯。他理应是全场的主角，也理应获得所有人的鲜花和掌声。

北京时间三日早上，我给他留言，问昨晚的首映礼办得怎么样。由于时差，也由于他太忙，直到他在群里分享那个链接后，他才回复我的留言，说效果超出预期。我说："太好了，祝贺你！"他说："感谢你所有的支持和鼓励！"

其实，他又何尝不是在支持和鼓励我呢？我们彼此并没有什么区别。我们有共同的艺术爱好和追求。我们犹如战友，一起经历枪林弹雨，迎接每一次胜利的曙光。我们都是那个曾经喜欢做梦的孩子。

姆薇切副主任给我留言说："晚上好！首先非常感谢您给我昨天看电影的票。您所付出的辛勤工作，尤其是您对赞比亚艺术的坚定支持和承诺，真是令人难以置信的出色。Zikomo（赞比亚土著语，谢谢的意思）！"我回复说："听到您这样说，我很高兴！我很乐意帮助那些来自我曾工作过的土地上的人们，并会继续为这片土地而工作。"

弗雷德里克秘书长留言说，他在参加首映礼时，和其中的一个演员聊了聊，认为赞中友协有必要考虑制定一项培训计划，与相关个人和组织合作，选派部分赞比亚导演、制片人和

▲　奇拉·奇拉拉博士及夫人在《灼心》首映礼上合影留念（《灼心》剧组供图，摄于二〇二四年三月二日）

演员到中国接受专业培训。听他萌生出这样一个念头，我很高兴，也很受鼓舞。我觉得我邀请他参加此次首映礼，他因此得以和电影行业的年轻人互动，并作出尝试改变赞比亚电影行业现状的决定，是一件十分有意义的事情。

奇拉博士则说，这部影片的助理导演阿德里安前些年还是他的学生。他一直跟赞比亚国家艺术委合作，致力于赋能赞比亚文学领域的发展。上周，他还主讲了艺术委组织的"戏剧大师课"。近日，他的戏剧集《〈死树根〉及其他戏剧》成功付梓。他专门赠送我一本作为礼物，并请剧组人员代为保管。

博士还透露，除了演职人员表里显示我是联合制片人外，影片还专门向我致谢，而且我的英文长篇小说《幸运人酒吧》作为道具，在影片里也有呈现。这些小小的细节都是导演保罗的贴心安排，我虽无法现场观影，但感动一直都在。

这部影片已正式入围突尼斯迦太基电影节"最佳故事片"竞赛单元，也算是对整个剧组两年来辛苦付出和漫长等待的暖心馈赠。希望它和它的缔造者保罗飞得更高、走得更远！

二〇二二年十一月

初稿于莱索托王国

二〇二四年三月三日

增补于商丘睢县家中

【注】电影《灼心》的中文名称是作者根据电影内容作的意译。

我为驻华外交官改书稿

马塞卢时间一月二十日晚上十点左右，即北京时间除夕清晨四点左右，我给纳姆布拉·瓦姆伦圭先生发了一条留言，说已经完成校改，会在下周早些时候把改过的稿子以及一些意见和建议发给他过目，并说这是送他的一份新年礼物。北京时间早上八点半左右，他回复说："太棒了！这是我今年收到的最好的新年礼物。"

上面提到的纳姆布拉是赞比亚驻华大使馆负责教育、旅游与文化事务的一秘，在中国工作、生活了十几年，是个名副其实的中国通；而"稿子"则是他最新创作的一部非虚构类作品的书稿，该书从一个外国人的视角，讲述了在中国的见闻，论述了中国和东亚独特的文化现象和价值观念。我所以能识其人，改其稿，还得从去年九月份说起。

去年九月二十七日，身在马塞卢的我委托公司的赞比亚公共关系官卡布韦·穆伦加，询问返赞休假的纳姆布拉能否将一册拙作《幸运人酒吧》转交给赞比亚驻华大使。纳姆布拉欣然应允。不过，他说新大使还没有任命，临时代办，也就是代理大使，由公使衔参赞阿尔弗雷德·希利罗先生担任，因此，他会先把书转交给阿尔弗雷德。

在此之前，向赞比亚驻华大使馆赠书，始终是我的一个心愿。九月二十六日，我请卡布韦帮忙打听有没有哪位赞比亚驻华

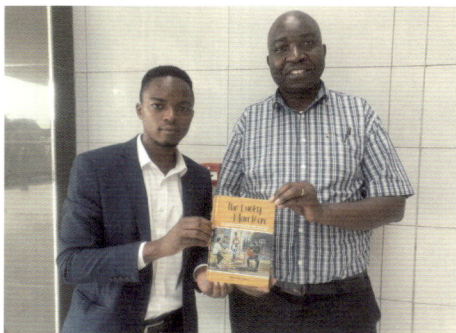

▲ 卡布韦·穆伦加向纳姆布拉·瓦姆伦圭（右）转交《幸运人酒吧》（卡布韦·穆伦加供图，摄于二〇二二年九月二十七日）

使节返赞休假或者出差的。令我没有想到的是，卡布韦竟然于次日下午携拙作拜访了正在休假的纳姆布拉，向其转达了我的心愿，并与其共同携书合影留念。直到他给我发来照片，我才知道他自行做出了这样的安排。我并没有问他是如何联系上纳姆布拉的，因为我觉得这在意料之外，又在情理之中：他曾赴华留学，而纳姆布拉又是驻华使馆负责教育事务的外交官，因此他俩想必早就认识了。

卡布韦说："纳姆布拉预计周六（作者注：十月三日）返华，赶回北京后会向阿尔弗雷德·希利罗先生转交小说。对了，他问您能不能也送他一本。"闻此，我突然意识到自己犯了一个多么愚蠢的错误，无论是从他负责文化事务这个意义上，还是从他答应帮我转交图书这个意义上，我都应该送他一本的。惭愧之余，我当即告诉穆伦加第二天就给他送去一本。卡布韦接着说，纳姆布拉很想认识我，还说他将出版一本关于中国的书，想让我提一些建议，毕竟我是出过书的人。我向卡布韦索要了纳姆布拉的 WhatsApp 号，打算跟他取得直接联系。

九月二十八日，我给纳姆布拉发了一条信息，作了自我介绍。他很快就回复说："袁先生，很高兴认识您，非常感谢您惠赠大作。我几天后返回北京，到时一定把书转交给阿尔弗雷德·希利罗先生。同时，祝贺您的书成功出版，我在隔离期间一定好好拜读。"我说："赞比亚驻华使馆的朋友读我的书是我的荣幸。我真的很想见您一面，只可惜我不在赞比亚。"他说："没关系。我们以后一定会在赞比亚或中国见面的。我会拜读您的大作，随后会把我还未完成的书稿发给您提意见。"我说："很高兴成为您的作品的首批读者之一。"

十月七日，卡布韦告诉我，因为受中国国庆长假影响，纳姆布拉的签证还没有办出来，因此他没有按照原定时间返华，预计会在十九日成行。

十二月二十八日，纳姆布拉给我留言说："我的上司（作者注：临时代办）已经开始拜读您的大作了，我会在周末拜读。受此前对快递业的防疫政策的影响，我的一部分行李在广州（作者注：他返华飞机落地广州）滞留了一个月，因此我未能将您的书及

▲ 纳姆布拉·瓦姆伦圭向阿尔弗雷德·希利罗（右）转交《幸运人酒吧》（纳姆布拉·瓦姆伦圭供图）

时转交给阿尔弗雷德·希利罗先生。"接着，他索要我的邮箱，说要把书稿发给我。我把邮箱发给他还不到四分钟，他就把书稿发了过来。我说："书稿已经收到，我会认真阅读。我很想知道在外国人的眼里中国是什么样子。"他说偶尔交流一下看法还是很不错的。我请他向阿尔弗雷德·希利罗先生和使馆其他馆员转达亲切问候和良好祝愿，并预祝他们中国新年快乐。次日，他转发了阿尔弗雷德·希利罗先生的留言："非常感谢！请向袁先生转达我的亲切问候，祝他二〇二三年中国新年快乐！"

二〇二三年一月二日晚上，我给他发了书稿的几个截屏，说已经开始校改了。他说："非常感谢！我一定会在书里向您致谢的。等您改完，我会认真查看修改意见。如果您认为需要加一些意见，尽管加。"我说："一定。您花费那么大的精力写出这本书，我们应该让它尽可能地完美。我很高兴成为它的读者。通过您的书，我甚至对我自己的国家有了更深的了解。"他高兴地说："我真是太受鼓舞了！我真的需要您的帮助。我很喜欢中国故事。"

两天后，我给他分享了赞比亚部分主流报纸、电视台发布的关于拙作《幸运人酒吧》的报道，以及赞比亚青年、体育与艺术部发来的表扬与感谢信。他说："新书发布会很专业，也很有影响力。我特别喜欢报纸上刊登的书评。您对支持当地新生作家作出的承诺是最值得称赞的。干得好，袁先生！"

北京时间腊月二十九晚上十一点半左右，他给我发了一条"中国新年快乐"的祝福短信。几个小时后，我回复说，书稿校改已经完成，会在下周早些时候把编辑版连同一些意见和建议发给他，也算是送给他的一份新年礼物。他说："太棒了！这

▲ 下凯富峡水电站项目当地员工马丁·姆维萨为作者绘制的肖像

是我今年收到的最好的新年礼物。"

大年初二上午，我通过邮件的方式把稿子发给了他，邮件正文是这样的：

尊敬的纳姆布拉·瓦姆伦圭先生：

随函附上我所校改的书稿，供您审阅。

首先，我要祝贺您创作了一部令人印象深刻的书，这无疑是赞比亚和中国文化交流的里程碑。您把您在中国的亲身经历和对中国的看法写成了一部可以与更多人分享的书，值得尊敬和感谢。毫无疑问，因为您的大作，我对自己国家有了更深的了解。

如您所见，我的校改主要集中在语法和一些表达的一致性上面。在这里，我想强调一致性，是因为如果我们不能确保一致性，我们可能会在书中留下缺陷。例如，"East Asian" 和 "East-Asian" 都用于表达同一个意思，却出现了两种写法，而"朝代"一词在这里以大写字母"D"开头，在那里却以小写字母开头。当您指派编辑校对书稿时，请他特别注意这种不一致性。

除了语法上和一致性方面存在的瑕疵（作者注：本书还有极少量的常识性错误，例如，文中提到"中国卫生部"，而当时，原卫生部和计生委已合并组建为国家卫健委），这本书逻辑上很好。以下是我关于本书内容的一些建议：

首先，我不知道您能不能在书中放一些您自己的照片和图片，或者那些能帮助说明您在书中所解释或者论述的内容的照片和图片。照片更容易让读者理解一些经验或想法。此外，它们可以使这本书更加有趣和吸引人。

第二，既然您是赞比亚驻华使节，您可以补充一些关于赞比亚和中国之间文化交流的内容（您提到了一些，但可以再增加一些）。

▲ 下凯富峡水电站项目当地员工戴维·班达为作者绘制的肖像

第三，您可以考虑制作一本有声书，并将其链接到二维码，二维码可以印在书中的某个地方。当读者喜欢听而不是读时，他们可以扫描二维码，聆听您的书。

第四，请人翻译成中文，并出版中文版本，以便让更多中国人更加容易地阅读它。

如果有其他建议，我会和您分享的。

最后，请允许我祝您和其他赞比亚驻华外交官中国新年快乐！

大约四个小时后，他回复了邮件，邮件正文如下：

尊敬的袁先生：

我真的很重视您的意见，尤其因为您是一位出版过作品的作者，以及一位写过外国文化经历的人！

您作为本书审稿人之一，我一定会在书中向您致谢的！

首先，我特别感谢您在繁忙的日程中抽出时间通读这本书！

您的意见是非常合理和有用的，对于这些意见，我将先从突出的语法问题开始着手，本周我就要处理这些语法问题！

我真的希望这本书能在某种程度上促进更为密切的文化合

作，以及民间对我们文化的理解和认识！

　　我还有一个请求！您能分享一页（或更短）您对这本书的个人评论吗？我可以把这些评论作为本书内容介绍的一部分，分享给我的读者。

　　读完他的回复邮件后，我给他发了一条信息："您的小小的请求会得到满足的。"

　　这就是我为一名驻华外交官修改书稿的故事，简单平凡，却值得铭记。这个故事似乎还没有结束；甚至可以说，它永不会结束。故事如人，是可以执笔书写自己的，它会把自己写成一本或厚或薄的书，等待某个有缘的读者去捧读。

　　行文至此，我想借此机会，向纳姆布拉·瓦姆伦圭先生以及像他一样的千千万万的中非、中外文化交流使者致敬，是他们躬身化作一座座沟通文化、连接友谊的桥梁。

　　预祝该书早日付梓上架，以飨读者！

二〇二三年一月

莱索托王国

附录一：诗歌

双棕榈

今冬，燕赵初雪，
今生，北京初遇。
从寒意料峭，
到暑气蒸腾，
十五个小时的飞行，

▲ 南方省西亚翁加地区卡里巴湖畔卡里巴酒店内的棕榈树与斑马（摄于二〇一六年十月十六日）

屈指一算，
两座"长城"。

这，就是赞比亚高原：
维多利亚大瀑布，
黄铜矿脉，
赞比西河不倦的歌声。
但是，他们都还太陌生，
我之似曾相识，
是那一株株棕榈树，
拿婆娑姿影迷着我的眼睛。
那姿影，
也在分公司的门牌上婆娑着。
那是一个再简单不过的名字
——双棕榈大街，
美丽，而且动听。

——双棕榈，
这两株孪生的棕榈树，
似乎在哪里都能看见：
总统府深似海的官邸，
豹山路和独立大道旁，
抑或凯富埃小镇的某个角落。
一扇扇宽大碧绿的叶子，
辉闪着油亮的银光，
太阳越大，
就越发的蓬勃昂扬。

它们仿佛在对着太阳求告：
"太阳，请再为我们裹一层银装！"

——双棕榈
是孪生的兄弟姐妹，
是恋人和夫妻，
也是共浴枪林弹雨的战友，
无论在何时，
无论在何地，
都并肩地站立，
站在高原之上，
立在骄阳之下。

如果我可以变作一株树，
那大概也是一株棕榈树吧。
或许有那么一个时辰，
我从梦中醒来，
发现自己站在另一株棕榈树旁。
我不知道它从哪里来，
但我欢迎它的出现。
它娓娓讲述着自己的故事，
它的故事多如维多利亚大瀑布的水珠，
多如累累的黄铜矿石，
多如赞比西河的歌声，
多得就像满天的繁星……

——双棕榈，

现在，人们这样地称呼我们。

橘红如漠的向晚天空，

延绵出景深的丛林剪影，

还有点点的灯火和星光，

可知明天太阳从哪里升起？

当太阳升起，

教堂里传出圣歌的旋律，

芒果树，犀鸟，蜥蜴和狒狒都在聆听。

一位少女，从教堂里走出，

满头的麻花辫，

垂着眉眼，打从经过。

太阳，你是否知道，

那轻盈的脚步

可是在书写着一首赞美诗？

二〇一五年十二月十日至十一日

赞比亚共和国

战地黄花

赞比亚高原的晚冬，
晨起阵阵寒凉，
像是中国北方的初秋，
菊花绽放的时光。

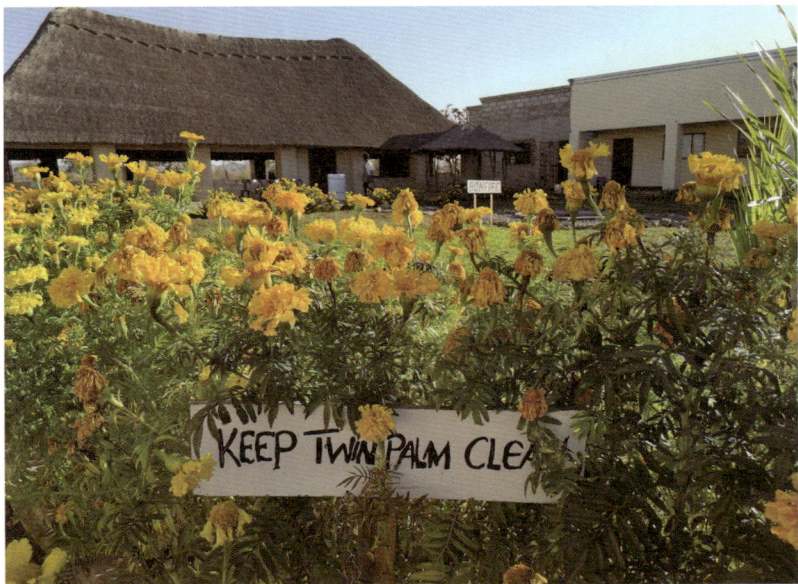

▲ 南方省奇坎卡塔地区"双棕榈"学校内盛开的菊花（摄于二〇一九年七月二十三日）

是的，菊花已然绽放，
绽放在静默窗外，
绽放在棕榈树旁。
干净阳光泼洒着油彩，
为它们披挂黄金的戎装。
它们昂首挺胸，
并肩站立，
就像接受检阅的士兵，
神采飞扬，
气吞沙场；
又像拳头紧握的臂膀，
向着太阳高高举起，
仿佛在齐声宣告：
我们懂温柔，
也懂阳刚！

曾经细小的种子，
因着河水的滋养，
萌芽，破土，
抽枝，吐叶，
从容又匆忙。
荒蛮的丛林，
赤裸的大地，
已成旧日影像；
河流的淙响，
悠长的猿啼，
已成旧日音符。

如今的群峦叠嶂，
大道蜿蜒，
机器轰鸣，
一群远方的人们，
一袭湛蓝的衣装。

赞比亚之冬渐行渐远，
赞比亚之春就在前方。
万里之遥的祖国，
草木正绿，瓜果正香，
夏日的浓荫
悄悄转作秋日的金黄。
金黄，是阳光淋漓的油彩，
金黄，是窗外菊花的荣光。
你是否听见了歌声
在凯富埃峡谷中隐约回荡？
那一定是谁在击节歌唱，
唱一曲战地黄花分外香！

二〇一六年八月六日
赞比亚共和国

【注】末句"战地"指下凯富峡水电站项目。

下凯富峡赞歌

辽阔的赞比亚高原，
大河奔流，群山巍峨，
奔流的大河滋润着茂密的丛林，
巍峨的群山托举着浩渺的星汉；
美丽的凯富埃峡谷，
暖风吹送，阳光灿烂，

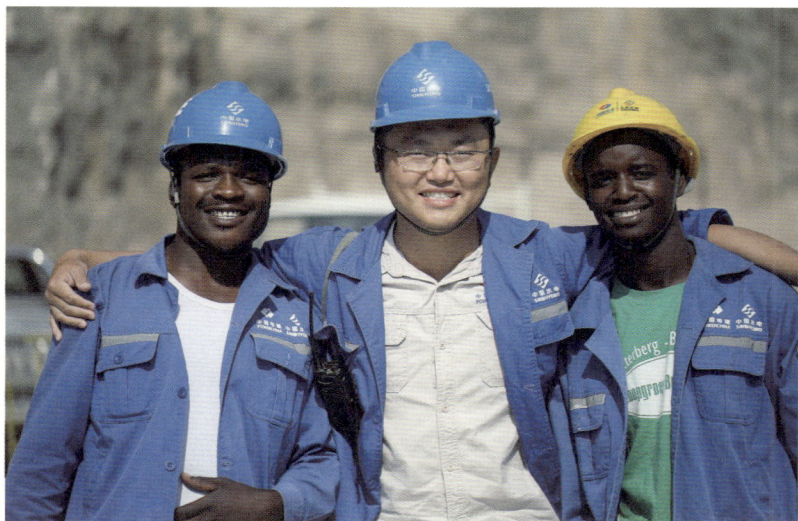

▲ 并肩站在一起的中赞员工（李锵摄）

吹送的暖风轻抚着黝黑的脸庞，
灿烂的阳光照耀着工装的湛蓝。
为了这一天，
我们立下军令状，
不破楼兰，誓不回还；
为了这一天，
我们高举帅字旗，
征战疆场，杀声震天。
终于，这一天，
像一朵饱经风雨的花蕾，
妖娆绽放在眼前；
终于，这一天，
像一个发育漫长的婴儿，
从沉沉长夜中分娩，
用响亮的啼哭向世界宣告：
我来了！

我来了，我来了，
我们来了！

我们来了，
穿越赤道，
穿越季节；
我们来了，
远离家乡，
带走依恋。

我们来了，
不去繁华的都市，
不去宁静的村庄；
我们来了，
只为风景独好的行程，
只为别样精彩的人生。
我们的脚步在这里落定，
我们的传奇在这里完成。
这里，就是下凯富峡；
这里，就是铁骑营盘。
身上，一袭中国电建蓝；
心底，且把远方当故园。
猴面包树在凝视，
盘旋的山鹰在俯瞰：
那是测量人员在放线，
那是操作人员在打钻，
那是楼房在耸起，
那是隧洞在绵延。
我们，用身影诠释大坝的伟岸；
我们，用脚步丈量道路的长宽；
我们，用汗水拌和万方混凝土；
我们，用目光延伸百里输变线；
我们，用双手旋动千钧涡轮机；
我们，用臂膀打下基础似坚岩。
曾几何时，荆棘载途，阻挡了去路；
曾几何时，泥巴遍地，裹满了裤管。
那时，头顶是酷热的骄阳；

那时，脚下是飞卷的黄土。

如今，凯富埃峡谷旧貌换了新颜；

如今，康庄大道蜿蜒在群山之间。

但是，我们依旧头顶烈日，披荆斩棘；

但是，我们依旧脚踏黄泥，一往无前。

一往无前，与同胞工友风雨同舟；

一往无前，与非洲兄弟携手并肩。

挥洒汗水，畅叙情缘，

让友谊的欢歌回荡在赞比亚高原。

我们立在山巅，拥抱初升的太阳；

我们坐在树旁，凝望闪烁的星光。

工地的月色轻摇荡，

工地的灯火格外亮。

涛声温柔，流进甜蜜的梦乡；

梦境绵绵，倒映着儿时的细浪呢喃。

听吧，凯富埃河水奔腾不息；

看吧，宏伟的蓝图徐徐铺展。

我们伸开双手，接下新的军令状；

我们跃马扬鞭，高举新的帅字旗。

雄壮的鼓声已然击响，

猎猎的战旗已然飞扬。

来吧，激荡满腔的豪情万丈；

来吧，高唱一曲赞歌雄壮铿锵。

辽阔的赞比亚高原在为我们喝彩，

美丽的凯富埃峡谷在为我们鼓掌。

鼓掌，鼓掌，

让我们一起拼搏，一起奋斗，

铸就下凯富峡辉煌的篇章，
铸就十一局光辉灿烂的明天！

二〇一六年九月二十日
赞比亚共和国

你的微笑

四年前的今天，
我乘坐高铁，
从郑州到了北京。
记得那天下起了小雪，
北京当年的第一场雪。

▲ 南方省奇坎卡塔地区开心微笑的乡村儿童（摄于二〇一八年一月九日）

拎着大包小包的行李，
在航站楼里兜兜转转，
终于在候机厅坐下的时候，
我透过巨大的落地玻璃窗，
看着窗外就要分别了的灯火，
思绪，时聚时散……

北半球到南半球，
温带到热带，
冬天到夏天，
迎接我的，
不是刺骨的寒风，
不是轻柔的雪花，
而是……

迎接我的，
是高蓝的天空
和耀眼的太阳，
是扑面而来的
足以融化旅途劳顿的热腾腾的空气
和为数不多的地勤人员
那黝黑的脸庞上
质朴纯洁的微笑。

那微笑，
似乎和空姐的有些不一样，
是在灿烂阳光底下生长着的，

或者说被太阳晒过的表情，
就像非洲大陆上的
任何一棵树，
任何一株草。
如果去嗅，
一定会嗅到
那微笑里裹着的
晒过的棉被的味道。

▲　南方省奇坎卡塔地区开心微笑的乡村儿童（摄于二〇一八年一月九日）

那微笑，
就像从我走下舷梯那一刻
到抵达下凯富峡这一路上
眼前所铺展开来的葱茏草木一样，

一览无余地展示着自己的
每一根枝条，
每一片叶子。
它们，
也在接我的陌生司机的
嘴角、眼角和声音里，
展示着枝叶，
绽放着花朵。

一路上，
真的是一路上，
他都在用深深浅浅的微笑
和高高低低的笑声，
跟我聊天说话，
聊他的工作和生活，
说他们的习俗和文化。
我原以为这微笑和这笑声
只是应景，
但它一直延续到现在，
就像路边的一棵芒果树，
四年来，
一直在开花结果，
从未枯萎凋零。

这微笑，
真是像极了遍布赞比亚高原的草木，
绿影闪现在角角落落：

坐在自家门口给孩子哺乳的村妇在微笑，
透过教室窗户好奇地打量我的小学生在微笑，
和我擦肩而过的年轻人在微笑，
还有站在发电厂房的脚手架上，
挤在开往碾压混凝土大坝的通勤车上的
一千个，两千个，
三千个，四千个
穿着湛蓝色工装的赞比亚工人，
也在微笑。
当你打从一旁经过，
甚至远远地看见他们的眼神时，
他们都会对你会心地扬起嘴角，
然后招招手，
或者竖起气概十足的大拇哥。

四年的时光，
一千四百六十个日日夜夜，
一场场风雨被我们信手丢在了身后，
我们对着飞架凯富埃峡谷的彩虹微笑，
也对着一寸寸长高的大坝和厂房微笑。
那微笑，
荡漾在文艺晚会的歌声里和非洲鼓上，
镌刻在从对外足球友谊赛捧回的奖杯上，
定格在一张张描绘着
快乐工作、幸福生活的画纸上……

▲　一起分拣水果的中赞员工（李金平摄）

这

一千

四百

六十个日夜，

悄无声息，

又大张旗鼓地过去了。

北京，

又是一年寒冷的冬天；

卢萨卡，

又是一年炎热的夏天；

下凯富峡，

迎来了属于自己的春的季节。

更多的人，

在更高的地方挥洒着汗水；

更多的人，
在更美丽的地方涂抹着油彩。
而那从不褪色的微笑，
那含苞待放了四年的微笑，
还在炙热的阳光里继续含苞待放着。
它依旧期盼着那一刻，
那一刻，
它将和成千上万的微笑八方汇聚，
汇聚成属于下凯富峡，
属于中国电建，
更属于中赞人民的怒放的荣耀！

二〇一九年十一月九日
郑州

晚步闲庭偶占

柠檬新叶蔷薇芽，小蛛吐丝连枝丫。
扶桑缠根类相异，闺秀还似碧玉家。
鬻柯几度梦韶华，红蕊沾露愁落花。
雨声长引日渐狭，灯下汉唐懒自话。

二〇二〇年三月二十二日
赞比亚共和国

▲　下凯富峡水电站项目办公区花坛中的柠檬树。小鸟时常在枝丫间筑巢孵卵。照片中，两只小鸟正立在枝头观望（摄于二〇二一年十一月九日）

战 峡

——农历庚子九月廿五庆下凯大坝成功蓄水

忽过京城雪沾衣，急至营盘汗满席。
猿猱催更梦惊觉，星辰挑灯念断离。
高山侧耳听金鼓，平湖磨镜照帅旗。
霜刃五载且堪试，还记策马踏红泥。

二〇二〇年十一月十日
赞比亚共和国

▲ 下凯富峡水电站项目大坝雄姿。坝顶张挂有庆祝蓄水成功的红色条幅。坝肩上张挂的蓝色条幅写着"中国水电与赞比亚人民携手共建美好家园"（摄于二〇二〇年十月十八日）

【注】二〇一五年十一月六日，作者乘坐高铁从郑州到北京时，北京飘起了初雪。七日凌晨，作者从北京起飞，经亚的斯亚贝巴抵达卢萨卡。

附录二：歌词

幸运人酒吧

作词 | 袁海厅

作曲 / 演唱 | [赞比亚] 布莱特尼斯·姆潘迪

我听见你今晚弹起了吉他，
我听见你在弹一支关于你记忆的情歌。
我不知道你想说什么，
我猜这是你想要逃避的方式。

现在是赞比西河东部炎热的夏天，
现在是我祖国北方寒冷的冬天，
我在灯塔里汗流浃背却在避风港里瑟瑟发抖。
如果你不介意再唱一支歌，
我会来一杯朗姆酒或威士忌。
请给我弹起吉他让我的思绪流动，
我会来一杯朗姆酒或威士忌。

我发现你原来是在讲故事，

▲ 赞比亚青年画家杰西·卢宾达为《幸运人酒吧》封面创作的绘画作品局部（杰西·卢宾达供图）

这激发了我写小说的灵感。
你永远不会知道我是一个畅销书作家，
你可能是书中一个没有罗曼史的主人公。

请为我唱起那支《加州旅馆》，
它会让我想起我们所在的这家幸运人酒吧。
当我喝醉的时候，我会弹起吉他，
给你唱一支使她投怀送抱的歌。

如果你不介意再唱一支歌，
我会来一杯朗姆酒或威士忌。

请给我弹起吉他让我的思绪流动，
我会来一杯朗姆酒或威士忌。

空气中弥散着温情，
我能感觉到它就在我的心中。
每当你弹起吉他，
我就看见往事一重重。

如果你不介意再唱一支歌，
请给我弹起吉他让我的思绪流动，
我会来一杯朗姆酒或威士忌。
如果你不介意再唱一支歌，
请给我弹起吉他让我的思绪流动。
威士忌，再来一杯威士忌，
再来一杯威士忌！

二〇一九年五月十四日
赞比亚共和国

【注】本文原文为英文，中文由作者自译。

伸出我们的手

作词 | 袁海厅 / [赞比亚] 布莱特尼斯·姆潘迪

作曲 | [赞比亚] 布莱特尼斯·姆潘迪

演唱 | [赞比亚] 布莱特尼斯·姆潘迪 / [赞比亚] 詹姆斯·奇迈萨

每当我闭上双眼，
我就会感到一个声音的世界，
一个色彩的世界。
但是，当我从睡梦中醒来，

▲ 下凯富峡水电站项目新冠疫情抗疫主题绘画征集活动中当地
工人的绘画作品（摄于二〇二〇年五月十七日）

却只看见黑色与白色，
现实发起了攻击。

我听见我的心在混乱的寂静中跳动，
我还活着，
就让我的手指抚遍这世界的海。
我们别无选择，只能当一个帝王，
让我们打造一座帝国，
同仇敌忾，抗击新冠，
因为我们是世界的主宰。
让我们同仇敌忾，抗击新冠，
因为我们是世界的主宰。

一只手伸出，
伸向陆地和海洋，
就像一只飞越雪山的乌鸦，
为数百万人"加冕"。
让我们放下分歧，
一起打造一只播撒光明的手。
非洲、美洲和亚洲，
我们流着相同的血液；
欧洲、大西洲和大洋洲，
我们和着同一个号角进发。
远隔大陆，
我们现在靠得更近，
我们一起祈祷。

当我听见我的心在混乱的寂静中跳动，
我还活着，
我会用我的手指抚遍这世界的海。
我们别无选择，只能当一个帝王，
让我们打造一座帝国，
同仇敌忾，抗击新冠，
因为我们是世界的主宰。
让我们同仇敌忾，抗击新冠，
因为我们是世界的主宰。

让我们手拉着手，并肩行走，
照顾好每一个兄弟。
它就像一只飞越沙漠的鸽子，
在没有河流的地方投下橄榄枝。
让我们手拉着手，并肩行走，
穿过恐惧和泪水的暴风雨。
让爱和团结化作长矛，
了断乌鸦，终结新冠，耶！
因为我们是世界的主宰。
让我们同仇敌忾，抗击新冠，
因为我们是世界的主宰。

二〇二〇年七月
赞比亚共和国

【注】本文原文为英文，中文由作者自译。

洒　脱

策 划｜袁海厅

词／曲／唱｜〔赞比亚〕布莱特尼斯·姆潘迪

人生如水，
无论是冷还是暖，
总有美丽围绕每个角落。
它或许硬似冰块，

▲　在下凯富峡水电站项目二〇一七年春节联欢晚会上表演舞蹈节目的当地员工（摄于二〇一七年一月二十七日）

我们打一盏聚光灯，
在雪中跳舞，对。
你永远不会了无责任，
每个人都忙碌奔波，他们只是挤出时间。
一勺糖可以把水变甜，
正是那些小小的幸福时刻让我们感觉自己还活着。
就让我们在这个平安夜分享微笑吧，耶！
呼吸新一年的空气，别忘了感谢老天。
来点儿音乐吧，为它平添无限欢乐，
就让我们在旋律中找寻自我，
自由洒脱，
我们自由洒脱。

哦，划算没得说，
为什么不试试呢？来吧！
像一只自由的小鸟，
丢下所有负担，
在每一句歌词、每一段曲子里放飞自我，耶！
活在当下，不要回头，
就当圣诞老人是真的，耶！
释放你内心的欢乐，就在现在，
把每时每刻统统定格。
无论在哪里，我们都想要过得快活，
因为活着不只是呼吸，不是的，
并不是每天都是派对，就让今天过得有所收获。

在这个平安夜分享微笑吧，耶！

呼吸新一年的空气，别忘了感谢老天。
来点儿音乐吧，为它平添无限欢乐，
就让我们在旋律中找寻自我，
自由洒脱，
我们自由洒脱。

把每时每刻统统定格，
无论在哪里，我们都想要过得快活，
因为活着不只是呼吸，不是的，
并不是每天都是派对，就让今天过得有所收获。

在这个平安夜分享微笑吧，耶，
呼吸新一年的空气，别忘了感谢老天。
来点儿音乐吧，为它平添无限欢乐，
就让我们在旋律中找寻自我，
自由洒脱，
我们自由洒脱。

二○二○年十二月十八日
赞比亚共和国

【注】本文原文为英文，中文由作者自译。

友　谊

作词 | 袁海厅

作曲/演唱 |〔赞比亚〕布莱特尼斯·姆潘迪

我们呼吸同一片空气，
我们沐浴同一缕阳光。
我期待与你相遇，

▲　作者下凯富峡水电站项目办公室桌头的南非兰花与兰花映衬的中国与赞比亚两国国旗（摄于二〇一九年九月二日）

拥抱地久天长的友谊。

地球旋转，
太阳升起，
无论你在哪里，
你就在那里。
世界很大，
距离很远，
无论你在哪里，
你就在那里。

我会在那里，
我会在那里。
世界很大，
距离很远，
无论你在哪里，
我会在那里。

看世界蓝图铺展，
天边彩虹是我为你擎起的桥，
远方飘带是我为你铺开的路，
我会把每一个角落连接在一起。

地球旋转，
太阳升起，
无论你在哪里，
我会在那里。

世界很大，
距离很远，
无论你在哪里，
我会在那里。

我们就在这里，
我们就在这里。
世界很大，
距离很远，
无论你在哪里，
我会在那里。

但愿新知成故交，
我们举杯共祝地久天长的友谊。

世界很大，
无论你在哪里，
我会在那里；
距离很远，
无论你在哪里，
我会在那里。

二〇二一年四月十七日
赞比亚共和国

【注】本文原文为英文，中文由作者自译。

同一个电建，同一个梦想

作词 | 袁海厅

作曲 | [赞比亚] 布莱特尼斯·姆潘迪

演唱 | [赞比亚] 布莱特尼斯·姆潘迪 / [赞比亚] 塞尔玛·萨卡拉 /

[赞比亚] 娜奥米·西托莱

我们有一个梦想，

同一个梦想，

把我们联结在一起，

凝聚在一起，

让我们更加紧密地拥抱在一起。

我们肩并肩行走在一起，

无论你身在何处，

无论你来自何方。

哦，中国电建，

我们就是中国电建，

同一个中国电建。

我们手牵手把世界汇聚在一起，

就像一个大大的拥抱。

中国电建……

太阳正在升起，
世界正在聆听。
我们是一个团队，
我们像一家人一样劳作，
手牵着手，耶，
心连着心。

无论你身在何处，
耶，一起向未来。
无论你来自何方，
耶，担当使命向前进！

二〇二二年三月
赞比亚共和国

【注】本文原文为英文，中文由作者自译。

附录三：致辞

时任中国驻赞比亚大使馆公使衔参赞赖波在 《幸运人酒吧》新书发布会上的致辞

▲　正在致辞的赖波公参（苏嘉琦摄于二〇二二年五月二十六日）

女士们、先生们：

下午好！很高兴出席袁海厅先生新书《幸运人酒吧》发布会。我谨对袁海厅先生表示热烈祝贺，对在编辑、出版过程中对本书提供过帮助的中赞两国朋友表示敬意。

在来这之前，我认真阅读了《幸运人酒吧》这本小说。我被丰富的故事情节、平实却生动的语言深深打动。它凝聚了作者的心血，更是在赞中国人日常生活以及中赞人民友好的生动写照。

读罢此书，我有三点感受：

一是赞比亚是培植文化的热土。小说主人公尔喀·卢的原型应该是作者袁海厅本人，但我相信，这部小说从日常生活着笔，叙事平民化、现实化，每名读者都会在阅读中代入主角角色观察。因此，卢的原型可以是我，可以是司长女士，可以是在座的任何一个人。书中描绘的赞比亚独特而美好的自然、人文和历史以及酒吧中遇见的每一个人他们身上的独特魅力，都让我们读者感同身受。语言和艺术是赞比亚人民的天赋，更让赞比亚成为培植文化和艺术的热土，深深地吸引着每一个在赞比亚的人。

二是中赞关系有着人民友好的基础。正如小说主人公与酒吧里形形色色的赞比亚普通人成为朋友的情节一样，中赞两国人民始终是真诚的好朋友。我们的全天候友谊是真诚的、朴素的，不掺杂任何利益元素的，历史悠久，源远流长。现实里，中赞人民共同参与坦赞铁路和下凯富峡水电站建设、中国援赞医疗队和军医组为当地民众救死扶伤以及两国人民平等相待、相互支持的故

▲ 作者手捧赞比亚青年作家戴维·卡西基的小说，并将该照片发布到社交媒体，为该书宣传（张晓君摄）

事，都让中赞人民友好的基因写入了我们的 DNA 中，并将不断得到遗传。

三是中赞人文交流前景广阔。正如作者所讲，这本书凝聚了中赞两国学者和文艺工作者的努力，是两国文化交流的又一典范。参观坦赞铁路纪念园时，我看到中赞两国建设者在极其艰苦的环境下搞文艺演出、搞体育比赛的照片。我们对美和健康的追求是一致的，我们两个文明的交流跨越了种族和语言的鸿沟，达到了互鉴、互通的最高境界。我在这个会议室参加了赞大孔子学院举行的很多活动，感受到了赞大孔子学院师生们学习和传播中国语言文化的热情。我也欣赏过赞比亚知名足球运动员班达、詹姆斯、卡通戈在中国赛场上奋勇拼搏的身影。他们和本书作者袁海厅，以及在座的各位都是中赞两国人文交流的大使，都是中赞关系的宝贵财富和重要力量。中赞两国需要更多民间大使，通过平凡人的不平凡努力，续写中赞传统友好的成功故事。

最后再次对袁海厅先生小说成功出版表示衷心祝贺！期待你今后写出更多优秀作品，也期待更多的两国各界人士宣介赞比亚文化，传播中赞友好声音！谢谢！

二〇二二年五月二十六日
赞比亚共和国

赞比亚青年、体育与艺术部艺术司司长
埃丝特·恩甘比在《幸运人酒吧》
新书发布会上的致辞

译 | 刘俊容

▲ 正在致辞的埃丝特·恩甘比司长（苏嘉琦摄于二〇二二年五
月二十六日）

女士们、先生们：

欢迎大家参加本次新书发布会。中国作家袁海厅的小说《幸
运人酒吧》，生动描绘了作者本人在赞比亚的亲身经历。这部小
说以尼泊尔和赞比亚两国为故事背景，颇为引人入胜，体现了文
学如何使我们的生活实现全球化，并从不同的角度展示世界。这
一点至关重要，因为我们生活在一个因不同民族和文化的不断互
动而繁荣的世界。艺术有助于促进不同民族、不同地区之间的文

化交流，这使得文学成为加强不同文化间关系和增进彼此理解的有力工具。

袁先生透过亲身经历讲述了真实的赞比亚，对此我深表赞赏。此举打破了若干隔阂，使我们两国比以往任何时候都更加紧密，尤其是考虑到两国之间的友谊已经跨越了半个多世纪。

女士们、先生们：

随着这部小说销往世界各地，众多读者将因此考虑前来赞比亚旅游，分享他们在这里的体验，并深入了解赞比亚的文化。据悉，此类作品在赞比亚尚属首创，期待着中赞两国作家秉持同样的精神创作出更多优秀的文学作品，以进一步增强两国之间的联系。

女士们、先生们：

赞比亚共和国总统哈凯恩德·希奇莱马阁下和新黎明政府高度重视文学事业，已通过一系列政策和实际措施对艺术产业作出坚定承诺，在此努力下，更多的赞比亚人有望融入蓬勃发展的艺

▲ 《幸运人酒吧》在赞比亚第九十四届农业展览会赞比亚青年、体育与艺术部展台上展出（摄于二〇二二年八月一日）

术领域，并为本国的国内生产总值作出贡献。我们期待通过加强合作和能力建设，向具有悠久而丰富的文学传统的中华人民共和国学习如何促进文学事业的发展。

不言而喻，袁先生的这部小说属于赞比亚文学范畴，其将成为我国不断发展的文学事业的重要组成部分，激励更多的作家去搜集并出版关于赞比亚的故事。

女士们、先生们：

我要感谢所有为这部小说的成功出版作出贡献的人。感谢各位编辑、审校人员，特别是赞比亚大学出版社，他们在该项目的实施中发挥了重要作用。这种伙伴关系和协同合作是构建我国学术结构的关键所在，赞比亚需要更多这类作品，让更多的故事得以分享和流传，以造福于世界人民和子孙后代。

女士们、先生们：

目前，赞比亚人民和中国人民已通过《幸运人酒吧》这一桥梁，开始加深彼此的文化交流，希望由此能够进一步加强中赞两国之间的艺术纽带。

现在，我宣布《幸运人酒吧》正式发行。

谢谢大家！

二〇二二年五月二十六日
赞比亚共和国

在《幸运人酒吧》新书发布会上的致辞

文/译 | 袁海厅

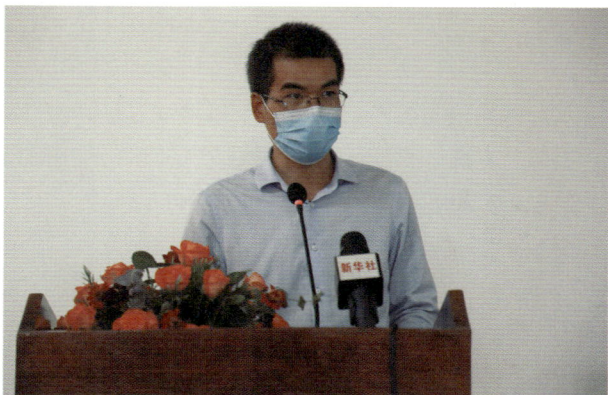

▲ 正在致辞的作者（苏嘉琦摄于二〇二二年五月二十六日）

女士们、先生们：

下午好！

首先，我想借此机会向孔子学院表示诚挚的感谢，感谢它提供了一个像卢萨卡天气一样宜人的宽敞的场地。其次，请允许我对赞比亚大学出版社团队编辑出版这本书表示万分感谢。他们表现出了令人印象深刻的专业、努力、合作和诚信精神。和他们一起工作，非常愉快且富有成效。第三，我衷心感谢所有以各种方式为我的书的成功出版作出贡献的朋友和同事。没有他们的慷慨帮助和鼓励，这本书就不可能出版。我从中受益匪浅，学到了很

▲ 赞比亚大学一角（摄于二〇一八年八月三日）

多东西。我还要感谢中国驻赞比亚大使馆，赞比亚青年、体育与艺术部和赞比亚国家艺术委员会的大力支持和宝贵指导。他们使我有机会进一步了解个人努力促进两国和两大洲之间文化交流的重要性和意义。

而对于你们，这本书的读者，我想对你们参加这本书的发布会表示最诚挚的感谢。我一直牢记你们是我坚持写作的最好理由，也是我们今天聚集在这里的最好理由。

女士们、先生们：

此时此刻，我百感交集。如果我告诉你们我写这本书花了五年多的时间，你们可能会更容易理解我的这种感受。二〇一六年九月的一天，我在笔记本电脑上输入了这本书最初的文字。此后的五年多时间里，我一直在等待这一时刻。从任何意义上说，这都是一段漫长而疲惫的旅程。如果你们知道我是一个来自非英语国家的作家，你们可能会想象到用全英文写一本大部头的书对我来说是多么具有挑战性。不止一次，我被自我怀疑、压力、抑郁和焦虑所淹没。有时候，我被逼到了屈服和放弃的边缘。在那些时刻，我发现很难说服自己坚持下去并积极地看待它。我总是问自己："我能做到吗？一切都值得吗？我应该继续吗？"然而，在回首那些难以忍受的日子时，我发现了不一样的东西：不仅有黑暗和寒冷的阴影，还有明亮和温暖的阳光。的确，快乐的时刻占据了我写书的大部分时间，它们只是狡猾地隐藏在我的心底。正是那些隐藏的时刻陪伴着我历尽艰难。所以，今天站在这里，我

可以肯定地说我不是一
个失败者，而是一个胜
利者。为此，我想说：
"谢谢你，袁先生。你的
努力得到了回报！"我
还想说的是，我今天的
演讲可能会很长，但五
年的创作值得拥有这样
一篇超长的演讲。现在，
我比以往任何时候都更

▲ 《幸运人酒吧》封底（摄于二〇二二年五月
二十六日）

能理解为什么人们通常说最强大的敌人不是别人而是我们自己。
因此，对所有为梦想而奋斗的人们，我想说："嘿，伙计们，让
我们的胜利从战胜自己开始吧。"

女士们、先生们：

几天前，我和我的一位同事谈到了今天新书发布会的邀请
卡，她建议只有拿到邀请卡的人才能参加发布会。我知道她有一
个很好的理由这样建议，但我告诉她，这次发布会对任何感兴趣
的人开放，无论他或她是否会收到卡片。我的理由非常简单直
接，因为让热爱文学的人能够接触到文学理应是我们对待文学的
方式，这就是文学之所以是文学的方式。文学是一种公共产品，
通过与尽可能多的读者分享来维持其生命，这就是我们把书放在
书店和图书馆的原因。其受益者不应局限于受邀请的小圈子，没
有作者不希望自己的作品被越来越多的人阅读。

站在赞比亚大学孔子学院宏伟的多功能厅里，我看到了许多
新面孔。我们曾经是陌生人，但今天不再是了，因为从今天起，
我们成了朋友，甚至是灵魂伴侣，是的，灵魂伴侣，尽管我们可
能一辈子都不会再见面了。这一点并不重要，难道不是吗？我们

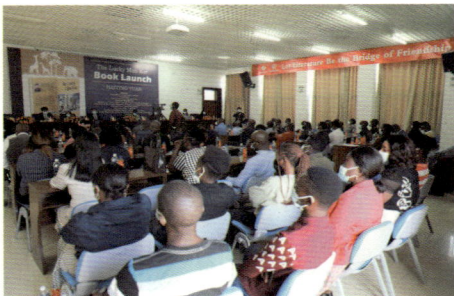

▲ 《幸运人酒吧》新书发布会现场。墙上张挂的红色条幅上写着"让文学架起友谊的桥梁"（李金平摄于二〇二二年五月二十六日）

都不在乎这个。这本书和它的推出足以让我们永远记住彼此。应该怎么说呢？我认为这是我们都能发现文学力量的地方，这种力量已被我们许多人聚集在同一大厅的事实所充分证明。文学可以将任何两个陌生人联系起来，无论他们来自哪里，是谁，并使他们立即成为熟人。此时此刻，一位读者可能正在中国或赞比亚的家中阅读这本书。读者在书中与作者见面并聊天，而作者通过书的魔力找到了最好的朋友。而你们，即将成为读者的人，一定对此有更多的想法。甚至。对我这个作者来说，当然也有所启发。

女士们、先生们：

现在，我想和你们分享一些你们应该很感兴趣的东西。你们中的许多人都问过我这样一个问题："你为什么要写这本书？"毫无疑问，任何作者都无法避免向读者回答这个问题。事实上，一个作者在写下他或她将要写的一本书的手稿的第一个单词之前会问自己同样的问题。当然，我也不例外。其实，我创作这本书的动机可以通过各种原因或方面进行解释。你们中的一些人可能已经读过几天前刊登在报纸上的对我的采访报道了。今天，请允许我向你们简要介绍一下其中的几个方面。

我为什么写这本书？

首先，写它更像是一种本能，因为我是一个作家，我天生就喜欢写作，这和钢琴家喜欢弹钢琴、画家喜欢画画、歌手喜欢唱歌是一样的道理。这很好理解，不是吗？

其次，我想告诉人们，我们对爱情的态度决定了我们爱情的结局。在任何情况下，我们都应该认真对待爱情，诚实勇敢地为之战斗。

第三，无论我去哪里，我都喜欢记录我的经历、我的感受以及我对那个特定地方的自然、历史、文化、习俗和人民的想法。我对了解赞比亚和尼泊尔的独特之处非常感兴趣，所以我必须写一些关于她们的东西。

第四，作为个人，我想以文学的方式保存赞比亚和尼泊尔的部分历史。我相信任何人都可以这样做，包括你们。你们应该做的只是试一试。

第五，我想与更多来自赞比亚和尼泊尔或其他地方的人分享一些故事、观点、感受和想法。

另外一个动机是，我想让更多的人看到一个外国人，或者说

▲　下凯富峡水电站项目赞比亚司机提摩西·班达的孩子们。该司机与后文提到的同名者并非同一个人（摄于二〇一一年二月十六日）

一个中国人眼中的非洲和尼泊尔，以及一个中国人在非洲人和尼泊尔人眼中的样子。

此外，我喜欢尝试新事物，变得富有创造性。我已经出版了一些书，但都是用中文写的。我想尝试用英文写一本书，这样我就可以在我的文学探险中更进一步。

再者，我想说服那些有梦想的人坚持自己的梦想，直到梦想成真。在这个过程中，永远不要屈服或放弃。

除了以上这些，我还想让这本书成为我关于赞比亚和尼泊尔的回忆，并让它成为我可以留给这两个国家的一些印迹。这样，无论我走到哪里，我都不会离开，因为人们总是可以在书中找到我。

最后，但同样重要的一点是，我打算筹集资金支持未来的作家出版他们的作品。为此，这本书的所有销售收入都将用于赋能未来的作家。

女士们、先生们：

众所周知，我们中的许多人很难适应或融入一个新的环境、新的国家或新的文化，我们因此而感到孤独和无助，最终可能会辞职。一开始，我也遇到过这种情况，但我很幸运地通过写一些我身边有趣的事情来缓解这种情况。随着时间的流逝，我学会了如何以乐观和更加积极的方式思考问题。渐渐地，我开始爱上我所工作和生活的国家，并倾向于认为

▲ 南方省奇坎卡塔地区的一户乡村人家（摄于二〇一九年八月二日）

自己是它们不可或缺的一部分。这就是我在尼泊尔和赞比亚待了这么长时间的原因。她们向我展示了许多我应该注意的有价值的东西。从这个意义上说，她们给了我如此美好的时光，我理应真诚地感谢她们。我确信她们有更多的东西需要我去探索，我肯定不会停止书写她们或她们的人民，因为这样做不仅是我的兴趣，也是我的职责和使命，我必须在我的余生中继续下去。我亲爱的读者，有你们在身边，我应该有更多的信心、勇气和动力去做得更好。

女士们、先生们：

我们永远找不到足够的时间来谈论文学。事实是，无论我们是否谈论它，它总是不离我们周围。也许你们不愿意承认这一点，但事实上，文学和我们离不开彼此。你们能想象一个没有文学的世界吗？趁还来得及，我们应该为我们每个人做点什么。人们说有些事情最好不要谈论，对一个作家来说，我认为他或她的书就是这样一种东西。这就是为什么许多作者不愿意谈论他们的

▲ 作者委托下凯富峡水电站项目当地员工从铜带省恩多拉市一位老画家处购买了好几幅绘画作品，这是其中的一幅。这些画作目前依旧张挂在该项目综合事务部办公室的墙上（摄于二〇一九年三月七日）

作品。当一本书出版时，它就获得了自己的独立生命，每个读者可能会有不同的解读方式，因此作者应该足够明智，不要过多干预。好了，我不打算把它扯得太远。作为读者，你们最有发言权去评判一本书。当然，如果你们想在阅读时或阅读后与我分享一些感想，请随时告诉我。作为作者，这将是我最大的荣幸。

现在，我想说赞比亚有不少才华横溢的作家，我从其中一些人身上学到了很多写作技巧和开阔视野的方法。毫无疑问，帮助写作行业不仅是政府的事情，也是整个社会的共同责任。事实上，我们每个人都可以做些事情，提供一臂之力。说到这儿，我想告诉你们我所作出的一个决定。我决定用这本书的销售所得成立创作基金，帮助一些赞比亚年轻作家坚持他们的文学梦想，并帮助他们有朝一日出版他们自己的书。同时，我还有一个愿望。我希望这本书能被拍成电影在电影院上映。我知道你们当中有一位电影导演。我相信应该有一两个赞比亚电影导演有兴趣帮我实现这个梦想。我期待早日见到他们。

最后，但同样重要的是，我想再次感谢我亲爱的同事和朋友们为本次新书发布会付出的宝贵时间。我希望《幸运人酒吧》能成为你们最喜欢的读物之一，使你们拥有一次美妙的阅读体验。

谢谢大家！

二〇二二年五月二十六日
赞比亚共和国

附录四：新闻报道

中国公民创作关于赞比亚的书

文 | [赞比亚] 乔舒亚·杰瑞
译 | 刘俊容

中国公民袁海厅呼吁赞比亚人民深入关注本国文化，并将之融入文学创作中，作为记录历史的重要方式。

袁先生表示，赞比亚具有博大精深的文化历史，应当通过书籍记录下来，传承给后代子孙。

他表示，通过这一创作，当地和世界民众都将对赞比亚获得广泛的认知，并对该国自独立以来所展现的核心价值观，如和平、爱与团结，表示赞赏。

袁先生在接受赞比亚国家广播公司采访时说，他已出版了一部名为《幸运人酒吧》的书，书中体现了赞比亚人民的关爱精神，该书发布会将于周四举行。

他表示，作为一名外籍人士，他深切感受到了来自赞比亚人民的温暖与关爱，并因此受到启发，创作了这部书。

HOME › NEWS › CULTURE › **CHINESE NATIONAL PENS BOOK ON ZAMBIA**

CHINESE NATIONAL PENS BOOK ON ZAMBIA

JOSHUA JERE   MAY 23, 2022   0
1.2K   2   0

A Chinese National, HAITING YUAN has implored Zambians to take keen interest in developing their culture stories into literature as a way of preserving history.

YUAN says Zambia is endowed with vast and great culture stories that should be documented through books for the generations to come.

He says by doing so, both locals and foreigners will have gained vast knowledge and appreciate the country's core values like peace, love and unity which have been demonstrated since independence.

Speaking to ZNBC News in an interview, Mr. YUAN said he has published a book dubbed The LUCKY MAN BAR to be launched on Thursday, this week anchored on loving spirit exhibited by Zambians.

He said as a foreigner, he was inspired to write the book based on the warmth and love that Zambians have for people of foreign origin.

Post Views: 1,150

▲ 赞比亚国家广播公司的报道

推介新作家袁——中国作家深入探究赞比亚社会、文化与政治生活

文 | [赞比亚] 凯尔文·卡钦圭
译 | 刘俊容

有人说，和非洲大陆的其他国家相比，赞比亚就是一片文学荒漠。这种说法确实有一定的道理。

然而，近些年来，人们对文学创作的热情被重新点燃，一些初露锋芒的作家决定在缺乏可靠出版商的情况下自行出版他们的作品。

最近的一位作家可能会引起你的兴趣——中国作家袁海厅，他刚刚出版了一部名为《幸运人酒吧》的英文长篇小说。该书由赞比亚大学出版社出版。

首先，让我们来了解一下这部小说的作者。

袁海厅，出生于一九八六年，中国河南省人。毕业于河南工业大学，获得英语语言文学学士学位。自二○一○年毕业后，一直任职于中国水电，长期外派尼泊尔和赞比亚。

袁酷爱写作，他将日常生活中的平凡经历作为创作扣人心弦的小说的素材。截至目前，他已经用中文出版了一部长篇小说、一部散文集、一部短篇小说集以及一部诗集。

不过，《幸运人酒吧》是他的英文长篇小说处女作。

▲ 赞比亚青年画家杰西·卢宾达为《幸运人酒吧》封面创作的插画草图（杰西·卢宾达供图）

该书封面上如是写道："即便对爱情故事早已司空见惯，《幸运人酒吧》依然会带给你独一无二的情感体验。"

"一方面，这部小说带读者了解了诚实、忠诚、真诚和友好等品质在爱情中的重要性。另一方面，该小说也揭示了社会生活中的种种消极面貌，如不忠、乱伦、通奸以及人类已知的各种放纵行径，其中尤以走私与非法象牙交易、谋杀、毒品交易等最为严重。"

《幸运人酒吧》以爱情为主题，并以尼泊尔和赞比亚为创作背景，讲述了发生于三个同名酒吧的各种故事，带领读者瞬间跨越亚非两洲，体验异国情调。

封面简介进一步写道："虽然这部小说以爱情为主题，但它也描绘了赋予我们生活意义的其他不可或缺的方面和价值观，如友谊、亲情、理想、梦想和文化等。"

本书的情节设定在凯富埃地区。

二〇一五年十一月，作者被从尼泊尔调派到赞比亚，在该国南方省奇坎卡塔地区的下凯富峡水电站项目工作。随着时间的推移，他对探索当地的自然、文化和历史越来越感兴趣，发现了许多在其他地方看不到的独特之处。

他意识到，对其他大陆的许多人而言，非洲显得遥远而陌生，他们并没有太多机会更深入了解这片土地的魅力。因此，他决定提笔讲述一个与众不同的故事，以此呈现一个独具特色的非洲。

袁曾用中文或英文写过一些关于赞比亚的诗歌和散文，但这些作品似乎都没有达到他期望的效果。因此，他决定着手创作一部小说——一部不仅能拓宽读者视野，而且富有启示意义的著作。

自二〇一五年十一月开始，历经五年的写作和研究，袁最终写成《幸运人酒吧》一书。

本地作家创作了大量的作品，然而其中大多数作品由于质量低劣，原本并不适宜出版。

而对于来自非英语国家的袁而言，这样的成绩实在令人称赞。据笔者所知，这是第一部由中国人创作的深入探究赞比亚社会、文化、政治与宗教生活的重要作品。

在书中，袁的笔调幽默风趣。

……闲聊之后，她从口袋里拿出一块用彩纸包着的糖果，在他眼前晃了晃，问他是否想要。他又怎会拒绝一颗糖果呢？他向来对糖果爱不释手，而此时此刻，他又饥肠辘辘，一口气能吃下一百块糖果。

她说如果他想要糖果，就得跟她一起走。他毫不犹豫地点了点头。不久，他们来到了附近的一片小树林。在灌木丛环绕下的一小片干净柔软的地面上，她让他脱下裤子。

完事儿后，她给了他一块糖果，并警告他不要把那天发生的事告诉任何人。

但由于过度兴奋，埃尔维斯迫不及待想要分享他的这次性经历，尽管对方警告他不要这样做。于是，他把这件事告诉了他儿时的伙伴兼同学奇迈萨。

三天后，他又在学校碰到了那个女孩儿。他跑到她跟前，像一个贪吃的小弟弟一样，向她索要糖果。她让他下午放学后在同一个地方等她。当她到达时，她惊讶地发现奇迈萨也在那里。她刚要转身离开，奇迈萨就央求道："姐姐，我想要糖果。"

如同业界常言，故事的结尾不必多加赘述。

这是书中的中心人物尔喀在赞比亚逗留期间了解到的许多故事之一。

不过悲剧性的人物是埃琳娜。关于她，一开始尔喀似乎打算和她发展成男女朋友关系。不幸的是，或者说幸运的是，这段亲密关系最终并未修成正果。

不过，尔喀还发现了很多其他有趣的故事，袁也在书中分享了这些故事。

有许多人向这位作家提供了专业帮助，其中包括编辑初稿的彼得·纳瓦；对这部作品发表评论的奥斯卡·穆洛瓦、格莱迪丝·尼兰达和戈尔登·卡蒂尔；编辑主题曲歌词的布莱特尼斯·姆潘迪；以及担任该出版项目媒体和编辑顾问的罗伯特·马科拉。

本书评基于初稿撰写，起初初稿封面和正文中还存在一些语法错误和不一致之处，但在昨天从中国运抵赞比亚的最终印刷版本中，这些问题已得到更正。

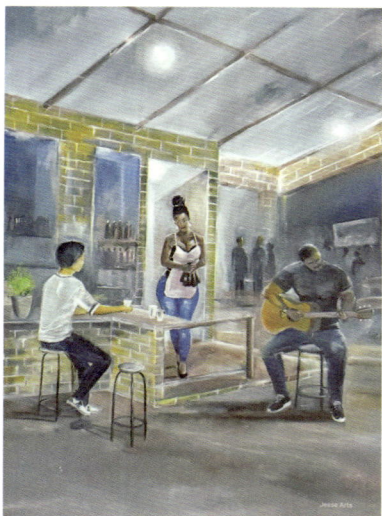

▲ 杰西·卢宾达为《幸运人酒吧》封面创作的最终稿（杰西·卢宾达供图）

最终成品看起来不错。

对作者来说，这是一份热爱的工作。

他与评论家分享道："我从二〇一六年九月开始动笔，这是一段漫长的旅程。这部书应该是中国人写的第一部关于非洲的英文小说，也是在赞比亚出版的第一部由中国人创作的长篇小说，对此我感到非常自豪。编辑工作、封面绘画、封面设计，以及最终的出版流程，所有这些工作全部由赞比亚本土人士完成。"

这本书非常值得一读！

【注】本文原载于二〇二二年四月二十三日《赞比亚每日邮报》。

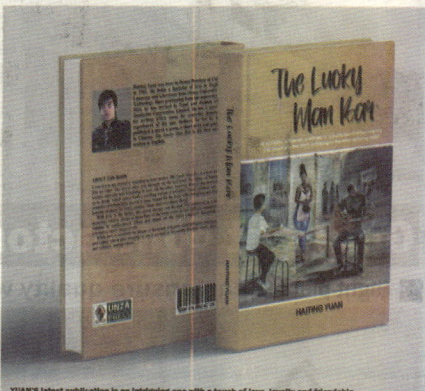

▲《赞比亚每日邮报》报道

中国作家书写关于赞比亚与尼泊尔的记忆

文｜［赞比亚］多萝西·奇西
译｜刘俊容

袁海厅，出生于中国河南省，将作为第一位用英文创作关于非洲主题书籍的中国作家而载入史册。

他的书《幸运人酒吧》大约四年前开始构思，是一部虚构小说，讲述了发生在非洲的几个场景。

在中国成功出版了五部书之后，袁将他的写作技巧进一步运用到这部小说中，通过用英文讲故事来分享自己的见解。

袁说他从小就想成为一名作家。

在大学期间，他通过不断写文章来提升这一爱好。

他解释说，二〇一〇年从河南工业大学英语语言文学专业毕业后，他便开始认真对待自己的爱好，并在二〇一三年至二〇一八年期间出版了四部书。

由于在中国水电工作，袁一开始在尼泊尔工作，六年前又来到了赞比亚。

袁说，无论走到哪里，写作已经成为他的日常习惯，他已经在中国出版了四部书，又在二〇一八年出版了一部书。

对他来说，写作更像是一种本能。

他表示："作为一名作家，我天生就喜欢写作，这和钢琴家喜欢弹钢琴、画家喜欢画画、歌手喜欢唱歌是一样的道理。"

袁说，在去赞比亚之前，他就已经有了写一些关于非洲的东西的愿望，赞比亚之行帮助他实现了这一梦想。

"我想告诉人们，我们对爱情的态度决定了我们爱情的结局。在任何情况下，我们都应该认真对待爱情，对爱忠贞不渝，并勇敢地为之奋斗。"

袁表示，他喜欢记录自己所经历和感受到的一切事物，因为整理关于特定地点和场景的想法有助于他在写作中扎根。

▲　正在一起玩耍的不同肤色的儿童（摄于二〇一九年八月三日）

此外，袁对了解赞比亚和尼泊尔的独特之处很感兴趣。因此，将所有关于爱情的故事全都记录在《幸运人酒吧》这本书中，便也不足为奇。

袁说，通过这部书，他想与更多来自赞比亚、尼泊尔或其他地方的人分享一些故事、观点、感受和想法。

《幸运人酒吧》由许多情节构成，讲述发生在酒吧里的各种故事，在那里人们互相分享有趣的想法。

对他而言，酒吧是搜集尽可能多的故事进行创作的绝佳场所。

据他所说，书中故事的主题是爱情，他认为爱情是毫无二致的，因为尽管存在文化差异，但任何地方的爱情体验本质上都是相通的。

他说，在书中讲述的所有故事背后，态度是维系一段关系最好的方式。

袁说："这部小说以爱情为主题，讲述了非洲中南部的赞比亚和亚洲大陆上与之相距数千公里的尼泊尔两个不同国家的三个同名酒吧中所发生的各种故事，带领读者瞬间穿越两大洲。"

▲ 正在南方省奇坎卡塔地区政府举办的某场活动上表演喜剧的当地艺术家（摄于二〇一九年十二月二日）

通过这些故事，他也在提醒人们如何处理和应对爱情带来的困惑和挑战。

除此之外，书中的一些故事还谈到了与父母、兄弟姐妹、朋友等之间的爱。

小说的主人公是个中国人，他通过酒吧里人们讲述的故事有了一些发现。

"作为一名作家，我想向更多的人展示一个外国人，或者更确切地说一个中国人眼中的非洲和尼泊尔，以及一个中国人在非洲人和尼泊尔人眼中的样子。"

袁说，之所以用英文写这部书，是因为他想尝试新的事物，以保持自己的创造力。

该作者也曾出版过中文著作，他认为，这次用英文创作新书将是他文学探险旅程中的又一重要尝试。

袁的文学探险之旅，也成功激励着那些打算放弃梦想的人。

"我想把关于赞比亚和尼泊尔的回忆以及我在这两个国家留下的足迹写进这部书，这样无论我走到哪里，都会有人记得我。"

该书首次印刷了五百册，还将有助于筹集资金，支持赞比亚的文化创意事业发展。

这部书的销售收入将惠及赞比亚的年轻作家们，支持他们出版个人作品。

袁希望能把书中的故事拍成电影，这样更多的人就可以通过视觉效果产生共鸣。

袁表示，这部书有望很快推出，适合任何群体阅读，尤其是那些热衷于阅读的人。

【注】本文原载于二〇二二年五月二十四日《赞比亚时报》。

TIMES OF ZAMBIA, TUESDAY, MAY 24

'Freedom struggle was never about access to State resour

...in order to corruptly and speedily accumulate wealth for leaders and their fami

By Dr VERNON J MWAANGA

- BANDA
- KAUNDA
- MANDELA
- NKRUMAH

Chinese author documents Zambia, Nepal memor

By DOROTHY CHISI

- HAITING Yuan displays a copy of 'The Luck

Top 10 cybersecurity problems organisations are facing in Zam

▲ 《赞比亚时报》的报道

▲ 《赞比亚每日邮报》的《一周图片精选》栏目

　　注：图片（右下角）文字说明：在周四举行的新书发布会上，赞比亚青年、体育与艺术部艺术司长埃丝特·恩甘比从《幸运人酒吧》作者袁海厅手中接过该书签名版。

《幸运人酒吧》售罄

文 | [赞比亚]凯尔文·卡钦圭
译 | 刘俊容

袁海厅的英文长篇小说处女作《幸运人酒吧》远销至非洲、亚洲、欧洲、北美洲和南美洲的十五个国家，并赢得读者们的喜爱，目前已经销售一空。

中国水电的中国员工袁海厅告诉《赞比亚每日邮报》周末版，这部书的首印量为五百册。

这部小说以爱情为主题，讲述了赞比亚和尼泊尔两个不同国家的三个同名酒吧中发生的各种故事，带领读者瞬间穿越两大洲。

该书简介如是写道："虽然这部小说以爱情为主题，但它也描绘了赋予我们生活意义的其他不可或缺的方面和价值观，如友谊、亲情、理想、梦想和文化等。"

二〇一五年十一月，作者被从尼泊尔调派到赞比亚，在南方省奇坎卡塔地区的下凯富峡水电站项目工作。随着时间的推移，他对探索当地的自然、文化和历史越来越感兴趣，发现了许多在其他地方看不到的独特之处。

他意识到，对其他大陆的许多人而言，非洲显得遥远而陌生，他们并没有太多机会更深入了解这片土地的魅力。因此，他决定提笔讲述一个与众不同的故事，以此呈现一个独具特色的非洲。

▲　南方省曼巴地区大酋长用来议事的传统草亭（摄于二〇一九年七月二十一日）

　　袁曾用中文和英文写过一些关于赞比亚的诗歌和散文，但这些作品似乎都没有达到他期望的效果。因此，他决定着手创作一部小说——一部不仅能拓宽读者视野，而且富有启示意义的著作。

　　自二〇一五年十一月开始，历经五年的写作和研究，袁最终写成《幸运人酒吧》一书。

　　对于来自非英语国家的袁而言，这样的成绩实在令人称赞。除此之外，这也是第一部由中国人创作的深入探究赞比亚社会、文化、政治和宗教生活的重要作品。

　　奇拉·奇潘巴·奇拉拉在"脸书"平台上发帖称："目前袁海厅在赞比亚工作，此前他曾来赞比亚大学拜访我，并赠予我他新近出版的长篇小说《幸运人酒吧》的签名本。据他介绍，这部小说或为首部由中国人以其非洲经历为背景创作的英文长篇小说，我对此深表认同。"

"我尚未来得及仔细品味这部小说，但随机翻阅了几页之后，我发现他的英语水平很好。"

对作者来说，这是一份热爱的工作。

他与评论家分享道："我从二〇一六年九月开始动笔，这是一段漫长的旅程。这部书应该是中国人写的第一部关于非洲的英文小说，也是在赞比亚出版的第一部由中国人创作的长篇小说，对此我感到非常自豪。编辑工作、封面绘画、封面设计，以及最终的出版流程，所有这些工作全部由赞比亚本土人士完成。"

▲ 沐浴在夕阳余晖中的铜带省基特韦市民多罗湖（摄于二〇一九年八月十一日）

袁海厅，出生于一九八六年，中国河南省人。毕业于河南工业大学，获得英语言文学学士学位。自二〇一〇年毕业后，一直任职于中国水电，长期外派尼泊尔和赞比亚。

袁酷爱写作，他将日常生活中的平凡经历作为创作扣人心弦的小说的素材。截至目前，他已经用中文出版了一部长篇小说、一部散文集、一部短篇小说集以及一部诗集。

而《幸运人酒吧》是他的英文长篇小说处女作。

该书封面上如是写道："即便对爱情故事早已司空见惯，《幸运人酒吧》依然会带给你独一无二的情感体验。一方面，这部小说带读者了解了诚实、忠诚、真诚和友好等品质在爱情中的重要性；另一方面，该小说也揭示了社会生活中的种种消极面貌，如不忠、乱伦、通奸以及人类已知的各种放纵行径，其中尤以走私与非法象牙交易、谋杀、毒品交易等最为严重。"

【注】本文原载于二〇二二年六月二十五日《赞比亚每日邮报》周末版。

▲ 《赞比亚每日邮报》报道

附录五：书评

《幸运人酒吧》书评（一）

文 | [赞比亚] 奇拉·奇拉拉（博士）

译 | 宁慧霞 / 张祺

　　《幸运人酒吧》的故事主要发生在赞比亚和尼泊尔，也有少数发生在刚果（金）和希腊。在赞比亚，故事主要发生在首都卢

▲　从南方省奇坎卡塔地区凯富埃河畔香蕉种植园眺望凯富埃河
（摄于二〇二〇年三月二日）

萨卡和小镇凯富埃之间。作家对小镇当地及周边环境十分熟悉：比如，开篇对车辆驶经地区环境的描写。这也说明作者在中国水电——一家中国建筑公司的项目驻地工作过。事实上，作者和叙事者的诸多相似之处让人不禁要问，这部小说是否是一部虚实相间的作品？

作者在古典文学方面也展现出了良好的素养，书中多次提及希腊和罗马神话。如埃尔维斯被比作"古希腊雕塑或绘画中的英雄"。小说还提及一幅有关巴库斯的绘画作品，巴库斯在罗马神话中是作为希腊酒神、生育与欢愉之神——狄俄尼索斯的对位神。

非洲生活，尤其是赞比亚生活，在《幸运人酒吧》中得到了多方面的映射。小说呈现的事件和人物都与作者的赞比亚经历息息相关。作者袁海厅在塑造人物时所使用的技巧使赞比亚人民更能与故事中的人物及其经历产生共鸣。作家抓住了名字和文化间的内在关联——赞比亚人物和尼泊尔人物各映射了其各自代表的本土文化。然而，值得注意的是，在为凯富埃和尼泊尔的酒吧命名时，作者最终都选用了"幸运人酒吧"这个名字。这很可能是因为酒吧作为叙事的载体被赋予了符号价值。酒吧——一个喝酒的地方——过去、现在和未来都是一座蕴藏故事的"宝库"，虽然醉酒的人讲的故事是否可信还有待商榷。

《幸运人酒吧》一书之所以地位特殊、值得关注，是因为它是第一部由中国人用英语创作的有关非洲题材的小说。更确切地说，它是第一部由中国人创作的有关赞比亚的英文小说。因此，它是一部从中国文化视角探索赞比亚文化的作品，是一部通过中国叙述者的全知视角来建构整个故事的作品。

当一个作家描写异质文化及其所孕育的社会时——这种书写在旅行题材作品中十分常见——具有批判性思维的读者感兴趣的

重要一点就是叙事的真实性。换言之，一个社会的习俗和特质靠一个局外人来书写，其真实性又有多大呢？这一切应归结为视角问题，即"局内人"与"局外人"的二元对立。作为文化的"局外人"，作者如何看待异质文化？他们是否会客观书写异质文化？还是仅仅重复既有偏见和负面的刻板印象？对异质文化的书写可能是直接描写，也可能是诸如影射之类的间接描写，但它们都具有影响他人观点的力量。

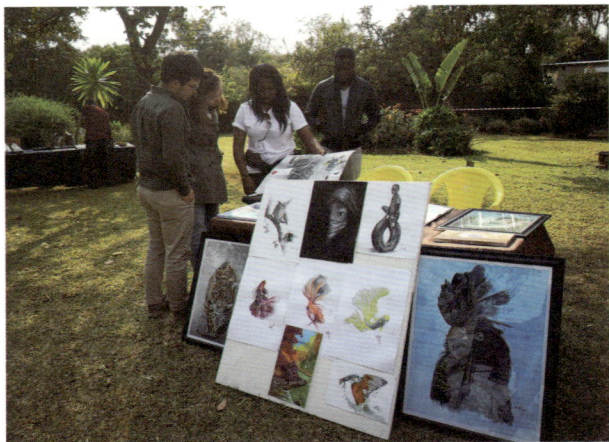

▲　赴下凯富峡水电站项目参加社会调研的清华大学博士研究生正在与当地青年画家讨论后者的绘画作品（摄于二〇一九年八月三日）

殖民文学往往充斥了对非洲和非洲人民的负面描写，作家、人类学家，以及一些传教士一直在试图证明非洲确实是一个亟待西方文明和文化拯救的"黑暗大陆"。埃莉克·伯默称殖民文学为"反映殖民地人民精神气质的文学"。有些殖民文学不仅贬低非洲和非洲人民，还为斯图尔特·布朗所指涉的"帝国主义去文化行径"进行辩护和美化，即殖民文学帮助祛除野蛮和蒙昧的殖民地文化。

　　奇努阿·阿契贝在其影响深远的著作《家园与流亡》中列举了一些对非洲和非洲人民存有偏见的作品：约瑟夫·康拉德的《黑暗的心》，乔伊斯·卡里的《约翰逊先生》。阿契贝将这类作品称作"骇人听闻的非洲书写"。西瓦·奈保尔的作品《南方的北方：一次非洲之旅》，虽然不归于此类作品，但也被批评为一部包含了一连串针对非洲与非洲人民的带有种族歧视的书作。该书记录了他二十世纪七十年代在肯尼亚、坦桑尼亚和赞比亚这些非洲国家游历的经历。

　　尽管这些小说都包含对非洲的负面描写，但它们却被欧洲的读者与批评家冠以"伟大的小说"。美国《时代》周刊一九五二年十月二十日那一期将《约翰逊先生》评价为"非洲题材的最佳小说"。非洲读者对此却并不乐见，至少阿契贝是反感这种评价的，他在《家园与流亡》中写道："卡里书中令人火冒三丈的主人公约翰逊并不是我反感这部作品的唯一原因。更重要的是，他的作品字里行间涌动着刻薄之气。一有机会，他就把反感、厌恶与嘲讽的'传染源'散播开来，荼毒自己的故事。"阿契贝还说，"卡里对他笔下的非洲人民怀有一股强烈的厌恶"，"（也）对这些非洲人民和他们所居住的，以及故事情节所发生的村镇"怀有同样强烈的厌恶。

　　然而，在海厅的《幸运人酒吧》中，我们并没有看到作者或叙

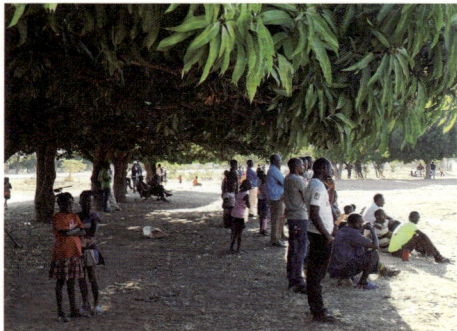

▲　站在芒果树下观看足球比赛的南方省奇坎卡塔地区民众（摄于二〇一九年六月二十六日）

述者对赞比亚人的偏见描写。作者只是纯粹地讲述了一个中国人在赞比亚和尼泊尔的经历。该小说的这一特征至关重要，令人敬佩，尤其作为一个旅行者和旅居者，作者想要通过自己文化的透镜书写另一种文化，并非易事。

主题上，《幸运人酒吧》以爱情为中心主题，但同时又包含多个相关的主题。很多小说的主题都是爱情，却鲜有作品如此全面地处理爱情主题。虽然爱情是本书的中心主题，但作者是以不同表现形式着手处理这一主题的，既有"真爱"，也有"伪爱"。小说描写了"调情""迷恋""风流韵事""痴迷""滥情"和"浪漫"等情爱的变体。

书中主人公尔喀对埃琳娜的迷恋与痴迷便是最好的例子。尔喀邂逅埃琳娜后，在"脸书"上搜索埃琳娜，想找到她的主页。他进入埃琳娜的主页后，认真分析了每一条帖子和下面的评论。当他看到其中一条帖子是埃琳娜画的自己的工人埃尔维斯的一张素描像时，他妒火中烧。他希望自己是独占埃琳娜的人，那种"特权"不容任何人染指。埃琳娜感染艾滋病并自杀的悲惨结局对尔喀产生了极大的触动。

尔喀对埃琳娜的痴迷让他变本加厉：他挑选了一张埃琳娜的单身照，将它彩打出来，用夹子将照片固定在他工位的隔断屏风上。这显然已经不再是偷偷浏览埃琳娜的"脸书"主页的那种隐秘的痴迷。情节发展中还有一处细节，尔喀在喝朗姆酒时，透过酒杯看到了埃琳娜的脸，他对埃琳娜的痴迷如此强烈，无需遮蔽，直接进入前景。尔喀承认自己对埃琳娜的喜欢是"性层面的"。他的爱是充满欲望的痴迷，是一种扭曲的爱。

另一个与扭曲的爱相关的主题则是滥情。小说中的埃尔维斯是个花花公子，和他曾是卡车司机的父亲奥利弗一样，也是个风流坏子。总体而言，小说中卡车司机通常都是滥情的登徒子。对他们来说，拥有多个性伴侣是再"正常"不过的事情。

　　死亡主题在书中也是显见而普遍的，甚至可以说是一种基调。叙述者似乎对死亡怀有执念。死亡主题贯穿全篇，渗透在梦境和现实之中，比如埃琳娜和奥古斯丁的死。事实上，小说开篇就写到主人公梦见了自己司机麦昆的死。在梦中，尔喀问麦昆："你害怕死吗？"麦昆答道："每个人都害怕死……"

　　现代主义和后现代主义作品不乏死亡主题，这种对死亡的执念同样也出现在《幸运人酒吧》中。现代主义和后现代主义作品对死亡的执念大抵可以用"Timor mortis conturbat mei"这句著名的拉丁语形容，意思是说"对死亡的恐惧使我难以承受"。这种对死亡的执念与死亡带来的恐惧不禁让人联想到现代及后现代主义作家弗吉尼亚·伍尔芙和厄内斯特·海明威的作品，以及唐·德里罗一九八五年出版的《白噪音》。

▲　正在下凯富峡水电站项目进场路路边的树上攀缘的狒狒（摄于二〇一九年九月三十日）

　　《幸运人酒吧》另一个占主导地位的主题和赞比亚的现实有

关——失业。凯富埃镇的招聘办公室是赞比亚失业问题的缩影，这里挤满了赞比亚男女老少，尤其是年轻人。招聘办公室外永远都有求职者排着长队，大部分人为了能有份收入，什么活儿都愿意干，但最终只能失望离开。

风格上，《幸运人酒吧》采用了简单流畅的叙事风格。另外，小说还采用了诸如书信体叙事等技巧。书信重复地出现在小说中，推动着情节的发展，并提供额外的重要信息。例如，在第一百四十一页，尔喀读了安东尼写的一封信。信的内容给读者提供了有关故事背景的额外信息，帮助读者理解人物行为背后的动机。

当然，《幸运人酒吧》不是非洲以外作家创作的有关非洲的最佳小说，有其不足，但却是一部开创性的作品。袁海厅描写的非洲，特别是赞比亚，为其他中国作家的非洲书写铺路，这是一种卓越贡献。在书写非洲或其他异质文化方面，他为外国小说家处理"局内人—局外人"的二元对立关系提供了范本。

【注】本文原载于赞比亚大学《法律与社会科学》期刊第五卷第二期。原文中标注的相关著作出版年份、引文页码与参考文献等信息，中文版未予显示。作者系赞比亚大学人文与社会科学学院艺术、语言与文学研究系系主任、剧作家、文学评论家。

《幸运人酒吧》书评（二）

文｜[尼日利亚]伊格内修斯·查克乌玛（博士）
译｜刘俊荣

　　据新华网二〇二三年八月十九日报道，中国著名作家、首位诺贝尔文学奖得主莫言（真名管谟业）认为大多数中国人对非洲大陆知之甚少，因此，他呼吁国人主动增进对非洲的了解。可他不知道的是，一小群中国艺术家已抢先一步采取行动，其中一位便是袁海厅。他别具开创性的处女作——《幸运人酒吧》，向读者展现了非洲的真实面貌：美丽、富饶，以及不好的一面。袁的《幸运人酒吧》这部处女作表明，中非在各领域交流互动三千余年后，中国人已开始将非洲纳入他们的文学想象。

　　《幸运人酒吧》一书分为五个长篇章节，主要以赞比亚为背景，其次是尼泊尔。该书讲述了中国侨民尔喀·卢在赞比亚的各种经历。"尔喀"这个名字是主人公自取的，来自与廓尔喀战士相关的尼泊尔传说，这些战士以骁勇善战和忠诚而闻名。卢受聘于一家正在赞比亚兴建一座水电站的中国跨国公司，因此，他可以游走于亚非两大洲之间。

　　第一章情节发生在赞比亚，讲述了尔喀新招聘的司机杜克在收到第一笔工资的当天便去世了。随后，尔喀来到了"幸运人酒吧"，该酒吧与书同名，位于他供职的凯富埃镇招聘办公室对

▲ 德赛节期间，正在荡秋千的尼泊尔民众（作者的尼泊尔同事普斯卡·拉杰·乔希供图）

面。在这里，他结识了酒吧老板菲利普·姆瓦佩——一个赞比亚本地人，以及他的独生女儿埃琳娜。第二章以尔喀的一次善举开篇。参加完商业伙伴举办的聚会之后，他为自己的新司机埃尔维斯（杜克的接替者）打包了美味的食物。在聚会上，尔喀请一位名叫奥古斯丁的艺术家——一位赞比亚大学的在读大学生，为自己画一幅肖像，但这位年轻的艺术家在画完最后几笔之前突然晕倒。他的同班同学埃琳娜为此心烦意乱，尔喀也很难过，他对奥古斯丁的母亲表达了同情，并寄给她一笔钱。埃琳娜后来疑似死于自杀，起因是她感染了艾滋病病毒，患上了艾滋病，并且很难戒掉酒瘾。这些事情令尔喀情绪崩溃，因此，他急忙回中国休假调整心情。在第三章中，我们得知"幸运人酒吧"的第二任老板威廉和他的情人兼合伙人索菲参与了象牙走私。第四章以警方突袭威廉的酒吧结束，原因是警方怀疑威廉涉嫌象牙走私。同时，尔喀还游览了维多利亚瀑布，在那里遇到了以前的大学同学崔曼苏，并向她倾诉了自己失败的爱情生活。当他再次回到凯富埃镇的这间酒吧时，经历了可怕的一幕：警察控制了酒吧，并要求威廉投案自首。刹那间，威廉将尔喀扣为人质，并命令其司机埃尔维斯帮助他逃跑。这段经历对尔喀来说实在无法承受，于是他再一次前往中国和尼泊尔度假休整。据第五章介绍，这次度假让他在尼泊尔与曾被他忽视的恋人吉塔重逢。尔喀对此深感不安，这清楚地表明这部小说描绘的是一场情感悲剧。

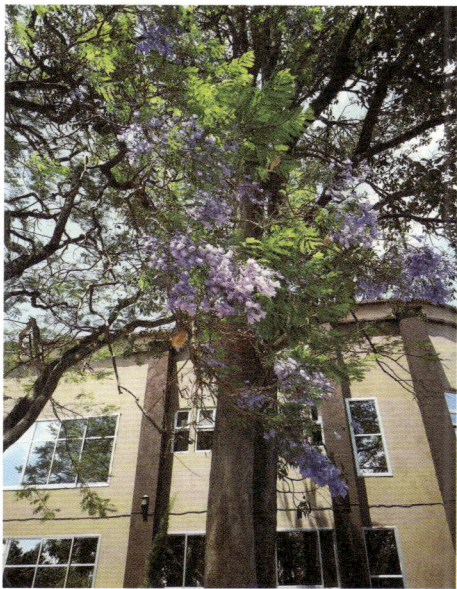

▲ 卢萨卡某医院内盛开的蓝花楹。蓝花楹是《幸运人酒吧》的重要意象（摄于二〇一九年十月四日）

在这场悲剧中，一个完全有资质成为领导和伴侣的男人却自命不凡，丝毫不顾及爱他的女人的纯洁奉献。当他终于回过神来时，却发现吉塔已经有了新欢。

在这个中国人对非洲的兴趣与日俱增、争议不断的时代，袁海厅的作品揭示了一系列对于我们理解当代中非关系至关重要的问题。从文学角度看，该作品为开中国非洲文学之先河奠定了基础。诚然，在丹尼斯·布鲁特斯的《中国诗抄》（一九七五）出版约三十八年后，以及博法内的代表作《刚果股份有限公司：俾斯麦的遗嘱》（二〇一四）出版约三年后，华裔移民乌弗丽达·何发表了重要作品《纸上儿女：在南非成长的中国人》（二〇一一），讲述了她在非洲的生活经历。然而，这些作品都没有像袁所著的《幸运人酒吧》一书那样揭示非洲大陆对全球繁荣的重要性，这也是第一部由中国人创作的关于非洲题材的英文长篇小说。小说还展现了当地人对中国侨民持有的独特态度，强调中非人民的和谐共处，他们之间的交往并非基于肤色，而是根植于彼此之间的尊重、互助以及合作。此外，《幸运人酒吧》还大力宣扬了中国在促进非洲大陆发展方面所作的贡献。对赞比亚而言，尔喀所在公司目前正在建设的发电站是该国急需的关键基础设施，而这也是尔喀前往非洲工作的主要原因。重要的是，该书指出，非洲稀有资源的走私受到一系列复杂的政治、族裔、经济和跨界因素的影响，尽管各方努力加以遏制，但象牙等走私货物的贸易并未有所减少。同时，该作品亦向非洲各国政府及国际社会提出建议，从多方面着手应对走私带来的威胁，而非仅限于法律层面。

尽管存在一些印刷错误，以及美式英语与英式英语在用词上的不一致，该书仍是袁对当代中非关系最好的献礼。本人强烈推荐这本书给文学家、政治学家、社会学家，以及所有有意愿深入了解中非文化交流盛况的非洲人民和其他各界读者。

【注】本文原载于剑桥大学核心期刊《非洲》第九十四卷第二期。作者系尼日利亚乌卡里联邦大学英语与文学研究系教授，主要研究方向是世界文学、文学理论与非洲流行文学。同时，他还是文学研究与交流组织"中非文学项目"的创办人与负责人。

> **附录六：信函**

赞比亚青年、体育与艺术部表扬与感谢信

译｜刘俊容

二○二二年七月二十一日

袁海厅先生，
中国水电赞比亚有限公司
凯富埃

尊敬的袁先生，

主题:《幸运人酒吧》出版

参考上述主题。

兹借此机会，对您成功出版长篇小说《幸运人酒吧》致以崇高敬意。该小说的发布会于二○二二年五月二十六日（周四）在赞比亚大学隆重举行。这部小说以独特的方式对赞比亚进行了描

写。该书的出版体现了文化交流的重要性，为增进国家之间的理解提供了多样化的视角。

同时，我部获悉您在艺术领域的慈善之举已成功推动和促进一些赞比亚艺术家的艺术项目。我谨代表赞比亚政府，对您的这些善举表示感谢。期待我们在艺术领域有更多的合作机会。

谨启。

康格瓦·奇莱谢（先生）
常务秘书长
青年、体育与艺术部

All Correspondence should be addressed
to the Permanent Secretary
Telephone: +260-211-224011
Fax: +260-211-223996

In reply please quote:

No.:..........................
MYSA/101/9/1

REPUBLIC OF ZAMBIA

MINISTRY OF YOUTH, SPORT AND ARTS

OFFICE OF THE PERMANENT SECRETARY
NEW GOVERNMENT COMPLEX
INDEPENDENCE AVENUE
KAMWALA
P.O. BOX 50195
LUSAKA

21st July, 2022

Mr. Yuan Haiting
Sino Hydro Zambia Ltd
KAFUE.

Dear Sir,

RE: THE LUCKY MAN BAR PUBLICATION

Reference is made to the above.

I would like to take this opportunity to offer recognition to your novel ''**The Lucky Man Bar**'' that was launched on Thursday 26th May, 2022 at the University of Zambia. This novel is unique in its depiction of Zambia. The publication has shown the importance of cultural exchange which provides different perspectives that enhance understanding between nations.

My office is also aware of your artistic philanthropy that has made several Zambian artists promote and develop their artistic projects. On behalf of the Government of Zambia, I thank you for these gestures. I look forward to more opportunities where we can collaborate in the arts.

Yours sincerely,

Kangwa Chileshe(Mr)
Permanent Secretary
MINISTRY OF YOUTH, SPORT AND ARTS

▲　赞比亚青年、体育与艺术部表扬与感谢信

赞比亚国家档案馆关于永久收藏《幸运人酒吧》的确认函

译 | 刘俊容

二〇二二年六月二十一日

中国水电赞比亚有限公司
Plot 22A
双棕榈路
卡布隆加
卢萨卡

主题：回执

参考上述主题。

兹确认已收到袁海厅先生呈交的两本图书，书名为《〈幸运人酒吧〉：一个讲述者、聆听者、见证者或参与者？在发生在这个当地酒馆的故事里，你扮演着什么样的角色？》。

奇莱谢·卢萨勒·姆苏库玛（女士）

馆长

赞比亚国家档案馆

【注】该馆将书封上除了作者姓名以外的其他文字信息均纳入了书名。

All Communications
should be addressed
to the Director

In

NA/101/6/7

REPUBLIC OF ZAMBIA

NATIONAL ARCHIVES OF ZAMBIA

P.O. BOX 50010
RIDGEWAY
LUSAKA

21st June, 2022

Sinohydro Zambia Limited
Plot 22 A
Twinpalm Road
Kabulonga
LUSAKA

Cell: 0964624251

RE: ACKNOWLEDGEMENT OF RECEIPT

Reference is made to the above subject matter.

I wish to acknowledge receipt of two (2) copies of Books entitled; "The Lucky Man Bar: A narrator, Listener, a Witness or a Participant? What role are you playing in the story unfolding at the local watering hole?" By Haiting Yuan for legal deposit.

Chileshe Lusale-Musukuma (Mrs)
DIRECTOR
NATIONAL ARCHIVES OF ZAMBIA

▲ 赞比亚国家档案馆关于永久收藏《幸运人酒吧》的确认函

迦太基电影节关于《灼心》入围故事片
正式竞赛单元的通知函

译 | 刘俊容

突尼斯，二〇二三年九月十四日

保罗·威洛先生台鉴

主题：二〇二三年度迦太基电影节正式邀请函——故事片正式竞赛单元入围影片

尊敬的保罗·威洛先生：

由您执导的《灼心》已入围迦太基电影节故事片正式竞赛单元，该电影节将于二〇二三年十月二十八日至十一月四日在突尼斯举行。

本届迦太基电影节与往届有所不同，其举办规模将创历史新记录，除了所有保留的竞赛单元与主要活动外，还新增了庆祝"突尼斯电影百年华诞：一九二二年十二月至二〇二三年十二月"

的活动。

　　请您附上关于提交电影拷贝的说明以及我们分类所需的信息。未尽事宜，请与我方电影部门取得联系，以便进一步协调和跟进。

　　您的差旅费、住宿费、餐费与当地交通费用将由我方负责。在电影节新闻发布会举行之前，请对这些信息保密。

　　期待与您共赴这段奇妙之旅。

　　谨启。

　　电影节主席
　　费里德·布格迪尔

![JCC Journées Cinématographiques de Carthage — Carthage Film Festival]

Tunis, September 14, 2023

To The kind attention of Mr. Paul Wilo,
E-mail : realimagemediaafrica@gmail.com

Subject : Official invitation for the 2023 edition of Carthage Film Festival-Film selected in the official competition of feature films

Dear Mr. **Paul Wilo,**

We have the pleasure to announce that your film ''**Service To Heart**'' **has been selected in the official competition of feature films** in Carthage Film Festival, which will be held in Tunis, from October 28th until November 04, 2023.

The 2023 session of Carthage Film Festival is intended to be "exceptional", mainly because of the size it accords, alongside all its maintained competitions and main festival sections, to a section celebrating the year of the "Centenary of Tunisian Cinema: December 1922-December 2023".

We are reaching out to kindly request you to provide us with instructions regarding the submission of the film copy and the necessary elements for our catalog. Our "Films" department will be in touch with you for further coordination and follow-up.

We would be happy to cover the cost of your travel, accommodation, meals and local transfers.

Kindly maintain the confidentiality of this information until the press conference of the festival.

We look forward to sharing this adventure with you.
Yours sincerely

President of the festival,
Ferid Boughedir

Journées Cinématographiques de Carthage
Cité de la Culture - Avenue Mohamed V- 1001 Tunis- Tunisie.
Téléphone : +216 70 028 367 / 70 028 368 Fax : +216 70 028 347 / www.jcctunisie.org

▲　迦太基电影节关于《灼心》入围故事片正式竞赛单元的通知函

附录七：时光相册

▲ 作者参加在卢萨卡举行的首届"中国－津巴布韦－赞比亚职业伦理与企业文化研讨会"，并代表在赞中资企业发表主旨演讲。该研讨会由中国驻赞比亚大使馆、津巴布韦驻赞比亚大使馆和赞比亚劳动与社会保障部联合举办（贺伦摄于二〇一七年八月十七日）

▲ 作者在首届"中国－津巴布韦－赞比亚职业伦理与企业文化研讨会"结束后，同与会各国嘉宾合影留念（贺伦摄于二〇一七年八月十七日）

▲ 作者在首届"中国－津巴布韦－赞比亚职业伦理与企业文化研讨会"结束后，与时任中国驻赞比亚大使杨优明（中）合影留念。杨大使本人也是一位文学爱好者，出版有长篇小说《蹦极》（贺伦摄于二〇一七年八月十七日）

▲ 作者陪同赞比亚内政部准军事部队时任最高指挥官奇里杰·尼兰达（左六）一行参观下凯富峡水电站项目，并与其在中国水电培训学院门前合影留念（摄于二〇一九年六月十八日）

▲ 作者与中国水电培训学院中赞教师一起，同赞比亚高等教育部职业教育司技能等级全国统一考试考官（左七、左八）在考试结束后合影留念（摄于二〇一九年八月八日）

▲　作者拜访赞比亚政府智库机构——赞比亚政策监控与研究中心专家，并与其合影留念（摄于二〇一九年八月二十八日）

▲　作者与中赞同事一起参加赞比亚政策监控与研究中心专家应邀在下凯富峡水电站项目举办的公开课讲座，并与专家合影留念（摄于二〇一九年九月十六日）

▲　作者与相关领导、同事一起，同莅临下凯富峡水电站项目参观考察的赞比亚政策监控与研究中心时任首席执行官伯纳黛特·戴卡·祖鲁女士（右四）合影留念（摄于二〇一九年十月三日）

▲　作者在南方省奇坎卡塔地区政府举办的"世界艾滋病日"纪念活动上与时任地区代理专员特雷弗·卡扬达握手交谈（贺伦摄于二〇一九年十二月二日）

▲ 作者与莅临下凯富峡水电站项目检查指导新冠疫情防控工作的南方省奇坎卡塔地区卫生局官员讨论疫情防控（张晓君摄于二〇二〇年三月十九日）

▲ 作者陪同莅临下凯富峡水电站项目检查指导新冠疫情防控工作的南方省奇坎卡塔地区时任卫生局官员约瑟夫·坦博（靠近作者）一行考察"阿波罗-18号"隔离区（张晓君摄于二〇二〇年七月十四日）

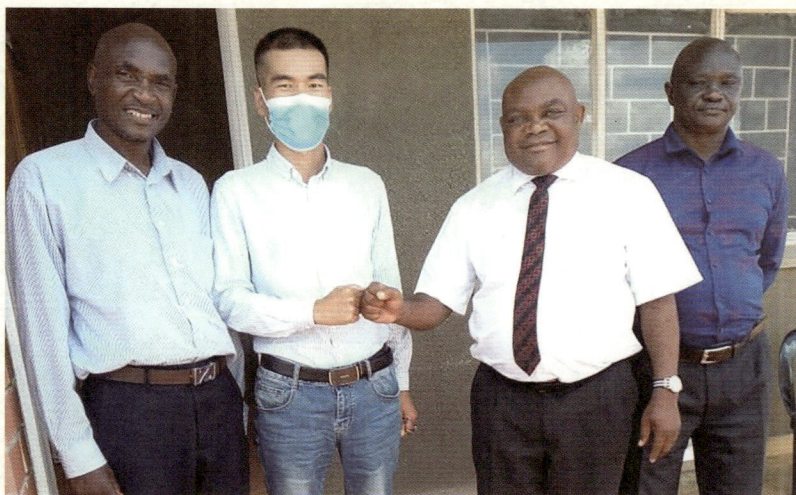

▲ 作者拜访南方省奇坎卡塔地区时任专员彼得·姆温迪（右二），并与其合影留念（摄于二〇二〇年十二月）

▲ 作者拜访南方省奇坎卡塔地区卫生局时任局长威比·菲利，并与其合影留念（摄于二〇二〇年十二月二十一日）

▲ 作者拜访赞比亚内政部准军事部队最高指挥官约贝·卢哈纳，并与其合影留念（摄于二〇二〇年十二月二十一日）

▲ 作者拜访南方省奇坎卡塔地区卫生局时任局长特万博·南堡，并与其合影留念（摄于二〇二一年十二月二十二日）

▲ 作者与莅临下凯富峡水电站项目考察指导的卢萨卡省凯富埃区警察局时任局长杰森·伦古（左一）合影留念（摄于二〇二二年四月五日）

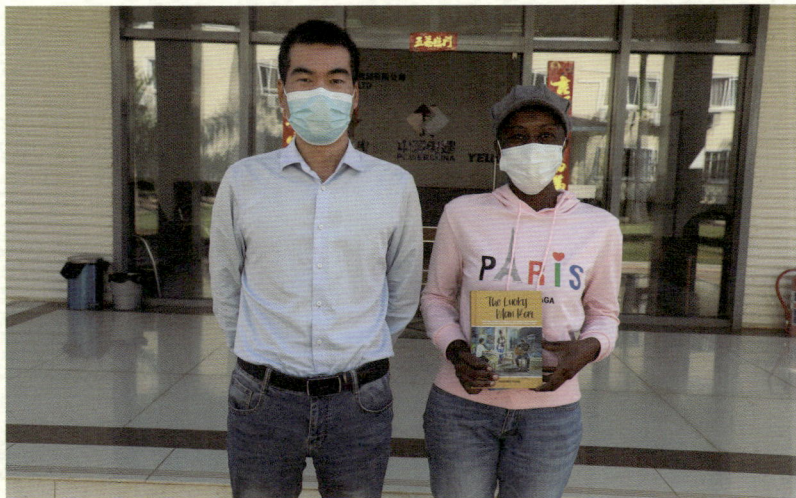

▲ 作者向莅临中国水电赞比亚有限公司参观交流的赞比亚国家艺术委员会分管文学与表演艺术的副主任姆薇切·奇坤古女士赠书，并与其合影留念（李金平摄于二〇二二年五月十四日）

▲ 作者向莅临《幸运人酒吧》新书发布会并致辞的时任中国驻赞比亚大使馆公使衔参赞赖波赠书，并与其合影留念（李金平摄于二〇二二年五月二十六日）

▲ 作者与莅临《幸运人酒吧》新书发布会、发表致辞并宣布该书正式发行的赞比亚青年、体育与艺术部艺术司司长埃丝特·恩甘比女士（中）合影留念（苏嘉琦摄于二〇二二年五月二十六日）

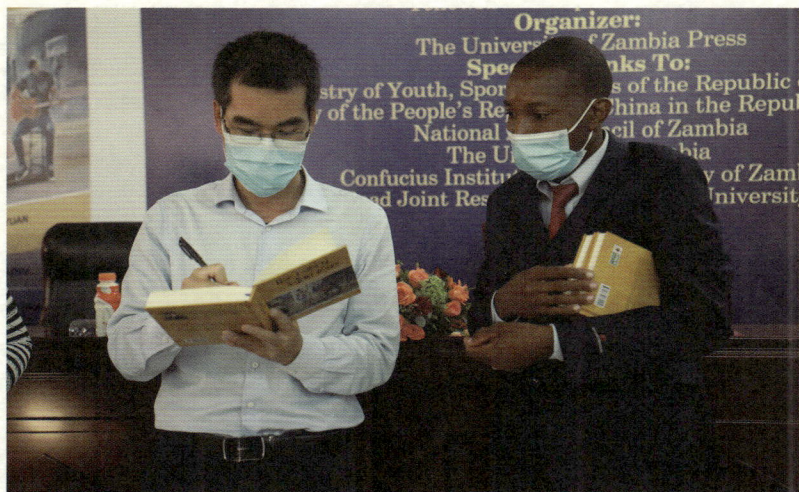

▲　作者为莅临《幸运人酒吧》新书发布会并购买该书的南方省奇坎卡塔地区卫生局官员赫尔米提·罕戈马签名（苏嘉琦摄于二〇二二年五月二十六日）

▲　作者与莅临《幸运人酒吧》新书发布会的部分嘉宾合影留念（苏嘉琦摄于二〇二二年五月二十六日）

▲ 作者应邀拜访赞比亚青年、体育与艺术部部长埃尔维斯·恩坎杜，向其赠书，并与其合影留念（摄于二〇二二年六月一日）

▲ 作者应邀拜访赞比亚青年、体育与艺术部时任常务秘书长康格瓦·奇莱谢，向其赠书，并与其合影留念（摄于二〇二二年六月一日）

▲ 作者拜访赞比亚国家艺术委员会主任阿德里安·奇宾迪，向其赠书，并与其合影留念（摄于二〇二二年六月八日）

▲ 作者与赞比亚国家档案馆馆员米兰波·菲利女士合影留念（摄于二〇二二年六月二十一日）

▲ 作者与莅临赞比亚第九十四届农业展览会赞比亚青年、体育与艺术部展厅的该部艺术司司长埃丝特·恩甘比女士（中）合影留念（摄于二〇二二年八月一日）

▲ 卡布韦·穆伦加向赞比亚基础设施、住房与城市发展部常务秘书长丹尼·姆弗内（左）转交《幸运人酒吧》，并与其合影留念（卡布韦·穆伦加供图，摄于二〇二二年八月二十九日）

▲　卡布韦·穆伦加向赞比亚税务总局兼渣打银行董事会主席凯莱布·凡丹加博士（左）转交《幸运人酒吧》，并与其合影留念（卡布韦·穆伦加供图，摄于二〇二二年九月十九日）

▲　卡布韦·穆伦加向赞比亚商贸工部部长奇博卡·穆伦加（左）转交《幸运人酒吧》，并与其合影留念（卡布韦·穆伦加供图，摄于二〇二二年九月二十八日）

▲ 卡布韦·穆伦加向赞比亚高等教育部部长道格拉斯·西亚卡利马（左）转交《幸运人酒吧》，并与其合影留念（卡布韦·穆伦加供图，摄于二〇二三年十二月二十二日）

二

▲　作者与同事一起到《赞比亚时报》报社参观交流，并同该社时任社长贝斯通·恩贡加（中）等人在报社门口合影留念（摄于二〇一九年七月三日）

▲　作者与中国水电培训学院中赞教师一起，同莅临下凯富峡水电站项目和培训学院参观的《赞比亚时报》报社时任社长贝斯通·恩贡加（左四）一行在学院门口合影留念（摄于二〇一九年七月二十六日）

▲　作者与中国水电培训学院中赞教师一起，同莅临下凯富峡水电站项目和培训学院参观交流的赞比亚新闻通讯社时任社长帕特里克·伦古（中）一行在学院门口合影留念（摄于二〇一九年九月二日）

▲　作者拜访赞比亚国家广播公司时任台长姆罗莱拉·卢萨穆伯，并与其合影留念（方志摄于二〇二一年十二月二十一日）

▲ 作者拜访赞比亚新闻通讯社时任代理社长维克多·哈钦比，并与其合影留念（摄于二〇二一年十二月二十一日）

▲ 作者拜访《赞比亚每日邮报》时任社长姆贝韦·内巴特，并与其合影留念（摄于二〇二一年十二月二十一日）

▲ 作者向莅临中国水电赞比亚有限公司对作者进行专访的《赞比亚时报》记者多萝西·奇西女士赠书，并与其合影留念（李金平摄于二〇二二年五月十一日）

▲ 作者拜访赞比亚新闻通讯社社长洛伊丝·萨伊利女士，向其赠书，并与其合影留念（摄于二〇二二年六月二日）

三

▲ 作者与同事一起参加下凯富峡培训学校（中国水电培训学院前身）首期学员入学仪式，并与学校师生合影留念（贺伦摄于二○一七年七月十八日）

▲ 作者与中赞同事一起参加下凯富峡培训学校（中国水电培训学院前身）优秀学员座谈会，并与学校师生合影留念（摄于二〇一八年七月十七日）

▲ 作者与中赞同事一起参加下凯富峡培训学校（中国水电培训学院前身）一周年校庆庆祝活动，并与学校师生合影留念（摄于二〇一八年七月十九日）

▲ 作者与中国水电培训学院中赞教师一起到卢萨卡的索恩公园建筑培训中心参观交流，并同校方管理人员合影留念 [李静帅（赞比亚籍，曾赴华留学）摄于二〇一九年二月八日]

▲ 作者与中国水电培训学院中赞教师一起到卢萨卡工业培训中心参观交流，并与中心管理人员合影留念（卡泰泰·卡泰泰摄于二〇一九年二月八日）

▲ 作者陪同下凯富峡水电站项目参观团到上凯富峡培训中心参观交流，并与培训中心管理人员合影留念（摄于二〇一九年二月二十六日）

▲ 作者与中国水电培训学院中赞教师一起到优秀女毕业生代表杰西卡·玛瓦拉拉家进行家访。二〇一九年七月，《赞比亚时报》以《"一带一路"上的女工匠》为题刊登了对她的专访报道（李金平摄于二〇一九年三月十七日）

▲ 作者与中国水电培训学院中赞教师一起到下凯富峡水电站项目提供全额奖学金公派赴华留学的优秀毕业生基夫特·卡潘达（与老妇人并肩站着的当地青年）家中进行家访（李金平摄于二〇一九年三月十七日）

▲ 作者与中国水电培训学院中赞教师一起到下凯富峡水电站项目提供全额奖学金公派赴华留学的优秀毕业生杰里科·卡南加（前排左二）家中进行家访（李金平摄于二〇一九年三月十七日）

▲ 作者与中国水电培训学院时任校长方志（右三）一起陪同下凯富峡水电站项目提供全额奖学金公派赴华留学的该校毕业生及其家属参观项目，并在大坝观景平台合影留念（摄于二〇一九年六月二十二日）

▲ 作者在主持下凯富峡施工局优秀外籍员工赴中国留学欢送会（摄于二〇一九年六月二十二日）

▲ 作者及同事与中国水电培训学院中赞教师和赴华留学毕业生家属一起到卢萨卡肯尼斯·卡翁达国际机场欢送留学生启程赴华（摄于二〇一九年六月二十八日）

▲ 作者与中国水电培训学院时任校长（右三）及来下凯富峡水电站项目参加社会实践的清华大学博士研究生（右一、右二）一起到铜带省卢安厦中国有色集团中国－赞比亚职业技术学院参观交流，并同校方管理人员合影留念（摄于二〇一九年八月十日）

▲ 作者与莅临下凯富峡水电站项目的卢萨卡省凯富埃地区纳卡泰泰学校校长一行合影留念（张晓君摄于二〇一九年八月十九日）

▲ 作者结束休假返回赞比亚前夕，前往开封黄河水利职业技术学院看望下凯富峡水电站项目公派到该校留学的一名津巴布韦员工与四名赞比亚员工，并请他们吃中国饭（摄于二〇一九年十一月十五日）

▲ 作者与中赞同事及特邀嘉宾一起参加中国水电培训学院第六期毕业仪式，并与学校师生合影留念（摄于二〇二〇年一月九日）

▲ 作者与莅临《幸运人酒吧》新书发布会并购买该书的赞比亚大学孔子学院老师合影留念（李金平摄于二〇二二年五月二十六日）

四

▲ 作者拜访《幸运人酒吧》同名主题曲曲作者和演唱者布莱特尼斯·姆潘迪（左二）及其家人，并合影留念（摄于二〇一九年七月十五日）

▲ 《幸运人酒吧》新书发布会主持人（右一）与赞比亚大学出版社社长马克·坎伊索（中）及其团队部分成员在发布会结束后合影留念（摄于二〇二二年五月二十六日）

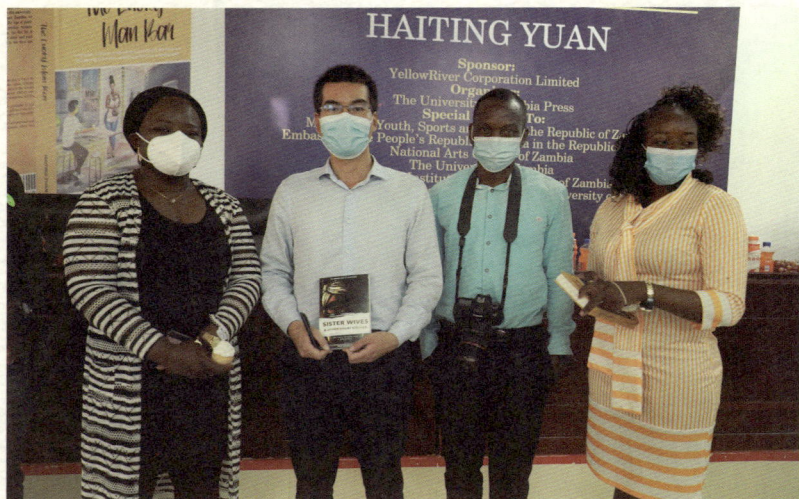

▲ 作者在《幸运人酒吧》新书发布会结束后与莅临发布会并赠书的部分赞比亚作家合影留念（李金平摄于二〇二二年五月二十六日）

▲ 作者拜访赞比亚大学人文与社会科学学院英语、语言与文学研究系系主任奇拉·奇拉拉博士，向其赠书，并与其合影留念（摄于二〇二二年六月六日）

▲ 作者拜访诗人、英国文化协会诗歌与创意写作导师、赞比亚大学戏剧与文学课程讲师、文学杂志编辑甘卡纳尼·摩约，向其赠书，并与其合影留念（摄于二〇二二年六月十五日）

▲　赞比亚"薇兹与心之声"乐队主唱维多利亚·薇兹·姆霍尼女士向桑给巴尔国际电影节主席马丁·穆罕多博士转交签名本《幸运人酒吧》(摄于二〇二二年六月十九日)

▲　作者与莅临中国水电赞比亚有限公司的赞比亚作家艾格尼丝·尼安德瓦女士合影留念(摄于二〇二二年六月二十二日)

▲ 作者与赞比亚大学出版社社长马克·坎伊索（左）及该社员工在赞比亚第九十四届农业展览会该社展台前合影留念（摄于二〇二二年八月一日）

▲ 作者与莅临中国水电赞比亚有限公司的赞比亚导演、演员科斯马斯·恩甘德韦（左二）一行合影留念（摄于二〇二二年八月二日）

▲　作者与莅临中国水电赞比亚有限公司的赞比亚导演、演员欧瓦斯·雷·姆瓦佩合影留念（摄于二〇二二年八月二日）

五

▲ 作者与下凯富峡水电站项目中赞同事共度五一国际劳动节，并合影留念（摄于二〇一六年四月二十五日）

▲ 作者与下凯富峡水电站项目综合事务部同事合影留念（摄于二〇一七年一月一日）

▲ 作者与同事一起参加在赞比亚国家博物馆举办的"坦赞铁路四十周年纪念展"，并合影留念（贺伦摄于二〇一七年十一月二十五日）

▲　作者与同事一起参加南方省奇坎卡塔地区上凯富峡社区教堂举办的"世界艾滋病日"烛光祈福仪式，并同地区政府官员和社区代表合影留念（摄于二〇一七年十二月）

▲　作者与乔迁至新宿舍的下凯富峡水电站项目大学生员工合影留念。他们毕业于赞比亚、中国、俄罗斯等不同国家的高校（胡日摄于二〇一七年十二月九日）

▲　作者与中赞同事一起参加下凯富峡施工局当地大学生员工新春座谈会，并与当地大学生合影留念（摄于二〇一八年二月二十二日）

▲　作者与中赞同事一起参加下凯富峡施工局当地工长代表座谈会，并同当地工长代表合影留念（摄于二〇一八年七月十一日）

▲ 作者与同事一起参加下凯富峡水电站项目当地员工伊利亚·奇拉的婚礼，向其转交由项目赠送的礼物，并与新郎新娘合影留念（贺伦摄于二〇一八年八月六日）

▲ 作者与水电十一局融媒体中心的同事一起同下凯富峡水电站项目当地员工伊利亚·奇拉在水电十一局总部大楼合影留念（摄于二〇一八年十二月）

▲ 作者护送二十余名赞比亚当地员工乘坐大巴从下凯富峡水电站项目到赞比亚－刚果（金）海关后，与他们在海关大楼前合影留念。他们将到刚果（金）布桑加水电站项目工作一段时间（提摩西·班达摄于二〇一九年六月一日）

▲ 笔者与同事及中国水电培训学院中赞教师在学校门口合影留念（贺伦摄于二〇一九年七月七日）

▲　作者带领下凯富峡水电站项目足球队参加南方省奇坎卡塔地区组织的独立日足球联谊赛，并在赛后与队员们合影留念。该队获得亚军（提摩西·班达摄于二〇一九年十月六日）

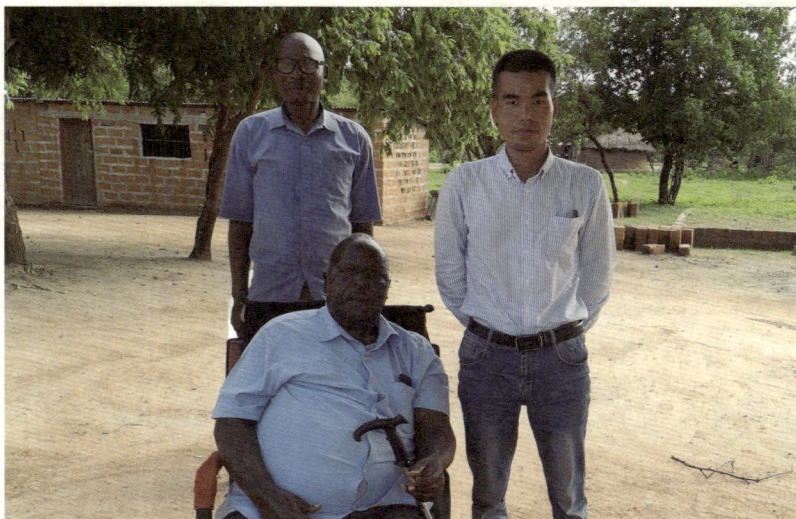

▲　作者拜访南方省奇坎卡塔地区大酋长纳鲁瓦马·萨姆森·乔洛拉，并与其合影留念（摄于二〇二〇年十二月二十三日）

▲　作者与中赞同事一起参加下凯富峡水电站项目"英语写作与宣传培训班"结业仪式，并同学员们合影留念。该培训班课程由项目融媒体部主管格莱迪丝·尼兰达女士主讲（房鹤冉摄于二〇二二年四月八日）

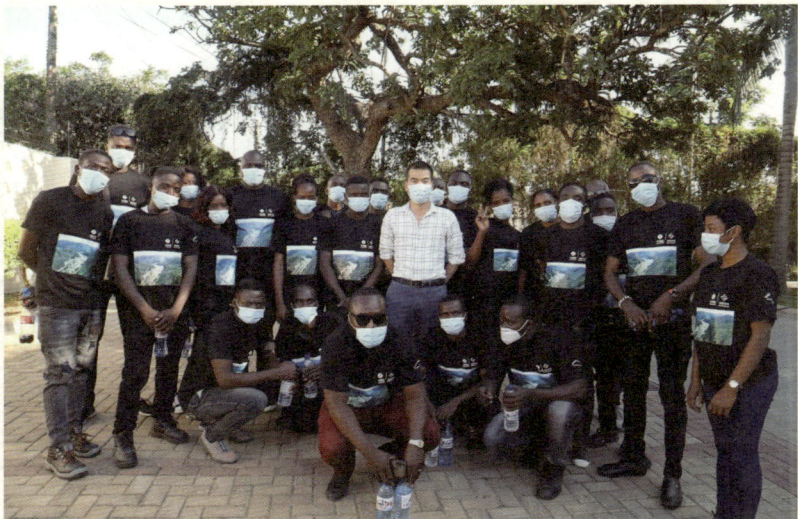

▲　作者与参加五一国际劳动节赞比亚全国巡游活动的下凯富峡水电站项目当地员工合影留念（摄于二〇二二年五月一日）

▲ 作者与莅临《幸运人酒吧》新书发布会并购买该书的时任赞比亚赴华老留学生会会长弗雷迪·穆伦加（中）合影留念（李金平摄于二〇二二年五月二十六日）

▲ 作者与参加《幸运人酒吧》新书发布会并购买该书的赞比亚供电公司员工埃尔维斯·哈姆乔巴合影留念。笔者与他是好朋友。发布会互动阶段，他发表了感言（苏嘉琦摄于二〇二二年五月二十六日）

▲ 作者为参加《幸运人酒吧》新书发布会并购买该书的下凯富峡水电站项目当地员工签名（苏嘉琦摄于二〇二二年五月二十六日）

▲ 作者与下凯富峡水电站项目融媒体部主管格莱迪丝·尼兰达女士在赞比亚大学孔子学院多功能厅外的广告牌前合影留念（苏嘉琦摄于二〇二二年五月二十六日）

▲ 下凯富峡水电站项目的这五名当地员工为《幸运人酒吧》新书发布会的成功举行忙前忙后，做了很多工作。感谢他们！（苏嘉琦摄于二〇二二年五月二十六日）

▲ 作者拜访赞比亚－中国友好协会（赞中友协）秘书长弗雷德里克·姆泰萨博士，向其赠书，并与其合影留念（摄于二〇二二年六月三日）

▲ 作者与赞比亚同事卡邦波·穆伦加在赞比亚第九十四届农业展览会中国电建展台合影留念（卡布韦·穆伦加摄于二〇二二年七月二十七日）

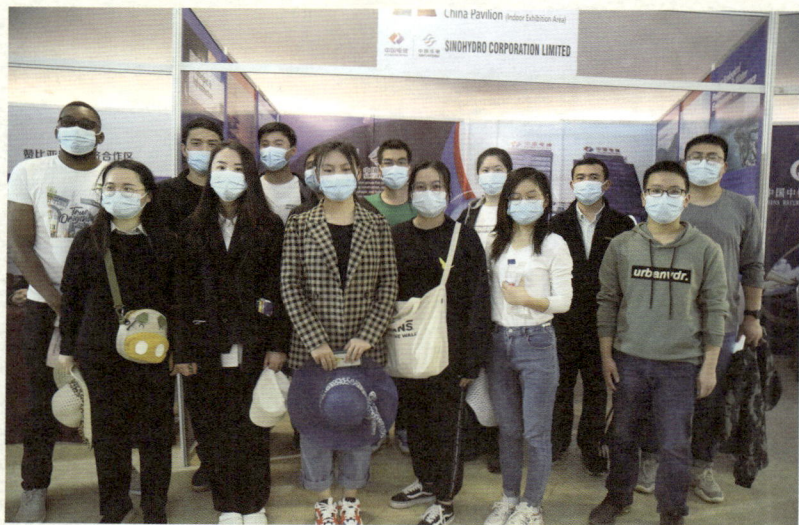

▲ 作者与同事在赞比亚第九十四届农业展览会中国电建展台前合影留念（摄于二〇二二年七月）

莱索托王国

THE KINGDOM OF LESOTHO

莱索托牧羊少年

马塞卢。黑天鹅[1]。
接待室对着门的墙壁上，
一幅大写意的油画，
两个戴着圆锥形巴索托[2]
草帽，
裹着巴索托披毯的牧羊
少年，
三四只绵羊，
左下角画家的黑色签名，
画里的大面积留白，
一下子吸引了我。
我用兰特[3]付款，
女接待员的找零，
一张五十面值马洛蒂[4]，
背面是四个骑着骏马的青年；
一张一百面值马洛蒂。
背面是一幅工笔素描，
一个戴着软帽、裹着披毯的牧羊人
和他前面的一群山羊。
我拿一百马洛蒂上的图画，

▲ 骑马的莱索托高地青年（摄于二〇二三年三月五日）

对比墙上的图画，

只有牧羊人和羊的数量，

羊和帽子的种类，

还有牧羊人和羊群彼此的方位不同。

或许，纸币上还有一个牧羊人，

墙壁上还有几只绵羊，

只不过都在画面之外罢了。

在这座遥远的王国，

羊和牧羊人，

似乎总会，或者只能，

同时出现，

就像那个古老的故事里，

苏武和他的羊。

没有黑天鹅的黑天鹅，

只有三只倒映在池塘里的

用油漆画在墙壁上的黑天鹅

和两只蹲伏在甬道边作为垃圾桶的黑天鹅。

池塘里游弋着一只黑白相间的鸭子，

池塘边还有兔子。

鸡和火鸡，

都关在笼子里，

而鸭和鹅共用的笼子则敞开着，

通向池塘和供鸭鹅嬉戏的流水假山。

我漫步到池塘边，

驻足，

望着既不新鲜，也不清澈的池水，

一对青色的大鱼游了过来，

停在浅水处，

打量着我。

片刻后，

岸上的那只白鸭，

或者鸳鸯，

（它在梳理羽毛时，

翅膀下露出了一抹油彩。）

在离大鱼咫尺的地方下到水里，

向池畔那株垂柳的方向游去。

婀娜的垂柳，

万条丝绦柔顺如少女的秀发，

临水自照着。

一根秀发的末梢，

就在水面上方，

悬挂着吊巢雀织出的一个开口朝下的巢，

那是全树甚至全黑天鹅唯一的鸟巢，

宛如一枚拳头大小的灰白色果实。

雌鸟或雄鸟时不时地飞回，

给雏鸟衔来肥嫩多汁的虫子。

不大而安静的庭院里，

草坪上两只引颈挺立的黝黑的野鹤雕塑，

稀疏点缀着白色花朵的满架的蔷薇，

抽出翠绿枝叶的玫瑰或月季，

多肉和仙人掌，

螺旋芦荟[5]和三叶草，

墙外三株伟岸挺拔的杨树，

▲　黑天鹅宾馆院子里的池塘（摄于二〇二二年九月八日）

花枝探入墙内的两株桃树，
从不远处市中心隐约传来的人车喧闹，
还有和水中倒影相顾无言的我，
都被裹在了这明媚而和暖的高原的春天里。

几十米开外是一方较小的池塘，
我信步走去。
一只白色的鸭子，就那么一只，
在没有鱼的池水里悠然地游弋着。
地面高出水面很多，
它将怎么回到地面呢，
还是它从来就不曾回到过地面？
看着它立在浅没于池水的石头上梳理羽毛，
我，又蓦然想起了牧羊少年。
听着远处市井的喧嚣，

我知道，在这城市里的角角落落，
都有牧羊少年的影子。
只是，他的头顶没有圆锥形的巴索托草帽，
身上没有羊绒的巴索托披毯，
掌间没有手杖，
胯下没有毛驴或骏马，
而他的眼中，
也没有，或者只是曾经有过，
连绵不尽的起伏的山脉。

这个时节的莱索托王国，
高地，低地，
山谷，山间，
白天的阳光，
干净，通透，温暖，
照得某些高地山头
和某些路段背阴处的积雪和冰挂，
还有流淌着涓涓细流的山坡的毛细血管，
都亮灿灿的。
从半山腰到山脚下，
一座座房子，
用石头砌的圆柱形房体，
圆锥形的深色的茅草顶，
不规则地散落着，
没有栅栏，
也没有围墙。
房前屋后，

栽种着一株株桃树，

繁花盛开。

那个叫莫滕的很大的村庄，

漫山遍野，

真的是漫山遍野，

全都是烂漫的桃花

和掩映在烂漫桃花里的

传统或现代的房屋。

我还从来没有见过这么多的桃树，

多到目不暇接，

多到自己直想变成一只鹰隼，

飞掠那片粉色的海，

用翅膀扑落缤纷的花瓣，

然后停在一根粗壮的桃枝上，

远远地看着牧羊少年和他的羊群。

那一株株桃树啊，

把自己信手织入了蚕丝锦缎。

还有那一株株垂柳，

和家里的一模一样的垂柳，

鹅黄色的，

在粉色里斑驳着，涂抹着，

告诉你看不见的河流从哪里流过。

想必不久，

如雪的絮子就会到处飘飞了吧。

我问司机几时是桃子收获的季节，

他说来年的一月。

我说，那时，

▲ 莱索托高地田野中盛开的桃花、翻耕的土地与沿着河流生长的垂柳（摄于二〇二二年八月三十日）

我一定拿着大篮子或者口袋

来到有桃无人的山坡，

当一回偷吃蟠桃的美猴王。

在桃花的云里，

在柳树的雾里，

在满是青草或枯草的山坡上，

在目光看不到的地方，

牧羊少年，

一顶巴索托草帽，

一根手杖，

一袭破旧的巴索托披毯，

一头代步的毛驴，

或者一匹代步的骏马，

或者独自一人，走着。

有时，你会在路边撞见他，
他迎面而来，
或相向而去，
身前或身后，
可能是一群羊，
可能是一群牛，
也可能兼而有之。
有时，没人知道他去了哪里，
只有羊群或牛群独自走在路边，
或者静静地在山坡上吃草。
牧羊少年比谁都清楚，
他的羊和牛是不会迷路的，
就像那头驮着粮袋的毛驴
总能找到回家的方向。

牧羊少年没有牧笛，
只有呜呜的风，
远方起伏的山脊，
日出，日落，
还有远处村落房前屋后的桃花。
他坐在山顶光滑的石头上，
凝望着那一株株粉色云彩似的巴掌大的桃树，
枝头仿佛挂满了毛茸茸的果子。
他咽了一口口水，
目光越过层叠的山脊，
重又落在吃草的羊群身上。
这些长着厚厚皮毛的生灵，

▲　莱索托高地牧羊人（该图片为视频截图，摄于二〇二二年十二月十四日）

那么近，
又是那么远。
路过的人，
或者他自己，
有那么一刻，
大概会心生恍惚，
说不清是他放牧着它们，
还是被它们放牧着。

高地的山坡上，
山脚下，
细瘦而蜿蜒的近乎干涸的溪流，
悄无声息地流淌着，
它们一定在渴盼着十月的第一场雨。
牧羊少年扒拉下头套的面罩，

举起装着山泉水的矿泉水瓶，

扬起脖子，

张开两片微微爆皮的嘴唇，

咕咚咕咚喝了几大口，

他大概也在期盼着那久违的雨吧

雨季的时候，

牛羊会肥上一大圈，

更重要的是，

他还是个庄稼人，

是要赶着雨脚耕地和播种的。

在司机的引导下，

我下到路边的一户人家参观。

得知我们的来意，

热情和微笑，

写在七十岁的老祖母

和那对兄妹的脸上。

紧挨着坐在远处的四个年纪不等的孩子

好奇地打量着我们，

或者我。

一座茅草屋的墙角睡着一条黑色长毛犬。

它一直不曾对我们吠叫，

甚至不曾看我们一眼。

那是一间卧室，

兄妹俩领着我们走了进去。

会英语的阿妹负责主要的解说工作，

她是一个热情、健谈而充满活力的女人或姑娘。

室内干净、整洁、明亮，
现代家具一应俱全，
完全超出了我的想象。
旁边是一座几乎一模一样的茅草屋，
阿妹说那是厨房。
里面暗沉沉、空荡荡的，
只有墙角放着的一口不大的铝锅，
锅里貌似玉米面锅巴的剩饭，
大半袋玉米粒，
一块磨玉米粒的石板和一根石杵，
还有门口放着杂物的一个旧木箱。
院子中央有一个石头垒起的没有牲口的牲口圈
和一个有鸡的鸡窝。
那一边，有一座砖房

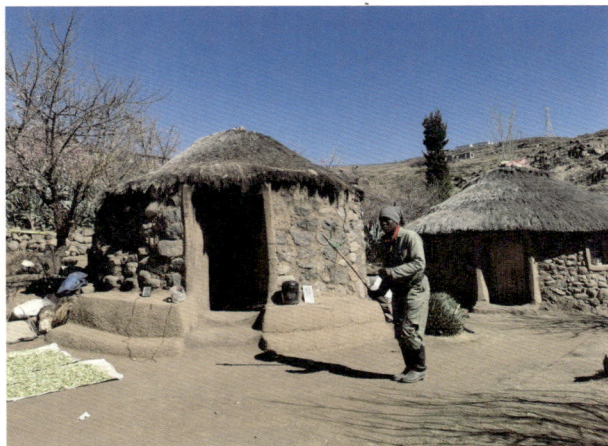

▲ 正在自家院子中踏歌起舞的莱索托高地村民（摄于二〇二三年八月二十七日）

一半是厕所，
一半是卧室，
前面栽种着几株繁花满枝的桃树。
我走到一株近前，
轻轻攀下一根枝条，
嗅了嗅，
芬芳寡淡，
却沁人心脾。

兄妹俩引我进卧室参观，
我没有想到，
里面的陈设比刚才那间还要阔绰。
一张双人床，
几个橱柜，
柜橱里立着三个夹着老照片的木制相夹，
一个里面是合影，
一个里面是一个袒露着上半身的年轻女人，
一个里面是他们年轻时的妈妈。
门口放着一台用布罩着的中国造缝纫机，
靠近门口的梁上挂着两只连在一起的马口铁罐，
莱索托人谓之"博雷卡纳"，
一旁则横着一根一端用布箍着的手杖。
司机说，
罐子的主人曾被国王集结到丛林中，
接受几个月的高强度训练，
最终成为男人和勇士，
而身边这个黝黑、消瘦、不会英文，

朴实、热情、友善，
裹着巴索托披毯的年轻人，
他说，
或许就是当年某个勇士的后裔。

从卧室出来，
转过墙角，
我看见三个孩子和老祖母正依偎在石头上
吃我刚才让司机送给他们的蜜橘和苹果，
最大的那个女孩不知跑去了哪里。
我问阿妹他们叫什么、几岁了，
她让他们自报家门，
他们十分听话地挨个用英文作了回答。
阿妹说，
他们在念小学或学前班。
我告诉老祖母，
等桃子成熟的时候，
一定会再来看他们的，
她的脸上笑开了花。
汽车掉转头后，
我隔着车窗微笑着向他们挥手，
他们也都微笑着向我挥手。
他们是不是认为那只是一句客套话呢？
不管他们怎么想，
那个时候，
或早或晚些时候，
我十有八九还会再来看他们的，

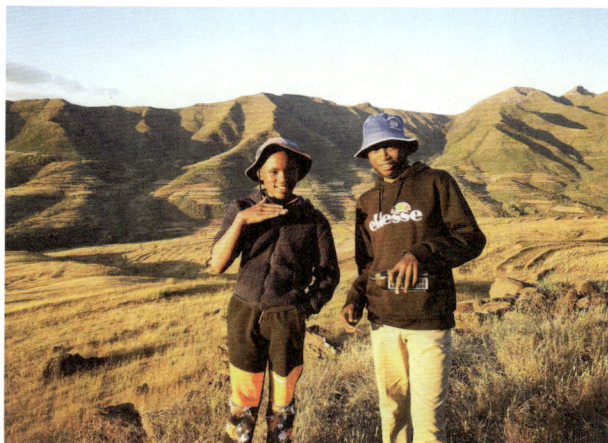

▲ 莱索托高地青少年（摄于二〇二二年五月十六日）

他们肯定不知道，
这里面还藏着一个小小的秘密。

返回马塞卢的途中，
柏油路部分路段的边缘，
残留着白垩似的痕迹，
那是人们此前为了融化积雪而撒的盐。
野生动物和牧羊少年的羊群经过时，
想必会停下来舔上一口解馋吧。
我问司机能否播放几首莱索托本地歌曲。
他随即播放了几首，
其中一个有着烟嗓的歌者就来自他的村庄，
比年近半百的他年龄还大。
那几首歌曲节奏欢快，感情奔放，
纯净，朴实，原生态。

有几种传统的民族乐器，

他居然叫不上名字，

我不禁揶揄他不是莱索托人。

他兴致勃勃地解释着歌词，

歌词或讲述山民和大山的故事，

或讲述词作者对人们的爱多如天上的繁星。

点点的繁星，

在阒寂漆黑的高原的寒夜里，

从半山腰到山脚下，

闪烁着。

此时此刻，

羊群正在圈里或棚子下睡觉吧，

马儿、驴儿和牛儿也在睡觉吧。

牧羊少年呢？

他也在睡觉吗？

或许，他在做饭，

或许，他在看电视，

或许，他在跟某个女孩子网聊，

又或许，他正和伙伴们在附近的小酒馆里

一边侃大山，

一边畅饮着马鲁蒂啤酒[6]或者别的什么酒。

不管怎样，

他总会进入自己，

或者羊，或者马，

或者驴，或者牛，

或者所有它们的梦乡的。

不管怎样，

粉色的桃花，

鹅黄的柳树，

是不会在夜色浸染里变成黑色的，

也不会在寒风里凋谢或枯萎的。

明天，依旧没有地震和海啸，

明天，阳光依旧灿烂而温暖，

明天，清晨的鸡啼和鸟鸣依旧准时而清脆，

明天，牧羊少年依旧要赶着羊群，

步行着，或骑着毛驴或骏马，

到有青草或干草的山坡上，

一边牧羊，

一边眺望那再熟悉不过的绵延不尽的山脉，

可能还会偶尔发个呆，

想一想心事，

旧的，抑或新的心事。

今晚，

月亮格外的皎洁，

清辉遍洒莱索托高原。

拉开窗帘，

举头望那久违的明月。

案头，

一块豆沙月饼，

一杯南非红茶，

一罐马塞卢的马鲁蒂啤酒。

月里的桂树，

墙外的桃树，

▲　莱索托高地傍晚时分的山脉、云朵与月亮（摄于二〇二三年
三月六日）

池畔的柳树，
如此时的我和月，
静默无声。
圆圆的明月，你看见了吗？
你抚照着的可是桃树和柳树啊！

此时此刻，
在这高耸比天的王国里，
大概不会有哪个牧羊少年也在凭窗望月吧？
管他呢。
身在高原之外的时候，
他或许会在某个月明的夜晚，
不经意地瞥见月亮，
然后想起高原上和羊圈里白白的月光；

或许，他也会想起房前的桃树和屋后的柳树，
还有那粉色的花朵和甜蜜的果子，
细长的枝条和如雪的飞絮吧，
因为……
因为他是莱索托牧羊少年啊……

二〇二二年九月一日
莱索托王国

【注】

[1]宾馆名称，位于马塞卢市区。

[2]莱索托主要民族名称，又称"巴苏陀"。

[3]南非货币名称，全称为"南非兰特"。

[4]莱索托货币名称，单数为"洛蒂"，复数为"马洛蒂"。

[5]莱索托国花，又称"多叶芦荟"。

[6]莱索托本地产的一款啤酒，以马鲁蒂山脉命名。

【说明】

一、本诗创作灵感源于五月份的一次短暂的莱索托之旅。当时遇见一位曾做过牧羊人、现在某公司担任保安的青年，闲聊之余，请他弹奏自制吉他哼唱了一首莱索托民谣。

二、创作本诗还有另外两个主要原因，一是莱索托确实有很多值得书写的地方，二是关于莱索托的中文文学作品十分稀少，很多中国人不了解，甚至都不曾听说过这个国家，需要一些这方面的信息去认识这个陌生的国度。

架起文学沟通的桥梁

六月二十九日，正在拉脱维亚参加国际学术交流活动的赞比亚大学人文与社会科学学院艺术、语言与文学研究系主任，文学评论家，剧作家奇拉·奇拉拉博士问我能否帮忙引荐莱索托国立大学对应院系的负责人，说有意同莱索托国立大学寻求合作，开辟交流渠道。我欣然答应，并随即给莱索托国立大学历史讲师西恩·莫雷纳凯芒·马利赫博士留言，请他帮忙联系。

▲ 莱索托国立大学一角（摄于二〇二二年十月二十四日）

　　我之所以能结识马利赫博士，其实缘于他的弟弟德贝罗·布莱恩·马利赫。德贝罗在我工作的莱索托波利哈利输水隧洞建设项目担任土木工程师。他们来自混血家庭，父亲是莱索托人，已故，母亲是南非人，葡萄牙血统，现在南非做生意。我想写一部关于莱索托和南非的小说，一直在寻找写作素材。我对他们的家族历史很感兴趣，想着可以把它作为素材的一部分。今年四月底，我问德贝罗能否在空闲的时候向我讲述一些家族故事。他推荐了哥哥西恩，说西恩是专门搞学术的，而且写过专著和论文，应该有很多素材。他还给我发了一张比勒陀利亚大学官方网站介绍西恩的网页截图，截图显示西恩是在莱索托国立大学读的学士和硕士，在比勒陀利亚大学读的博士，是南部非洲经济史学家和商业、货币、移动电话民族志学家。

　　几天后，我和西恩取得了联系。我跟他说可能需要他提供一些家族故事，以帮助我完成素材搜集工作。他听后很高兴，并说自己正在创作一部关于父母的传记，写好后会让我阅读，里面应该有不少有用的素材。当然，我也跟他提起我去年在赞比亚大学出版社出版了一部关于非洲的英文长篇小说《幸运人酒吧》。我想，正是对历史、故事、学术和写作的共同爱好，才奠定了我们始终保持沟通的基础。

　　在收到我的留言两天后，也就是七月一日，他说已经联系上莱索托国立大学人文学院英语系系主任莱勒勃海勒·莱特拉特萨博士，告知了她事情缘由，说她十分愿意和赞比亚大学建立学术交流与合作的平台。我把她的邮箱分享给了奇拉博士，博士对此十分感谢。我本人也给她发了一封邮件，作了自我介绍，提到那部关于莱索托和南非的书的写作计划，并说以后可能需要她的帮助和支持。

　　目前，赞莱两国在文学和文学研究领域的交流几乎还是空白，中莱两国在上述领域的交流亦有很大拓展空间。相信两位学界领袖一定会搭建起一座人文交流的桥梁，连通民族和民心，文化和文学。作为一个中国人，能为赞莱两国文学交流奉献微薄之力，我从心底里感到荣幸。毫无疑问，南非和莱索托王国本身，以及莱、南、赞、中之间有太多可以书写的故事，为中非文学创作和交流添枝加叶、添砖加瓦，无疑是一件美好而有意义的事情。赞莱两国相关主管机构、作家、学者等对两国在文学学术交流领域打开新局面充满信心和期待。

听闻我要写一部关于莱索托和南非的书，莱索托莫霍特隆地区前大酋长、国王莱齐耶三世的叔叔托马斯·马蒂亚里拉·塞伊索的遗孀塞蒂巴佐·马蒂亚里拉·塞伊索评价说："真是太好了！谢谢您！这是一个非常好的倡议，也会带来很大的帮助。祝

▲ 马塞卢一家叫"Piri-piri"（可音译为"霹雳霹雳"，也就是"葡萄牙辣椒酱"）的葡萄牙餐厅的墙壁上布满了世界各地食客留下的涂鸦（摄于二〇二二年十月十一日）

您这本关于莱索托和南非的书好运。您会发现这将产生一种不一样的推动力量，而且阅读一位非本土人士书写的作品一定十分有趣，因为他会从客观的立场书写不同的观点，并从一个外来者的视角看待事物。"

二〇二二年年底，我刚认识她的时候，她跟我说她有许多中国朋友，也去过中国，还提到一位中国作家出版的一本书中就有关于她和她丈夫的内容。她给我一看，原来是作家、旅行家、摄影师梁子二十一年前出版的《独闯非洲高山王国——一个中国女摄影师在非洲村落的生存纪实》。后来，我还专门借出来阅读。

前几天，她看了奇拉博士关于拙作《幸运人酒吧》的书评，问该书什么时候可以买到，她想读一读。我说不久的将来会考虑再印一批，并试着在莱索托和南非的书店上架，而且还可能制作成电子书，上传到亚马逊电子书平台，到时候她就可以读到了。

她的上述评价，以及她对拙作的浓厚兴趣，对我来说既是勉励，也是鞭策。作为帮助莱索托和南非经济社会发展的万千中国人中的一分子，作为在非洲工作了近八年的一名中央企业员工，我感到自己比以往任何时候都更加有责任和义务为推动中非友好作出更多、更大的努力。我真心希望用手中的笔为这一美丽图景再添一抹动人的色彩。

二〇二三年七月七日
莱索托王国

莱索托的春天

转眼，来莱索托一年多了。提笔的这一刻蓦然发现，在这个高原国度，每个人都是牧羊人，每个人也都被放牧着，正应了那句"初闻不知曲中意，再听已是曲中人"。

在这里，我们离天空很近，因为有山的臂膀托着双脚；在这里，我们离喧嚣很远，因为有风的絮语抚着耳朵；在这里，孤独是有的，但更多的是结伴而行，朝着同一个方向，不管是闲游，也无论是跋涉。

站在波利哈利的任何一个点，我们都能迎来比低地更早的日出，送走比低地更晚的日落。我想这是山脉和太阳达成的默契或者不一样的约定。我们的人也和太阳保持着同一步调，早出而晚归。

现在是莱索托的春天，以传统标准衡量，它应当是一年中温度最舒适、景色最宜人的季节。没错，这个时候，人们终于摆脱了厚厚冬装的束缚，身心变得轻松；一座座村落、一座座房舍掩映在一片片如霞似锦的桃花之中，宛如一幅油彩画卷；沿着蜿蜒河流生长的柳树，鹅黄的枝条临水自照，尽显婀娜；栗色的马驹和白色的羊羔在绿色的泉水旁低头饮水，那泉水已不似七月冰寒激齿了；在泉水的镜面中，时而掠过长了新羽的鸟儿的轻捷的翅影，鸟鸣声也变得如驴骡铃声那般清脆……

尽管如此，我还是要说，这里一年四季分明，每个季节都是

▲ 项目员工正在向附近村子里的老太太展示为她拍摄的照片（摄于二〇二三年八月二十七日）

美丽的，而不单单是春天。刚刚过去的冬天，我们迎来了四五场降雪，那是对长久未曾见雪的北方人的慰藉。风大时，簌簌的雪花在寒风中扯成一股股似断还连的白绳，风小时，则如梨花般漫山遍野地飘洒开来，银装素裹着田野、农舍和山脉，当然还有我们的工地和工地上的工人和装备。很多人想到非洲，就会想当然地认为这里一年四季都是一片骄阳似火的热带大陆，其实不然，因为他们不曾见过莱索托晾衣绳上衣襟下面挂着的冰琉璃，也不曾见过海拔三千多米处那座很有名气的滑雪场。或者可以说，非洲大部分的雪都降落在了莱索托高原。

桃树、柳树、杨树、槐树，这些树木都是中国北方所常见的树种，在莱索托也随处可见，因此，对于出生在中国北方的我来说，这里的自然景色总给我一种熟悉而亲切的家乡的味道。驱车行驶在高地盘山公路上，我仿佛穿梭在青藏高原，只是缺少了牦牛、藏野驴和藏羚羊的身影罢了。尤其是秋天的时候，这里也是一派秋高气爽的景象，阳光灿烂而通透，与中国北方毫无二致，于是，思乡之情便在这光景的抚慰下稍稍疏解了。

夏天自不必说了，这是一年中雨水最多的时节。雨水的滋养绿了山坡、壮了庄稼、肥了牛羊，给山脉披上一条条如哈达般雪白柔美的溪涧和瀑布。此时也是瓜果丰收的时节。在路边，总会有当地的村妇和儿童端着一盆盆、一盘盘刚刚采摘的桃子、杏子，奔跑着聚集到你的车窗外面。你味蕾大开，唇齿生津，买了大大的一袋，一路大快朵颐。

夏天，太阳落山晚，吃过晚餐，大家三三两两结伴沿着波利哈利临时营地外面的公路散步、聊天，有时还要爬一爬那座小山

▲ 莱索托高地盛夏时节的河流与柳树（摄于二〇二二年十二月十四日）

头。其余季节，爬山或者徒步于原野似乎是不明智的。等大家返回到主路上时，你会看到这样一幅画面：每个人都在或蹲伏或弯腰剔除鞋子和裤子上数不清的刺，那是多情枯草的慷慨馈赠。

项目分波利哈利和卡兹两个区域，两地相距约一个半小时车程。得益于一期工程修筑的大坝，卡兹区域有大面积的水库，山的壮美、赭黄，水的柔美、碧绿，相互映衬，对比强烈，给人以视觉上的冲击。水库里盛产虹鳟鱼，味道鲜美，无论是炖、炸、蒸，还是切成生鱼片蘸着芥末酱吃，都可以满足你对鱼肉的美好想象。我们和渔场有固定的联系，从他们那里一次性买个几十条不在话下，但不是每天都有，是要碰运气的。

现在，波利哈利和卡兹，因为我们这样一群人的到来变得愈加热闹，而这种热闹显然不同于喧嚣，相反，它使人感到踏实和安稳。来自欧、亚、非、美四大陆十二个国家的人们因为这项浩大的工程汇聚在这个不大王国的两隅，每天都和太阳保持着同一步调，早出而晚归。他们相信，唯有和太阳保持同一步调，才能像农民一样颗粒归仓。

在这里，我们每一个人都是牧羊人，放牧着自己的工作、生活、友谊和梦想；我们每一个人也都被放牧着，在牧羊人的引导下，去长着最嫩青草的山坡吃草，傍晚时分依然记得回家的方向。

在波利哈利这个多风的春天，请允许我向我们这支绰号"小联合国"的跨文化团队致敬！我想说，经历是辛苦，回首是幸福！奋斗在一起，是我们今生最大的缘分！

二〇二三年九月三日

莱索托王国

年轮·二〇二三

二〇二三年已经成为历史。刚刚过去的一年，就个人生活和兴趣而言，有歉收，也有丰收。歉收，是因为去年是自二〇〇六年上大学以来的十七年间，文学创作量最低的一年，也就区区三篇文章（《我为外交官改书稿》《架起文学沟通的桥梁》《莱索托的春天》）和一首歌词（《科帕诺之歌》），可谓少得可怜；丰收，是因为我得到了一些帮助和支持，或者说是理解和厚爱，当然也因为心底的那份热爱，滋养这棵生活之树开出了花、结出了果，也画出了一个大大的年轮。

二〇二三年，英文长篇小说《幸运人酒吧》电子书和有声书先后在亚马逊和谷歌等多个平台上架，等待着有缘的读者与它邂逅。在国内，我的单位水电十一局海外事业部和我的母校河南工业大学外语学院的学习平台已经或者即将可以免费听到这部书。

二〇二三年，赞比亚大学人文与社会科学学院语言、艺术与文学研究系系主任奇拉·奇拉拉博士撰写了一篇书评，并发表在赞比亚大学《法律与社会科学》期刊。他关于拙作的一篇学术论文还在准备撰写中。博士的戏剧集《〈死树根〉及其他戏剧》很快也要付梓了，期待早日拜读。

二〇二三年，尼日利亚乌卡里联邦大学英语与文学研究系教授伊格内修斯·查科乌玛也在就《幸运人酒吧》撰写一到两篇评论文章，预计在剑桥大学核心期刊《非洲》发表。我对他说，用英文创作文学作品很难，他勉励我一定要坚持下去。

二〇二三年，我和国内一些研究机构和高校对比较文学、外国文学、中外文化交流感兴趣的专家学者保持着联系，分享心得和体会。对我来说，这也是一种学习和成长。他们让我艳羡地认识到，在学术方面，他们真的很专业；他们也让我自豪地认识到，任何个人看似微薄的努力，都可能带来更大的助益。

二〇二三年，我帮助时任赞比亚驻华大使馆负责教育、旅游与文化事务的一秘纳姆布拉·瓦姆伦圭先生，润色了他关于中国的一部书稿。他虽已不再担任驻华使节，但我们一直保持着联系。希望他的大作早日出版，让我们领略一番外国人眼里的中国。同理，非洲学者之所以对中国人创作的非洲题材的英文小说抱有浓厚的兴趣，也是因为他们极想看到中国文学视野里的非洲是什么样子。

二〇二三年，我托人向赞比亚高等教育部部长道格拉斯西亚·卡利马赠送一册《幸运人酒吧》。还记得在赞比亚期间，我和同事参观走访了好几所赞比亚高校，最熟悉的莫过于赞比亚大学了，那里有拙作的出版机构赞比亚大学出版社，有举办新书发布会的孔子学院多功能厅，我们单位也曾多次组团参加在校园里举办的中资企业人才招聘会，为不少大学生带去了就业机会。

二〇二三年，"一带一路"国际合作高峰论坛举行前夕，《北京日报》国内国际部主任记者白波老师撰写并刊登了《中国电建水电十一局员工袁海厅：以文学感恩这片美丽的土地》这篇报道，中国作家协会等机构进行了转载。这篇报道使我更加确信，任何个体的文字书写其实都是在为更多的人，甚至不同的国家和地区保存一份集体记忆。

二〇二三年，由我作为联合制片人之一、赞比亚青年导演保罗·沙维尔·威洛执导的非洲本土电影《灼心》入围突尼斯迦太基国际电影节最佳长故事片奖竞赛单元，并发布官方预告片。该片将于今年三月二日在卢萨卡举行首映礼。此前，我和赞比亚本土音乐人合作了六首英文歌曲。电影，是一个全新而有趣的尝试。

二〇二三年，我与莱索托设计师恩库安雅尼·皮特索和知名音乐人、莱索托驻爱尔兰大使馆参赞塞里莫·塔巴内分别联合创作了项目联营体的标识和文化推广歌曲。这两款文化产品彰显了莱索托艺术家的艺术创造力和莱索托传统文化的魅力，也彰显了中莱文化艺术交流与合作足以碰撞出美丽的火花。

二〇二三年，我有幸结识了南非比勒陀利亚经济史学博士、莱索托国立大学历史讲师、《作为政治的商业：巴索托经济独立

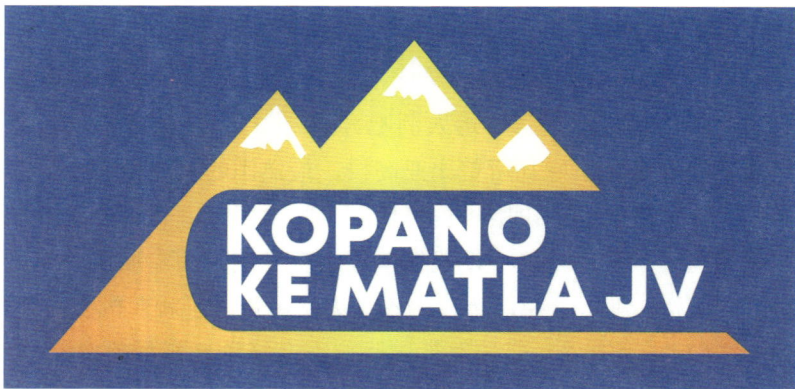

▲　作者与莱索托设计师恩库安雅尼·皮特索联合设计的联营体标识效果图

说明：三座山头代表三家联营体成员，也体现了莱索托高原多山的地理特征，而山头积雪则体现了莱索托冬季寒冷多雪的气候特征；金色的底色是黄河的颜色，寓意努力打造闪亮品牌、创造优良业绩；山体内部，是一片左端呈弧形的矩形镂空，联营体英文全称位于镂空内，代表着联营体使用盾构机向前掘进，直至隧洞贯通。

标识整体为三角形，庄重、稳固、可靠，体现"诚信履约、安全履约、规范履约、优质履约"的企业文化。整体设计简洁大方，色彩鲜明，辨识度高，富有内涵，而且图案和文字等因素相互嵌套，十分紧凑，体现了紧密团结、凝聚力量、勇毅前行的联营体精神。

斗争的两个世纪》一书的作者西恩·莫雷纳凯芒·马利赫。他本人是欧非混血，他的家族史及其映射出的南非和莱索托历史，是我们共同感兴趣的话题。

二〇二三年，我用自己的手机点滴记录着莱索托的风土人情、项目上的施工生产和活动、身边同事的工作和生活，那一帧帧影像已然成为我本人和集体记忆的一部分，无论何时都不会褪色。

二〇二四年一月一日
莱索托王国

从非洲到中国的空中之旅

马塞卢，约翰内斯堡，香港，郑州。

莱索托，南非，中国。

一趟旅程，两家航司，三个国家，四座城市，六个时区。行程一万三千多公里，空中飞行十五个多小时。

▲ 作者在南非约翰内斯堡桑顿城纳尔逊·曼德拉广场的纳尔逊·曼德拉雕像前（薛湘亭摄于二〇二二年七月六日）

屈指算来，十五个多小时，既短，也长。说它"短"，是因为还不到两天时间；说它"长"，是因为我竟然从夏天飞到了冬天。

从上个月莱索托的阳历新年，到这个月中国的农历新年，时间似乎过得很快。转眼间，二〇二五年的阳历年和农历年也就要到了。这大概就是时间的力量吧，在悄无声息中裹挟着一切，不停地向前驱驰。

行李一如既往地简

单：背包一个，可以随身带上飞机的小皮箱一个。这个皮箱跟随我第一次走出国门，辗转于中国、尼泊尔、赞比亚、南非和莱索托五个国家，和我一起消磨了十三年的时光。它是我最忠诚、最亲密的旅伴。

二月一日，八点左右，莱索托高地，波利哈利输水隧洞建设项目进口区域管理营地，天气晴好，大家像平时一样忙碌着。我拎着行李，从宿舍向办公室前方的停车场走去，司机已经在那里等着我了。等着我的，还有两名莱索托社区联络官。这是我没有想到的，因为我并没有提前告诉她们我会几点出发。

我向停车场走去时，只见她们其中一个站在车边，另一个远远地跑过来，要帮我拎皮箱。她走在前面，我们说笑着迈着步子。

我跟她们道完别，便坐进了车里。很快，我又下车，打开后备厢，从背包里取一样东西。这时，她们又突然出现了，站在一边，流着泪，也不说话。我原以为她们已经走开了。我强装镇定，简单说了句："好啦，回头见！"过了片刻，她们便结伴离开了。等我取出东西，扣上后备厢时，抬头发现她们已向办公区走出几十米远。

▲　作者在南非与莱索托交界处的萨尼山谷（孙栋梁摄于二〇二三年三月五日）

车启动，掉头，向营地外的公路驶去。看着窗外熟悉的山峰，一时间，在莱索托的十八个月，在赞比亚的三十二个月（从上次休假返回赞比亚算起），在南非的一个多月，四年多的时光，一步一步，一点一滴，无数往事和面孔，纷至沓来，像过电影似的，历历在目……

▲ 马塞卢办事处墙上张挂的当地艺术家创作的绘画作品，展示的是莱索托高地村民的日常生活（摄于二〇二四年二月一日）

此时，正值南半球的夏令，是莱索托一年当中景色最怡人、温度最舒适的季节。绿色的山坡，山坡上参差错落的屋舍和成群结队的牛羊，以及穿戴着巴索托皮靴、披毯和帽子，骑着骏马的莱索托牧羊少年所组成的立体的景象，宛如一幅幅油画，鲜明、斑斓而生动。一位莱索托同事昨天赠给我的一张明信片，展示的就是一位骑着骏马、穿着传统服饰的牧羊人的形象。这一幅幅画面已然张挂在我记忆的画廊之中，不仅供我独自欣赏，也随时欢迎感兴趣的访客驻足品鉴。

我不得不承认，窗外的景色和十八个月前，也就是二〇二二年八月（我和两位同事曾于二〇二二年五月来莱索托进行项目前期考察，在莱待了三天时间）相比，差别还是很大的。这大概不是因为景色确实变化了多少，而是因为经过一段岁月的洗礼，情怀发生了变化。毫无疑问，这是一个从陌生，到熟悉，再到融入的渐变过程，也是一段深刻的心路历程。

从一开始一个人孤身赴莱——没车，没司机，没吃的，没住的，可谓举目无亲，也因此走了很多弯路，碰了很多壁，交了很多"学费"，但也只能硬着头皮撑下去——到后来招聘到第一名当地员工、第二名当地员工，中国同事们也陆陆续续进场，一切都有了，一切都在向好变化。现在，我们拥有来自中国、印度、尼泊尔、土耳其、英国、瑞士、埃及、埃塞俄比亚、赞比亚、津巴布韦、纳米比亚、南非、莱索托等十三个国家的一千五百多名中外员工，项目所辖的波利哈利和卡兹两个区域各项生产活动昼夜不停地进行着。"手中有粮，心就不慌"，现在，移目窗外的风景，眼里和心底更多的是一份踏实和从容。

过去的十八个月，坏事、好事，失败、成功，烦恼、快乐，矛盾、融合，踟蹰、前行，所有的事情都交织着、缠绕着、博弈着。回头再看，一切皆是序章。缺少它们中的哪一个，经历和记忆都是不完整的。它们一起延展了我们生命的宽度和视野的广度。

去马塞卢的路上，以及在马塞卢逗留的当晚，我收到了不少莱索托同事和朋友的留言，他们祝我一路平安，愿我早日返回。随行的司机问了我两三次休假多久，什么时候回来。我说，休假结束就回来。他说，等我回来，他一定开车去机场接我。甜话也好，真话也罢，我还是感受到了那份温暖，至少某些人的追忆里还有个我。

由于时间仓促，我没有和一些身在马塞卢的莱索托朋友当面道别，但都通过留言的方式

▲ 作者的莱索托同事赠送的独具莱索托特色的礼物，其他礼物还有T恤与衬衫等（摄于二〇二四年一月三十一日）

一一告知了。对于那些坦诚相见的，帮助过我个人或项目的朋友们，我在此向他们道一声"谢谢"！

不得不说，整个旅程十分顺利，而且还完美地弥补了一个马拉松式的缺憾。能亲眼见一见大海，一直是我心底的执念。出国十三年，坐了那么多趟航班，但我都未能从飞机上俯瞰大海，要么因为不飞越大海，要么因为飞越大海时正值晚上，黑咕隆咚的，啥也看不见。幸运的是，这趟航班将飞越印度洋，我不看海都不行。虽然购票时的座位并不紧挨着舷窗，但还是靠着舷窗那一排，而且飞机不满员，我左边的两个座位都没人，因此，我得以自由地坐在那个最靠近舷窗的座位。锦上添花的是，机翼就横亘在窗外，且未完全阻挡视线，拍照、录视频时，还可以把机翼作为背景，效果甚好。

▲ 透过飞机舷窗鸟瞰印度洋海岸线（摄于二〇二四年二月二日）

飞机在马塞卢和南非机场滑行、起飞时，我都录了几段视频。飞机飞越印度洋时，我也录了几段。透过舷窗俯瞰，陆地、城市、河流、海洋所组成的画面犹如一幅活着的地图，而这地图使我不禁感受到自身的渺小和脆弱。蜿蜒而流畅的海岸线，平静而湛蓝的海平面，洁白无染的云海和云海上方透明的万里长空，像磁铁一样吸引我凝视着它们，而我又自知身在万米高空，远离尘嚣，于是，身心不禁变得轻盈、通透开来，不再去想尘世间的那些个纷纷扰扰，眼里、心里唯有那一望无际的碧海蓝天。

　　飞机飞越曼谷时，我专门录了一段视频。曼谷这座沉浸在深夜里的城池，万家灯火，充满了烟火气息。在那无数的灯火里，人们在做些什么呢？做梦？抑或加班？抑或在酒吧里买醉？某条公路上行驶着的某辆汽车里，司机要赶往哪里呢，又在想些什么呢？如果我从舷窗纵身一跃，以加速度向某个角落坠落，坠地的一刹那，我会看到什么、听到什么、嗅到什么呢？飞机的舷窗，那方小小的窗口，真的太神奇了。它使我的意识流成倍地增强和扩散，即使我闭上眼睛，它也使我自然地进入冥思状态。

　　经过漫长的飞行，凌晨五点左右，飞机在香港国际机场平稳着陆。那一刻，我真切地意识到，我终于回到了祖国的怀抱。可爱的祖国让美丽的香港迎接、拥抱我和同胞们回家！来自天南海北的同胞，不管是操着粤语、闽南语，还是四川话、河南话，他

▲　香港国际机场一角（摄于二〇二四年二月三日）

们都说着不改的乡音。航站楼里装点的龙形吉祥物、大红灯笼，烘托着龙年新年浓浓的喜庆氛围，使我们一踏上祖国的领土就感受到了再熟悉不过的年味。候机期间，我沿着候机大厅的落地玻璃窗眺望远处。隔着一架架停靠的飞机，我看到了一座座楼宇和山头。上午是多云天气，而机场海拔好像还有点高，导致山和楼宇都笼罩在低低的云雾之中，若隐若现，看不真切。下次有机会，我一定要走出这航站楼，去维多利亚港吹一吹带着甜腥味儿的凉凉的海风，看一看夜色笼罩的香港有多么灯火璀璨。

文章的最后，我姑且分享两件小事，一件是令人感动的事，一件是令人尴尬的事。

在约翰内斯堡飞往香港的航班上，前排坐着一位七十多岁的白人老太太，她右手边则坐着一位年龄相仿的老爷爷，应该是她老伴儿。那时已经是晚上了，很多乘客都已经睡觉，我也是。醒来后，我感觉脚上压个什么东西，也不重。低头一看，原来是个护颈，想必是前排老太太的。我把护颈捡起来，先拿它轻轻拍了拍老太太的肩膀，她没有反应。我又拍了拍老爷子的肩膀，他也没有反应。他们大概是睡着了。于是，我把护颈放在了他俩之间的扶手上。过了一会儿，睡意袭来，我又打了个盹儿。等飞机着陆，我和他们从座位上站起来，准备离开时，他们笑呵呵地对我说，非常感谢我把护颈放到他们座位上。护颈掉到我这边时，那个老太太说，他们曾试图叫我，但见我好像睡着了，就没再叫，担心打扰我休息。听他们这样讲，我真的很惭愧，为了不打扰我休息，老太太竟然在接下来的好几个小时都没能用上护颈。我知道，护颈对她帮助很大，不然她也不会随身携带。不管怎么样，我们虽然素昧平生，却以微笑相互作别，足矣！

而那件令人尴尬的事则发生在从香港飞往郑州的航班上。我的左手边坐着一家三口：一位年轻的母亲和她的两个女儿。她要带着俩孩子去他丈夫位于周口农村的老家探亲过年，而这还是她们第一次来河南，她说要好好看看河南的雪。靠着我坐的是她的大女儿，五岁多。她好奇心很强，也不认生，老是叔叔、叔叔地问我一些稀奇古怪的问题，或者就是让我帮她调大耳机音量、在屏幕上选择电影等等。为了避免她问更多的问题，我不得不假装眯眼睡觉，但这根本无济于事。说实话，我有时候比较讨厌小孩儿，就是因为孩子太吵，而且说的话、问的问题往往使人无语。其间，她说她憋得慌，要撒尿，但由于乱流，飞机颠簸得厉害，空姐不让上卫生间。飞机着陆滑行一段时间后，那位空姐主动地对我说："她是你孩子吧？她现在可以上卫生间了。"闻此，我和她妈妈都没说啥。我赶紧站起来，指示她去厕所那边，她屁颠屁颠地就过去了。现在想想，这还挺好玩儿。坐了趟飞机，无缘无故地当了一回爸，算不上吃亏哈。

二〇二四年二月十六日
商丘睢县家中

附录一：歌词

科帕诺之歌

作词 | 袁海厅 / [莱索托] 塞里莫·塔巴内
谱曲 | [莱索托] 塞里莫·塔巴内
演唱 | [莱索托] 塞里莫·塔巴内 / [莱索托] 塔米娅·蒲科

荣耀雄壮，岿然坚定，
像巍峨的塔巴纳－恩特莱尼亚纳山，
像江河中的雄鳄，
像飞越山谷的雄鹰，
像初升的太阳，
光芒四射照耀山巅的冰雪。

世界就像田径场，
战斗就像梦想。
无论发生什么，
我们都将竭尽全力；
无论什么当道，
我们都将直面困难，

▲　科帕诺足球队队员在比赛前合影留念。该队在首次对外比赛中获得亚军，并用全部奖金购买衣物与文具，捐赠给了项目周边村子里的贫困学生（摄于二〇二三年十月四日）

不破楼兰誓不回还。

团结就是力量，

团结一致，

我们志在必得；

团结一致，

我们勇毅前行，

我们坚如磐石。

我们时刻紧握拳头，

我们是最后的磐石，

就像钢筋坚不可摧。

雄鸡报晓把我们唤醒，

我们开动机器凿穿大山。

让我们努力工作像个男子汉，

让我们小心工作保护好自己。

向前进，向前进，
我们就像坚固的冰川，
雄立于山巅，
我们想起科拉奎伊峰的巍峨雄伟。
我们是坚强的集体，
不同民族的人们相聚在一起，
荣耀雄壮，岿然坚定。

二〇二三年十一月
莱索托王国

【注】本文原文为英文，中文由作者自译。

附录二：时光相册

▲　作者与当时仅有的两名在莱索托的中国同事在马塞卢黑天鹅宾馆拍摄中秋节祝福视频（摄于二〇二二年九月八日）

▲　作者参观莱索托国立大学，并与该校保安合影留念（史志豪摄于二〇二二年十月二十四日）

▲ 作者参观莱索托国立大学，并与参加毕业典礼的毕业生合影留念（史志豪摄于二〇二二年十月二十四日）

▲ 作者与莅临波利哈利输水隧洞建设项目开展义诊活动的中国第十七批援莱索托医疗队及接受义诊的部分当地村民合影留念（摄于二〇二三年五月二十日）

▲　作者与中国第十七批援莱索托医疗队队长王加芳在海拔指示牌前合影留念（杨虎摄于二〇二三年五月二十一日）

▲　作者与中国第十七批援莱索托医疗队医生刘应超一起攀登雪山，并在山脚下合影留念（王加芳摄于二〇二三年五月二十一日）

▲ 作者与同事、兄弟项目负责人及莱索托中资企业商会会长一起陪同中国驻莱索托时任大使雷克中（左三）考察莱辛钻石矿（曹轩摄于二〇二三年五月二十四日）

▲ 作者探望由波利哈利输水隧洞建设项目与中国第十七批援莱索托医疗队联合救助的患儿（前排左一）（塞洽芭·马塞贡摄于二〇二三年六月二十三日）

▲　作者接受标准银行莱索托公司宣传片摄制组的采访，并与其合影留念（塞洽芭·马塞贡摄于二〇二三年九月十一日）

▲　作者与莅临波利哈利输水隧洞建设项目的当地小学校长（中）和老师在项目临时营地大门前合影留念（塞洽芭·马塞贡摄于二〇二三年九月十一日）

▲ 作者与莅临波利哈利输水隧洞建设项目的当地小学校长（左三）和老师在项目临时营地合影留念（塞洽芭·马塞贡摄于二〇二三年九月十四日）

▲ 作者与同事一起和中国第十七批援莱索托医疗队全体队员在医疗队驻地共度中秋佳节（王加芳摄于二〇二三年九月二十四日）

▲　作者到塔巴－采卡地区技术学院参观交流，并与该校校长科佐法朗·拉巴莱合影留念（塞洽芭·马塞贡摄于二〇二三年十一月六日）

▲　作者与莱索托知名歌手、莱索托驻爱尔兰大使馆参赞兼非常驻北欧五国代表团副团长、歌曲《科帕诺之歌》的曲作者和演唱者塞里莫·塔巴内在马塞卢枪兵宾馆洽谈合作、共进晚餐，并合影留念（塞洽芭·马塞贡摄于二〇二三年十一月七日）

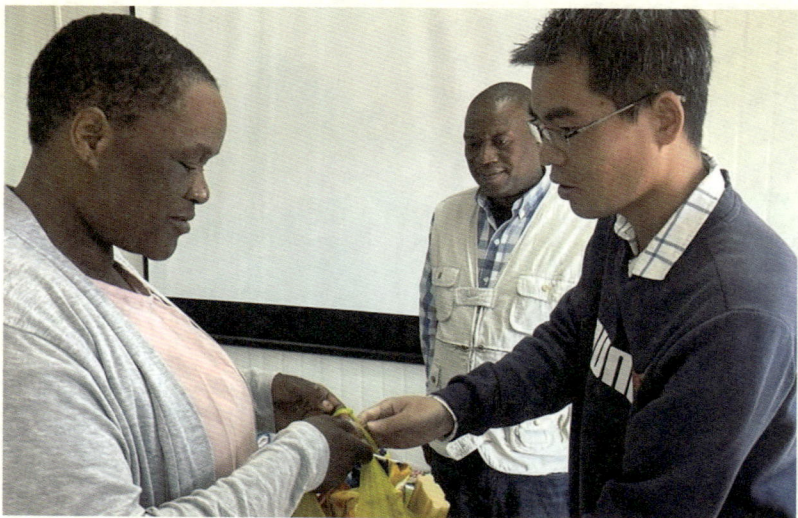

▲ 作者向当地贫困村民转交由波利哈利输水隧洞建设项目捐赠的圣诞礼物（莫莱菲·马赫塔摄于二〇二三年十二月十二日）

▲ 作者与当地警察局局长姆菲莱赫齐·哈特莱利在波利哈利输水隧洞建设项目举办的圣诞派对上合影留念（摄于二〇二三年十二月十五日）

▲　作者与中莱同事一起参加莫霍特隆地区大酋长雷洛托里·托罗·马蒂亚里拉·塞伊索（穿兽皮衣者）的就职典礼，并与其合影留念（塞洽芭·马塞贡摄于二〇二四年一月十三日）

▲　作者与莱索托同事一起同波利哈利输水隧洞建设项目监理方社区联络官玛梅洛·恩库伊贝女士（中）在莫霍特隆地区大酋长就职典礼午宴上合影留念（田雷摄于二〇二四年一月十三日）

▲ 作者身着莱索托传统服饰——巴索托草帽与巴索托披毯，与中莱同事一起参加莫霍特隆地区大酋长就职典礼和午宴（沙贝利·拉莫雷博利·弗朗西斯摄于二〇一四年一月十三日）

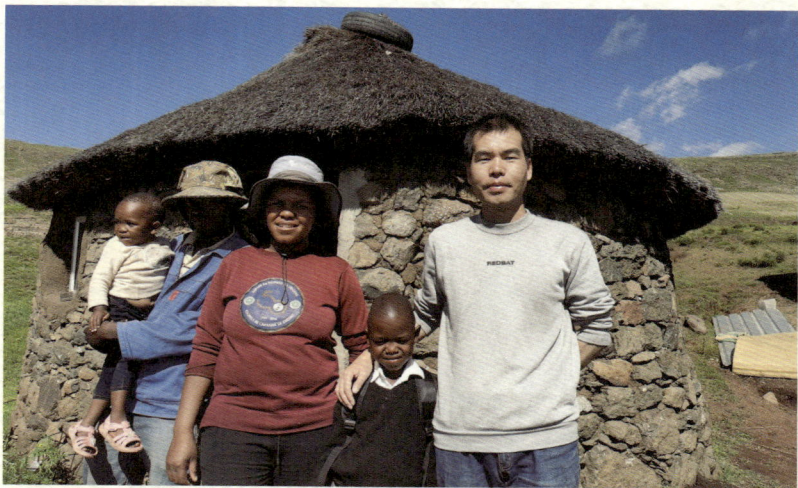

▲ 二〇二四年春节前夕，作者重访由波利哈利输水隧洞建设项目与中国第十七批援莱索托医疗队共同救助的患儿（中）。患儿母亲通过镜头祝中国医疗队与中国人民春节快乐（塞洽芭·马塞贡摄于二〇二四年一月二十四日）

第四辑

其他国家

OTHER COUNTRIES

我的日语外教石田裕子

二〇一一年三月十一日，即在我抵达加德满都差不多两个月之后，日本宫城县发生里氏九点零级大地震。在得知消息的那一刻，我并未想起我的日语外教石田裕子女士。随后的两三天，我也没有想起她，尽管关于东日本大地震的新闻报道如同地震所引发的强烈海啸一般席卷了电视荧屏、冲入了我的耳膜。蓦然想起她时，我在QQ空间里发表了一条"说说"，对她的安康表达了祈愿。很快，一位大学同学便发表评论说，她也竟一直没有想起石田老师，云云。不久，另一位大学同学给我转发了石田老师用日文写的电子邮件，大意是，她的家乡茨城县也是重灾区，水电供应和通信中断，但她及家人安然无恙。

娇小的身材、柔顺的披肩发、白嫩的皮肤、纯真的笑容、可爱的虎牙、朴素的装扮，是她留在我们二〇〇六级同学心底的一张春天般的写真。我们不知她的年龄，但想来，无非二十七八。可以说，她是一位典型的日本年轻女子，无论是外貌，还是温柔中透着几分活泼的性格。因此，这样一位老师，我们还有什么理由不喜欢她呢？

其实，我们和她相处的时间并不长，唯短短一个学期，也即半年不到。而且，日语口语课一周只有两次。平时，上完课，我们也几乎不跟她交流。如此种种原因，使得我们对她并不怎么了解。但是，这并没有什么。我们年龄差距不大，她又平易近人，

▲　石田裕子老师与二〇〇六级五班、六班部分学生合影留念（摄于二〇〇九年五月十日）

因此，上课氛围相当轻松，常常是笑声一片。说实话，相比汉语，她的英语不怎么好。平时上课，她主要使用日语和汉语。她的这种好性格，我们自然要加以充分地利用，具体表现就是，三番五次求她播放日本电影。我们的课都是在多媒体语音室上的，放电影也就是她点点鼠标的问题。一学期下来，她给我们放了好几部电影。不得不承认，这对提高我们的日语水平还是有所帮助的，哈哈。

　　二〇〇九年暑假，她返回了日本。此后，我们再也没有她的任何消息。转眼五年过去了，不知道谁的脑海里还曾有那张甜美的笑脸昙花一现。如果说陪伴我们一年两载的中国教师是匆匆过客的话，那些通常只教我们半年的外籍教师大概就是过眼烟云了。在中国，外教与学生之间的这种疏离的关系可以说相当普遍。个中原因，文化差异和中国学生缺乏与外教沟通的积极性与主动性是两个不容忽视的因素。

除了石田裕子老师，教过我的外教还有四位，分别是来自南非的英美概况课老师埃曼努埃尔，来自美国的口语课老师黑龙和罗伯特，以及来自美国的英语写作课老师亚瑟·博尔赫斯。黑龙、罗伯特和埃曼努埃尔老师现在都已经离开了外院，而博尔赫斯老师于二〇一三年的春天，因罹患肝癌不治，在郑州逝世。当时，由于忙于图书出版事宜，我未能去郑州殡仪馆参加他的追悼会。这自然是个大大的遗憾。不过，令人宽慰的是，我们二〇〇六级有好几位同窗从各地赶去，为他送行。或许，只有在听到这一噩耗的时候，我们才会忽然想起曾经有这样一位来自大洋彼岸、须发苍苍、性格乖张、左撇子，而且从来只写大写英文字母的老头儿，以一种不同寻常的教学方式，向我们传道、授业、解惑。当时，正在读大二的班长学弟郑士雷写了一篇悼念他的文章。征得他的同意之后，我稍事修改，将其收录在了散文集《苍山负雪》一书中，聊以纪念和寄托哀思。不知道，他给我们

▲ 在教室里手持绿植的亚瑟·博尔赫斯老师。这盆绿植是二〇一一级一班学生送给他的教师节礼物（郑士雷摄于二〇一二年九月十日）

每一个人取的英文名字，大家是否还记得。

扪心自问，我们难道不应该更为尊敬和铭记这些远道而来的老师吗？他们远离故土和亲朋，来到中国，然后备课、上课。或许，他们很想与我们打成一片，只是我们缺乏应有的兴趣和热情。在这异国他乡，同我们这一群中国学生在一起时，他们或许才不会感到孤独和冷清。而我们，似乎很难觉察到这一点，铃声一响，便踏进教室，铃声再响，便走出教室。如果时光可以倒流，我一定"改头换面"，做一个对外籍教师毫不见外的中国好学生。

当某一位外籍教师在我们的脑海里浪花一闪时，我们就这样想起了他或她，就像翻看一本尘封的相册时，无意看到一张曾令我们感动的照片一样。而此刻的问题在于，我们会将照片抽出，镶入相框，置于案头，还是一番追忆之后，合上相册，继续束之高阁呢？

在刚刚过去的第三十个教师节，千千万万的老师都收到了来自学生的一声祝福并一束鲜花，这其中自然也包括那一位位外籍教师。而已然毕业并参加工作的我们，是否这祝福与鲜花的赠送者之一呢？我们搜遍通讯录，是否能发现某一外教甚至某一中国教师的联系方式呢？

当你记挂的人杳无音信时，你对他或她的希冀往往就会变得十分单一：你若安好，便是晴天。前年，一位与石田老师还保持联系的同学告诉我，她正在印度尼西亚教授日语。借此机会，请允许我代表二〇〇六级选修日语的同窗，向石田老师和其他曾经和正在工大外语学院执教的外籍教师们表达一份良好的祝愿，祝愿他们身体健康、工作顺心、阖家幸福！

二〇一四年九月十七日

尼泊尔联邦民主共和国

向东是扶桑

同外国人聊天的时候，话题的选择十分重要。出国不久，我便得出了一个经验，那就是，若要使谈话氛围融洽，可采取一个放之四海而皆准的小小策略——投其所好，聊一些关于其祖国的话题。譬如，与德国人聊天时，可以谈谈贝多芬或慕尼黑的啤酒节；与美国人聊天时，可以谈谈玛丽莲·梦露或旧金山的唐人街；与印度人聊天时，可以谈谈泰戈尔或宝莱坞的电影；与尼泊尔人聊天时，可以谈谈丹增·诺尔盖或博卡拉的费瓦湖；而与日本人聊天时……

这里，我简单提一个奇怪的现象。二〇一一年春节的前几天，我来到了尼泊尔，在其首都加德满都待了一年的时间。这段时间，我经常乘坐计程车。有好几次，司机对我瞄上一眼，便问我是不是日本人。得到否定的回答后，他才会说出那句话："那你一定是中国人啦？"

这自然不是个案，其背后自然隐藏着某种缘由，譬如中日两国人民体貌特征相似啦，譬如他们仰慕日本的所谓"先进"啦，等等。同这些司机聊到日本时，我总会郑重地奉告，中国人普遍不喜欢日本人。至于个中原因，他们大概只知道日本侵略过中国等若干标签式、概念化的历史事件。仔细想来，这些历史事件不仅对于外国人如此，就连对于从小即接受正规历史教育的我们，又何尝不是呢？从我的口中，他们或许可以获取些许常识，但仅此而已。他们不会关心这些常识背后的东西，就像很多年轻的中国人一样。

同样，在同德国人聊八国联军火烧圆明园时，在同美国人聊抗美援朝时，或者在同印度人聊中印边境自卫反击战时，对方似乎也不会产生什么特别的反应，毕竟，那只是一段远逝的历史罢了，与他们并无半点瓜葛。但对于日本人，我真的就不得而知了。大学毕业之前，除了日语口语外教石田裕子女士之外，我未曾与其他的日本人进行过直接的交流。而在那整整一个学期里，我们从未和石田老师谈论过关于抗日战争甚至中日关系的任何话题。当时，我不禁思忖，若聊天的对象是个日本人，那我们当会以怎样的一个话题开场呢？是富士山，还是宫崎骏呢？

这里，我再简单提一下日语的学习。当时，河南工业大学外语学院二外科目只开设有日语和俄语，绝大部分同学都选修了日语，因为根据我们先前的了解，日语更好学一些。学了一段时间之后，我们发现确实如此。为什么呢？因为日语的源头是汉语。二〇一〇年一月，我参加了研究生考试。成绩出来，所有科目中，日语得了最高分。这倒不是说我学习多刻苦，只是说明，已有的汉语知识为日语的学习奠定了一个良好的基础而已。关于这两门语言，我还遇到过两件有趣的事情：一个尼泊尔朋友曾指着佳能打印机显示屏上的汉字，问那是日语还是汉语；而另外一个尼泊尔朋友则说，他几乎分辨不出来日语和汉语的发音有哪些不同。其实，他们不知道，语言只是冰山一角而已。大和民族的文化无处不渗透着中华文化的元素，譬如建筑、宗教、艺术，譬如书道、茶道、柔道，譬如饮食、服饰、节日，等等，简直举不胜举。关于中华文化对于日本的影响，我们还可以从唐玄宗李隆基写给日本遣唐使藤原清河的一首赠诗中窥得一豹。诗云：

日下非殊俗，天中嘉会朝。

念余怀义远，矜尔畏途遥。

涨海宽秋月，归帆驶夕飙。

因惊彼君子，王化远昭昭。

　　听闻我学过日语，很多朋友都嗤之以鼻。记得大姐在中国科学院攻读博士学位的时候，导师打算叫她去日本访问学习，她却不去，而原因之一竟是，她不喜欢日本人。众所周知，中国女人对日本人，尤其是日本男人心存反感，是有着历史原因的，那就是，日军曾奸污并杀害成千上万的中国妇女。如今，那些已入耄耋之年、所剩无几的慰安妇，还在分分秒秒地咀嚼着难以下咽的苦水。她们仍旧强打精神，苦苦地等待着，等待着正义得以彻底地伸张，等待着姐妹们在泉下得以安息。我认为，这种普遍存在的民族情绪，令人欣慰，也令人扼腕。所谓"欣慰"，是指大家始终怀着民族荣辱感，未忘国耻；所谓"扼腕"，是指中日历史上曾长久绵续的友邦关系不知何时才能"光复"。

　　一朝又一朝的史官们，曾挥毫记录下圣德太子、阿倍仲麻吕与鉴真和尚这一个个闪着光辉的名字。他们或曾希冀，扶桑国将与我华夏永世结好。但是后来，他们的笔变得颤抖了，变得沉重了，字里行间闪烁着刀光剑影，弥漫着烽火硝烟。于是，戚继光、邓世昌等更多、更光辉的名字出现了，但这光辉却未曾照彻东瀛的那片阴霾。那片阴霾不断扩散，最后笼罩住了整个神州大地，并降下滂沱的毒雨。再后来，就是"南京大屠杀"，这一道抹不去的伤疤。时至今日，这道伤疤还在隐隐作痛，轻轻一碰，便会溃烂，渗出鲜血。我想，最痛的，莫过于那些曾目睹亲人惨死却依旧健在的人们。这场惨绝人寰的屠戮，犹如一场梦魇，使他们在完全的清醒中，欲挣扎却无法动弹。

　　记得小时候，邻家的那位瘸腿老奶奶经常给我讲一些旧时代的故事，讲到日本兵来到村子里，看到年轻的女孩子时，她便拿着腔调，学日本兵叫"花姑娘"。现在想来，她那绘声绘色的模仿，比任何教材的描述都更加生动、更加深刻。妈妈告诉我，村里的另一位老奶奶曾遭受日本兵的轮奸。这位步履蹒跚、头发花白的老婆婆，我只偶尔见到，却从未跟她说过话。如今，她已去世多年，而那深藏心头几十年的不堪往事，也永远葬在了地下。就这样，经历过那段战争岁月的人们陆续死去。就这样，曾经口耳相传的故事逐渐地散佚、消逝，却鲜有人去搜集，去记录。这，确乎是个遗憾，是个悲哀。

　　二十世纪八十年代出生的我们，对那段岁月并无直观的感受，所有的感性认识都源于老一辈的讲述、教科书、文学作品和影视剧作品。如今，老一辈们陆续去世了，教科书翻破了，文学作品和影视剧看得都生了几分厌腻，我们却愕然发现，这些信息虽已如抗日战争的硝烟一般将我们完全包围，而我们时刻呼吸着，却丝毫闻不到血雨腥风的味道。我们是幸运的，出生在太平盛世；我们又是不幸的，错过了太多的峥嵘岁月。

　　每个人都知道"南京大屠杀"，但又有几人去过侵华日军南京大屠杀遇难同胞纪念馆呢？我没有去过，甚至不曾踏足江苏。每个人都知道清明节，但又有几人走进烈士陵园，在纪念碑前放上一束鲜花呢？我没有去过，甚至不曾祭扫爷爷奶奶的坟冢。"南京大屠杀"到底是什么？历史事件，历史概念，还是一个口头禅？我想，它大概是一个人。现在，他七十七岁了，已然垂暮。他经历了太多的沧桑，或者他本身就是沧桑风雨。他是否已然看透了什么？他是否尚有一个打不开的心结？他是否听见无数未曾睹其面容的人们在七嘴八舌地谈论着他？他是否听到有人说他永垂不朽？

永垂不朽——

所谓"永垂不朽"，源于薪火相传吧。传什么呢？是精神吧。什么精神呢？不是民族复仇的精神，而是实现伟大复兴、不再受人欺侮的捍卫尊严的精神。这种精神何在呢？我想，这种精神根植于五千年文明的传承，锤炼于一次次外族的入侵，延续于一代又一代中华儿女的家国情怀。我们年轻的一代，虽不曾接受炮火硝烟的洗礼，却分明地知道，我们出生并成长于一个叫中国的地方。没有目睹亲人和家园曾怎样地遭受外国的践踏与蹂躏，没有关系。知道这块广袤丰饶的大地曾经泛起无边的血光，已经足够。

明天，公元二〇一四年十二月十三日，将迎来首个"南京大屠杀死难者国家公祭日"。我想，设立这个纪念日是顺应潮流、顺应民意的体现。"它的设立，是为了号召全国人民悼念南京大屠杀死难者和所有在日本帝国主义侵华战争期间惨遭日本侵略者杀戮的死难同胞，铭记日本法西斯主义给中国人民及世界人民造成的深重灾难，表明中国人民反对侵略战争、捍卫人类尊严、维护世界和平的坚定立场；它的设立，是为了中国与世界更好地沟通，向全世界传递中华民族对于人权和文明的态度，向全世界表达我们热爱和平、维护和平的决心与责任。"除了这些，我想，它的设立还有一层意义，那就是使十三亿中国人民，尤其是青年一代认真地回首祖国的苦难历史，然后低头去反思，昂头去远眺。

明天，全国各地，尤其是南京，将会举办形式多样的纪念活动。在各种各样的纪念形式中，想必很多人都会选择撰写一篇纪念的文章。对于身处异国他乡的我来说，这恐怕是最妥帖不过了。书写这些文字的时候，我始终紧锁着双眉，且时不时地就会陷入沉思。记得二〇一一年的一天，我去加德满都的泰米尔购

物，在一家工艺品店，遇见一对年逾花甲、貌似夫妇的游客。我
本以为他们是中国人，随后从他们的交谈中得知，他们是日本
人。出于好奇，我走过去，用日语向他们打了招呼，并与他们简
短地聊了两句。接着，我便走开了。至于走开的原因，并非他们
不够热情和友善，而是我的日语表达能力有限，且面对日本人
时，眼前仿佛始终横亘着一道东非大裂谷般的鸿沟。但仔细想
想，这道鸿沟又算什么呢？太平洋如此浩渺，中日两国不还是劈
波斩浪，建立起了长久绵续的友邦关系，成就了一段历史佳话
吗？或许，我们当前所或缺的只是尝试。鉴真东渡，五番徒劳，
双目失明，最后还是成功抵达东瀛，并带去了唐朝的先进文化。
在这用亿万同胞的血肉换来的和平年代，我自然不愿看到，想必
两国人民也都不愿看到隔海相望的两国再次兵戈相向，悲剧重
演。在诗歌集《雨中菩提》中，有一首关于日本的组诗，叫《太
阳的传说》。其中，第一首名为《图腾》。

"东方人爱太阳，
最早沐浴太阳爱。"
多少个日升日落的过往，
"日出处天子致日落处天子"。
两岸的惊涛拍岸，
两岸的细浪呢喃。
往来的帆影染着夜色，
映着彩霞斑斓。

或许，这只是一个美丽的蜃景。毕竟，现实不会总如诗句般
柔美。

在长篇小说《三叶草》中，我描写了一个名为野原俊雄、怀

着浓厚中国情结的日本青年。这个角色，大概就是个情感寄托吧——

  ……他、黄菲和莫铭在附近的一个小饭馆订了一个小包间为野原饯行。去之前，野原特意提出让他带上吉他，到时弹唱几首。他曾发给野原几首自己录制的原创歌曲，从小就喜欢音乐的野原对他大加赞赏。当晚，首先由野原弹唱了一首《甜蜜蜜》，他则弹唱了谷村新司的《花》和野原校友"水木年华"的《在他乡》。

  将野原送到旅馆后，黄菲和莫铭就返回学校了。他和野原又聊了一会儿。野原的电脑里有很多照片（有在日本拍的，有在北京拍的，也有在刚刚旅游过的那几座城市拍的）、许多中文歌曲及不少中文电影，其中有两部是关于抗日战争的。他问野原看中国的抗日题材电影是什么样的感觉。

  "你们温总理不是说过'以史为鉴，面向未来'吗？我也是向前看的。何况，我有一半中国血统。"

  如今，阿倍仲麻吕还伫立在古都西安，鉴真和尚还趺坐于古都奈良，而那位七十七岁的老人依旧坐在南京城的一隅，不言不语。三个时代，三位老人，这，大概就是历史了吧。不知道，是否有人问过他这样一个问题：向东是什么？不知道他是否作出过回答。倘若他作出过回答，那又是怎样的答案呢？倘若要我作答，我大概会说：向东是大海，是日本，是扶桑——

二〇一四年十二月十二日

尼泊尔联邦民主共和国

【注】本文获得由中国作家协会中国作家出版集团、全国大学生文学社团联盟、中共常熟市委宣传部主办的"沙家浜精神"纪念抗战胜利七十周年全国征文活动优秀奖。

追风筝的人：天佑阿富汗

十月二十八日看新闻时，我才吃惊地得知，阿富汗二十六日发生了里氏七点八级大地震，邻国巴基斯坦也遭受了巨大的人员伤亡与财产损失。说实话，看到这条新闻的一刹那，我脑海中首先浮现的是世界地图上的这样一小片区域。在这片区域里，阿富汗、巴基斯坦、中国、尼泊尔和印度这五个国家，国境线蜿蜒交织。紧接着，我想到了"四二五"尼泊尔大地震，并下意识地猜测，这两次地震大概是有关联的：尽管阿富汗并不处于喜马拉雅地震带，却同处于此带的尼泊尔仅隔着巴基斯坦，距离并不远。而且，据欧洲科学家推测，尼泊尔西部在不久的将来可能会发生超过里氏八点一级的地震。自"四二五"大地震以来，尼泊尔可谓余震不断，四级以上的就多达数百次，直至今日，还时有发生。不过，此次阿富汗大地震未对中国、尼泊尔和印度三国造成重大影响。

虽对阿富汗了解不多，也不曾踏足那里，但我对这个国家却似乎从来都不陌生，就像其他许多人一样。关于阿富汗的新闻报道隔三岔五地就会在街头的 LED 或公交车的移动电视上出现，夺走我们的眼球。大概正因如此，我们对关于阿富汗的一些新闻似乎正在渐渐地见怪不怪起来，以至于熟视无睹、充耳不闻。我们想到阿富汗，脑海里盘旋着的似乎就只有宗教纷争、恐怖袭击、政治动荡和民不聊生等等灾难与不幸。灾难与不幸，大概真的就是这个中亚伊斯兰国家的写照了吧。而在这长久淹留、阴魂不散的灾难与不幸的伤口之上，神明却又像个调皮的孩子时不时地撒下一把盐来。

有些人，只有在非常情况下，才会闯入我们的脑海，就像"三一二"日本大地震使我想起日语外教石田裕子女士，"四二五"尼泊尔大地震使我想起久疏问候的几位尼泊尔朋友一样。正是因为这次地震，我才蓦然想起在阿富汗工作的一位朋友和我的单位在巴基斯坦所承建的工程。不知地震发生时，那位朋友是否还在那里；也不知地震发生时，那个工程是否已经完工退场。我真挚地希望他们一切安好。

其实，大灾大难面前，不好受的又何止那些深陷其中的"当事人"？自然还有那些爱莫能助的人们，譬如那些身在阿富汗之外却在关注阿富汗人民疾苦的千千万万的人们。他们不是驻阿维和部队的一名战士，不是援阿医疗队的一名医生，或许亦无法通过慈善组织向阿富汗捐献一笔救灾的善款，而只能作为电视观众和电台听众，收看、收听关于阿富汗的新闻。面对那些令人悲伤的新闻，或许他们只能在社交网站送出一份真诚的祝福，或者谱写一首充满关爱的乐曲，或者同身边的某位阿富汗人架起一座友谊的桥梁。但不管是祝福，还是乐曲，抑或友谊的桥梁，也不管多么微不足道，它们至少是真实的，是可以导热的，是可以使他们与这个陌生又熟悉的国度产生美好联系的橄榄枝。

事实上，此次地震之所以使我难以释怀，生发诸多感慨，还有另外一个层面的原因。不久前，我逛书摊时看到了两本精装的畅销书，其中一本书叫《岛》，作者为英国作家维多利亚·西斯洛浦。书的腰封上印着位列英国《卫报》二〇〇六年度畅销榜的六部作品，排名第一的是《岛》，排名第四十七的则是那部誉满全球的小说《追风筝的人》。毋庸置疑，出版社之所以截取此畅销榜单，无非是突出《岛》的受欢迎度及阅读价值，进而取得促销效果。巧就巧在，我随后就在书堆里看到了那本被《岛》远远落在后面的《追风筝的人》。想必，这就是所谓的"冤家路窄"。不过说实话，此种促销策略，有时可能会适得其反，或者更准确一点说，会起到使"绿叶"摇身变"红花"的客观作用。看到那个榜单，某些读者不一定就会舍"绿叶"而取"红花"，也可能反之，亦可能花、叶尽收掌中，譬如我。

▲ 《追风筝的人》与《岛》书影（摄于二○二四年三月二十八日）

不管怎样，如果是在别的什么时候和别的什么地方发现的《追风筝的人》，我也会买上一本的，只要是正版：一是因为我大学二年级时就听闻这部书出版之后在全球范围内好评如潮，销量飘红，却一直不曾拜读；二是因为我去年从一位同事那里无意间发现了那部同名电影，并认真地看了一遍，虽很感动，却未尽兴；三是因为我有很强的猎奇心理，对中亚国家一直怀有浓厚的兴趣，大学期间就喜欢借阅与中亚相关的图书。关于上述第二点原因，想必不少朋友都感同身受：看这样兼具长度、宽度与厚度的文学作品，最好还是在原著的字里行间游走一遍，而非于短短两个小时之内去欣赏一部由无数帧镜头剪接起来、经过再加工的版本。譬如我，除了觉得那部同名电影很真实、很感人之外，对它似乎并没有产生什么特别的印象，通过电影语言形成的阿富汗的样子依旧只是一个轮廓而已。而当撕开塑封，闻到一股淡淡的纸香和墨香时，我却随即产生了要翻开它一看究竟的勃勃兴致。

有些人知道《追风筝的人》这部小说，是从看那部同名电影开始的；而有些人或许只知道这部小说的名字，却不曾读过它的只言片语，甚至不知道作者姓甚名谁。其实，它的作者是阿富汗裔美籍作家卡勒德·胡塞尼，这样一个基本常识，我是在看到这本书时才确切知道的。古往今来，这种现象可谓层出不穷。仔细想想，这并没有什么大不了的。我们只管享受鸡蛋的美味就好，何必较真下蛋的母鸡是哪一只呢？自己的作品，哪怕只是作品名，而非自己的姓名被许多人记住，难道还不足以说明自身的成绩和价值吗？何况，作家搞创作，其实就是在写自己，所有的角色都映射着作家自身的影子。作品被认可了，其作者自然而然地就会实至名归。何况，作品永远是作家安身立命的最大本钱。

两天前，我开始交替着阅读这两本书。今天，读完了《岛》，而《追风筝的人》大约还剩三分之二。可能是先前对阿国的知识构成以及小说忧伤的基调综合作用使然，我阅读前三分之一的时候，眉头很少舒展。沉迷于胡塞尼娓娓讲述的间隙，脑子会冷不丁地跳转到对阿国的既有知识中去，并使这些知识与故事情节在眼前交织起一帧帧招贴画般的画面。这大概算不上分心，而是书中文字所引起的共鸣吧。

撇开创作技巧、风格等因素不说，我认为这本书写得十分成功。在本书的自序中，胡塞尼坦言，关于是否将其付梓，起初是犹豫迟疑的。是妻子罗雅动之以情，晓之以理的劝导，才使他最终决定出版。事实确如罗雅所言，这个世界到处都充斥着对阿富汗的误解与偏见；而结果亦正如她所预料，这本小说，向全世界讲述了一个关于阿富汗的故事，并让人们看到了阿富汗人民的另一面。换言之，胡塞尼本作的成功与成就，远远超出了文学层面。他通过文字，为一间昏暗的屋子打开了一扇窗，使我们看到了不一样的风景。

　　虽已加入美国国籍，但阿富汗是胡塞尼的祖国这一事实，是连真主安拉也改变不了的。胡塞尼对这片自己生活、长大的土地，怀着一种深沉而复杂的感情。我觉得，这感情里面至少杂糅着这样一种味道——悲悯。得知那里发生了地震，他大概会深感悲痛吧，而因这本书愈加了解这个国家和这个民族的读者的心弦或许也被悄然叩动了。

　　一个人，一本书，一个国家。这，大概就是胡塞尼，就是《追风筝的人》，就是阿富汗。

　　天佑阿富汗！

二〇一五年十月三十一日
商丘睢县家中

永远的勋章

——叙利亚战争侧记

　　二〇一一年三月，绿意盎然的春天，我在和平安宁的尼泊尔，在繁花盛开的加德满都谷地，端坐于宽敞明亮、由私人别墅改造的办事处大楼，面对笔记本电脑，操作着鼠标，下载 BBC 和 CNN 新闻音频，作为练习英语听力的材料。也正是在听其中一段新闻播报时，我听到了受二〇一〇年"阿拉伯之春"波及而爆发的叙利亚战争。从此，关于叙利亚战争和叙利亚难民的报道就不绝于耳。当两年后停止下载这些材料时，我还是没能逃脱它们，它们频繁地出现在出租车收音机和旅馆电视里、小贩手里的报纸和各大新闻媒体的网页上，讲述着由无数文字炮制出的无休止的流血冲突、枪声炮响和难民偷渡。我一度极不人道地感叹，一场战争，挽救了全世界多少濒临失业的新闻记者啊！

　　二〇一七年三月，炎热潮湿的雨季，我在和平安宁的赞比亚，在繁花盛开的凯富埃河谷，端坐于宽敞明亮、空调大开的办公室里，面对笔记本电脑，操作着鼠标，浏览着网页，搜索着关于叙利亚战争、刚果战争和战争难民的新闻。它们太多了，以至于我无从搜起、无从挑选。我本想给我正在创作的非洲和南亚题材的长篇小说找一些素材，却发现我所构思的情节在那些铺天盖地的新闻报道面前，是那么苍白无力、矫揉造作！那一段段文字、一幅幅图片、一帧帧视频、一个个数字，充斥着我的眼睛和脑海，使我赧然觉得我就是一个把自己的快乐建立在别人痛苦之上的看笑话的人，或者说幸灾乐祸的人。几经掂量，我最终决定在写关于叙利亚战争和叙利亚难民的情节时，一笔带过。

二〇一九年某月，在和平安宁的中国，在黄河之畔、法桐成荫的古都郑州，坐在宽敞明亮、温馨舒适的快捷酒店柔软舒适的弹簧床上，坐在鸟语啁啾、天高云淡的农村老家客厅的沙发上，我面对液晶电视，从那个只有几十英寸的矩形屏幕里，看到了那纷至沓来、熟悉又陌生的新闻报道。不是一次两次，不是一天两天，而是天天如此，从不间断。我百思不得其解：难道媒体没有多少别的新闻可以报道了吗？屈指一算，八年了呀！怎么就报道不完呢？

那天，看完电视上的报道，我又在网上搜索起来，无意间看到二〇一七年八月份的一则旧闻。它很简单，只有六张配图和一句文字说明，主要内容是叙利亚精锐老虎部队，即第二十五特种师传奇指挥官苏赫尔·哈桑将军前往拉卡和代尔祖尔两地，给那里的将士打气鼓劲的情况。除此之外，没有更多的背景信息，我无从判断他们当时是在跟反政府武装，外国军队，抑或别的什么军事力量打仗。

六张配图中，第一张有些特别，像是一张自拍照。照片里，有三个穿着不同制式、代表不同军阶迷彩服的军人，背景则是一架直升机。根据其他配图判断，直升机应该刚着陆不久。而在直升机里坐着的，正是大名如雷贯耳的哈桑将军。他头上扣着一顶缀有叙利亚金色国徽的迷彩帽，目光向右侧注视着，仿佛在观察什么，又仿佛在听某个人讲话。虽然因为距离镜头太远，他的脸庞显得很小，五官看不大清楚，但是他坚毅的眼神、修剪得异常精致的络腮胡子所勾勒出来的标志性轮廓，使他自带的那种强大的辨识度丝毫没有因为看不清五官而折损。他的左胸前有一个黑底的方形标识。起初，我还以为是缝在他的迷彩服上的，最后才发现那是 PS 上去的。标识正中是一张圆形半身照，照片背景是叙利亚国旗，照片主人是一个头发梳得十分熨帖、皮肤很白、没有胡须、穿着西装、打着领带的中年男人，俨然是一位光彩照人的政客。照片上面和下面印着两个白色的英文名字，上行写的是"巴沙尔·阿萨德"，下行写的是"伊凡·西多连科"。同样的标识在其他配图的不同部位也都有显示，只是尺寸大小不一而已。

面对哈桑将军、背对着镜头站着的是一名身着浅色迷彩服的军人，剃着寸头，身材高大，膀大腰圆，十分壮硕。他应该是前来迎接哈桑将军的驻地军官。在这个膀大腰圆的军官后面，是一名年轻的士兵，他离镜头最近，也是三人当中唯一一个看着镜头的。他身着深绿色迷彩服，露着上半身，脑袋向左歪，而右手想必正在拿着手机自拍。由于不知道他姓甚名谁，看他喜欢自拍，我斗胆暂昵称其为"小拍"。小拍长着一副没有精心修剪的络腮胡子，留着寸头，浓眉大眼，表情严肃，嘴角似乎有一丝不易察觉的笑意。右眼下方，从靠近鼻翼的地方开始，有一道朝左颧骨向上斜挑的印记，在还算比较白的皮肤的衬托下，十分显眼。我敢断定，它就是一道疤痕。

第二张照片是站在直升机前的五个人的正面、全身合影，除了哈桑将军之外，其余四个似乎并没有在第一张里出现。不过，隐约间，我发现有一个人长得特别像小拍。要判断他是否小拍本尊，还得找关键证据，而这个关键证据就是那道疤。虽然照片像素很低，但我依旧能清楚地看到他左眼下方有一道阴影，是那道疤无疑。另外，第一张照片里，小拍胸前显露着一截绿色的挎带，而第二张照片里的那个雷同者也挎着一个带绿色挎带的包。再看看直升机，似乎也还是那一架。但奇怪的是，哈桑将军和小拍身上的迷彩服和第一张里面的明显对不上号，难道第二张是哈桑将军逗留了一段时间，比如说一天后，要登机离开时，同送行的将士拍的合影？

　　五个人里面，有四个人都齐刷刷看着镜头，唯独哈桑将军笔挺地站在那里，侧身对着镜头，目光冷峻地注视着前方，一副果敢坚毅、特立独行、不苟言笑、睥睨天下的行伍气概。紧挨哈桑将军左侧站着的是一位身材相对瘦小、左手握着对讲机的军人，想必是个驻地军官。紧挨这名军官左侧站着的就是小拍了。从身材和面部特征来看，他和这名军官就像孪生兄弟。

　　小拍看着镜头，微笑着。由于其余四个人都板着一副严肃的表情，他的微笑显得十分抢眼。那种感觉很难说清，既有一丝违和，又有一丝理所应当。不管怎么样，那个微笑至少不是一个错误。它就像从树枝上滴下来的一颗水珠，使平静的湖面荡起了一圈涟漪，而且似乎使他脸上的那道疤所形成的暗影愈加明显了。刚才说到，第一张照片只显示出一小截绿色的挎带挎在他的肩头，但我们无从得知他挎的到底是什么。眼下这张全身照给出了一半的答案：他挎着的是一个多夹层、带有多条拉链、鼓鼓囊囊的军用包。那种包不像是装武器，而更像是装照相机用的。或许，他是军队里的宣传员也未可知。

　　这两张照片，明白无误地表明，身着戎装的小拍年轻、单纯、精神，而且童心未泯。或者说，在拍摄这两张照片的时候，他仍旧是一个快要长大的孩子。或许，在哈桑将军即将从直升机里走下来的那一刻，甚至在得知哈桑将军要前来视察的那一刻，他就盼着能跟这位心目中的大英雄合个影。只是，当从未见过真身的大英雄真的出现在自己面前的时候，他却不敢或不好意思开口提出这个小小的请求，只能趁机举起自己的手机，匆匆拍了一张算不上合影的合影。为什么说它"算不上合影"呢？因为哈桑将军并没有跟他站在一起，也没有看镜头，而且一大半身体都被那个膀大腰圆的军官挡住了。不过后来，他得到了一个更好的机会，哈桑将军走下飞机之后（也或许是走上飞机之前），他和其他几个军官或士兵得以站在哈桑将军身边，听到记者"咔嚓"一声按下快门，将一张全身、正面的历史性合影永远定格。但问题是，记者会跟他分享那张照片吗？很大的可能是不会。

两年多来，这张被放到网上的照片想必已经被浏览了无数次，而浏览者中可能根本没有他。不过，也未必如此，那个拍照的说不定正是哈桑将军的随行记者，也是小拍所认识的，或者即便不认识，也是不难搭上话、套上近乎的。从记者那里，小拍很可能已经获得了这张照片。为什么呢？因为很显然，第一张是小拍自己，而不是中国或英国的什么记者拍摄的。情况应该是，小拍或者那个随行记者把这些照片上传到网上之后，外国记者对其进行了转载，使更多的人得以看到，而我，就是这"更多的人"之一。但这终归不是重点，重点还是小拍脸上的那道疤。

它是怎么形成的呢？是小拍参军前跌倒摔伤或者跟别人打架留下的？可能性不大。若是那样，他可能连军营的门都踏不进半步，因为征兵体检是十分严格的。那么，它或许是在小拍参加军事训练或者军事演习的时候受伤导致的？有可能。但最大的可能性则是，那道疤是小拍在战场上，也就是在枪林弹雨中负伤后留下的。在现代战争中，近距离肉搏已很少见，大部分伤亡都是由枪炮导致的。那么，小拍的那道疤是子弹还是炮弹皮划伤导致的呢？我不是武器专家，也不是军人，更不是法医，无法从分辨率很低的照片所呈现出来的模糊疤痕上得出推断。最直接的办法，我想，就是通过中国驻叙利亚大使馆，联系到哈桑将军，再从哈桑将军处获悉他认不认识小拍，或者小拍当时所在部队番号，然后顺藤摸瓜。当然，这也只是说说而已，诸位且作笑看，不宜当真。

但不管事实如何，伤疤就在那里，就在一个曾经是、现在也可能是一名士兵的不知道姓名、不知道年龄的叙利亚青年人的脸上，而这，已经足够。那道疤，注定要追随小拍一辈子，直到他的皮肉腐烂、分解。我想，对于小拍，或者对于任何一个国家的任何一个士兵来说，他们对自身外貌的完整度都不存执念，或者说根本就没有存这份执念的条件，因为自踏入军营，甚至自决定参军之日起，他们就做好了有朝一日会缺胳膊少腿、体无完肤甚至尸骨无存的准备。一个上前线打仗的士兵怎么可能会奢望归来仍是皮肤白净、毫发无损的少年呢？

因此，这道疤，小拍应该从来不会放在心上。或许，通过先进医疗或整容手段还原曾经那张完美脸颊的念头还真的在他脑海里闪现过，但那也只是闪现而已，他终会一笑了之。何必呢？与其做整容手术，还不如用做整容手术的那笔钱多给自己买两瓶酒喝来得实在。何况，他又不是官二代、富二代，很有可能来自连吃饭都成问题的穷乡僻壤或底层社会。穷乡僻壤和底层社会自有一套挑丈夫、选妻子的价值理念。只要他身强体健，脸没有被伤疤完全覆盖，娶个贴心善良的邻家姑娘还是不在话下的。

因此，我相信，小拍非但不会为这道疤而耿耿于怀，反而会将它视作引以为傲的资本和茶余饭后的谈资。首先，他是一个握着枪杆子打仗，或者至少是握着照相机随军记录影像的政府军士兵，受伤在所难免。如果他脱掉那身迷彩服，我们说不定还会在他的脊背上、肚子上、屁股上、胳膊上看到更多的伤疤，但那些伤疤大部分时间都难得示人。而他脸上的这道，光芒足以掩盖其他的所有，就是因为它位于最频繁示人，又最被一般人在乎的脸颊上，而且还是脸颊上最为显著的部位。如果一个电影明星，尤其是以美貌而非演技自居的年轻女明星脸上蓦然出现这么一道毛毛虫大小的疤痕，她不哭个昏天暗地，不试图跳楼自杀才怪呢。

但小拍不是娱乐圈中人，他没有必要采取如此过激的行为。看到镜子里的那张脸，他的目光可能会下意识地在那道疤上面停留片刻，或者拿手指摸摸它，回忆上天把它赐给他当天所发生的惊心动魄的一幕。事实上，当别人问起那道疤，或者他向别人主动说起那道疤的时候，他一定会兴致勃勃、绘声绘色地讲述它的来龙去脉。人们听完，一定会不无感慨地说他的命真大，他就是个大英雄，一定要向上天虔诚地祈祷以免被打死，云云。不管怎么样，对于绝大部分的评论，他一定会满足地扬起嘴角。

你瞧，他在微笑。一个穿着冷绿色迷彩服的士兵正在对你微笑。

如果他脱掉那身迷彩服，换上便装，走在大街上，没人知道他是一名上过战场、险些阵亡的士兵。不经意看到那道疤，人们一定猜测那是他跟人打架，或者骑摩托车骑得太快发生车祸，受伤后留下的象征耻辱的标记。而且，长时间风吹日晒在他脸上所沉积的几分沧桑会加剧人们对他是一个坏蛋的猜测倾向。无论如何，他们都不会认为他是一个好小伙子，而会认为他应该去参军打仗，磨掉身上的那股痞子气。

他结婚生子了吗？关于这个问题，就像前面的许多问题一样，照片本身并不能揭开谜底，照片里的他也无法开口回答。在此，我们假定答案是肯定的。那么，当他休假在家，洗完热水澡，躺到床上的时候，总有那么一次，他会把妻子拥在臂弯，用粗壮的手指摩挲她的胸部和头发，然后凑过去吻她。缠绵过后，妻子注视着他的眼睛，用柔软的指腹抚摸着那道犹如战壕一般粗粝的伤疤，轻轻地对他说道："你知道吗，它就像一枚亮闪闪的勋章。它是我的骄傲和自豪。"

有那么一刻，他肯定会抱着两岁大的儿子，给他绘声绘色讲述打仗和那道伤疤的故事。其实，他一直想给儿子买把玩具枪，但最终还是打消了这个念头。对他来说，陪伴家人的短暂时光，或许并不比待在军营或者浴血沙场来得舒坦和安稳。窗外，不时传来沉闷的隆隆的炮声，窗口不时映出一刹那的强光，犹如霍霍的闪电一般。他睡不着觉的时候，一定想过，有多少把保护祖国、同胞和家人视为天职的士兵最终能真正地保护家人免受伤害呢？

出发返回部队前，他抱起咿咿呀呀的儿子，狠狠地亲了一口，接着抓起儿子的小手去摸那道疤，然后注视着那双亮闪闪的大眼睛，语重心长地说道："你可要记住了，小子，它可是你老爸我的勋章。你要记住，它一半是为了叙利亚，一半是为了你和你的妈妈。"

看到这里，你可能认为我在以小拍为主人公写短篇小说，也可能认为小拍会走进我上面提到的那部长篇小说，变成某一战争桥段里的某个角色。其实，这两个猜测都对又不对。关于第一个，我暂且不谈，而关于第二个，我想说的是，在哈桑将军前去给包括小拍在内的将士打气鼓劲之前，我就已经写了有关叙利亚和战争的一些内容，但并未描写具体的细节和某个特定的士兵。去年，我又在原稿的基础上，添加了一些细节，并设置了一个可以称之为角色的士兵，但那个士兵是虚构出来的。他叫威廉，来自刚果（金），会说法语和英语，参加过刚果战争，而且还属于反政府武装那一派。其实，威廉并不坏，只是在命运的摆布下，走投无路，不得已做了很多坏事而已。大概是因为上帝看他恶业太多，想惩罚他，于是在一次交火中，安排一颗子弹打穿了他的腰部，留下两处将跟随他一辈子的疤痕。但是，与小拍的那道疤不同，威廉的伤疤总是藏在衣服底下，难得示人一次，而且，威廉也从不认为那是一枚可以引以为傲的勋章。

通常，人们为了纪念死去的亲人或英雄，会给他们画像或照相，以便把他们的样貌留存下来。有些再平凡不过的人，从小到大都没有照过相，直到某一天，某个战地记者无意间把他们的影像永远定格在了某张电子照片里，而这张照片随后可能会被上传到某个网站，供许许多多的陌生人浏览、转载。当他们有天死于爆炸、饥馑或者在偷渡欧洲途中因船只倾覆而溺亡时，家人却苦于找不到他们生前的哪怕一张照片，只能靠回忆、少得可怜的遗物、冷冷的墓碑和墓碑上冷冷的名字，来怀念他们。不过，小拍应该有不少自己的照片，他的一些亲朋好友也应该有他的照片。他的家人或许一直在下意识地搜集他的工作照和生活照，以备万一他战死疆场，至少还有他往昔的照片使他们有所慰藉和寄托。

一晃，两年过去了，我小说里关于叙利亚战争和叙利亚难民的桥段早已写完，而战争和逃难却仍在持续。不知道照片里的小拍是死还是活，不知道他的脸上是否又添了一道疤。不管怎样，希望他和照片里的其他所有人都活得好好的。即便他已经战死，那枚勋章业已有了一处归宿，它将在万里之遥一个素不相识的外邦人啰唆的文字里，永远地留存。

是的，它将永远地留存。

二〇一九年十一月四日
商丘睢县家中

附录：诗歌

阿卡迪亚的牧人

——读尼古拉·普桑的一幅同名油画

就像古希腊传说本身一样优美，
那是一片田园牧歌般的乐土，
阿卡迪亚——

可是，再谙于辩解的目光
也不会否认那是一座沉重的坟墓。
那是一行拉丁铭文：
"我也曾在阿卡迪亚生活过。"

三个淳朴的牧羊人，
三个连续的动作：
辨读，沉思，回首求教于睿智的女神。
她颔首聆听着，
用慈爱的微笑回答：
"即便死在这里，也是幸福的。"

二〇一〇年九月八日
商丘睢县家中

受伤的母狮

底格里斯岸上的尼尼微，
那个时候一点儿都不古老，
就连古老的宫殿，
也只让你看见鼎盛与奢华。
威风凛凛的亚述王踏上战车，
整个世界都变成了猎苑。

▲　大英博物馆亚述王国尼尼微亚述巴尼拔王宫王狮浮雕（图片来源于赵元勋／视觉中国）

那是一头正在逡巡捕猎的母狮，
却被另一个捕猎者俘获。
一个个王朝像幼发拉底的河水，
涨了又落。
勇敢的凯旋的皇帝死去了，
但受伤的母狮还在。

厚重的花岗岩挡不住时光之刃，
却有一块永远抹不去的创痕；
鲜血淋漓的母狮后半身已经瘫痪，
却永远撑起着强壮结实的前腿，
像雄狮一样昂首吼叫。

怒吼吧，受伤的母狮！
你虽然逃不出花岗岩，
逃不出花岗岩撑起的古老宫殿，
但逡巡在你身上的目光，
会轻轻抚平那如壑的伤口。

静静流淌着的底格里斯河，
依旧把你深情地呼唤：
"回来吧，我的孩子，
总有那么一天！"

二〇一〇年九月八日
商丘睢县家中

你是一只快乐的鸽子

——记马航 MH17 失事航班

你是一只快乐的鸽子，
翱翔在云海之上。
你满载着快乐的人们，
飞越高山与平原。
还没有看见喜马拉雅的雪，
还没有看见印度洋的蔚蓝，
你坠入了云海，
坠向了云海之下的顿涅茨克。

赤裸大地的一角，
刺目的太阳光里，
散落的行李之间，
有一件雪白的 T 恤，
上面镌刻着一颗心
和两个英文的单词：
"我"和"阿姆斯特丹"。

每个人看到它，
都会默诵或读出声响：

我爱阿姆斯特丹，
我爱阿姆斯特丹！

它静静地躺在那里，
如一面簇新的旗帜，
给大地一个遮蔽，
给太阳看个彻底！

大地，你是否看见，
村民在搜寻行李的主人？
太阳，你是否看见，
另一只鸽子坠入了云海？

那是一只快乐的鸽子，
翱翔在云海之上。
它满载着快乐的人们，
飞越大陆与海洋。

二〇一四年八月八日
尼泊尔联邦民主共和国

在广场上

——记二〇一四年诺贝尔和平奖得主、巴基斯坦籍
十七岁女孩儿马拉拉·尤萨夫扎伊

一个孩子，
映着灯光，
一双小手，
在墙壁上投下

▲　马拉拉·尤萨夫扎伊（图片来源于 Aflo/ 视觉中国）

一只振翅的鸽子。
她咯咯地笑着，
她不停地跑着，
鸽子在墙上不停地飞旋。
突然，
窗外轰隆，
屋内一片黑暗。

一个孩子，
映着灯光，
一双小手，
在墙壁上投下
一只振翅的鸽子。
她咯咯地笑着，
她不停地跑着，
鸽子在墙上不停地飞旋。
她笑啊，跑啊，
呼吸急促，汗水涔涔。
当窗外突然响起轰隆声，
她赶紧停下脚步，
分开交叉在一起的手指
和紧贴在一起的手掌，
向着半掩的窗口，
放飞了鸽子。
鸽子，振翅飞走了，
飞入了茫茫的电闪的夜晚。

第二天早晨，
她在窗台上发现了一根羽毛，
在阳光下闪着光泽的洁白的羽毛。
她仰望天空，
明亮的苍穹，
仿佛闪着昨晚的星星，
一颗又一颗，
她想数，却数不清。

很长时间过去了，
她的房间里再没有鸽子不停地飞旋，
尽管电灯还亮着，
而即便电灯熄灭，
她还有蜡烛，不是吗？

很长时间过去了，
一家三口在广场上散步，
和许许多多的一家三口一样，
踏着温柔的暮色。
远处，似乎又很近，
一声脆响，
哦，是那再熟悉不过的声音。

不久，小男孩儿抬起手，
摸了摸脑袋，
又抬起眼睛，
望了望天空，

那是一片明亮的飘着白云的苍穹。
他低下头，
发现了一片绿莹莹的东西。
他弯下腰，伸出手，捡起。
那是一根细细的枝条，
一枚枚绿叶已有几分枯萎。
他歪着脑袋，皱着眉头，
将它与平生所见的植物
和教科书里的图片一一比对，
但是，他终究没有比对出来。
"妈妈，这是什么植物？"
妈妈捏在指间，仔细打量，
但是，她终究没有打量出来。
"爸爸，这是什么植物？"
爸爸从妈妈那里接过来，
眯着眼睛，打量开来。
很快，爸爸失声叫道：
"天哪，这是橄榄！"

二〇一四年十月二十二日
尼泊尔联邦民主共和国

不丹的童话

二〇一一年，
九月十八日当天的傍晚，
锡金发生了里氏六点八级的地震。
不远处的尼泊尔首都加德满都，
英国大使馆的一堵墙倒塌，
砸死三位打从那里经过的市民。

次月十三日，
中国和尼泊尔的邻国不丹，
旺楚克王朝的第五世君主——
吉格梅·凯萨尔·纳姆耶尔·旺楚克，
这位二十六岁登基的国王，
在故都普那卡宗的普纳卡堡，
迎娶了他相恋了十四年的
二十一岁平民姑娘——
吉增·佩玛。

八时二十分，
这占星师卜算出的良辰。
新晋王妃的婚礼一如她的出身，

没有他国政要，没有堆金砌银，
只有古老的庙宇，诵经的僧侣，
只有老国王所赐的
镜子、炼乳、牧草和贝壳，
只有丈夫给她戴上的一顶锦冠，
只有亲眼见证的上千名黎民。

一九九七年的一次野餐会，
情窦初开的他邂逅了情窦未开的她，
并用近似电影台词的口吻，对她说：
"等你长大了，若我未娶，你未嫁，

▲　二〇一一年七月，不丹国王吉格梅·凯萨
尔·纳姆耶尔·旺楚克与王后吉增·佩玛（图片
来源于 Imago-images GmbH/ 视觉中国）

且我们感觉依旧，我想让你成为我的妻子。"
于是，在这一夫多妻制的佛国，
多了一个一夫一妻的王室家庭，
这或许是梁朝伟和刘嘉玲三年前
在这里举办婚礼时始料未及的。
于是，许多人都无比艳羡地感慨，
这是一个关于王子和灰姑娘的童话。

或许，你会作一番牵强附会的思量，
思量这究竟是怎样的一种安排。
究竟怎样产生了地球，
然后产生了动物、植物、山脉与河流？
究竟怎样产生了一个名为不丹的王国？
在这片隐匿于喜马拉雅的世外桃源里，
一位王子又究竟怎样爱上了
一个民间的卓玛？

这，或许只是这样一个神秘的所在
不经意提起笔，草草写下的两三行。
下一行，或许关乎地球的另外一隅，
或许关乎埃及金字塔里的一具木乃伊，
或许关乎苏门答腊热带雨林中
一只不会歌唱的极乐鸟，
或者巴黎街头一位步履踉跄的娼妓。

这，或许就是不丹的童话，
这亚细亚最幸福国度的童话集。

我想走近她，双脚却几番踟蹰，
目光越过群山，却不知停留何处。
此刻，我，蓦然想起了一个词——
读者。
我大概只是一位读者，
或者只应做一位读者，
读罢，掩卷，听听那冷雨。

二〇一五年一月三十日
尼泊尔联邦民主共和国

后记

今年二月底的一天，我在整理手稿的时候，瞥见了一张 A4 打印纸，上半部分是铅印的几个问题，下半部分则是按照问题顺序用蓝色圆珠笔写出的答案。事实上，里面的问题是我提出的，而答案则是当时在下凯富峡水电站项目担任卡车司机的赞比亚工人埃尔维斯·穆伦度给出的。我的提问主要围绕他的家族史，尤其是他爷爷奶奶的一些信息。我在本书中也提到过他。他具有赞比亚和希腊血统，是长篇小说《幸运人酒吧》主人公之———埃尔维斯·穆塔勒的原型人物。可以说，没有他，就没有这部小说的诞生。

我不记得何时出的这张问卷，可能是二〇一六年底或二〇一七年初吧。我把这张些许泛黄的问卷捏在手里，注视了片刻，一时间百感交集。它犹如一份弥足珍贵的历史档案，而它具有这种类似于档案的属性，也是我当初妥善保管它的主要原因。

其实，具有这种档案属性的，除了它，还有和它一起塞在四个牛皮纸档案袋里的两千多页手稿和画稿。大学作业纸、小学作业纸、笔记簿纸、打印纸，横格子纸、田字格纸，大纸、小纸，厚纸、薄纸，都或满满当当，或稀稀疏疏，或工工整整，或潦潦草草，或用铅笔、圆珠笔，或用钢笔、毛笔，或单面，或正反两面地，写着一个个文字或符号，绘着一个个图案或色块，而有些文字和符号已经褪色或漫漶难辨。它们要么是灵感，要么是妙手偶得的只言片语，要么是大纲、梗概，要么是未完成的散文，要么是已然完成的小说，林林总总，五花八门。而且，它们绝大部分都是我大学四年期间创作的。现在再看，我自己都惊讶于当时怎么井喷似的写了那么多东西。我很庆幸，也很感激自己把它们都一一妥善地保存了起来。为避免它们彻底遗失，我甚至在二〇一三年买下第一台照相机后，第一时间给每一份手稿拍了照片，分门别类地拷贝到了硬盘里。

毫无疑问，那张问卷和这所有的手稿，都是我生命的组成部分和我的人生档案。我是一个怀旧的人，喜欢记录生活，记录任何我认为值得记录的东西。但由于条件限制，我的记录方式起初是单一的、捉襟见肘的。你在阅读这本书时大概已经感觉到，二〇一三到二〇一八年这段时间，我拍摄的照片并不多，尤其是在尼泊尔的时候，这不能不说是个巨大的遗憾，而主要原因就在于那个时候我没有像样的手机和相机，人也羞涩，不会主动拍别人或让别人拍自己，也没有多保存影像记录以备后用的强烈意识。而且，由于二〇一三年买的那个硬盘和那部相机分别于二〇一五年和二〇一七年相继丢失，有些没有备份的照片和文件也随之永远地消失了。俗话说，"书到用时方恨少"，"巧妇难为无米之炊"，在为这部书搜集插图时，我就一直苦恼、纠结于关于尼泊尔的图片太少。不过，二〇一八年五月份以后就大不一样了。我当时买了一部像样的手机（我不喜欢频繁更换电子产品，电脑、手机等一般用到不能再用时才更换），而且很快就养成了随手拍的习惯。事实证明，此举是明智的。

其实，从大了说，任何个人的档案都是公共的、大众的、社会的。我认真地保存个人文字以及从他人那里获取的文字、影像等资料，也是在为身边的同事、朋友，在为我的项目、公司，也在为这个时代保存一份集体记忆。因此，我在这本书里尽可能多地使用插图，尽可能多地提及人名，也尽可能多地选用显示更多驻外同事、朋友的"大合影"，而非只有我和个别人的"小合影"。这样，更多的"局内人"和"局外人"就可以看到我们从来都是一个"大家庭"。

屈指算来，这是我的第五部独著书稿，也是我的第一部带插图独著书稿，图文并用，应该已经给你带来了更好的阅读体验和信息摄取成效。它是对我过去十三年驻外岁月的阶段性总结，也是对我们所有驻外人驻外岁月的一个小小注脚。它是一个多棱镜，映射着个体和集体经验，甚至整个时代经验的不同维度和侧面。而它，只是我人生旅程的又一个驿站，下一个驿站还在远方等着我，等着你。

由于时间、精力有限，我尚未把绝大部分尚未公开发表的手稿作品录入电脑，进而修改、润色、完稿。希望有时间，我可以把它们中的一部分整理出版。我也希望已经录入电脑的译作、中篇小说和家国情怀类的作品能在未来两三年内陆续出版。而我，还会不停地写作、翻译和摄影，继续为这个世界保留一份微弱的亮色，为你我的生命刻录一声悠远的回响。

借此机会，请允许我向关注、支持、帮助我的组织和个人表示由衷的感谢，并向所有的驻外同胞表达由衷的敬意！

二〇二四年三月十日

商丘睢县家中